Desencontros à beira-mar

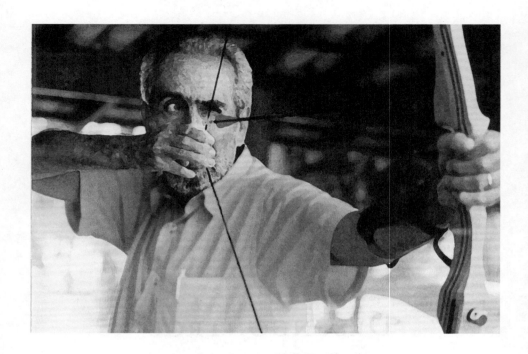

O ARQUEIRO

GERALDO JORDÃO PEREIRA (1938-2008) começou sua carreira aos 17 anos, quando foi trabalhar com seu pai, o célebre editor José Olympio, publicando obras marcantes como *O menino do dedo verde*, de Maurice Druon, e *Minha vida*, de Charles Chaplin.

Em 1976, fundou a Editora Salamandra com o propósito de formar uma nova geração de leitores e acabou criando um dos catálogos infantis mais premiados do Brasil. Em 1992, fugindo de sua linha editorial, lançou *Muitas vidas, muitos mestres*, de Brian Weiss, livro que deu origem à Editora Sextante.

Fã de histórias de suspense, Geraldo descobriu *O Código Da Vinci* antes mesmo de ele ser lançado nos Estados Unidos. A aposta em ficção, que não era o foco da Sextante, foi certeira: o título se transformou em um dos maiores fenômenos editoriais de todos os tempos.

Mas não foi só aos livros que se dedicou. Com seu desejo de ajudar o próximo, Geraldo desenvolveu diversos projetos sociais que se tornaram sua grande paixão.

Com a missão de publicar histórias empolgantes, tornar os livros cada vez mais acessíveis e despertar o amor pela leitura, a Editora Arqueiro é uma homenagem a esta figura extraordinária, capaz de enxergar mais além, mirar nas coisas verdadeiramente importantes e não perder o idealismo e a esperança diante dos desafios e contratempos da vida.

Jill Mansell

Às vezes o maior segredo é o amor

Desencontros à beira-mar

ARQUEIRO

Título original: *Meet me at Beachcomber Bay*
Copyright © 2017 por Jill Mansell
Copyright da tradução © 2019 por Editora Arqueiro Ltda.

Todos os direitos reservados. Nenhuma parte deste livro pode ser utilizada ou reproduzida sob quaisquer meios existentes sem autorização por escrito dos editores.

tradução: Regiane Winarski
preparo de originais: Rachel Rimas
revisão: Ana Kronemberger e Livia Cabrini
projeto gráfico e diagramação: DTPhoenix Editorial
capa: Sourcebooks
imagem de capa: Lisa Mallett
adaptação de capa: Renata Vidal
impressão e acabamento: Pancrom Indústria Gráfica Ltda.

CIP-BRASIL. CATALOGAÇÃO NA PUBLICAÇÃO
SINDICATO NACIONAL DOS EDITORES DE LIVROS, RJ

M248d   Mansell, Jill
Desencontros à beira-mar/ Jill Mansell; tradução de Regiane Winarski. São Paulo: Arqueiro, 2019.
336 p.; 16 x 23 cm.

Tradução de: Meet me at Beachcomber Bay
ISBN 978-85-8041-955-9

1. Ficção inglesa. I. Winarski, Regiane. II. Título.

19-55925   CDD: 823
CDU: 82-3(410.1)

Todos os direitos reservados, no Brasil, por
Editora Arqueiro Ltda.
Rua Funchal, 538 – conjuntos 52 e 54 – Vila Olímpia
04551-060 – São Paulo – SP
Tel.: (11) 3868-4492 – Fax: (11) 3862-5818
E-mail: atendimento@editoraarqueiro.com.br
www.editoraarqueiro.com.br

Para Tina, com todo o meu amor.

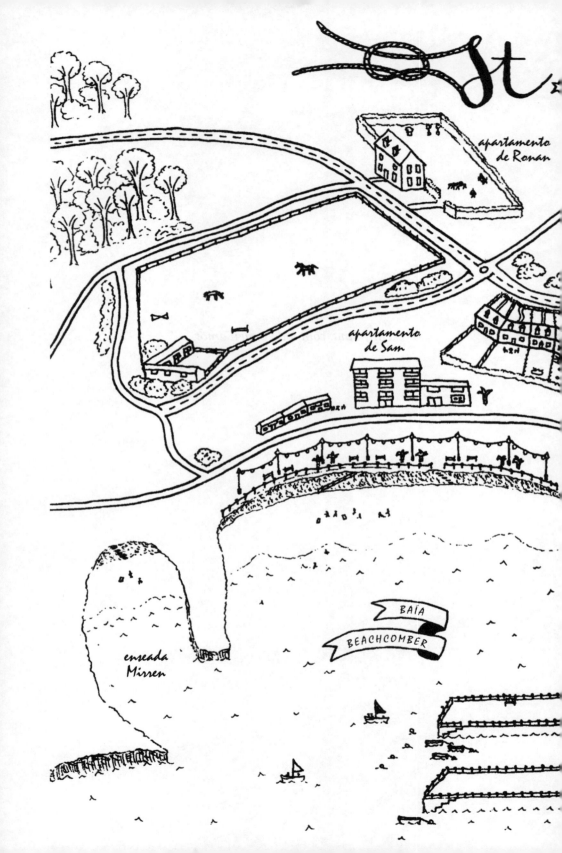

Carys

Feira das Sextas

apartamento de Clemency

chalé de Marina

imobiliária Barton & Byrne

Hotel Mariscombe

Mermaid Inn

BAÍA MARISCOMBE

Paddy's Café

Capítulo 1

 ÀS VEZES, BASTA UMA FRAÇÃO DE SEGUNDO para um estado de calma absoluta se transformar em um momento de horror e pânico.

– Ah, coitadinho...

Clemency se virou para observar um homem de negócios com o rosto de um vermelho quase roxo e terno apertado demais correr pelo saguão do aeroporto de Málaga na direção do portão de embarque, ofegando, grunhindo e espalhando criancinhas pelo caminho.

A garota britânica que trabalhava no quiosque da Chanel no free shop se manifestou:

– Vou te contar, é impressionante a quantidade de pessoas que não se dá ao trabalho de olhar os painéis de informações. Ontem tinha um grupo de quinze espanhóis em um bar, e eles estavam tão ocupados assistindo a um jogo de futebol na televisão que acabaram perdendo o voo. Acredita?

– Que loucura – comentou Clemency, passando um pouco de sombra roxa com partículas de purpurina dourada nas costas da mão. *Linda.*

– Ah, nós vemos de tudo aqui. Tem muita gente que só chega no aeroporto quando o portão de embarque está quase fechando.

– Eu nunca faria isso. Sempre chego muito adiantada. Só assim consigo relaxar e passar um século no free shop experimentando todas as maquiagens – disse Clemency, alegre.

E foi por isso que ela levou mais de quarenta minutos para finalmente chegar ao caixa e pagar pelo batom novo que tinha escolhido, porque essas coisas levavam tempo, e escolher o batom perfeito era importante.

– Posso verificar seu cartão de embarque, por favor? – perguntou a atendente de cara entediada.

Clemency olhou para a mão esquerda, a que deveria estar segurando o passaporte. O passaporte com o cartão de embarque bem guardadinho dentro.

No lugar do documento, ela segurava uma pilha de tiras de papel com amostras de perfumes, cada um borrifado com uma fragrância diferente.

E foi nesse momento que a calma absoluta se transformou em horror e pânico.

– Bem na hora – disse a funcionária quando Clemency chegou correndo ao balcão do portão de embarque. – Estávamos prestes a fechar!

Clemency não conseguia falar. Só queria se jogar no chão e inspirar todo o ar possível para acalmar seus pulmões em chamas, mas não havia tempo; ela já estava sendo levada pelas portas de correr e pela pista que dava no avião. A mala de rodinhas batia em seus tornozelos, um filete de suor escorria pelas costas e sua boca estava seca quando ela subiu com dificuldade os degraus barulhentos de metal, ainda hiperventilando. *Ai, meu Deus.* Ela podia muito bem imaginar a cor do seu rosto. *Um tomate ambulante.*

O comissário de bordo a cumprimentou com uma piscadela.

– Gentileza sua decidir se juntar a nós. Bem-vinda a bordo.

Sabe aquela ondinha de triunfo que você sente quando entra em um avião lotado e todo mundo já embarcou e o assento ao lado do seu está magicamente vazio... até que, no último minuto, alguém entra e você se dá conta de que não vai ter o luxo de um assento vazio ao seu lado, no fim das contas?

Clemency sabia que esse era o sentimento vivenciado naquele momento pelo passageiro do assento 45A. Conforme foi se aproximando do 45B, ela quase conseguiu ouvir o baque da decepção e o suspiro resignado que o acompanhou.

Ah, poxa... As esperanças dele podiam ter sido cruelmente esmagadas, mas o lado bom era que ele tinha lindas maçãs do rosto e uma bela boca. Durante o voo de ida, o homem ao lado dela pesava quase o mesmo que o avião em si e passou a viagem toda comendo sanduíches de atum, então aquele que estava ali já era uma melhora evidente.

Ainda recuperando o fôlego, Clemency abriu um grande sorriso para ele.

– Eu sei, me desculpe, eu também ficaria decepcionada.

Essa era a deixa para o homem relaxar e perceber que, no que dizia respeito a vizinhos de assento, as coisas poderiam ter sido bem piores, oferecendo assim, de forma galante, uma ajuda para colocar a mala pesada no compartimento superior.

Só que nada disso aconteceu. Ele só deu o aceno mais discreto do mundo antes de voltar a atenção para o celular.

Por outro lado, a aparência dela já tinha visto dias melhores. Talvez uma mulher de 25 anos ofegante com o rosto vermelho e suado não fosse a praia dele.

Depois de guardar a mala e fechar o compartimento, Clemency desabou no assento, secou o rosto e as mãos com um lenço de papel e examinou o pé esquerdo, mais precisamente o tornozelo, onde as rodinhas da mala bateram sem parar. Ela expirou em alto e bom som.

– Não dá para acreditar que quase perdi meu voo! Eu *sempre* tomo o cuidado de chegar bem adiantada para que nada dê errado. Tantos anos, e isso nunca tinha acontecido... Mas acho que sempre tem alguma coisa que *pode* dar errado. Como hoje. Você não imagina como me senti quando... humm...

Ela parou, humilhada, quando percebeu que o homem estava determinado a ignorá-la. Nada, nem um piscar de olhos; ele não estava *nem um pouco* interessado.

Ele podia ter uma boca bonita e excelentes maçãs do rosto, mas não tinha intenção nenhuma de travar uma conversa com a estranha ao lado.

Tudo bem. Clemency pegou o celular com estardalhaço e começou a ver os e-mails. *Olha só para mim, eu também sou muito ocupada e importante.*

Meia hora depois, quando eles estavam voando a onze mil metros sobre os Pireneus, dois comissários de bordo passaram com o carrinho de bebidas pelo corredor. Seu vizinho de assento retirou os fones de ouvido para falar com eles.

– Não acredito – disse Clemency, rindo da própria burrice. – Eu sou uma idiota mesmo!

O homem se virou para ela.

– Como?

– Você! Essas coisas aí! – Ela indicou os fones de ouvido na mão dele. – Fiquei falando com você antes e fui completamente ignorada, então parei de falar porque achei que você não quisesse ser incomodado. Não vi os fios porque estavam escondidos sob a gola. Mas não acredito que não percebi que você só estava me ignorando por causa dos fones. – Zonza de alívio, ela acrescentou: – Bom, acho que eu estava meio abalada com essa história de quase ter perdido o voo... Parecia que tinham jogado meu cérebro no liquidificador... Ah, minha nossa, desculpe, isso parece meio...

– Vinho tinto, por favor – pediu o homem à comissária loura.

– Claro, senhor. E a senhora? Gostaria de alguma bebida?

Era de graça. Vinho de graça! Por que alguém diria não? Só que Clemency já tinha observado em várias ocasiões que algumas pessoas, por motivos misteriosos só delas, às vezes diziam não.

Rá! Mas não ela.

– Eu queria um pouco de vinho branco, por favor. Ah... está gelado? Porque às vezes não está.

A comissária franziu o nariz e, num tom conspiratório, respondeu:

– Não muito, infelizmente.

– Prefiro o tinto, então. – Clemency sorriu. – Não tem nada pior do que vinho branco morno. – Um segundo depois, ao ver que o companheiro de viagem ia colocar os fones de ouvido de volta, ela acrescentou: – Acho que mereço uma bebida para comemorar não ter perdido o voo!

– Aqui está.

A comissária entregou para os dois as minigarrafas e os copos de plástico, junto com dois pacotes pequenos de salgadinhos de queijo.

– Perfeito. Obrigada. – Clemency encheu o copo e o ergueu na direção do homem ao lado. – Saúde!

– Saúde – murmurou o homem antes de voltar a olhar para o celular.

Às vezes, convencer alguém a conversar quando a pessoa não queria se tornava um desafio pessoal. Antes que ele voltasse a ouvir música, Clemency comentou com alegria:

– Não é sempre uma maravilha tomar um copo de vinho no avião?

– É, sim.

Ele olhou com toda a convicção pela janela.

– Eu não cheguei atrasada ao aeroporto, sabe – revelou Clemency. – Na verdade, cheguei bem antes da hora, até, e passei um tempão no free shop, mas só quando fui pagar descobri que tinha deixado meu passaporte em algum lugar e, juro por tudo que é mais sagrado, não conseguia lembrar de jeito nenhum onde. Ai, Deus, que sensação *horrível*. – Ela levou a mão ao peito ao relembrar a experiência traumática. – Meu coração disparou. Fiquei louca tentando descobrir o que tinha acontecido, e nisso as pessoas na fila atrás de mim irritadíssimas...

Pela segunda vez, Clemency fez uma pausa, dando a ele a oportunidade de participar e dizer: "Mas o que aconteceu depois?"

Em vez disso, após um silêncio constrangedor que pareceu durar mais do que o ciclo do *Anel* de Wagner, ele respondeu:

– Mas você encontrou.

– Sim. Sim, encontrei.

Clemency assentiu e olhou para os fones que ele claramente desejava colocar de volta nos ouvidos. Com cuidado, erguendo a bandeja para sair do assento e então abaixando-a de novo para colocar o copo de vinho em cima, ela pediu licença e fugiu pelo corredor.

Como era desolador perceber que, depois de passar a vida com a certeza de que você era uma companheira de viagem perfeita, o tipo de pessoa que qualquer um gostaria de ter ao lado no avião, era possível que estivesse enganada. Que, na verdade, você poderia ser o tipo de pessoa desagradável ao lado de quem os outros *tinham pavor* de se sentar.

Envergonhada, Clemency olhou para seu reflexo no espelho acima da pequena pia do cubículo do banheiro. Nossa, que descoberta humilhante. Provavelmente o coitado do homem só queria que ela calasse a boca e o deixasse em paz em vez de ficar tagarelando sobre o passaporte idiota... Ótimo, ela não diria mais uma palavra de agora em diante, nem olharia para ele.

Lição aprendida.

Ela saiu do banheiro e voltou para seu lugar. O homem ao lado olhava pela janela, para as grandes nuvens ao redor. Quando Clemency pegou o copo de vinho para levantar a bandeja e se sentar, ele se virou e perguntou:

– Quer que eu segure para você?

Para tudo. Ele fala!

Clemency, porém, não tinha intenção de quebrar a promessa. Com um pequeno movimento de cabeça agradecendo e dispensando a oferta, ela colocou a bolsa no chão e foi levantar a bandeja para...

Uff...

O sacolejar do avião foi ao mesmo tempo repentino e dramático, gerando gritinhos de susto de vários passageiros nervosos. Depois de ser jogada de lado e se chocar no assento da frente, Clemency ricocheteou de volta e sentiu o conteúdo do copo ser derramado em seu peito.

O avião estabilizou, os gritos e o pânico passaram e a ordem foi restaurada. Da cabine, o piloto anunciou com cordialidade pelo alto-falante:

– Pedimos desculpas por essa turbulência, senhoras e senhores. Por favor, fiquem sentados nos próximos minutos com os cintos afivelados. Estamos verificando se não há mais surpresas pela frente.

Clemency olhou para a blusa amarelo-clara de renda, encharcada de vinho tinto. O borrão estava se espalhando, se transformando em uma grande mancha na parte da frente. Claro que aquela era uma das suas roupas favoritas, porque era assim que funcionava, não era? Nunca na história se derrubou uma bebida em uma camiseta velha e esfarrapada.

– Opa, coitada – disse uma das comissárias, apressando-se pelo corredor para verificar se o cinto de segurança de todo mundo estava afivelado. – Sente-se.

– Nossa... – falou o homem ao lado quando ela se sentou.

Clemency olhou para ele, milagrosamente sem os fones de ouvido. Ela deu de ombros e sentiu o tecido molhado gelando na pele. Ai.

– Aposto que se arrependeu de não ter escolhido o vinho branco morno.

Era como estar em um filme mudo. Clemency ergueu a mão brevemente em um gesto de "tudo bem, não importa" e pegou a emocionante revista da companhia aérea no compartimento do assento à frente. Era hora de ler sobre as incríveis atrações turísticas de Málaga.

– Você... não está falando comigo?

Ah, então ele tinha reparado. Ela o encarou, uma sobrancelha zombeteira erguida.

– Como?

– Você está me ignorando de propósito porque achou que eu a estivesse ignorando de propósito?

Havia um toque brincalhão na voz dele.

– De jeito nenhum – respondeu Clemency. – Só achei que você preferia não ser incomodado. Era só uma questão de educação.

Só que não saiu bem assim. Saiu *educafão*.

Ai, Deus...

– Era só uma questão de quê? – O homem estava se segurando para não rir. – *Educafão*?

– Educação.

– Você disse *educafão*.

– Eu só quis dizer que tentei respeitar sua vontade – declarou Clemency –, mas, como estamos sentados um ao lado do outro, decidi no último minuto falar que foi por uma questão de educação.

– Entendo – disse ele, assentindo. – Mas gostei do som de *educafão*.

No mundo ideal, seria a hora de ela colocar os próprios fones e se isolar. Mas eles estavam na mala grande que fora despachada mais cedo. Então, ela só disse "Ótimo" e voltou a atenção para a revista.

– Isso quer dizer que você vai continuar me ignorando?

Dessa vez, ele estava sorrindo. Com aquela boca bonita.

– Como assim? Quer dizer que não tem problema você não falar comigo, mas eu não posso deixar de falar com você?

Ele inclinou a cabeça e respondeu com seriedade:

– Sinto muito. Peço desculpas. Não foi minha intenção ser grosseiro, mas está claro que fui. E agora me sinto duplamente culpado. Posso ao menos oferecer metade da minha bebida?

Ele não tinha aberto a garrafinha de vinho ainda. Quando viu que ela hesitou, indicou a blusa molhada.

– Vale a pena arriscar. O que de tão ruim pode acontecer?

Clemency estendeu o copo vazio para ele.

– Bom, o avião pode cair.

Às vezes, só às vezes, você decide que não gosta de alguém, mas a pessoa acaba surpreendendo e se mostrando um milhão de vezes mais legal do que você imaginava.

Ele se chamava Sam, morava em Londres e era dono e diretor de uma empresa de TI que exigia muitos voos pela Europa para visitar clientes. Assim que eles puderam soltar os cintos, ele indicou a blusa de Clemency e falou:

– Se você molhar isso antes de secar, vai ter uma chance de salvar a blusa. Tem alguma outra roupa para trocar?

Ela fez que não.

– Todas as minhas roupas estão na mala. Mas tudo bem.

Sam se inclinou e abriu a bolsa que tinha colocado embaixo do assento à frente. Tirou um suéter azul-marinho de gola V e o entregou a ela.

– Aqui, pode usar. Não se preocupe, está limpo. Se você passar uma água na sua blusa na pia do banheiro, talvez dê para salvar.

O suéter era incrivelmente macio. Também tinha um cheiro delicioso, como Clemency descobriu pouco depois, no cubículo do banheiro, quando o vestiu e arregaçou as mangas para lavar a blusa amarela na pia.

– E então? – perguntou Sam quando ela retornou.

Clemency colocou a blusa torcida no saco de vômito que ele estava segurando para ela e a enfiou no espaço sob o assento.

– Acho que não tem jeito, mas vamos ver. Obrigada por me emprestar seu suéter.

O cheiro da lã macia era inebriante; é sério, ela queria ficar com o nariz enfiado no tecido para sempre. Mas desconfiava que seria um pouco estranho.

– Não foi nada. Ficou bem em você – respondeu Sam, simpático.

– Assim que pegarmos nossas malas, eu visto outra blusa e devolvo seu suéter. – Clemency acariciou a lã. – Mas é lindo. Sabe, uma vez eu quase tive uma morte horrível por causa de um desses.

– Como foi isso?

Sam pareceu intrigado quando ela tomou um gole cuidadoso do vinho que ele tinha compartilhado.

– Era da minha irmã, e peguei sem pedir emprestado. Ela me flagrou usando e tentou arrancar de mim, e acabei caindo para trás pela janela do meu quarto. Fiquei pendurada com as mangas enroladas no pescoço.

Sam riu.

– Nesse caso, juro que não vou tentar arrancar o meu suéter de você.

– Que alívio!

Clemency na mesma hora visualizou a cena, não sem certa malícia e excitação. *Ai, ai.*

– E quantos anos vocês tinham quando isso aconteceu?

– Ah, foi há algumas semanas. – Ela esperou um pouco e abriu um sorriso. – Brincadeira, nossos dias de briga já ficaram para trás. A gente devia ter uns dezesseis anos.

Sam ergueu as sobrancelhas.

– Vocês duas tinham a mesma idade? São gêmeas?

Agora que eles estavam virados um para o outro e conversavam de maneira decente, ela conseguiu ver de perto que os olhos dele eram castanhos com pontinhos dourados irradiando do centro e um anel preto em volta de cada íris. Os cílios também eram pretos. Havia leves sombras violeta embaixo dos olhos e uma pintinha na têmpora direita. Quanto à boca... bem, continuava bonita.

Na verdade, estava ficando mais bonita a cada minuto.

Capítulo 2

CERTO, CONCENTRAÇÃO. Sam fez uma pergunta e ela não podia ficar ali sentada só admirando boquiaberta o rosto perfeito dele.

– Não gêmeas. – Clemency se recompôs. – Bom, não somos nem irmãs, na verdade. Somos irmãs postiças.

– Ah. – Ao perceber o tom de lamento da parceira de viagem, ele perguntou: – E quem é a mais velha?

– Belle. Dois meses só, o que ela nunca, *nunca* me deixa esquecer. Pelo visto, faz toda a diferença.

– Dá para imaginar. E quantos anos vocês tinham quando seus pais se casaram?

– Quinze. Pode parecer engraçado agora, mas você não tem noção de como foi traumático na época. – Clemency balançou a cabeça. – A gente já se conhecia, sabe. Estudávamos na mesma escola. E éramos completamente diferentes, nunca nos demos bem. Belle era perfeita e organizada, mas meio exibida, porque o pai dela era multimilionário e ela tinha crescido tendo tudo que queria. Já eu e a minha mãe morávamos em um apartamento alugado em cima de um restaurante barato que vendia peixe empanado com batata frita, onde a minha mãe trabalhava sessenta horas por semana.

Ela sorriu ao falar isso, porque, no dia anterior, quando estava com a mãe e o padrasto na gloriosa *villa* perto de Málaga, eles brincaram se referindo àquela época como "os anos de peixe e batata frita".

– Nossa, deve ter sido constrangedor mesmo – comentou Sam, secamente.

– Meu Deus, nem me fala. Belle tinha uma piscina enorme no quintal. O mais próximo que tínhamos de quintal era nossa jardineira de janela. O pai dela dirigia um Bentley Continental azul-claro. Minha mãe tinha um Fiesta todo amassado e enferrujado. Belle tirava sarro das minhas roupas, mas eu e meus amigos tirávamos sarro dela e dos amigos dela. Aí um dia a minha mãe se sentou comigo e contou que estava saindo escondido com um cara havia seis meses e que as coisas estavam ficando sérias. Fiquei *muito animada* por ela, porque passei anos querendo que ela conhecesse uma pessoa legal. Eu não conseguia entender por que ela não tinha dito nada antes. – Clemency fez uma pausa. – Até ela me contar quem era o cara. Aí eu não acreditei. Belle também não, claro, mas pela primeira vez na vida as coisas não foram como ela queria e ela não conseguiu acabar com tudo. Nós duas rezamos para eles perceberem que tinham cometido um erro horrível e terminassem, para que tudo pudesse voltar ao normal. Mas não rolou, porque eles deviam estar mesmo apaixonados. Quando nos demos conta, eles anunciaram que iam se casar. Estou entediando você?

Ele pareceu sobressaltado.

– O quê? Não!

– Tudo bem, só precisava verificar. – Depois da última vez, ela estava com o pé atrás. – Eu já entediei você hoje. Não quero repetir a dose.

Sam balançou a cabeça.

– É sério, não foi você, fui eu. Agora, estou fascinado. Arrebatado. – Ele fez um gesto com a mão esquerda. – Continue. Você não pode parar agora.

A voz dele, lindamente modulada, mas nada arrogante, era do tipo que você nunca se cansava de ouvir. Melhor ainda, agora que ele tinha parado de agir com desdém, era calorosa e confiável, com um toque de humor. Clemency se viu caindo no feitiço dele; seu vizinho de assento estaria tão interessado nela quanto ela estava nele? Era cedo demais para saber, mas a mínima possibilidade de que ele pudesse estar provocou pequenos arrepios nela.

– Bom, todo mundo da escola achou muito engraçado, mas Belle e eu ficamos horrorizadas. Belle se zangou ainda mais porque tinha certeza de que a minha mãe só estava se casando com o pai dela pelo dinheiro. E isso me deixou louca, porque eu sabia que a minha mãe não era assim. E, depois de ver os dois juntos, ficava óbvio o quanto eles estavam felizes. – Ela deu de ombros. – Então, foi assim: nós terminamos sendo damas de honra com vestidos iguais e foi divertido. Depois do casamento, eu e a minha mãe saímos de casa e fomos morar na mansão com piscina no quintal e o Bentley na garagem. Sem mencionar a irmã postiça emburrada que ficava louca quando eu pegava as roupas dela emprestadas.

– E isso só deixava as coisas mais divertidas, eu diria.

– Ah, claro! Porque era muito emocionante quando eu conseguia. Quem poderia resistir a um desafio desses? E as roupas dela eram muito mais caras do que as minhas – acrescentou Clemency. – O que tornava tudo melhor.

– Então você tinha... o quê, dezesseis anos? E as duas ainda na escola? Vocês não ganhavam o mesmo dinheiro para comprar roupa?

– Ah, ganhávamos. O pai dela insistia que fosse assim. Recebíamos a mesma mesada, mas naquela idade eu estava meio obcecada por surfe e todo o meu dinheiro ia para trajes de neoprene, fitas antiderrapantes e parafina. Fora da água, tudo que eu usava vinha de brechós. – Ela sorriu. – O que, claro, significava que Belle preferia sair nua de casa a usar alguma das minhas roupas horríveis. A situação estava totalmente a meu favor.

– E vocês duas gostam de implicar uma com a outra? – perguntou Sam.

Rá! Ele sabia.

– Um pouco. Às vezes. Eu mais do que ela – admitiu Clemency. – Isso porque eu e minha mãe éramos as intrusas que se mudaram para a casa onde Belle passou a infância. Acho que você entende. E isso só durou alguns anos, até nós duas irmos para a universidade. E você? Mora sozinho?

Tudo bem, talvez não fosse o jeito mais sutil de fazer a pergunta, o que pelo visto justificava o breve momento de hesitação antes de Sam dizer:

– Sim, moro sozinho. – Ele tomou um gole de vinho e então prosseguiu: – Mas você devia ter visto a casa que dividi com seis estudantes quando estava na faculdade. Na verdade, pode agradecer às estrelas por não ter visto. Que perigo para a saúde aquele lugar era. Havia fungos crescendo no banheiro.

Clemency ficou animada, se empertigando que nem um suricato.

– Durante meses ficou pingando água do lustre da nossa sala.

– Nós fazíamos competição para ver quem conseguia comer a comida com prazo de validade mais vencido – retrucou Sam, balançando a cabeça com a lembrança de como aquilo era nojento.

– Uma vez, nós encontramos um rato morto na geladeira.

Ele sorriu.

– Você é muito competitiva, né?

– Avalie o seu nível de competitividade – retorquiu Clemency imediatamente. – De zero a dez.

– Nove – disse Sam.

– Onze. – Ela sorriu. – Viu? Ganhei.

O voo continuou a caminho do Reino Unido e eles conversaram sem parar. Mais duas garrafinhas de vinho tinto foram abertas e Clemency sentiu a conexão entre eles aumentar. Havia uma química inegável entre os dois; primeiro ela questionou se seria só do seu lado, mas agora tinha quase certeza de que o sentimento era mútuo. Quando você se via recebendo tanta atenção e a fagulha era quase palpável, meio que se tratava de uma pista.

E uma pista muito boa, no fim das contas. A conversa foi pulando de um assunto para outro, de aventuras adolescentes a fugas de férias aos vinte e poucos anos, dos vários empregos de meio período que tiveram momentos constrangedores.

– O meu foi horrível. – Sam tremeu só de lembrar. – Eu perguntei a uma cliente para quando era o bebê dela. Ela respondeu: "Eu não estou grávida, só gorda mesmo."

– Ah, o meu foi pior. Um cara levou a filhinha para o café onde eu trabalhava e eu perguntei: "Ah, o papai vai comprar sorvete para você?" A garotinha pareceu confusa e a pessoa com ela disse: "Na verdade, sou a mãe dela."

Sam quase engasgou com a bebida.

– *Meu Deus.*

– Pois é! Mas… cabelo curto, nada de maquiagem, jeans e um suéter largo… e, em minha defesa, ela tinha a sombra de um bigode.

– O que você fez?

Clemency balançou a mão.

– O óbvio. Pedi desculpas que nem uma louca e disse que era tecnicamente cega. Depois servi café e sorvete e tateei as moedas, fingindo que estava contando dinheiro. Elas ficaram meia hora no café e o tempo todo eu tive que fingir que estava fazendo tudo na base do tato… Tudo bem, pode parar de rir agora, não foi engraçado na hora. Eu tinha dezoito anos e morri de vergonha.

A voz do piloto soou pelos alto-falantes:

– Senhoras e senhores, verifiquem se seus cintos estão afivelados... Vamos iniciar nossa descida.

E, pela primeira vez na vida, Clemency desejou que o voo pudesse ter sido mais demorado. Mas com sorte aquela não seria a última vez que ela veria aquele companheiro de viagem. Quando o avião pousasse, Sam estaria a caminho de Londres e ela voltaria para Northampton, o que não era a situação mais ideal do mundo. Por outro lado, também não era totalmente absurda. Quando duas pessoas se gostavam, um pouco de deslocamento entre cidades podia ser necessário na equação. E de Northampton até Londres a distância era só de... o quê, cento e poucos quilômetros? Era tolerável.

Na imaginação, Clemency percebeu que já estava idealizando os dois viajando de carro para se encontrarem, ou pegando trens, a empolgação do reencontro mais do que compensando a leve inconveniência da distância. E quem poderia saber, talvez as coisas progredissem bem e até fizesse sentido ela sair de Northampton e procurar um emprego em Londres... a não ser que Sam se mudasse da capital para ficar com ela...

Bom, ela parecia uma adolescente de novo, que escrevia o próprio nome com o sobrenome do namorado em todos os cadernos da escola só para ver como ficariam juntos se os dois se casassem. Se bem que ela nem sabia o sobrenome de Sam nem podia perguntar, pois ele poderia adivinhar por que ela queria saber. Ah, mas quando eles conseguissem pegar as malas na esteira de bagagens, ela lhe daria um cartão de visita e com sorte ele retribuiria o gesto.

Eles pousaram em segurança, o que sempre era uma boa notícia, e seguiram pelo controle de passaportes, depois esperaram pelas bagagens. A de Clemency foi uma das primeiras a aparecer na esteira e ela a pegou com alívio.

– Não saia daí. Volto em dois minutos. – Depois de abrir a mala e remexer lá dentro, ela tirou uma blusa com listras vermelhas e mostrou para Sam. – Tem um banheiro no corredor. Vou lá trocar de roupa e aí devolvo seu suéter. Ah, e pegue isto também.

Como um gesto aparentemente descuidado e casual, ela entregou a ele um de seus cartões de visita, que estavam guardados em um bolso lateral da mala.

– Volto rapidinho.

E então, como Sam olhava fixamente para Clemency, ignorando totalmente a esteira de bagagens, ela acrescentou:

– Cuidado para não perder sua mala de vista!

No banheiro feminino, havia uma fila para usar as cabines. Depois de um tempo, finalmente chegou a vez dela. Clemency tirou o suéter, vestiu uma blusa limpa e aproveitou para guardar a fragrância do suéter de Sam na memória. Se bem que, com sorte, ela sentiria aquele perfume de novo em breve, talvez quando eles se despedissem em alguns minutos e ele lhe desse um beijo na bochecha.

Ou na boca...

Pronto, ela estava fazendo a mesma coisa de sempre, era melhor parar. Depois de virar a mala com habilidade e sair do cubículo, Clemency se preparou para voltar até a esteira de bagagens. Ah, mas se Sam murmurasse: "Não estou pronto para me despedir ainda. Quer jantar comigo?"

E, depois disso: "Não estou mesmo pronto para me despedir. Você precisa voltar para Northampton hoje ou será que consigo convencê-la a ficar?"

Ele faria isso? Essa era a questão. Clemency tremeu de expectativa; conseguiu visualizar muito bem o rosto de Sam e ouvir a voz dele ao fazer o convite.

Ah, quem ela queria enganar? Claro que ficaria. Hoje, conhecê-lo no avião foi um daqueles eventos que mudam radicalmente a vida.

Se Sam pedisse a ela que passasse a noite com ele, não tinha a mínima chance de ela dizer não.

Mas quando ela chegou à esteira de bagagens, não havia sinal dele.

E isso a pegou de surpresa, mas era possível que ele tivesse decidido ir ao banheiro masculino antes de voltar para casa.

Depois de esperar a uma distância razoável por alguns minutos, Clemency foi até lá, abriu a porta e chamou:

– Sam, está aí?

Silêncio. Até que um homem respondeu:

– Sim, querida, sou eu, o Sam. Você não pode vir me dar uma mãozinha? Hahaha...

Ela soltou a porta. De repente, a fantasia feliz que estava prestes a se tornar realidade pareceu perder o rumo de forma abrupta. Como Sam podia ter sumido?

Com o coração despedaçado, Clemency passou pela alfândega. Também não havia sinal dele. Ao sair no saguão de desembarque, procurou no mar de rostos, mas não o encontrou. Rapidamente, deu uma olhada no celular para ver se ele tinha enviado uma mensagem de texto, mas não. Nada.

O que estava acontecendo? Não fazia sentido nenhum.

Ela passou pela porta giratória, porque onde mais poderia procurá-lo em um aeroporto enorme? Se ele tivesse deixado o carro ali e tivesse ido para um dos estacionamentos, ela nunca o encontraria, mas se fosse pegar um táxi...

Mas por que ela estava fazendo aquilo? Já tinha lhe dado seu cartão; se ele quisesse entrar em contato, sabia o número. Só que tudo foi tão inesperado... Além do mais, ela ainda estava com o suéter azul-marinho. E não era um suéter qualquer; aquele era de casimira.

Segundos depois, ela o viu. Foi só a nuca, mas sem dúvida nenhuma era ele. Sentindo como se tivesse levado uma bolada no estômago, Clemency arrastou as malas até chegar perto do cara. Ele estava esperando na longa fila do táxi, virado para a frente, o maxilar visivelmente contraído.

Por quê? *Por quê?*

Uma coisa era certa: ela não perguntaria.

– Aqui está. – Ela estendeu o braço com o suéter na frente dele. – Obrigada por me emprestar.

Por uma fração de segundo, ela viu um mundo de dor misturada com culpa nos olhos dele. Ele pegou o suéter e balançou a cabeça lentamente.

– Eu lamento muito.

Estava claro que aquele era o fim da linha; a ligação entre eles foi tão fugaz quanto divertida. E agora tinha acabado... o romance mais curto da história.

– Eu também – comentou Clemency e foi embora.

Ele a alcançou vinte segundos depois, com a mão no braço dela para fazê-la parar.

– Tudo bem, eu preciso explicar. – Ele parecia... angustiado. Não havia outra palavra.

– Não precisa. Não é nenhum mistério. Imagino que você tenha namorada ou noiva. – Ele não estava de aliança, mas ela falou mesmo assim: – Ou esposa.

– Tenho mesmo. – Sam assentiu.

– Namorada?

Ele expirou e disse, impassível:

– Esposa.

Ah. Certo.

– E se esqueceu de mencioná-la antes. Não que houvesse qualquer motivo para fazer isso – acrescentou Clemency.

Afinal, o que eles fizeram além de se sentarem ao lado um do outro e matarem o tempo no que, de outra maneira, teria sido um voo chato?

Só que os dois sabiam que havia mais, bem mais do que isso.

– Eu não esqueci. – Sam hesitou, como se procurasse as palavras certas. – Eu... botei no fundo da mente.

Como milhares de outros homens casados no mundo todo. E mulheres também. Não que ele tivesse cometido algum crime hediondo. No mínimo, Clemency invejava a esposa dele por ter se casado com um homem com escrúpulos e consciência suficiente para se manter fiel.

Que sortuda.

– Bom, foi um prazer conhecer você, de qualquer modo.

A decepção era esmagadora, mas ela não podia ficar irritada. E, por impulso, Clemency acrescentou:

– Você olhou meu cartão?

– Não. – Ele balançou a cabeça e ficou claro que estava falando a verdade. – Não olhei.

Que bom.

– Tudo bem. Isso vai parecer estranho, mas você pode devolver? – Ela sentiu o rosto corando. – É que eu... hum, estou com poucos.

O verdadeiro motivo era ela não ter que passar as semanas seguintes se perguntando se ele não entraria em contato, mesmo contra todas as probabilidades. Seria bem mais fácil simplesmente acabar com a possibilidade que isso tinha de acontecer.

– Desculpe, não estou mais com ele. Está na lixeira ao lado da banca de jornal no desembarque. Se você quiser, posso ir lá buscar...

Claro que ele tinha jogado o cartão dela fora... Por que guardaria? A esposa poderia encontrar e ficar imaginando o que ele tinha feito. *Meu Deus, só por alguns segundos ela tinha esquecido que ele era casado.*

– Não, tudo bem, não importa.

Clemency olhou para ele e observou cada detalhe do seu rosto pela última vez. Com um sorriso rápido, porque estava de fato indo embora agora, ela acrescentou:

– Não estou tão desesperada assim.

– Eu queria que as coisas pudessem ser diferentes.

Sam estendeu a mão para apertar a dela, mas acabou interrompendo o gesto, como se ela fosse radioativa.

Desejando ter ficado com aquele suéter macio, Clemency disse com sarcasmo:

– Mas não são.

Capítulo 3

Três anos depois

SÉRIO, HAVIA COISA MELHOR do que voltar para o escritório no fim de um longo dia de trabalho e encontrar uma vaga esperando bem na porta?

Bom, provavelmente *não haveria* nada melhor, mas no momento Clemency não tinha como dizer, porque havia perdido a valiosa vaga. Ronan chegou segundos antes, entrou de ré com destreza e agora sorria para ela ao sair do Audi.

– Lenta demais, Clem. Foi à roça, perdeu a carroça.

Como se ela tivesse tempo para essas coisas.

– Se você fosse um cavalheiro de verdade, me deixaria ficar com a vaga – disse Clemency, balançando a cabeça com pesar.

– Mas se eu a oferecesse, você me chamaria de porco machista. Como naquela vez que seu pneu furou e me ofereci para trocar, lembra?

– Aquilo aconteceu porque você supôs que eu não era capaz de trocá-lo sozinha.

– Supus isso mesmo e me enganei. Você é uma excelente trocadora de pneus. – O sorriso de Ronan se abriu ainda mais quando ele balançou as chaves. – Mas não vou sair daqui.

– Nesse caso – disse Clemency –, você paga o sorvete.

Ela dirigiu pela colina íngreme e sinuosa até o estacionamento lotado, enfiou o carro em uma vaga apertada entre um trailer roxo e um Volvo preto todo sujo e desceu a ladeira a pé até o escritório.

A imobiliária Barton & Byrne tinha sido criada por Gavin Barton havia mais de vinte anos. Há sete, com o auxílio de um caça-talentos, ele contratou Ronan Byrne para ser seu menino prodígio das vendas e quatro anos depois eles se tornaram sócios. Gavin agora tinha 50 e muitos anos e estava dedicado a melhorar no golfe. Ronan, com 31, era o sócio cheio de energia que amava vender imóveis e estava preparado para trabalhar até tarde se necessário para garantir o sucesso da empresa.

Dois anos antes, eles haviam dispensado um corretor iniciante que descobriu estar na profissão errada e se preparavam para anunciar a abertura da vaga. Foi na mesma época em que Clemency estava em St. Carys para aproveitar um feriado prolongado.

– Sabia que Gavin e Ronan estão contratando? – mencionou Lizzie, sua mãe, na primeira noite dela lá.

– Ei, tem uma vaga de emprego na empresa do Gav – disse Baz, o padrasto de Clemency, quando ele se juntou a elas para jantar duas horas depois. – Acho que você se sairia bem lá.

– Mas eu tenho emprego – lembrou Clemency. – Em Northampton. Além disso, gosto de vender carros.

– Você gosta de vender – observou Baz. – Casas ou carros, dá no mesmo. Elas só não têm rodas.

Na tarde seguinte, ela encontrou casualmente Ronan Byrne no Mermaid Inn. Depois de abraçá-lo (*humm, músculos*), ele perguntou:

– Você soube que estamos procurando alguém para substituir Hugo?

– Soube. E antes que você pergunte, me sinto feliz onde estou.

– Que bom, porque eu não ia chamar você. – Os olhos dele cintilaram, entretidos. – Acho que você nem serviria para o trabalho, de qualquer jeito.

Clemency se irritou.

– Sou capaz de fazer qualquer coisa que eu quiser. Se consigo vender um carro, consigo vender uma casa. Vendi uma Lamborghini semana passada.

– Sem querer ofender... – disse Ronan, com um tom desdenhoso. – Mas vender um imóvel é mais difícil do que parece.

Uma semana depois, Gavin ligou para dizer que o emprego era dela.

– Que fantástico! – disse Clemency, feliz da vida. – Achei que você não me aceitaria depois que Ronan disse que eu não servia. Tem certeza de que ele não vai se importar de trabalhar comigo?

Gavin, rindo ao telefone, respondeu:

– Minha querida, para começar, a ideia foi do Ronan. Eu disse que você provavelmente não estaria interessada, mas ele falou: "Deixa comigo."

Bastou um pouco de provocação brincalhona. Ela caiu, foi derrotada por um profissional. Não que Clemency tivesse se incomodado muito; quando recebeu pela primeira vez uma proposta de emprego em Northampton, oferecida por uma amiga da mãe, ela ficou lisonjeada e feliz de aceitar, mas, depois de quatro anos, estava cada vez mais difícil de resistir à atração da Cornualha. Como a única mulher na equipe de vendas de um salão enorme de automóveis de luxo, ela amava o emprego, mas estava ficando cansada das conversas intermináveis sobre esporte, jogos on-line para escalar times de futebol, mais esporte e World of Warcraft. Além do mais, por estar solteira naquele momento, não havia nada que a mantivesse em Northampton, e trabalhar como corretora de imóveis seria um novo desafio interessante.

Foi assim que Clemency se deu conta, da mesma forma que tantas outras pessoas que cresceram no litoral, de que queria voltar para St. Carys, na Cornualha, um dos destinos de férias mais lindos do Sudoeste. E isso se revelou a melhor decisão que ela poderia ter tomado. Sua mãe e Baz tentaram convencê-la a se mudar de volta para o antigo quarto na Casa Polrennick, mas ela preferiu alugar um apartamentinho de um quarto sobre uma loja de jornais e revistas. Era pequeno demais para ser alugado para turistas e também era barulhento de manhã cedo, porque Meryl, que cuidava da loja, gostava de falar sem parar e cantar em volume máximo enquanto arrumava os jornais e preparava o local para o dia. Mas o apartamento era peculiar e aconchegante e, se o morador se inclinasse do jeito certo pela janela da sala, dava para ter um vislumbre do mar.

– Tudo bem, ela acabou de chegar – anunciou Ronan quando Clemency abriu a porta da imobiliária. – Fim do pânico.

Ele estava falando com a mãe, Josephine, que revirou os olhos.

– Eu não estava em pânico, só não queria que você comesse todos os pães antes da Clem chegar. Oi, minha linda, como você está? – Josephine deu um abraço caloroso em Clemency. – Nós duas sabemos como ele é, não? Eu não confiaria muito. Ele já comeu cinco.

– Você precisa proteger esses pãezinhos com a sua vida. Está ouvindo o barulho? – Clemency bateu na barriga roncando. – É porque estou morrendo de fome. Juro que senti o cheiro deles quando estava descendo a ladeira. Josephine, o que seria de nós sem você? Você é um anjo. Muito obrigada.

Quando foi trabalhar lá, Clemency achou que a melhor coisa em Ronan Byrne era sua total falta de interesse por futebol e World of Warcraft. Só levou duas semanas para descobrir que o melhor mesmo era a mãe. Bom, a mãe dele e o hábito que ela tinha de aparecer com cestas de comida caseira. Nascida em Barbados, Josephine fora para o Reino Unido quando era adolescente e agora tinha um pequeno e concorrido restaurante caribenho em Newquay. Era uma cozinheira maravilhosa e uma mãe atenciosa com o filho único. Sua crença de que ele desapareceria se ela não levasse regularmente itens essenciais era incentivada sem vergonha nenhuma por Ronan, que amava a comida da mãe e também sabia o quanto ela gostava de alimentá-lo. Naquele dia, eram os famosos pães com frango *jerk* servidos com maionese de limão apimentada.

Clemency comeu um pedaço e fingiu desmaiar, porque aquele pão leve como o ar com seu recheio de frango e molho barbecue ao estilo *jerk* era sublime. Ela colocou maionese por cima do resto do pão e balançou a cabeça.

– O melhor até hoje.

Josephine abriu um sorriso largo de orgulho e deu um tapinha no braço dela.

– Você sempre diz isso.

– Porque é sempre verdade.

– Ele anda se comportando? – perguntou Josephine, inclinando a cabeça na direção do filho.

– Sempre – disse Ronan antes que Clemency pudesse responder.

Ainda falando com Clemency, Josephine perguntou:

– E ele já conheceu alguém?

– Mãe, prometo que você vai ser a primeira a saber quando isso acontecer.

Pobre Josephine, estava querendo que Ronan sossegasse.

– Você precisa se esforçar mais – disse ela. – Encontrar uma garota boa, botar uma aliança no dedo dela, ter bebês lindos... Não é para rir da minha cara, Ronan, estou falando sério. – O sotaque de Barbados foi ficando mais pronunciado conforme ela falava. – Você é um garoto bonito, tem personalidade, pode ter a garota que quiser!

– Eu sei. – Ronan sorriu. – Isso não é ótimo?

– Mas você não é mais tão jovem – observou Josephine. – Tem 31 anos. E se começar a perder a boa aparência? Se esperar demais, pode se arrepender seriamente, estou falando. Como seu tio Maurice... Quando fez trinta, perdeu tudo! O cabelo caiu, a papada cresceu e nenhuma garota bonita queria mais olhar para ele. Você não quer acabar como o seu tio Maurice, quer?

– Agora estou tão deprimido que preciso de outro pão – declarou Ronan.

Josephine sorriu e balançou a cabeça olhando para Clemency.

– Diz para ele que ele precisa ouvir a mãe. Agora tenho que ir. Vejo vocês dois em breve. E se lembre de uma coisa – falou, cutucando o peito do filho com um dedo ameaçador. – Eu tenho dezessete sobrinhas e sobrinhos. Não faria mal nenhum você me dar um neto.

Ela se despediu dos dois com beijinhos e saiu do escritório envolta em um redemoinho fúcsia exuberante. Momentos depois, eles ouviram a buzina do carro dela e os pneus cantando.

– Escuta só isso – disse Ronan. – Ela vai ganhar outra multa por excesso de velocidade e desta vez não vai conseguir usar o charme para escapar.

Clemency comeu outro pão.

– Eu amo a sua mãe.

– Até que ela é razoável – admitiu Ronan. – Escolhi bem.

– Se bem que, tecnicamente, foi ela que escolheu você.

Ronan olhou para ela com a sua expressão fulminante e matadora.

– Ah, mas só porque eu quis.

Eles trabalharam em meio ao clima ameno, cada um à sua mesa, para terminar a papelada do dia. Às cinco e meia, fecharam o escritório e seguiram para o Paddy's Café. Isso era parte da rotina deles havia muito tempo; a não ser que houvesse visitas ou outros compromissos inadiáveis, eles iam ao café beber alguma coisa e tomar um sorvete antes de se dirigirem cada um para a sua casa. Sob o comando dos irmãos Paddy e Dee, o estabelecimento ficava perto do cais, com uma área de mesas isolada na frente, oferecendo uma vista ampla da praia, dos barcos e do mar turquesa cintilando além dos muros do porto.

O Paddy's Café era extremamente movimentado ao longo do dia, mas aquele era o horário mais tranquilo, quando os turistas começavam a sair da praia e a pensar no jantar. Acomodando-se em uma das mesas mais cobiçadas do lado de fora, Clemency acenou para Marina, que estava ocupada com um dos trabalhos artísticos que vendia por lá.

– Pronto – disse Ronan, pegando a carteira. – Hoje é minha vez. O que você quer?

– Sorvete de pavlova de framboesa e um cappuccino – disse Clemency. – Por favor.

Ele foi até a bancada para ser atendido por Dee. Clemency se acomodou para observar Marina, em frente ao cavalete, desenhar com habilidade uma família de quatro pessoas em um trecho da praia que ficava além do muro. A família estava sentada à frente dela, sorrindo, todos queimados de sol. Marina, que completava as várias cenas de praia devagar, conseguia acrescentar os personagens em poucos minutos, então nem as crianças pequenas tinham tempo de ficarem agitadas e entediadas. Ela usava uma mistura de lápis aquareláveis e canetas hidrográficas, o que quase não exigia tempo até secar. Em menos de quinze minutos, uma família podia encomendar e receber um quadro deles mesmos num cenário à sua escolha.

Clemency ouviu que a família tinha vindo de Leeds. Eles falavam com Marina sobre a alegria de terem descoberto St. Carys e perguntaram se ela sempre tinha morado na Cornualha.

Marina fez que não.

– Não, cresci em Oxford, mas sempre vínhamos aqui nas férias quando eu era pequena. Eu adorava. Então, alguns anos atrás, meu marido decidiu que era hora de pedir o divórcio. Pareceu uma boa ideia eu me mudar e cheguei à conclusão de que o lugar onde mais gostaria de morar era St. Carys. – Ela sorriu para a família. – Foi a melhor decisão que eu poderia ter tomado. Nunca fui tão feliz.

– Então seu marido fez um favor para você – disse a mulher com uma gargalhada. – O divórcio acabou se transformando em uma coisa boa.

– Ah, sem dúvida – concordou Marina, fazendo que sim com a cabeça.

– É melhor você tomar cuidado. – A mulher deu uma piscadela brincalhona para o marido. – Esta conversa está plantando umas ideias na minha cabeça.

Ao reparar que Clemency os olhava, Marina piscou para ela e continuou trabalhando. Tinha transformado a situação em uma coisa leve, como sempre; a história completa do divórcio era bem traumática e nem um pouco divertida. Mas os estranhos não queriam ouvir nada do tipo enquanto seu retrato era pintado. Eles estavam de férias, logo diversão e escapismo estavam na ordem do dia.

O telefone de Clemency ganhou vida. Quando o nome apareceu na tela, ela ficou tentada a deixar cair na caixa postal.

Só que Belle saberia que ela tinha feito de propósito.

Tudo bem, vamos ser legais uma com a outra, como adultas de verdade.

– Oi, Belle! Tudo bem?

– Tudo, obrigada. Quais são seus planos para amanhã?

– Ahn... vou trabalhar amanhã. Por quê?

– Eu sei que você vai trabalhar. Quero saber se você pode nos mostrar alguns imóveis decentes. Estou falando do que há de mais luxuoso no mercado, cheio de diferenciais, com vista para o mar, uma coisa bem especial.

– *Nos* mostrar? – Clemency ergueu as sobrancelhas. – É para você?

– Para o meu namorado. Ele está pensando em comprar uma casa de verão e vamos pegar o avião amanhã de manhã. Se você estiver ocupada, tudo bem, posso ligar para a Rossiter's. Sabe, só achei que seria legal dar a você uma oportunidade de fazer uma boa venda. Se você tiver alguma coisa que valha a pena, claro!

– Tenho certeza de que podemos arrumar algumas opções. – *Viu? É por isso que é tão difícil tratar Belle como uma adulta normal.* – Em que região ele quer comprar?

– Em qualquer lugar da Cornualha. Por que você não manda por e-mail os...

– Vou mandar por e-mail os detalhes de tudo que talvez valha a pena e você me diz quais ele gostaria de ver. Quanto tempo vocês vão ficar por aqui? Só amanhã?

– Amanhã e sábado de manhã, depois voltamos para cá na parte da tarde. Ele quer encontrar algo e resolver tudo numa viagem só. Ele é esse tipo de pessoa – explicou Belle, com o orgulho evidente na voz. – Não gosta de enrolar. Quando decide, está decidido.

– Entendi. Ele é determinado – disse Clemency. – Tudo bem, ser determinado é bom. Gosto disso em um cliente.

Desde que ele fosse comprar um dos imóveis dela.

– Espere para ver. – Sem conseguir se segurar, Belle acrescentou: – É sério, você vai ficar com *muita* inveja.

Clemency duvidava. Belle sempre tinha a tendência de sair com caras barulhentos e insolentes de escolas caras que adoravam se gabar do quanto as famílias eram ricas. Mas, para ser diplomática, ela disse:

– Qualquer pessoa disposta a gastar com um imóvel me parece ótima.

– Tudo bem, me mande o que você tiver e eu entro em contato. Na verdade, vou ver o que a Rossiter's tem a oferecer também. Não custa nada.

– Seria besteira não olhar lá também – respondeu Clemency, porque falar mal de imobiliárias rivais era uma coisa que nunca se fazia, por mais tentador que fosse. – Certo, vou cuidar disso agora.

– Como está o Ronan? Ele vai estar por aí? – O tom de Belle foi cuidadosamente despreocupado.

– Não sei. Talvez. Ele está aqui agora. – Clemency sorriu, porque Ronan tinha voltado para a mesa. – Quer falar com ele?

– Não, tudo bem. A gente deve se ver amanhã. Tenho que ir... Estou cheia de coisa para fazer... Tchau, tchau!

E foi isso, o telefone já estava mudo. Belle amava ser sempre a primeira a encerrar uma ligação; parecia lhe dar uma sensação de superioridade.

Capítulo 4

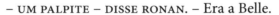

– UM PALPITE – DISSE RONAN. – Era a Belle.
– Ela vem amanhã. Vem de *avião* – acrescentou Clemency, para deixar claro que os dois deviam ficar impressionados. – Com o novo namorado fabuloso. Acho que ela quer te deixar com ciúmes.

Quando Ronan chegou a St. Carys, Belle desenvolveu uma paixonite por ele; ficou *muito* interessada em conhecê-lo melhor. O interesse dela podia não ter sido mútuo, mas proporcionou a Clemency infinitas horas de diversão.

– Humm. Bom, se ela arrumou um namorado, acho que estou seguro. – Ronan indicou as anotações que a colega tinha feito em um guardanapo de papel. – O que ele quer?

Os dois começaram a organizar uma lista de imóveis que poderiam se encaixar no que o namorado rico de Belle queria. Clemency tomou o sorvete e, quando acabou, mergulhou a ponta da casquinha no cappuccino, porque sabia que Ronan odiava quando ela fazia isso.

Ele balançou a cabeça sem acreditar.

– Você é repugnante.

Clemency abriu um enorme sorriso ao morder a ponta úmida da casquinha.

– Eu sei.

A família de turistas foi embora do café com o retrato pronto e Marina fechou o cavalete e arrumou o material de arte para encerrar o dia. Ela parou ao lado da mesa de Clemency e Ronan e estalou a língua de forma amistosa.

– Vocês dois ainda estão trabalhando? Cuidado para não entrarem em colapso.

– Falou a mulher que não para nunca – observou Clemency. – Quantos você vendeu hoje?

– Nove. Foi um bom dia. – Marina acomodou a bolsa grande e desajeitada no ombro. – É que não parece trabalho quando a gente está se divertindo, né?

Ronan apontou para a família que agora se afastava, seguindo pela praia.

– Eles estão bem felizes com o retrato.

– Eu sei. Ainda é emocionante. – Marina sorriu para ele. – Eram pessoas ótimas.

– E o que você vai fazer hoje? – perguntou Clemency. – Alguma coisa boa?

– Ah, maravilhosa. O pobre Alf ainda está se recuperando do problema no pulmão, então vou levar Boo para passear. E, depois disso, vou ficar de babá de Ben e Amy. – Marina espalmou as mãos. – Basicamente, não podia ser melhor!

– Você é a Supermulher – disse Ronan.

Clemency sorriu porque isso era verdade mesmo. Alf era o vizinho de 86 anos de Marina. Ben e Amy eram os gêmeos hiperativos de três anos que moravam com os pais exaustos em frente à casinha branca de Marina, na Harris Street. Ali no café, sempre que Paddy e Dee precisavam de alguma ajuda, Marina era a primeira a se oferecer. Em resumo, se alguém estivesse precisando de carona, de um favor ou de alguma ajuda com um jardim malcuidado, ela ficava mais do que feliz em ajudar. Nos cinco anos desde que tinha se mudado para St. Carys, conquistou um lugar no coração da comunidade e o amor dela pela cidadezinha e seus habitantes era totalmente mútuo.

– Ah, bom, de que outra forma eu me manteria ocupada? – Marina arrumou primorosamente a faixa turquesa que segurava seus cachos castanhos de hena para que não caíssem no rosto. – Sentada olhando para o teto? Eu só faço o que quero. Se alguém precisa de uma mãozinha com alguma coisa, é bom poder ajudar.

– Mas ser legal tem limite. – Ronan balançou a cabeça para ela. – Não deixe as pessoas tirarem vantagem de você.

– Não se preocupe, eu não sou tão trouxa assim. – Os olhos cor de âmbar cintilaram. – Consigo avaliar melhor um caráter agora do que antes, graças a Deus!

Ela se despediu e foi embora do estabelecimento. Momentos depois, eles a viram cumprimentar um dos hoteleiros da região antes de se abaixar para fazer carinho no beagle agitado e de rabo balançando.

– Ela deve estar se oferecendo para tricotar um casaco para o cachorro – observou Ronan.

– Mas, falando sério, por que coisas ruins acontecem com pessoas boas? E o carma?

– Talvez ela não seja boa. Talvez seja uma agente secreta ou uma assassina sinistra disfarçada de artista fofa.

Clemency balançou a cabeça.

– Meu Deus, o marido dela deve ser um desgraçado por ter feito o que fez.

Na manhã seguinte, Clemency esperou no carro em frente à primeira das três casas que tinha planejado visitar com Belle e o novo namorado.

Com sorte, ele não seria tão detalhista quanto Belle, que já tinha enviado uma mensagem de texto para anunciar que vira um dos outros imóveis listados no Google Earth e que eles não iam querer ir até lá de jeito nenhum, porque quem em sã consciência escolheria morar em frente a uma casa de apostas?

Na verdade, muita gente acharia bem prático.

Ah, bom, talvez esse carinha que ela arrumara fosse viciado em jogo e ela só estivesse tentando protegê-lo.

Clemency olhou para o relógio; eram onze e dez. Quando ligou para Belle a fim de explicar que onze horas era o horário mais cedo que podia, porque ela tinha uma visita com outro cliente às dez, a irmã postiça suspirou e disse: "Você não pode cancelar com ele?"

Agora, pelo visto, ela estava sendo punida por não ter feito isso. Clemency abriu o porta-luvas, pegou o estoque secreto de balinhas de limão e colocou uma na boca. Isso costumava ter o efeito da lei de Murphy e fazia as pessoas aparecerem.

E, sim, funcionou mais uma vez, como um feitiço. Menos de vinte segundos depois, um Lexus preto apareceu e ali estava Belle, acenando do banco do carona.

Clemency sorriu, apesar de tudo, levantou a mão e mordeu a bala; por experiência, sabia que era possível esmagar a casca dura e engolir tudo em vinte segundos. E como podia fazer isso enquanto cumprimentava Belle, não havia necessidade de esperar no carro.

O Lexus estava agora estacionado. As duas portas se abriram. Belle, a primeira a sair, estava usando um vestido branco comprido e esvoaçante de alcinhas que podia muito bem ser seu jeito de sugerir de modo subliminar ao novo namorado que ela seria uma noiva linda. Com os braços morenos e finos esticados, ela avançou na direção de Clemency.

– É minha irmãzinha! – exclamou ela. – Vem cá!

Mas isso nem sempre acontecia; nunca dava para ter certeza de como a pessoa seria cumprimentada por Belle. Costumava depender de quem estava por perto.

Depois de fechar a porta do carro, Clemency se adiantou para um abraço cinematográfico enquanto esmagava a bala em pedacinhos. Belle a segurou pelos cotovelos e exclamou:

– Uau, você está tão *bem*!

No caso, era o jeito dela de dizer "gorda".

Por sorte, Clemency sabia que não estava gorda; estava normal. Só que Belle era famosa por apontar fotos de supermodelos e comentar que elas estavam meio gorduchas.

Elas se abraçaram e Clemency inspirou a fragrância cara que a irmã postiça sempre usava. Ao fazer isso, olhou por cima do ombro de Belle para o novo namorado na hora em que ele tirou os óculos escuros.

O recheio cremoso de limão e a casca dura da bala colidiram com a inspiração forte e Clemency teve um ataque convulsivo de tosse daqueles que não dão para segurar. Antes que tivesse a chance de virar a cabeça, pedacinhos de bala e saliva cítrica voaram no peito de Belle.

– Ecaaaa, você é muito nojenta.

– Desculpe, desculpe, não consegui controlar...

– Você já ouviu falar em cobrir a boca? – gritou Belle.

– Você estava segurando os meus braços! – balbuciou Clemency, procurando desesperadamente um lenço de papel na bolsa sem conseguir olhar para o namorado de Belle, que era Sam.

Ah, Deus, era ele, era ele *mesmo*. Começando a tossir de novo para valer, ela recuou e botou as mãos na boca, nos olhos úmidos, o rosto todo...

– Olha só o meu vestido – choramingou Belle. – Você parece um animal!

Mas Clemency nem conseguia ouvir direito; parecia que a irmã postiça estava tagarelando dentro de uma caixa, enquanto no alto da caixa havia um arauto com um megafone gigante berrando "É o Sam, é o Sam, é o Sam".

– Desculpe, foi sem querer. – Depois de encontrar um lenço, Clemency secou os olhos. – Tenho certeza de que podemos lavar e vai ficar ótimo.

Na última vez que viu Sam, ela tinha conseguido derramar vinho tinto nela mesma. Pensando bem, tossir e cuspir bala de limão em outra pessoa devia ser pior.

Mesmo essa pessoa sendo Belle.

Por fim, ela ousou olhar para ele e percebeu que ele parecia igualmente surpreso pela situação.

– É melhor mesmo. – Belle ainda parecia estar com muito nojo. – Comprei este vestido semana passada. Ah, bom, acho que eu já deveria estar acostumada.

Como se receber um spray de comida e cuspe da irmã postiça fosse uma coisa que acontecia toda hora.

– Enfim, desculpe de novo – disse Clemency.

– Ah, *tudo bem*. – Belle balançou a cabeça, resignada. – Bom, chegamos. Sam, esta é Clem. Clem, Sam Adams.

Sam estava olhando fixo para ela. Clemency olhou para ele também. Aquele era o momento em que um dos dois precisava sorrir e dizer "Na verdade, a gente já se conhece". Depois, eles poderiam explicar que se sentaram lado a lado em um voo, comentar como a coincidência era incrível e continuar com a visita.

Era só isso que precisava acontecer.

O momento parou, ficou suspenso no ar entre os dois por um segundo e seguiu em frente. Agora era tarde demais para falar. Sam esticou a mão.

– Olá.

Clemency apertou a mão dele e se ouviu responder:
– Oi.
Como dois estranhos se encontrando pela primeira vez.
– E então... – Sam assentiu de leve. – Vamos dar uma olhada no apartamento?
– Claro. – Aproveitando a deixa, ela balançou as chaves na mão. – Vamos lá. Vamos ver se conseguimos encontrar o lugar perfeito para você.
Para não ficar de fora, Belle acrescentou:
– Além disso, vamos ver se consigo lavar esta nojeira do meu vestido.
O apartamento de segundo andar era decorado em tons claros de verde e azul, combinando com o clima litorâneo. Era arejado e moderno, com uma cozinha enorme e dois quartos de bom tamanho. Quando desapareceu no banheiro prateado e branco para limpar as manchas grudentas de bala do vestido, Belle deixou a porta escancarada, não deixando qualquer oportunidade para uma conversa particular.
Mas, com a torneira aberta, Clemency murmurou:
– Então você não é mais casado.
Sam nem olhou para ela; estava parado observando pela janela. Mantendo a voz baixa, ele respondeu:
– É claro que não.
– Quando ela disse que tinha uma irmã postiça chamada Clemency, você achou que poderia ser eu?
Ele balançou a cabeça.
– Ela não falou seu nome. Eu não sabia.
A torneira foi fechada e em segundos Belle se juntou a eles, passando uma toalha branca de mão na parte molhada do vestido.
– Saiu.
– Que bom – disse Sam. – Acabou o pânico.
Ela fez um gesto ao redor.
– Qual é o veredicto sobre o lugar, então?
Ele deu de ombros.
– É ótimo. Mas eu não diria que foi... sabe como é...
– Amor à primeira vista? – sugeriu Belle.
Isso provocou um sobressalto em Clemency.
Sam nem sequer hesitou.

– Mais ou menos isso. – Ele inclinou a cabeça em concordância. – E estamos em Penzance... que é linda, obviamente, mas um pouco longe do aeroporto. Bom, vamos cortar este aqui da lista. Onde fica o próximo?

– O chalé em Perranporth – respondeu Clemency. – Hum, tem uma joaninha na sua camisa...

A tentação de tirar com a mão o inseto dali foi quase insuportável.

Felizmente, antes que pudesse fazer isso, Belle deu um peteleco na joaninha e apoiou brevemente a mão no peito de Sam, sorrindo para ele.

– Vem, vamos.

O chalé em Perranporth, a quarenta minutos de Penzance, era pitoresco e ficava em uma colina íngreme.

– Este é diferente – comentou Sam. – Gostei. Mas estou vendo um problema.

– Eu sei. Estacionamento – disse Clemency. – Eu avisei.

– Estou falando disso.

Ele apontou na hora em que um grupo de turistas parou na rua lá fora, tirou várias fotos do chalé, foi até a janela da sala e olhou lá para dentro. A mãe do grupo, usando uma camiseta roxa apertadíssima com uma foto do Barry Manilow na frente, protegeu os olhos do brilho do sol e espremeu o nariz no vidro. Ao ver Clemency, ela anunciou com alegria:

– Ah, olhem só, tem gente lá dentro, estou vendo! Uhuuul!

– Ela está *dando tchauzinho* para nós. – Belle se encolheu, horrorizada.

– Você pode muito bem botar cortinas de *voile*. – Clemency estava se esforçando para manter a expressão séria. – Se você fosse do tipo de pessoa que gosta de cortina de *voile*.

Secamente, Sam respondeu:

– Só que provavelmente não sou.

Clemency sentiu um frio repentino no estômago, porque ele a olhou do mesmo jeito que três anos antes, ela se lembrava vividamente. O olhar que, para seu constrangimento, ela nunca conseguiu esquecer.

Porque, às vezes, não importava o quanto apertasse o botão de apagar, aquilo que você estava tentando retirar do cérebro simplesmente se recusava a desaparecer.

Capítulo 5

ÀS DUAS DA TARDE ELES ESTAVAM de volta a St. Carys, onde ficava o terceiro imóvel selecionado.

– Chegamos. – Ao sair do carro alugado e proteger os olhos do sol para examinar o apartamento de terceiro andar, Belle disse: – Parece *Cachinhos Dourados*, não parece? O primeiro apartamento era sem graça demais; o segundo, interessante demais. Vamos torcer para este ser o certo.

Obviamente, Belle queria que Sam escolhesse aquele. Assim, ele ficaria bem na cidade onde ela nascera. Clemency, que não tinha muita certeza do que achava disso, se sentia dividida. Era contra a natureza dela *não* querer vender um imóvel, mas ver Sam naquele dia já tinha sido perturbador. Ela desejava mesmo que ele comprasse um apartamento em St. Carys? Só que o apartamento era deslumbrante. Depois de bater os olhos nele, haveria a mais remota chance de ele dizer não?

Cinco minutos depois, ela descobriu a resposta. A vista era fantástica. Tudo no local era tão perfeito quanto qualquer proprietário em potencial poderia querer. A varanda que contornava o apartamento todo era tão grande que poderia abrigar uma festa...

Aparentemente, era isso que estava acontecendo agora, na cobertura exatamente acima da cabeça deles.

Na verdade, estava parecendo uma festa bem íntima. Ah, Deus.

– Escutem essa gente! – exclamou Belle, levando um tempinho para perceber. – O que está *acontecendo* lá em cima?

Sam, que não precisou de nenhum tempinho para perceber, disse com ironia:

– Pode ser algum tipo de aula com exercício físico.

Como corretora de imóveis, não era a primeira vez que Clemency ouvia alguma coisa que preferia evitar durante uma visita, mas aquela era a mais barulhenta.

E parecia envolver um número grande de... bom, participantes.

Tudo bem, o constrangimento agora era oficial.

– Ah! – A ficha finalmente caiu e Belle botou as mãos na boca. – Ai, meu *Deus*!

No andar de cima, os suspiros e gritinhos pareciam estar aumentando.

– Não estou acreditando! Clem, faça eles *pararem* – ordenou ela.

– Está falando sério? – Clemency olhou para ela. – E como é que eu faço isso?

– Ah, pelo amor de Deus! – Belle saiu para a varanda e gritou: – Ei, vocês! Aí em cima! Nós estamos ouvindo, sabia? Vocês têm que parar de fazer esse barulho agora mesmo!

Eles ouviram gargalhadas em meio a outros sons, seguidos de uma rolha de champanhe estourando que voou pela varanda. Uma voz masculina respondeu:

– A gente gosta mais quando sabe que tem gente ouvindo!

– Bom, vocês são nojentos! – gritou Belle de volta. – E deviam ter *vergonha*!

– Você não devia desdenhar sem ter experimentado! – berrou uma mulher. – Se quiser, pode vir. Não seja tímida! Quanto mais, melhor!

Quando estavam saindo, eles encontraram a moradora do apartamento abaixo do que tinham visitado. Clemency parou a mulher de meia-idade.

– Oi, com licença... você por acaso sabe se as pessoas que estão na cobertura são as proprietárias? Ou ela está alugada para as férias?

Afinal, se fossem ficar só uma ou duas semanas, não seria problema.

– Está falando dos Carters? – A mulher de meia-idade revirou os olhos. – Você é da imobiliária, não é? E essa é a primeira vez que ouviu essa gente fazendo uma orgia? Bom, a única coisa que eu tenho a dizer é que você tem sorte. Eles compraram o apartamento em janeiro e convidam os tais amigos quase todas as tardes desde então.

43

– Ah. – O coração de Clemency parou.

– Os Jeffersons não chegaram a mencionar isso, imagino. Pensei mesmo que não falariam nada. Por que você acha que eles estão tão desesperados para se mudarem? Só Deus sabe como você vai vender o apartamento. Esse pessoal novo é um pesadelo.

Ah, caramba... Os Jeffersons deveriam ter avisado. Além de Clemency não ter conseguido encontrar uma casa adequada para Sam comprar, eles teriam que baixar o preço daquela.

– Talvez você possa oferecer ao comprador um fornecimento vitalício de protetores de ouvido – sugeriu Sam.

Quando um problema acontece e as pessoas ficam desesperadas, elas ligam para o corretor de imóveis a qualquer hora. Às nove horas daquela noite, Clemency saiu do chuveiro e ouviu o telefone tocando. O primeiro pensamento que surgiu na sua cabeça foi que Sam tinha conseguido seu número e estava desesperado para falar com ela sobre a situação entre os dois.

Não, melhor nem pensar. Mas, Deus, era tão estranho que naquele exato momento ele estivesse ali, em St. Carys, a menos de um quilômetro, passando a noite com Belle na Casa Polrennick.

Eles estavam dormindo na mesma cama?

Era melhor parar *mesmo* de pensar nisso. Deixando pingar água no tapete todo, Clemency pegou o celular:

– Oi, Cissy, tudo bem?

Claro que não era Sam ligando.

– Não – choramingou Cissy Lambert, que nunca fazia pouco drama. – *Nada* está bem!

Talvez ela tivesse acabado de descobrir que seu querido piano de cauda teria que ser içado por um guindaste pela janela da frente, ou que o piso da casa nova não combinava com seus sapatos favoritos.

– Me diga qual é o problema.

Clemency adotou o tipo de tom tranquilizador de que pessoas como Cissy Lambert costumavam precisar para ficarem mais calmas quando estavam prestes a vender a casa e os nervos estavam em frangalhos.

– Ai, meu Deus, não dá para suportar. A venda foi desfeita! – berrou Cissy, com voz sofrida. – Aqueles babacas simplesmente fizeram a *sacanagem de desistir*.

– O quê? – A voz de Belle estava falhando no telefone. – Não estou ouvindo.
Havia um zumbido de fundo, de música e vozes misturadas com gargalhadas.
– Onde você está? – perguntou Clemency.
– No Hotel Mariscombe. Estamos jantando com Jess e Rob. Está lotado aqui.
– Olha, posso dar uma palavrinha com Sam?
– Sam? Por quê? – respondeu ela, mas não de um jeito desconfiado, só surpreso.
– Tem outro apartamento que pode ser do interesse dele.
– Outro apartamento? Bom, nós não teríamos tempo de ver – disse Belle. – Precisamos ir embora de St. Carys amanhã de manhã, às sete e meia.
– Que tal hoje?
– Clem, nós estamos jantando com os nossos amigos!
– Eu sei, eu sei...
– Espera, Sam quer falar com você. Só não demorem, nossa comida está prestes a chegar. É só dizer para ela que está tarde. – Falando com Sam, Belle passou o telefone para ele.
Enquanto ouvia, Clemency identificou os passos ritmados no piso e o barulho do restaurante ficando para trás.
– Oi – disse Sam. – Estou ouvindo agora. Do que se trata?

Clemency não estava acostumada a botar o despertador para as cinco e meia da manhã, mas na verdade já estava bem desperta antes mesmo de ele tocar. Às seis, já de banho tomado e usando uma calça jeans e um suéter cinza, ela saiu de casa e seguiu a pé para o endereço que tinha dado a Sam na noite anterior. Àquela hora da manhã, o sol não passava de um borrão branco em um céu esbranquiçado e ainda havia uma névoa densa pairando sobre o mar. Mas a temperatura subiria bastante.

A dela também, pelo visto. Ao se aproximar do endereço, as palmas das suas mãos ficaram suadas. Sempre muito atraente...

Ele chegou antes dela e estava encostado no carro alugado, esperando, sozinho. O frio na barriga de Clemency congelou até sua alma.

– Eu não sabia se Belle viria com você – disse ela.

– Às seis e quinze da manhã? – Ele pareceu achar graça. – Ela preferiu ficar mais uma hora na cama.

Quelle surprise.

– Certo. Bom, eu não teria pedido para você vir olhar este lugar se não achasse que era perfeito. Como falei ontem, a proprietária está desesperada; ela ia fechar a venda na semana que vem, mas os compradores desistiram. A cadeia toda está prestes a desmoronar. – Ela deu de ombros. – Você vai pagar à vista. O imóvel é deslumbrante. Era mais do que você estava querendo pagar, mas Cissy está preparada para aceitar uma oferta. Sinceramente? Se pudesse escolher qualquer apartamento aqui em St. Carys, esse seria a minha escolha.

Um leve sorriso.

– Essa é sua estratégia agressiva de venda?

– Eu não tenho estratégia agressiva de venda. Quando vir o lugar, você vai entender o que estou dizendo.

– Por que os compradores desistiram?

– A esposa acabou de descobrir que o marido está tendo um caso. Então, em vez de saírem de Nottingham e virem morar aqui, ela pediu o divórcio. – Clemency mostrou a chave do imóvel. – Quer dar uma olhada?

Sam assentiu.

– Foi para isso que viemos aqui.

Mas aquele não era o único motivo de eles estarem ali. Ele sabia disso tanto quanto ela. Havia um elefante na sala, mas não seria Clemency quem o mencionaria.

Em vez disso, com um movimento de cabeça profissional, ela disse:

– Vamos lá.

O apartamento estava vazio. Cissy estava em Edimburgo e boa parte da mobília já se encontrava em um depósito, esperando ser levada para a casa nova.

Não demorou muito para eles verem a cozinha americana, os dois quartos, os banheiros e a sala espetacular. Quando pararam na varanda e observaram a vista da baía Beachcomber, o sol finalmente rompeu a névoa matinal. O mar ficou visível agora, cintilante e de um turquesa bem claro. Um corredor solitário se exercitava pela areia imaculada e úmida com um cachorro logo atrás. Gaivotas voavam preguiçosamente, sem dúvida de olho nos barcos de pesca que se aproximavam aos poucos do cais.

E agora o sol estava ficando mais forte, mais luminoso, aquecendo o rosto deles.

– Você planejou esta situação? – perguntou Sam.

– Está falando da venda deste apartamento ir por água abaixo? Sim, claro que planejei. Pode me chamar de Maquiavel.

Ele olhou para ela.

– Na verdade, eu estava falando do sol nascendo.

– Ah. – O estômago dela se contraiu. – Bom, isso também. É óbvio.

– Foi o que pensei.

– Qual é o veredicto, então?

– É *perfeito* mesmo. Exatamente o que eu queria. Mas você já sabia disso. – Sam fez uma pausa. – Como são os vizinhos?

– Escoceses. Gostam muito de gaita de foles. – Clemency sorriu. – Não se preocupe. Tem um casal aposentado no andar de baixo, os dois são encantadores e muito tranquilos. E uma divorciada de meia-idade no térreo. Nada de orgias, já verifiquei.

– Vamos voltar lá para dentro?

Clemency deu passagem para que ele fosse na frente. Quando trancou as portas que levavam à varanda, ele perguntou:

– Nós vamos conversar sobre a situação?

– Sobre você comprar este imóvel? Espero que sim.

– Estou falando da outra situação.

– Ah. A outra situação. – O coração dela disparou. – Nós não precisamos. De verdade, tudo bem. Não foi... nada.

Por alguns segundos, Sam não disse nada; o silêncio foi interrompido só

47

pelo som distante das ondas quebrando na praia e o grasnar de uma gaivota solitária no céu.

Quando ele falou de novo, o olhar estava firme e intenso:

– Mas aquilo foi alguma coisa, não foi?

Clemency se virou, andou pela cozinha e se serviu de um copo de água da pia. Bebeu metade e se sentou em um dos bancos altos em torno da ilha central com tampo de mármore.

– Isso foi há três anos. Você passou o tempo flertando com uma estranha. Quando o voo acabou, lembrou que era casado e achou que sua esposa talvez não fosse ficar muito feliz se encontrasse o cartão da estranha no seu bolso. Na verdade, é um sinal de que você não é tão filho da mãe – disse ela gentilmente. – Você resistiu à tentação. Devia sentir orgulho.

– Não senti nenhum orgulho. – Sam balançou a cabeça. – Não deveria ter feito aquilo.

– Bom, você está divorciado agora, então é irrelevante. O que aconteceu? – perguntou Clemency. – Você fez de novo e foi pego?

Ela falou de um jeito brincalhão, para ele saber que ela não estava ressentida, que entendia que essas coisas aconteciam, principalmente com homens que andavam por aí com a aparência dele.

Afinal, havia um limite de beleza à qual uma garota era capaz de resistir.

– Na verdade – disse Sam –, ela não se divorciou de mim. Ela morreu.

Capítulo 6

 QUANDO SAIU NA NOITE DO 25º aniversário, Sam não pretendia conhecer o amor de sua vida. Era para ser um encontro casual de um grupo variado de amigos em um dos restaurantes favoritos deles, seguido de uma ida à boate.

Só que ele não contava que chamaria a atenção de uma garota loura sentada em outra mesa do restaurante e que seria atraído por sua beleza a ponto de ficar olhando toda hora na direção dela. E, cada vez que fazia isso, como se sentindo a atenção, ela olhava de volta e encontrava seu olhar.

Depois de uma hora, aquilo já estava ficando ridículo. Os dois estavam fazendo a mesma coisa e se esforçavam para não sorrir. Sam saiu da mesa para ir ao banheiro, passou por ela e esperou no corredor lá fora.

Menos de vinte segundos depois, ela se juntou a ele, e dessa vez não houve qualquer tentativa de esconder os sorrisos.

– Feliz aniversário, querido Sam – disse ela, porque os amigos dele cantaram parabéns para ele e fizeram um brinde com suas taças.

– Não está indo mal até agora – disse Sam.

– Nunca se sabe, pode melhorar. – Ela se aproximou. – Feliz aniversário – murmurou, dando um beijo na bochecha dele. Depois deu outro direto na boca.

O nome dela era Lisa, ela era enfermeira no King's College Hospital e dividia apartamento com quatro outras colegas em Brixton. Depois de cumprirem a obrigação de comemorar a aposentadoria de uma das médicas do departamento, Lisa e duas amigas do hospital se juntaram a Sam e os amigos e passaram as horas seguintes em uma boate. No fim da noite, ela o beijou de novo.

– Não vou para casa com você – disse ela. – Se quiser me ver de novo, me ligue amanhã e me convide direito para sair sábado à noite.

– Tudo bem. – Simultaneamente frustrado e impressionado, Sam acrescentou: – Me dê seu número, então.

– Se quiser *mesmo* me ver de novo – declarou Lisa –, você vai me encontrar sem ter o número.

Ela estava brincando?

– Está falando sério?

– Seríssimo. – Ela olhou para ele com malícia. – Estou falando muito sério sobre saber se você está falando sério sobre querer me ver de novo. Porque, se não estiver, para que se dar ao trabalho?

– E você acha que eu vou me dar a esse trabalho todo?

Os olhos de Lisa brilharam.

– Ah, espero que sim.

Não foi difícil. Ele ligou para o restaurante, convenceu os funcionários a lhe darem o nome do marido da médica que tinha se aposentado e continuou a partir daí. Depois de ser repassado para uma das amigas de Lisa, ele descobriu em que ala ela trabalhava e que horas o turno dela terminava. Naquela noite, ele a esperou do lado de fora da enfermaria até que ela aparecesse.

Quando o viu, Lisa comentou:

– Então você me encontrou. Mas conseguiu meu celular?

Sam pegou o celular e apertou um botão. Segundos depois, um toque alegre soou dentro da bolsa amarela de ráfia pendurada no ombro dela.

– Talvez seja bom você atender – disse ele.

Quando ela atendeu, ele se distanciou alguns metros e falou no celular:

– Oi, aqui é o Sam. Queria saber se você gostaria de sair comigo sábado à noite.

– Obrigada.

O sorriso dela aumentou quando ela chegou para o lado para dar passagem a um paciente de maca que estava sendo levado para dentro do hospital. Falando ao telefone, respondeu:

– Eu gostaria muito.

Nunca foi intenção de Sam se casar antes dos trinta anos. Mas às vezes o destino se intrometia, você conhecia a mulher com quem gostaria de passar o resto da vida e depois de um tempo parecia que casar era o passo lógico a dar em sequência, então por que esperar?

Um ano depois de ficarem juntos, ele e Lisa se mudaram para um apartamentinho em Peckham. Seis meses depois, começaram a fazer planos para o casamento, que seria na mesma data da noite em que eles se conheceram.

– Se a gente se casar no seu aniversário – disse Lisa –, você nunca vai esquecer nosso aniversário de casamento.

– Tudo bem, mas você também não pode esquecer – declarou Sam.

Três meses antes da cerimônia, Lisa sofreu uma semana de dores de cabeça cada vez mais severas que culminaram em um ataque epiléptico no trabalho e uma internação no hospital. Uma tomografia cerebral confirmou a suspeita dos médicos após um exame físico anterior: havia um grande tumor crescendo no cérebro de Lisa.

E de repente o futuro que eles esperavam ter juntos não era mais o mesmo que precisaram enfrentar. A cirurgia aconteceu logo em seguida, a maior parte possível do tumor maligno foi removida para reduzir a pressão dentro do crânio e Lisa passou por sessões de radioterapia. O tumor era um glioblastoma multiforme, do tipo que ninguém escolheria ter. Mas Lisa teve uma recuperação boa o suficiente para poder insistir na realização do casamento.

E por alguns meses ela foi ela mesma, mais ou menos, ainda que fraca e cansada e com uma luta frustrante para encontrar as palavras certas quando falava. O neurocirurgião acabou dando a notícia de que o tumor estava em desenvolvimento de novo e Lisa implorou que ele fizesse outra cirurgia para reduzir o volume. Foi durante essa arriscada cirurgia que aconteceu um sangramento e seu cérebro sofreu um dano bem mais significativo. Depois disso, ela ficou confinada ao leito na ala de neurocirurgia e o cirurgião explicou a Sam que o máximo que eles podiam agora era deixá-la confortável.

Isso foi quando Sam percebeu que tinha aceitado o fato de que, embora ainda amasse Lisa, ela não era mais a garota por quem tinha se apaixonado. Além do mais, ele estava sozinho. Antes, os dois eram uma equipe, lutando juntos contra o tumor. Agora, Lisa estava ficando para trás. Não havia mais nada que ela pudesse fazer para ajudá-lo a enfrentar o pesadelo que havia pela frente.

Sam fez uma pausa, olhou para o relógio e soltou o ar; as lembranças estavam sempre com ele, mas fazia um tempo que não falava sobre o que tinha acontecido. Quando olhou para Clemency, disse:

– Desculpe, você estava com pressa para ir a algum lugar?

– Não, pressa nenhuma.

Clemency estava sentada à ilha central da cozinha, na frente dele. Ela não disse uma palavra sequer desde que ele começou o relato.

– Eu não estava planejando contar isso tudo hoje. – Ele balançou a cabeça. – Acho que nunca falei tanto sobre o que aconteceu como agora.

Ela pareceu surpresa.

– Sério?

– Não é um hábito que eu tenha. As pessoas que conheço há muito tempo já sabem. As pessoas novas ouvem a versão resumida. Não entro em detalhes, mas precisava contar tudo, explicar por que... Bom, aquele dia no avião.

– Continue – disse Clemency. – Estou ouvindo.

Sam olhou pela janela, para uma lancha vermelha quicando na água da baía. Quando a embarcação desapareceu de vista, ele continuou:

– A equipe do hospital achou que Lisa morreria em questão de meses. O que costuma acontecer com pessoas naquela condição é que elas contraem uma infecção, como pneumonia, e ficam tão fracas que não resistem. Mas Lisa não pegou nenhuma infecção. E o tumor parecia ter parado de crescer, então ela ficou como estava. Que era... em coma, sem nenhum jeito de voltar. – Ele estava com a boca seca; tomou um gole do copo de água em cima da ilha de mármore antes de lembrar que era de Clemency. – Desculpe. Enfim, eu passava os dias trabalhando e as minhas noites eram no lar para pacientes terminais para o qual ela tinha sido transferida. Eu ficava com Lisa todas as noites e era bem difícil, porque sabia o quanto ela odiaria estar naquela situação se soubesse o que estava acontecendo. Mas os meses passaram e nada mudou... e, depois de dois anos, ela ainda estava lá. O mais irônico foi que, como eu não tinha mais nada para fazer com meu tempo, toquei a minha empresa e a transformei em algo bem maior do que poderíamos imaginar. – Ele se sentou e passou a mão no cabelo. – Um dos meus colegas de trabalho dizia "Tudo tem seu lado positivo". Ele não parecia perceber que não há lados positivos suficientes no mundo para compensar um lado ruim como aquele.

Ele parou de novo e olhou para Clemency, que prestava atenção a cada palavra.

– Bom, essa é a essência da história. Três anos atrás, depois de uma viagem de trabalho à Espanha, eu estava em um avião voltando para Londres, sentado ao lado de uma garota que quase perdeu o voo.

Todos os detalhes daquele dia estavam bem claros na mente dele, como se tivessem acontecido no dia anterior.

– Não estava com humor para conversar – continuou ele. – Eu me esforcei para ignorá-la. Mas aí o avião passou por uma turbulência e ela acabou tomando um banho de vinho tinto, e me dei conta do quanto fui grosseiro. De qualquer forma, ela foi gentil, me perdoou e começamos a conversar. E, pela primeira vez em dois anos, eu me vi tendo uma conversa normal... do tipo em que não falamos de planos de negócios nem de coisas a fazer no trabalho. Nem do fato de que sua esposa está numa cama, em coma irreversível. Foi algo que saiu naturalmente... foi ótimo... me deu a sensação de ser jovem, livre e solteiro de novo, só bater papo com alguém por estar com vontade. Por gostar da companhia da pessoa e a achar atraente. Foi como estar trancado em um quarto escuro por dois anos e sair de repente para ver o mundo de novo, em cores...

Sam parou de falar. Se não tivesse feito isso, sabia que estaria correndo o perigo de ficar com a voz embargada de emoção; e isso era uma coisa que ninguém ouvia. Ele inspirou e expirou, esperando até retomar o controle.

– Basicamente, é isso. Agora você sabe por que fiz o que fiz. E, posso dizer? Nunca fui infiel à minha esposa. E nunca seria. Mas conhecer você foi o maior teste do mundo, porque, se eu estivesse solteiro... bom, as coisas poderiam ter sido bem diferentes. Porque conhecer você e poder conversar... foi como a primeira noite em que conheci Lisa.

O silêncio vibrou no ar entre eles. Sam deu de ombros de leve, para indicar que dissera o que tinha para dizer e que agora era a vez dela.

Clemency assentiu e apoiou os braços no tampo frio de mármore.

– Peço desculpas por ter achado que você tinha se divorciado.

– Tudo bem. Você não tinha como saber.
– Quando ela faleceu?
– Três semanas depois que conheci você. Três semanas e três dias – corrigiu Sam. – Pneumonia. Ela tinha 28 anos. – Ele olhou pela janela por um segundo, onde o sol já brilhava. – A pior parte é sentir culpa por ficar aliviado quando finalmente acaba. Você pode parar de esperar que aconteça alguma coisa. E aí se dá conta do que acabou de pensar e não consegue acreditar. Eu ficava tentando dizer para mim mesmo que Lisa também ficaria feliz de ter acabado… mas aí tinha um sonho recorrente em que ela me olhava, horrorizada, e dizia: "Você está *brincando*? Que tipo de marido você é? Você chegou a me amar *algum dia*?" Que sonho ótimo de se ter.

Ele fez uma careta.

– Ainda acontece?

– Não acontece há mais de um ano. A culpa é uma daquelas coisas que a gente tem que superar. – O celular dele apitou com uma mensagem de texto e Sam olhou para a tela. – É Annabelle querendo saber quando vou voltar.

Ele digitou a resposta, *Daqui a pouco*, e colocou o telefone novamente na bancada.

– Mas você contou a Belle o que aconteceu com Lisa? – perguntou Clemency. – Ela sabe de tudo?

– Ela sabe o que aconteceu, que Lisa tinha um tumor cerebral e morreu. E que levou um tempo. – Sam deu de ombros. – Foi o máximo que eu disse e deixei por isso mesmo. Ela não fez nenhuma pergunta. Muitas pessoas não perguntam nada – explicou ele. – Elas supõem que prefiro não falar sobre o assunto.

– E elas estão certas?

Clemency o observava com atenção.

– Talvez. É mais fácil. Bom, depende da pessoa com quem você está falando. Geralmente mudo de assunto.

Ela assentiu.

– E houve outras garotas depois? Ou Belle é a primeira?

– Não é a primeira. – Ele balançou a cabeça. – Durante dezoito meses não houve ninguém, depois rolaram dois encontros desastrosos. Saí com uma garota por umas duas semanas, mas não funcionou. Dois meses atrás, conheci Annabelle e as coisas pareceram estar indo bem… *estavam* indo bem... Deus, você não faz ideia de como me afetou ver você de novo ontem, aparecer e dar de cara com você... e você é *irmã* de Annabelle.

Quando olhou de novo para Clemency, ele reparou na pulsação latejando na base do pescoço dela.

– Para mim também foi um choque descobrir que você é o namorado de Belle – confessou Clemency. – E ela é...

Desta vez, foi o celular dela que ganhou vida. Ela o tirou do bolso da calça jeans.

– É Cissy Lambert.

– Os advogados dela já fizeram a análise, certo? Não tem mais nada que eu precise saber sobre o apartamento?

Clemency assentiu.

– Sim. Não. Está tudo certinho.

A pulsação estava acelerando no pescoço dela? *E a dele?* Por um segundo, seus olhares se cruzaram e ele sentiu a conexão de novo, a vibração de tomar uma decisão rápida junto com uma onda de adrenalina de um tipo diferente.

– Pode dizer que estou interessado – disse ele. Eles já tinham discutido o preço que ele estava disposto a pagar. – Faça a proposta, veja o que ela diz.

Clemency dá outro aceno infinitesimal. Ela apertou o botão do celular e falou com alegria:

– Cissy? Tenho ótimas notícias...

Capítulo 7

– AH, OLHA SÓ *VOCÊ*.

Os potenciais vendedores eram um casal com quarenta e poucos anos, um marido resignado e paciente e uma esposa paqueradora. Bom, não era preciso um psicólogo para entender isso.

– Oi. – Ronan apertou a mão dos dois. – Sou Ronan Byrne, da Barton & Byrne. Vim fazer a avaliação.

– Marcia, tente não se exibir – murmurou o marido.

– Ah, me poupe, Barry. Isso se chama ser simpática. – Os olhos de Marcia avaliaram Ronan da cabeça aos pés. – É um conceito difícil para o meu marido entender, o que explica por que ele não tem amigos. Alguém já lhe disse que você parece o Barack Obama jovem?

– Ah, Marcia... – Barry balançou a cabeça com pesar para Ronan. – Peço desculpas.

– Mas ele *parece*. É um elogio, ora. O garoto é lindo!

Ronan sorriu, pois estava acostumado com aquilo.

– Tudo bem. Na verdade, algumas pessoas já fizeram essa comparação. Você não é a primeira.

– São os olhos. E esse sorriso. – Marcia piscou os cílios com malícia para ele. – Ahhh, esse sorriso e esses dentes!

– Pode ignorá-la – disse Barry.

– Cale a boca, Barry, você não reconheceria diversão nem se ela viesse atrás de você e mordesse o seu traseiro.

– Certo – disse Ronan. – Vamos dar uma olhada? Já dá para ver que é uma linda casa.

E *era* uma linda casa mesmo. Seria ainda mais bonita se os azulejos do banheiro não fossem com estampa de oncinha, se as paredes da cozinha não tivessem estêncil de listras de zebra e se o teto da sala não fosse pintado de preto. Seu palpite era de que essas características fariam o imóvel ser vendido por cinco mil a menos do que poderia ter alcançado, mas quando ele sugeriu discretamente que talvez devessem fazer alterações com algumas camadas de tinta, Marcia não lhe deu ouvidos.

– Mas é isso que vai vender a casa! – exclamou ela. – São as melhores partes.

Quando ele terminou de medir os cômodos, um preço de venda foi decidido e Ronan estava prestes a ir embora, ela disse com um cutucão:

– Você devia trocar uma palavrinha com a sua mãe na próxima vez que vocês se encontrarem. Não seria engraçado se o Barack Obama fosse mesmo seu pai?

Depois de passar a infância em Newquay, falta de confiança não era um problema que afetasse Ronan Byrne. Sendo uma criança inter-racial em meio a uma população esmagadoramente branca, ele poderia ter sofrido discriminação ou bullying, mas nunca tinha acontecido. Além disso, por ser filho adotivo, poderia ter sido tratado como diferente e sido vítima de provocação, mas isso também nunca ocorrera. Ele teve sorte; coisas que tinham o potencial de causar problemas para ele o fizeram parecer interessante e exótico.

Ronan basicamente não encontrou dificuldades; no mínimo, suas diferenças o tornaram uma pessoa mais interessante de se conhecer. Todo mundo queria ser amigo dele. E, no decorrer dos anos, durante o tempo em que ele passou de um garotinho fofo e atrevido a um adolescente alto e bonito, todas as garotas resolveram que queriam ser namoradas dele.

Nessa questão, Ronan não decepcionou, mas também tomou o cuidado de manter o círculo social amplo. Era excelente em atletismo, sempre estava disposto para reuniões improvisadas na praia e amava todo tipo de festa, durante as quais dançava, conversava e flertava com amigas antigas e novas. Mas seus pais adotivos, Josephine e Donald, também incutiram nele ambição, entusiasmo e uma rígida ética de trabalho, e ele se dedicava tanto ao trabalho quanto à diversão, sempre parecendo capaz de fazer um dia ter trinta horas. Além de estudar para tirar notas máximas, trabalhar em um supermercado do bairro e entregar jornais de manhã cedo, ele nunca parava. A universidade o chamava e ele já tinha recebido uma proposta irrecusável para estudar administração em Manchester. A vida era ótima e estava prestes a melhorar.

Até que, do nada, piorou.

Tudo bem, não era hora de pensar nisso agora. Tinha um trabalho a fazer, um imóvel para vender. Quando voltou para o escritório ao meio-dia na sexta-feira, Ronan abriu a porta e na mesma hora desejou não ter feito isso. *Droga*, deveria ter parado no café em vez de voltar direto.

– Ah, aqui está ele! – exclamou Gavin. – Que sincronia! Ronan pode levar você agora mesmo.

O que, considerando as circunstâncias, não era a melhor escolha de palavras.

Gavin, no entanto, não percebeu isso, ainda bem. Ele também estava ansioso para ir embora, já usando o traje de golfe e com a bolsa de tacos encostada ao lado da mesa.

– Olha, tudo bem, posso voltar outra hora...

– Não seja boba, você já está aqui. Podem ir, vocês dois. – Gavin pegou as chaves que estavam penduradas na parede e as jogou para Ronan. – Wallis Road, número 43. Estou com um bom pressentimento sobre isso. – Ele piscou para Kate Trevelyan enquanto pendurava a bolsa de tacos de golfe no ombro. – Acho que seria ótimo para você. Um lugarzinho lindo.

Ele se despediu de Paula, a secretária, e conduziu Ronan e Kate até a porta. Ronan, que tinha bloqueado o carro de Gavin, não teve escolha além de abrir a porta do passageiro para Kate.

– Obrigada – murmurou ela ao entrar.

– Não foi nada – respondeu ele, num tom que acabou saindo alegre demais.

Constrangedor.

Quando os dois estavam dentro do carro, Kate disse:

– Me desculpe. Você não estava lá. Eu verifiquei antes. Então achei que seria seguro aparecer.

– Tudo bem, tudo *bem*.

Não estava nada nem remotamente bem. Também não era comum que Ronan ficasse com a pele arrepiada de constrangimento. Mas tinha sido um idiota e agora tinha que aguentar as consequências incômodas.

Como esse silêncio...

Felizmente, a proprietária estava em casa com os dois filhos pequenos e uma caixa de Lego, de modo que Ronan pôde se comportar como um corretor de imóveis normal mostrando uma propriedade para uma cliente normal.

– E aqui é a sala.

Depois de levar Kate por toda a casa, ele finalmente abriu a porta para onde a dona e os meninos estavam, ajoelhados no tapete e cercados por pecinhas multicoloridas.

– É linda – disse Kate.

– Mamãe, mamãe, o Darren botou um Lego na minha calça!

– Não botei! Não fui eu! Só fiz isso porque você enfiou aquele pedaço de cenoura no meu nariz. *Doeu!*

– Shhh – disse a mãe deles. – Brinquem direito.

– Mamãe, quem é aquela moça? É a nossa carteira?

A mãe deu uma segunda olhada em Kate e disse com surpresa:

– Ah, sim, claro que é. Oi, que engraçado, não reconheci você de roupas normais!

Isso fazia sentido; quando estava trabalhando, Kate usava uma camisa azul-clara de algodão e um short azul-escuro, com o cabelo louro preso em uma trança firme. Hoje, o cabelo estava solto e ondulado e ela usava um vestido vermelho com estrelinhas roxas.

– Eu sei – disse ela, sorrindo. – Fico meio diferente sem meu uniforme.

– Você sabe quem é, mamãe – disse o garoto mais velho. – É a moça da lesma. Você sabe... *uaaaahhh*.

As duas crianças tiveram um ataque de riso, segurando o rosto para fingir horror e fazendo *uaaaahhh* como o Kevin de *Esqueceram de mim*.

A mãe, envergonhada, pediu:

– *Parem com isso.*

– Ah, entendi. – As bochechas de Kate estavam coradas. – Já sei por que isso.

O garoto mais velho, ainda gargalhando, apontou para ela.

– Você estava do lado de fora da nossa casa com as cartas e pisou em uma lesma enorme e ficou gritando e pulando e largou todas as cartas no chão. A gente estava olhando da janela e agora a gente chama você de moça da lesma! – Ele caiu na gargalhada.

– Era uma lesma *muito* grande – disse Kate, mais vermelha do que nunca.

– Você esmagou a lesma.

O mais novo abriu um sorriso macabro de prazer.

– Foi um acidente – protestou Kate.

– A gente enterrou a lesma no jardim depois que você matou ela – disse o irmão mais velho. – A gente pode ir lá fora fazer uma oração se você quiser.

– Garotos – interrompeu a mãe –, ela não vai querer comprar a nossa casa se vocês continuarem com esse assunto.

– Ahhh. – O rosto do mais velho se iluminou. – Se morar aqui, pode botar flores no túmulo dela. E toda vez que botar as flores lá, você pode pedir desculpas e chorar!

Kate não tinha contado de imediato a história toda sobre sua mãe e a herança para Ronan. Bom, não havia motivo para isso. Ronan só se lembrava da primeira vez que ela entrou no escritório porque ela era totalmente diferente do carteiro anterior. Gerald tinha 1,95 metro e o físico de um jogador de rúgbi e era de Glasgow. Tinha uma barba enorme, uma gargalhada estridente e um grande amor por aquelas competições de Homem Mais Forte do Mundo, que envolviam atletas que arrastavam caminhões pela rua com uma corrente presa nos dentes.

Kate, que não se parecia em nada com Gerald, assumiu a rota de entrega dele no começo de outubro, quando o ex-colega se mudou para Birmingham. Ela era calada e eficiente e completava as entregas mais rápido do que Gerald simplesmente porque não parava para conversar com todo mundo que encontrava no caminho. Só muitas semanas depois, quando Ronan pegou a correspondência com ela certa manhã, que ele a viu parar e observar as fotos de um dos imóveis à venda.

Ele se juntou a ela em frente à parede onde as fotos eram exibidas.

– Leve um desses se quiser – disse ele, entregando-lhe os detalhes. – Você está procurando uma casa para comprar?

Kate assentiu rapidamente.

– Estou. Mas nunca comprei uma casa em nenhum lugar e não sei o que fazer nem como escolher...

– Bem, é por isso que estamos aqui, para ajudar. É nosso trabalho encontrar o lugar certo para você. E não se preocupe – acrescentou Ronan, com um sorriso reconfortante. – Quando você vir, vai saber. Juro.

Ela se virou para olhar para ele.

– Vou mesmo?

– Ah, vai. É como se apaixonar.

No dia seguinte, às cinco e meia, Kate foi de bicicleta até o escritório e Ronan a levou até o imóvel que tinha chamado a atenção dela. O chalé, a alguns quilômetros de St. Carys, estava sendo vendido por um homem solitário que insistiu em oferecer xícaras de café velho, fatias de bolo e uma longa história sobre seus anos no Exército. Quando eles finalmente conseguiram escapar, Ronan abriu a porta do passageiro para Kate entrar no carro.

– Eu devia ter avisado a você sobre isso – disse ele durante o trajeto de volta. – Às vezes as pessoas se deixam levar um pouco.

Kate assentiu.

– Passo por isso quando estou entregando cartas.

– Claro. E o que você achou do chalé? Ajuda se você imaginar que está vazio. Se tirar tudo que tem dentro e redecorar na sua mente.

– Não amei, não... – disse Kate.

– Não? Tudo bem.

Ele já tinha imaginado isso.

– Desculpe.

– Não tem problema. – Ele viu as mãos dela juntas no colo. – De verdade, está tudo bem.

Um tempinho depois, ele ouviu um soluço sufocado e viu lágrimas deslizando pelas bochechas de Kate quando se virou para ela.

– Ei, por que isso?

– Eu não... É que eu não...

Ela balançou a cabeça, agora tremendo com o esforço de não cair no choro.

Perplexo, Ronan continuou dirigindo porque a pista era sinuosa e estreita e não havia onde parar. Quando se aproximaram de St. Carys, ele olhou para o lado novamente.

– Eu não sei o que fazer.

– Você n-não precisa fazer nada. E-estou bem.

– Claro que está bem. Nunca esteve melhor. – Tomando uma decisão, ele sinalizou para a direita. – Olha, eu não tenho como simplesmente largar você no escritório. Você não vai de bicicleta para lugar nenhum assim.

O apartamento de Ronan era na esquina. Ele ajudou Kate a sair do carro e a levou para dentro, perguntando-se em que estaria se metendo.

Já em casa, ele lhe deu um rolo de toalhas de papel.

– Pronto, só o melhor para as minhas visitas. Vou fazer uma xícara de chá para nós dois. O pessoal do apartamento de cima saiu para trabalhar e você pode chorar o quanto quiser.

Depois de dez minutos de choro intenso, Kate secou os olhos vermelhos e disse:

– Acho que acabou agora. Mil desculpas.

– Você pode parar de pedir desculpas? Tome seu chá – disse Ronan.

– Você deve estar me achando uma louca.

– De jeito nenhum.

Ele observava enquanto ela tomava o chá e percebeu, pela discreta careta dela, que não devia ter botado açúcar. Mas, como era educada, ela não disse nada.

– Minha mãe morreu. – Kate respirou fundo, tremendo. – Dois meses atrás.

– Ah, sim. Sinto muito. – Agora foi a vez dele de lamentar.

– É a primeira vez que eu choro. Fiquei esperando isso acontecer, mas não aconteceu. Todo mundo disse que alguma hora viria, mas depois de um tempo eu desisti de esperar. Achei que eu devia ser imune a choro, que era uma dessas pessoas que nunca... chora.

– Mas acontece que você chora, sim.

– É o que parece.

– Perdi meu pai quando tinha dezoito anos – disse Ronan. – Fiquei como você. Todo mundo na família chorou e berrou e, quanto mais as pessoas choravam, mais eu dizia para mim mesmo que precisava manter o controle. Algumas semanas depois, *bum*. – Ele abriu bem os braços. – Foi como uma panela de pressão explodindo. Você devia ter visto. Foi horrível.

– E você se sentiu melhor depois?

– Nossa, muito melhor.

– Ah, que bom. – Um leve sorriso contrabalançou com uma única lágrima que descia pela bochecha dela. – Algo a esperar, pelo menos.

Sentindo que ela precisava conversar, Ronan mandou Kate ir ao banheiro lavar o rosto e tirar aquela cara de choro. Em seguida, abriu uma garrafa de vinho e serviu duas taças. Quando ela voltou, ele bateu no assento ao lado no sofá velho de camurça.

– Venha, me conte tudo.

– Você vai morrer de tédio.

Kate hesitou, não querendo abusar das boas-vindas.

– Se você me deixar entediado, aponto para a porta – disse Ronan. – Mas isso não vai acontecer.

Capítulo 8

– NÓS MORÁVAMOS EM REDLAND, em Bristol – explicou Kate. – Só eu e minha mãe, na nossa casinha com terraço. Quando ficou doente, ela vendeu a casa por precaução, para o caso de precisarmos do dinheiro para pagar o atendimento médico domiciliar e fomos morar com meus avós em Bude. Mas minha mãe morreu seis semanas depois, bem mais rápido do que qualquer um de nós esperava. Ela deixou tudo para mim, me disse para comprar uma casa e ter uma boa vida.

– E é isso que você está fazendo. Perto o bastante de Bude para manter contato com seus avós, longe o bastante para ser independente.

– Exatamente. Tenho 26 anos. – Ela deu de ombros. – Faz sentido. Então, sim, esse é o plano. O testamento era simples e não demorou para que tudo ficasse resolvido. O dinheiro entrou na minha conta semana passada. Só que falei no trabalho que estava procurando uma casa para comprar e agora o boato se espalhou. – Kate balançou a cabeça com pesar. – A questão é que todo mundo está sendo gentil e tem boas intenções, mas eles ficam me dizendo o quanto tenho sorte. E sei o que eles querem dizer, claro… Quantas pessoas da minha idade têm a chance de comprar uma casa sem precisar pagar hipoteca? Mas a minha mãe não está aqui e ela é a pessoa que mais amo no mundo… então, se eu pudesse escolher entre ela e todo o dinheiro do mundo, eu preferia ter a minha mãe de volta.

As lágrimas escorriam novamente. Ronan passou o braço em volta dela e a puxou para perto, emocionado com as palavras.

– Ei, mas é claro que você preferiria ter sua mãe de volta – murmurou ele. – Faz muito pouco tempo.

– Sinto tanta falta dela… *Tanta*. – Lágrimas volumosas pingaram do queixo de Kate e caíram na camisa dele. – Fico dizendo para mim mesma que tenho que agir como adulta, mas não me *sinto* adulta. Quando uma coisa difícil acontece, tenho vontade de perguntar para minha mãe o que eu devo fazer. Ela me disse para comprar uma casa que fosse a certa para mim… mas como vou saber se é certa? E se eu cometer um erro horrível? Minha mãe passou a vida toda trabalhando para ganhar esse dinheiro. Não posso fazer besteira. E sei que tenho meus avós, mas me sinto tão… tão sozinha.

Ronan assentiu sem dizer nada e continuou acariciando o pescoço dela.

– Obrigada – disse Kate segundos depois.

– Pelo quê?

– Por não dizer que sabe como me sinto. É o que todo mundo fala e me deixa louca. Ontem, disseram: "Você ainda sente falta da sua mãe?" Respondi que sim, aí falaram: "Ahh, sei exatamente o que você está passando. Perdi meu gato ano passado e foi horrível. Fiquei semanas arrasada!"

– Existe uma justificativa especial para essas ocasiões – disse Ronan. – Você tem permissão de assassinar as pessoas que dizem coisas assim. Em vez de prender, a polícia concede medalhas de ouro.

Kate soltou uma gargalhada inesperada.

– Não seria ótimo?

– Quando eu for rei do mundo, essa vai ser a primeira lei que vou aprovar.

– Mas você poderia ter dito isso. Você perdeu seu pai. Já passou por isso.

– Eu só sei o que eu mesmo senti – disse Ronan. – Todos nós somos diferentes. E, quando aconteceu comigo, eu ainda tinha a minha mãe. Não fiquei sozinho como você.

Ela assentiu e olhou para ele.

– Vai melhorar? Vai ficar mais fácil?

– Vai, eu juro. Aos poucos.

– Obrigada. Você está sendo tão gentil. – Movendo-se para a frente junto com Ronan enquanto ele pegava a garrafa e enchia as taças, Kate disse: – Você não tem nenhum compromisso? Não é possível que queira passar a noite toda aqui com uma máquina de choro.

– Pode deixar que eu tomo essa decisão. – Ronan gostava do jeito como ela dizia o que pensava. Ele sorriu. – Ainda não estou entediado.

Só para esclarecer, havia álcool naquela situação, mas nada exagerado. Conforme a noite foi passando e uma segunda garrafa de vinho foi aberta, eles continuaram batendo papo. A conversa seguiu em todas as direções, as lágrimas secaram e o clima ficou mais leve. De alguma forma, não pareceu necessário que Ronan tirasse o braço dos ombros dela. Seus dedos continuaram acariciando a nuca de Kate. A proximidade virou um beijo... muitos beijos... e ele acabou segurando a mão dela e a levou para o quarto. Enquanto eles se despiam, Kate murmurou:

– Tem certeza de que não está entediado?

Três horas depois, quando um brilho de luar apareceu pela abertura no alto da cortina, Ronan inclinou a cabeça para o lado e viu que era quase meia--noite. A Operação Alegrar Kate não tinha sido planejada, mas pareceu funcionar; depois de uma hora extremamente agradável, os dois adormeceram.

Ele a encarou. Ela estava respirando fundo, de maneira regular, deitada de lado, as pernas nuas entrelaçadas com as dele e o braço esquerdo por cima do seu peito. Os cílios geravam sombras escuras nas bochechas, e o cabelo louro, espalhado no travesseiro, emanava um leve cheiro de xampu de maçã. Abrindo um sorriso aos poucos, Ronan ficou impressionado com o rumo que a noite tomara. Que inesperado. E era ainda mais incrível quando você pensava como era improvável...

Tá-tá-tá-tá-tá

Ronan ficou paralisado. *O que é isso?* Tinha alguém do lado de fora da janela batendo no vidro. Ao lado dele na cama, Kate se mexeu um pouco antes de se acomodar novamente.

Dez segundos se passaram, depois vinte. Ronan percebeu que estava prendendo a respiração. Talvez a pessoa tivesse desistido e ido embora.

Tá-tá-tá-tá-tá-tá-tá-tá

Mais alto desta vez e de forma mais insistente. Kate abriu os olhos.

– O que é isso?

– Tem alguém batendo na janela.

Sua boca estava seca.

– Quem será?

– Não sei.

Isso não era verdade. Ele tinha 95 por cento de certeza de quem estava parada a menos de dois metros deles, do outro lado do vidro.

Por mais que preferisse que fosse um ladrão, tinha quase certeza de que a visitante da meia-noite era Laura.

Ah, Deus.

Tá-tá-tá-tá-tá-tá-tá

– Não se mexa – sussurrou Ronan.

– Se alguém estiver tentando arrombar sua casa, você deveria ligar para a polícia – murmurou Kate. – Por outro lado, se essa for a intenção da pessoa, ela está sendo muito bem-educada.

Ao dizer isso, ela olhou para Ronan com sabedoria.

Ele desceu da cama e andou em silêncio pela sala, encontrou o celular no chão ao lado do sofá e retornou. Ao subir na cama, ele viu a mensagem mais recente iluminar a tela.

A mensagem mais recente das muitas que tinham sido enviadas nas últimas duas horas.

Ronan, seu carro está do lado de fora. Sei que você está em casa. Me deixa entrar, preciso ver você. Temos que conversar direito.

– Ah, não temos, não. – Ele disse isso baixinho e apertou a mão de Kate. – Está tudo bem, ela vai embora logo.

Por favor, Deus...

Então eles ouviram a voz dela, embargada de emoção.

– Ronan, você não pode fazer isso comigo! Eu te amo! Me deixe *entrar*.

Os minutos seguintes entraram no rol dos mais calamitosamente constrangedores da vida de Ronan. Como deixar Laura entrar não era uma opção, ele só podia continuar deitado ao lado de Kate esperando, enquanto os dois ouviam a ex-namorada pedindo e suplicando, gritando insultos lacrimosos e, o mais excruciante de tudo, lendo em voz alta um poema que tinha escrito sobre o grande amor que nutriam um pelo outro.

Apesar de o grande amor só existir na mente dela.

Ronan, de olhos fechados, morreu de vergonha por Laura. Ela tinha dedicado muito tempo para fazer o poema, isso era evidente. Mesmo tendo tentado fazer a palavra *paraíso* rimar com *saído*.

– Agora meu coração está partido como um ovo. E a única coisa que posso fazer é suplicar de novo. Fim.

O recital de Laura dos dois versos finais foi seguido de silêncio, enquanto ela esperava uma nova resposta. Como não recebeu, ela disse com uma voz em frangalhos:

– Então é isso, vou embora. Acho que você vai superar tudo daqui a alguns dias e encontrar alguma vagabunda para dormir com você e vai ser como se nós dois nunca tivéssemos estado juntos. Bom, boa sorte para quem for para a sua cama agora, porque ela vai precisar. Você vai acabar partindo o coração dela como partiu o meu.

Finalmente, finalmente acabou. Eles ouviram os passos dela se afastando, depois o som do carro indo embora. Ronan soltou o ar.

– Meu Deus, me desculpe por isso.

Ele esticou a mão para abraçar Kate, mas foi lento demais; ela já tinha saído da cama.

– Não peça desculpas. Eu que sou idiota por ficar aqui.

Na luz fraca, ele viu que ela tremia enquanto pegava as roupas no chão e as vestia.

– Mas achei...

– Não – disse Kate. – Eu não estava pensando direito. Não sabia que você tinha namorada.

– Mas não tenho. – Na hora que as palavras saíram pela boca, Ronan sentiu que não soaram bem. – Nós *ficamos* juntos, mas já terminamos.

Ela olhou para ele.

– Quando vocês terminaram?

É, dessa vez ele tinha certeza de que ela não gostaria da resposta.

– Bom... foi ontem.

Kate terminou de fechar o zíper do vestido.

– Que ótimo! Parabéns. Isso explica por que a cama ainda parecia estar quente.

Ai.

– Olha, ela não dorme aqui há mais de quinze dias. Eu estava tentando encontrar um jeito de terminar sem ferir os sentimentos dela. Demorou um pouco.

– Pobrezinho, deve ter sido horrível. – Kate encontrou os sapatos. – Ontem, você terminou com a sua namorada. Hoje, ela escreveu um poema porque está arrasada. Mas você já seguiu em frente... algo que você tem todo o direito de fazer, claro. Eu só queria ter sabido, porque isso faz com que eu me sinta péssima.

– Ah, você não deve se sentir...

– Mas sinto! – Ela o interrompeu rapidamente. – Laura achou que você encontraria outra vagabunda para dormir com você em alguns dias. Imagine se ela descobrisse que só levou algumas *horas*.

– Olha, eu não fazia a menor ideia de que isso aconteceria – protestou Ronan. – Não foi planejado.

Kate balançou a cabeça.

– Eu sei e entendo. Não estou com raiva de você, só com vergonha de mim mesma. Nunca tinha tido um encontro casual, de uma noite só, e tenho certeza de que não vai acontecer de novo.

– Me desculpe. Achei que você queria. Estava tentando ajudar.

Kate olhou para ele, os olhos marejados de lágrimas prestes a cair.

– Tenho certeza de que estava, sim. Quanto tempo você e Laura ficaram juntos?

– Não foi por muito tempo. Uns dois meses.

Isso tornava as coisas melhores?

– E ela mora aqui em St. Carys?

– Mora.

– Trabalha por aqui?

– Trabalha. – Ronan hesitou. – Na farmácia na Esplanada.

Ele viu Kate fazer uma careta; ela podia não estar em St. Carys havia muito tempo, mas sabia que só existia uma farmácia na Esplanada.

– A morena bonita ou a alta com sardas?

– A... ahn, morena bonita.

Kate assentiu.

– Tudo bem, mas ela nunca vai saber sobre isso. – Ela fez um gesto desajeitado na direção dele e de si mesma. – Sobre nós. Vai...

Foi uma declaração, não uma pergunta. Ronan disse:

– Não.

– Ninguém vai saber sobre nós – reiterou Kate. – Quero dizer *ninguém*, nem uma única pessoa. Você me promete isso?

Ele sentiu uma onda de frustração, porque não precisava ser assim. Se Laura não tivesse aparecido, tudo poderia ter sido tão diferente. Não foi planejado, mas eles passaram por bons momentos, não? Mais do que bons. Mas agora ela o encarava como se sentisse dor só de olhar.

– Você tem que me prometer – repetiu Kate.

E pensar que a maioria das garotas ficaria feliz da vida de poder dizer para as amigas que tinha dormido com ele. Ronan suspirou; será que ele tinha mesmo feito uma coisa tão errada assim? Muitos homens traíam as namoradas e nem pensavam duas vezes. Pelo menos ele tinha terminado com Laura primeiro.

Mas, claramente, aquilo afetava Kate, então ele deu de ombros e disse:

– Tudo bem, prometo.

Isso tinha sido mais de seis meses antes e Ronan cumpriu a palavra. Na época, ele esperava que o constrangimento entre os dois durasse uma semana, talvez duas; não fazia ideia de que duraria tanto tempo. Aliás, só aumentou com o passar dos dias e ele ainda não tinha ideia de como superar. Simplesmente porque, contra todas as expectativas, não conseguiu deixar para trás a atração que sentia pela garota que ficou tão decepcionada com ele.

Era a situação mais inconveniente do mundo. Ronan nunca tinha passado por nada parecido e não estava gostando nem um pouco. Era como se ele tivesse virado um adolescente esquisito e nerd que era incapaz de se comportar direito na frente da garota de quem gostava, mas com quem sabia que não tinha nenhuma chance. E quanto mais tempo passava, pior parecia ficar. Todas as manhãs, Kate levava a correspondência para o escritório. Ele nem sempre estava lá quando ela aparecia, mas era bem frequente que estivesse. E não podia ignorá-la; eles precisavam ser cordiais um com o outro, como se tudo estivesse perfeitamente bem, senão levantariam suspeitas. Mas era muito difícil, como ter um caso extraconjugal, com todos os lados ruins e nenhum dos benefícios.

E era evidente que Kate achava a situação tão agonizante e desconfortável quando ele e tinha sido por isso que ela marcou a visita com Gavin.

Ah, bem, mas agora estava feito.

– Acho que a gente vai ter que começar a te chamar de moça da lesma – disse Ronan, no caminho de volta para o escritório.

Foi uma tentativa infeliz de piada, mas ela conseguiu abrir um breve sorriso.

– Eu poderia tatuar isso no braço.

Pronto, estava acontecendo de novo. Ele se viu na mesma hora relembrando a noite em que estava deitado na escuridão com o braço dela por cima do peito. Conseguia se lembrar de todos os momentos que eles passaram juntos. Detalhes que normalmente teria esquecido eram relembrados com total clareza. Ele deu uma bronca mental em si mesmo.

– Deixando os túmulos de lesma de lado, qual é o veredicto sobre a casa?

Kate balançou a cabeça com tristeza.

– Não é a ideal. Desculpe.

Ainda pedindo desculpas.

– Não tem problema. Quantas você viu até agora?

– Dezesseis.

Ela estava vasculhando todo o mercado local atrás de alguma casa em que pudesse gastar o dinheiro da mãe. Clemency mostrou algumas propriedades, Ronan sabia, e ela também tinha visitado outras imobiliárias da região.

– Como já dissemos, tem que ser a certa, ter o cheiro certo, passar a sensação certa.

Ah, Deus, ele estava falando sobre casas, mas pensando *nela*... Ele parou junto à faixa amarela dupla para ela poder sair e pegar a bicicleta.

– Não se preocupe – continuou ele. – Você vai encontrar a casa perfeita um dia e vai ficar feliz de ter esperado.

– Eu sei. Bom, obrigada.

Kate tirou o cinto de segurança com dificuldade.

– Está começando a ficar mais fácil?

– Não. Ah. Do que você está falando?

– De viver sem a sua mãe.

– Ah, certo. – Ela assentiu vigorosamente. – Acho que está. Ainda sinto falta dela, mas estou me acostumando.

Ronan sorriu.

– Você vai ficar bem.

E quando ela já tinha saído do carro, depois de mais uma série desajeitada de despedidas, ele a viu sair pedalando pela rua e se perguntou se um dia conseguiria olhar para ela e se sentir bem também.

71

Capítulo 9

MARINA PERCEBEU PELA PRIMEIRA VEZ que seu casamento poderia estar em risco na manhã de seu quadragésimo aniversário, quando abriu o cartão do marido, George, e viu que tinha um tom engraçadinho, com uma imagem de uma mulher com peitos tão caídos que eles apareciam por baixo da barra da camisola que ia até os joelhos.

Dentro havia um vale de uma clínica particular da região com direito a uma cirurgia de aumento de seios, a ser executada por um cirurgião cuja lista de clientes aparentemente incluía estrelas do palco, das telas e de reality shows.

E, pela expressão no rosto de George enquanto observava a esposa lendo a piada no cartão, ele estava esperando que ela ficasse impressionada.

– Mas meus peitos não vão até os joelhos – comentou Marina.

– Eu sei que não. É só uma piada.

– E isto? – Ela exibiu o vale. – Isto também é piada?

– Não, é para implantes de silicone! Você vai poder ter os peitos do tamanho que quiser. Para exibir com qualquer decote. Vai ficar maravilhoso. – George fez gestos exagerados com as mãos, emulando seios enormes. – Pense nos vestidos decotados que você vai poder usar.

– Mas... eu não uso vestidos decotados – disse Marina.

– Eu sei. É porque você não tem corpo para isso. Mas quando estiver com os peitos novos, você vai querer usar! Nada vai impedir!

Eles estavam casados havia quinze anos. Dos 25 aos 40 anos, ela viveu com um homem que achava que ela tinha o desejo secreto de botar silicone.

– *Você* gostaria que eu tivesse seios maiores? – perguntou ela a George, que fez uma cara tão perplexa quanto se ela tivesse dito: "Você gostaria de ganhar na loteria?"

– Claro que gostaria.

Marina quase sentiu vontade de pedir desculpas pelos seios que tinha, dos quais sempre gostara. Sentiu-se na defensiva em relação a eles. Podiam ser meio pequenos, mas eram bonitos e eram *dela*. Com sorte, não estariam ouvindo a conversa; ela não queria que seus seios se sentissem inadequados e complexados. Ela olhou para George.

– Tem mais alguma coisa que você acha que eu devia fazer quando estiver lá?

Sem perder um segundo, George disse:

– Bom, a Debbie está linda, você não acha? Desde que fez aquele lifting facial?

Debbie era a gerente de vendas da loja de móveis dele. Ela tinha sido casada três vezes, era escandalosa e absurdamente confiante. Desde o lifting do ano anterior, Marina descreveria a pele do rosto da Debbie como "esticada".

– Ou eu poderia ajeitar o nariz – sugeriu ela.

Evidentemente satisfeito por ela estar com vontade de fazer melhorias em si mesma, George abriu um grande sorriso.

– Isso pode ser seu presente de Natal!

Essa foi a primeira pista de que, como esposa, ela estava sendo meio decepcionante. George sempre gostou de se misturar com gente que adorava exibir a riqueza, mas nos dois anos anteriores tinha passado do limite. Depois de entrar para o country clube da região – um dos mais cobiçados de Cheshire, com uma lista de espera que só servia para aumentar o seu efeito sedutor nas pessoas –, ele começou a passar mais e mais tempo lá.

Seus novos amigos se achavam muito inteligentes e, quando conheceram Marina, pareceram confusos com o amor que ela nutria pela arte. Eram legais do jeito deles, mas tinham muito pouco em comum com ela. Davam a impressão de que só falavam sobre lipoaspiração e sapatos Louboutin e suas *villas* em Puerto Banus. Não achavam nada de mais gastar uma fortuna em uma roupa de banho que só podia ser lavada a seco.

– Marina, você é tão bonita, não entendo por que não quer vir comigo ao salão. Minha esteticista é brilhante com a pistola de tatuagem. Você poderia ter sobrancelhas como as minhas! – disse uma das esposas.

A questão era que Marina estava acostumada a ter George como marido. Ele não era perfeito, é claro, mas quem era? Casamento é uma questão de comprometimento e tolerância e um amar o outro de um jeito confortável e afetuoso. Não tinha problema cada um ter seus interesses. Não era necessário que um casal fosse grudado.

Bom, aquela era a visão que ela formava do casamento na época.

Caramba, nove anos já tinham se passado depois daquele aniversário.

O tempo voa quando você está se divertindo.

A maré tinha virado e agora estava baixando, a beira das ondas brilhando quando o sol batia nelas. Marina estava em uma pedra lisa, vendo Boo, o springer spaniel do vizinho idoso, farejar pela margem, ocupado em investigar todas as algas que ficaram na areia molhada. Boo não dava trabalho, então ela pegou o celular e abriu o e-mail que tinha chegado uma hora antes, quando estava indo buscar o cachorro para passear.

Era de George, o primeiro que ela recebia dele em dois anos, embora não parecesse ao lê-lo.

> Oi, Marina,
>
> Como estão as coisas com você? Espero que tudo bem. Todo mundo diz oi e manda lembranças. Olhei seu site mais cedo e a pintura parece estar indo bem. Eu sempre soube que iria.
>
> Bom, as coisas não estão muito boas para mim no momento, infelizmente. Parece que é a minha vez de ter problemas de saúde. Estou me sentindo muito mal, para ser sincero, e achei que poderia ser bom ir até a Cornualha fazer uma visita. Vai ser tão bom ver você de novo, Marina. Pode ser no sábado? Reserve uma mesa no melhor restaurante de St. Carys.
>
> Com amor,
>
> George

Marina guardou o celular no bolso, impressionada com a capacidade do ex-marido de ignorar o passado. Mas aquele era o George: o grande vendedor, que queria agradar todo mundo, sempre se vangloriando. Pedir desculpas não era da natureza dele.

A atitude mais sensata seria se recusar a vê-lo, ela sabia, mas a menção a problemas de saúde chamou sua atenção. E essa incapacidade de George de explicar não era típica dele; ela não pôde deixar de ficar preocupada. Como hipocondríaco convicto, ele sempre foi uma daquelas pessoas para quem não se ousa perguntar "Como vai?" se você estivesse com pressa de ir para algum lugar. Era o jeito dele.

Uma brisa leve soprou os cachos tingidos de hena no rosto dela. Marina os tirou dos olhos e observou Boo correr na beira da água com algas enroladas em uma pata.

O diagnóstico tinha seis anos. O dia em que descobriu que tinha câncer de mama podia ter sido traumático, mas não foi o pior dia da vida dela.

O pior dia foi algumas semanas depois, quando ela estava se recuperando da cirurgia e passando pela quimioterapia. George chegou do trabalho, apareceu na porta do quarto e olhou para ela por um bom tempo sem falar nada.

Como ele não perguntou como ela estava, Marina quebrou o silêncio:

– O que houve?

– Não adianta, eu não consigo. Simplesmente não consigo.

– Não consegue o quê?

– *Isso*. – Ele apontou para ela. – Não fui feito para esse tipo de coisa. Não é justo com você.

Marina sentiu um enjoo subir pela garganta, mas daquela vez nasceu de uma mistura de medo e descrença.

– Não sei o que você está dizendo.

O rosto de George ficou vermelho.

– Você sabe tanto quanto eu que as coisas não andam bem há um tempo. E agora aconteceu isso. Não é justo esperar que eu tenha que passar por tudo isso com você. Sinceramente, terminar de vez vai ser o melhor para nós dois. Vou marcar um horário com meu advogado e ele vai começar a cuidar de tudo.

– Tudo...? – perguntou Marina com voz fraca.

– Divórcio.

– Ah.

– É o melhor – disse George.

– É?

Marina levou a mão trêmula até a testa, que estava suada pelo choque e pela descrença.

– Olha, não é culpa minha você estar doente. Se eu ficasse só porque você tem câncer, que tipo de pessoa eu seria? Eu digo – anunciou George, balançando o indicador. – Eu seria um hipócrita.

A palavra acendeu uma pequena chama de indignação no cérebro dela. Mas ele nem sempre tinha sido assim; os últimos anos no country clube o mudaram para pior. Tomando coragem, Marina disse:

– Então é na saúde e na doença desde que não seja na doença?

– Ah, mas é claro que você vai distorcer as coisas e me pintar como se eu fosse uma pessoa horrível. – George revirou os olhos. – Isso tem tanto tempo. Essas juras são feitas no casamento. Estamos falando de divórcio agora.

– Bom, você está.

– Não comece com a chantagem emocional. – Ele balançou a cabeça e olhou o relógio. – Eu não sou um ogro. Não vou deixar você sem teto e sem dinheiro. Falando nisso, vou me mudar amanhã.

– Então vou ficar com a casa?

Já era alguma coisa, pelo menos. Marina percebeu que estava destruindo o lenço de papel amassado que tinha na mão. Sua mente rodopiava.

– Não, nós vamos vender. O advogado me disse que você tem direito a metade, apesar de ter sido eu quem pagou a hipoteca todos esses anos.

George sempre insistiu para que ela não trabalhasse mais do que meio período, pois o trabalho dela era cuidar dele. E pensar que ela tinha ficado emocionada com a atenção dele. Porque, na época, ele era gentil... não era?

– Então você já falou com o advogado.

– Vai ser um acordo bom demais para você, Marina. Deveria ficar grata por eu não ser o tipo de pessoa que deixaria você com uma mão na frente e outra atrás.

– Quem é seu advogado? Arthur?

Arthur tinha sessenta e muitos anos e tinha cuidado dos documentos da casa; o escritório dele ficava na mesma rua que a deles.

George assentiu.

– Pode ficar com o Arthur. Vou usar Jake Hannam.

Se Arthur estava mais para um labrador brincalhão, Jake era um lobo. Era membro do country clube, *claro*, tinha trinta e poucos anos, usava abotoaduras espalhafatosas e dirigia um Porsche preto. Era irmão de Giselle, o centro da high society, e tinha uma vida social complicada.

– Você está tendo um caso, George? – perguntou, a voz falhando.

– Não seja ridícula. – Ele deu um suspiro pesaroso. – Claro que não.

– Tudo bem. Pode me passar aquela tigela? – Ela esticou um braço trêmulo. – Acho que vou vomitar.

Ele estava mentindo, obviamente. Foi tudo constrangedor e previsível demais. Marina pegou o frisbee rosa equilibrado na pedra ao lado, esperou Boo correr pela areia na direção dela e o jogou no ar para ele tentar pegar com a boca. Enquanto ela prosseguia com as sessões sofridas e debilitantes da quimioterapia, George se mudou para a casa de seis quartos de estilo georgiano fajuto de Giselle e a levou para passar férias na ilha de Capri.

Que era, segundo todos os relatos, um lugar glorioso de se visitar.

Sorte deles.

Um assobio agudo atrás dela fez Marina se virar. Clemency, de short e camiseta, estava acenando para ela. Marina acenou de volta.

Sem fôlego, Clemency foi até ela.

– Já corri pelas duas praias e pelos penhascos e agora preciso comer uma pizza.

Ela tomou um gole de água da garrafa quase vazia e se sentou na areia.

– Proteja-se – avisou Marina.

A chegada de Clemency trouxe Boo disparando pela praia com o frisbee na boca. Depois de correr junto ao mar, ele se sacudiu com força, jogando água fria nas duas.

– Ah, Boo, você é um marginal. Mas até que isso é bom. – Clemency pegou o frisbee e o jogou de novo, depois se apoiou nos cotovelos. – Como está Alf?

– O quê? Ah, desculpe. Bem melhor, ainda bem.

Só naquele momento Marina percebeu que tinha tirado o celular do bolso e estava relendo o e-mail de George.

– Tudo bem?

– Tudo!

– Tem certeza?

Marina hesitou. Estava tão acostumada a apresentar uma expressão alegre para o mundo que às vezes era difícil relaxar. Mas estava falando com Clemency; podia se permitir ser sincera.

– Aqui. – Ela entregou o telefone para Clemency. – Recebi isso.

Clemency leu linha por linha e se virou para Marina, sem acreditar.

– Meu Deus, como ele tem coragem. Ele lhe deu as costas quando você mal conseguia sair da cama! Abandonou você no pior momento da sua vida! – Os olhos de Clemency brilharam no sol. – E agora que as coisas não estão às mil maravilhas, ele quer vir ver você? Espero que você o tenha mandado se ferrar.

Marina sorriu com a indignação dela.

– Ainda não respondi. Era por isso que eu estava relendo.

– Quer que eu faça as honras?

– Não precisa. Acho que estou curiosa demais para dizer não a ele.

– Você pode ligar e ver o que ele quer.

– Se George diz que está vindo para cá, ele não vai aceitar não como resposta. A gente não se vê há mais de cinco anos – disse Marina. – Se ele aparecer, posso muito bem bater a porta na cara dele, mas tenho que admitir... Quero saber quais são as intenções de George.

– Aí, depois de descobrir, vai empurrá-lo de um penhasco, *certo*?

Achando graça, Marina jogou o frisbee novamente.

– Talvez. Vamos ver.

– Ainda não consigo engolir o que ele fez. Não sei como ele consegue se olhar no espelho.

– Talvez ele se sinta mal por ter se comportado daquele jeito – Marina deu de ombros. – Talvez esteja vindo pedir desculpas.

– Bom, se for o caso, espero que você não facilite as coisas para ele. – Clemency se sentou e tirou a areia das pernas bronzeadas. – Seu problema é ser boazinha demais. Mas lembre-se: algumas coisas são horrendas demais para serem perdoadas.

Capítulo 10

NA SEXTA-FEIRA À NOITINHA, Clemency tinha acabado de sair do chuveiro quando a campainha tocou.

Claro. As campainhas sempre sabiam. Ela enrolou uma toalha branca no corpo e desceu a escada correndo. Por uma fração de segundo surgiu um pensamento repentino na cabeça dela de que, quando abrisse a porta, Sam estaria parado na entrada.

Ahhh. Limpando com rapidez as inevitáveis manchas de máscara embaixo dos olhos, ela se preparou mentalmente, só por garantia, fez uma bela pose e abriu a porta com um sorriso cheio de expectativas.

– Oi, surpresa! Nossa, você está com uma mancha preta enorme embaixo dos olhos... Está parecendo uma morta-viva!

– Obrigada – disse Clemency enquanto Belle lhe dava um abraço.

– Tudo bem. Eca, parece que você está toda *suada*.

– Não, não. Estou bem limpa.

– Eu sei! É brincadeira. E parabéns por não tossir em cima de mim desta vez! Vem, Tio Chico, vamos subir antes que você mate as pessoas de medo.

Clemency espiou atrás dela.

– Sam não está com você?

– Não, sou só eu. – Belle fez um gesto dramático. – Não tem mais ninguém. Estou sozinha!

– Por quê? O que aconteceu? – O coração de Clemency acelerou. – Você e Sam terminaram?

Belle caiu na gargalhada.

– *O quê?* Nossa, mas que ser humano otimista você é. Claro que nós não terminamos! Por que eu largaria alguém como Sam?

Clemency se viu na mesma hora dividida entre manter a discrição e se comportar normalmente. Mas Belle era sua irmã, então tinha que ser o comportamento normal.

– Achei que ele tivesse largado você – disse ela, casualmente.

– Ahn, oi? Olha para mim. – Belle fez uma pose e um biquinho de selfie. – Quem em posse das faculdades mentais em dia ia querer terminar com isto aqui?

Ela estava sorrindo agora, fazendo um pouco de piada consigo mesma, mas uma piada com fundo de verdade. O jeito como ela reconhecia a própria vaidade era uma das características mais encantadoras de Belle.

No andar de cima, Clemency colocou um vestido e penteou o cabelo molhado. Quando voltou para a sala, encontrou Belle se olhando no espelho da parede, experimentando seu batom novo.

– O que você veio fazer aqui?

– Vim ver você! – Belle jogou um beijo para ela pelo espelho. – Rá, é brincadeira. Esse batom é bonito, não é? Acho que fica melhor em mim do que em você. Não, é que Sam está em Genebra a trabalho e volta amanhã à tarde. Vim na frente. Eu estava planejando uma noite tranquila hoje, mas encontrei Paddy e ele disse que você ia ao Mermaid... Então pensei em irmos juntas. Podemos sair para beber! Vai ser legal, não?

– Que ótimo. – *Tão* transparente. – Paddy por acaso falou que vou com Ronan?

– Não lembro. Talvez tenha falado, não tenho certeza.

– Só que Ronan não pode mais agora.

O rosto de Belle se transformou.

– Ah...

– Brincadeira – disse Clemency, triunfante.

Ah, um pouco de senso de superioridade entre irmãs nunca era demais.

Vinte minutos depois, as duas saíram do apartamento e foram até o Mermaid.

– Agora você vai me ver mais – disse Belle com alegria enquanto colocava os óculos de sol Tiffany para enfeitar a cabeça. – Agora que Sam está planejando passar a maior parte do tempo aqui, vou fazer companhia para ele.

– A maior parte do tempo? Achei que seria só para vir em alguns fins de semana.

Era para isso que Clemency estava se preparando mentalmente.

– Não, não. – Belle balançou o cabelo para trás. – Ele passou os últimos anos trabalhando sem parar. Os amigos o convenceram a tirar férias durante o verão, descansar um pouco. Bom, é claro que não vai parar com todas as atividades, mas vai poder ficar de olho na empresa daqui mesmo. Ele merece um descanso depois de tudo que passou. Você sabia que ele era casado?

Ela sabia? A mente de Clemency disparou outra vez para resolver qual seria a resposta certa. Ela balançou a cabeça.

– Não...? – Seu tom foi de dúvida.

– Ah, eu não sabia se ele tinha contado quando você mostrou o apartamento para ele no sábado de manhã. A esposa dele morreu. Três anos atrás, de tumor cerebral. Ela ficou doente durante todo o casamento. Dá para imaginar? Pobre Sam. Tão triste. Bom, triste para ele. – Belle sorriu. – Mas bom para mim!

Meu Deus. Clemency balançou a cabeça.

– Que coisa horrível, Belle.

A irmã deu de ombros.

– Só estou sendo sincera. É triste ele ter perdido a esposa, mas a vida continua. Sam ainda está aqui e merece ser feliz. E vai ser feliz de agora em diante, porque ele tem a mim!

De todas as garotas no mundo, ele tinha que escolher justamente Belle...

– Que bom que ele conseguiu achar alguém tão compassiva, modesta e despretensiosa – disse Clemency.

– Eu sei. – Belle fez um gesto espalhafatoso e sem qualquer sinal de arrependimento. – Mas estou falando sério. Não vou deixar que ele vá. Sam é tudo que eu sempre quis; é perfeito. Você deve ter notado. Ele é lindo demais.

– Ah, sim, ele é bem interessante – declarou Clemency, porque ninguém podia dizer que não era.

– Eu sei! Não falei por telefone? Eu disse que você ficaria impressionada. Mas não é só isso – prosseguiu Belle. – Ele é o pacote completo. Acho que pode ser agora, sabe. Sam é fantástico. Talvez seja o cara certo. E é por isso que você vai me ver mais, porque eu não o deixaria aqui sozinho, nem pensar! Isso não seria muito inteligente. As garotas voariam para cima dele como vespas.

– E seu emprego?

Na hora que fez a pergunta, Clemency percebeu que já sabia a resposta.

– Ah, vou largar. Aquelas pessoas lá não são do meu estilo. Além do mais, Sam não é o único que precisa de um descanso.

Nenhuma surpresa. Também não foi surpresa Belle ter deixado de mencionar isso antes. Ela era brilhante em entrevistas de emprego e excelente em receber ofertas, mas seu poder de permanência não era o melhor. Ela e as amigas com quem dividia apartamento em Chelsea pareciam compartilhar da mesma atitude relaxada em relação a trabalho, provavelmente porque as famílias de todas eram muito ricas. A última tentativa de Belle de ter um emprego lucrativo envolveu trabalhar em RP na empresa do pai da melhor amiga, que devia ter percebido a besteira que fez.

– Por que elas não são do seu estilo? – perguntou Clemency.

– Ah, são *intensas* demais. Não têm senso de humor. E são todas, tipo, muito rigorosas com horários. – Belle fez um gesto descuidado com o braço. – Não aguento esse tipo de incômodo. Quem precisa disso?

Quem? Um palpite era que as noitadas fizeram com que Belle perdesse a hora e chegasse no trabalho duas horas depois de todo mundo.

– E Sam não se importa de você não trabalhar? – perguntou Clemency.

– Bom, sim, boa pergunta. – Belle assentiu sabiamente. – Ele *não* se importa, mas não quero que ele pense que sou acomodada, então vou explicar que faço trabalhos beneficentes. E faço *mesmo* – enfatizou ela. – É a mais pura verdade. Não estou mentindo!

Clemency sorriu. A ideia de Belle de trabalho beneficente era comparecer a bailes de arrecadação de dinheiro em hotéis cinco estrelas. Ninguém a encontraria na cidade trabalhando atrás do balcão de alguma ONG de combate à pobreza.

Duas horas depois, elas ainda estavam no pátio do Mermaid, olhando o mar, enquanto Ronan fora ao bar pedir a rodada seguinte de bebidas.

– E então? – perguntou Clemency. – Vamos lá, pode me contar. Ainda se interessa por ele?

– Por Ronan? – Belle revirou os olhos. – Não mesmo.

– Tem certeza?

– Claro que tenho. Estou com o Sam agora. Ele anulou toda essa história de Ronan, que, para início de conversa, nunca foi importante.

Ronan se materializou atrás delas.

– Ah, muito obrigado. Meu ego está destruído.

Clemency pegou a bebida da mão dele.

– Acho provável que seu ego sobreviva. E ela só veio hoje aqui porque sabia que você também viria.

– Olha – reclamou Belle –, a gente pode parar com esse jogo bobo agora? É muito chato.

– Eu gosto.

Clemency sorriu. Não demorou para elas voltarem ao modo irmãs implicantes.

– Bom, está cansando. Não somos mais adolescentes. Tenho um namorado fantástico. Ao contrário de você – disse Belle.

– Mas ele é mais bonito do que eu? – Ronan se virou para Clemency. – Bom, é?

– Ele é muito bonito – disse Clemency.

– Olha só! – Belle pegou o celular. – Vou te mostrar!

E mostrou. Clemency se viu ao lado de Ronan, olhando uma série de fotos de Sam e Belle juntos.

– Ele não me deixa tirar selfies de nós dois, não gosta, mas pedi a Tamsin para tirar essas. Viu? – Belle deu uma cutucada em Ronan. – Esse era o verdadeiro motivo para eu querer ver você hoje. Para poder exibir meu namorado perfeito e fazer você pensar duas vezes sobre a vez que me deu um fora. Porque está tudo no passado agora e eu segui em frente para coisas maiores e melhores.

Clemency não conseguiu resistir.

– Totalmente diferente da coisa pequena e decepcionante do Ronan.

– Que cruel – protestou Ronan –, além de não ser verdade. – Ele balançou a cabeça para Belle. – Ela nunca viu, ok? Só para você saber. E *definitivamente* não é verdade.

– Não me importa – respondeu Belle, com uma expressão arrogante. – Eu tenho o Sam.

– É, mas se as coisas não derem certo...

Os olhos de Belle estavam brilhando.

– Não se preocupe, vai dar tudo certo.

– Não é bom ser confiante demais. Se ele é um partido tão incrível assim, todas as garotas vão correr atrás dele. E agora ele vai estar por aqui – disse Ronan. – Olha a Clem, ela ainda está solteira. E se ela for atrás do seu namorado? – Ele deu de ombros, achando graça. – Nunca se sabe, né? Ela pode roubar o cara de você.

A boca de Clemency ficou seca. Ainda bem que a vergonha tinha impedido que ela contasse a Ronan a história em que paquerou um cara no avião que, para sua humilhação, era casado. Agora, ele só estava provocando Belle, totalmente alheio ao fato de que os comentários foram quase certeiros.

Mas Belle estava sorrindo de tanta autoconfiança.

– Ela não faria isso.

Ronan disse em tom de brincadeira:

– Quem sabe.

– Não. Nunca vai acontecer. – Belle balançou a cabeça. – Tenho certeza.

– É impossível ter tanta certeza assim!

– Ah, mas eu tenho. Ela é minha irmã postiça e às vezes me deixa doida, mas sei que posso confiar nela. Cem por cento. E Clem sabe que pode confiar em mim. – Enquanto falava, Belle passou o braço pela cintura de Clemency e a apertou. – Fizemos uma promessa, não foi? Uma para a outra.

Com a boca ainda seca, Clemency assentiu.

– Foi.

– Como vocês sabem que vão cumprir? – perguntou Ronan, parecendo interessado.

– Porque cometi um erro uma vez. Fui muito, muito má – disse Belle. – E aprendi minha lição da pior maneira.

Aconteceu pouco antes de elas fazerem dezoito anos. Depois de quase dois anos morando juntas do jeito implicante de duas adolescentes que preferiam *não* estar debaixo do mesmo teto, Belle arrumou um namorado cheio da grana chamado Giles, que foi passar uns dias com a família delas na Casa Polrennick na semana antes do Natal. Barulhento e confiante, ele fez uma piada uma noite sobre as duas irmãs brigarem por ele. Na manhã seguinte, Clemency o ouviu fazendo um comentário maldoso sobre a mãe dela ter ganhado na loteria quando se casou com o pai de Belle. Mais tarde, quando o confrontou sobre isso na hora em que Belle estava no andar de cima tomando banho, Giles foi arrogante e insinuou que suas reclamações eram exageradas. No último dia dele lá, ciente do evidente desprezo que Clemency sentia por ele e simplesmente para se divertir, ele disse a Belle que a irmã postiça tinha dado em cima dele.

Belle, acreditando em Giles e não na irmã, ficou furiosa. Clemency, ultrajada por ter sido acusada de uma coisa que não tinha feito, ficou furiosa, primeiro por não acreditarem nela e segundo porque nunca *no mundo* ela daria em cima do rato de esgoto maldoso que era o Giles.

Giles foi embora, mas a troca de insultos entre as duas irmãs voláteis resvalava pela casa toda, e a mãe de Clemency e o pai de Belle tiveram que intervir para impedir que o Natal fosse arruinado. Pelo menos superficialmente, elas deram uma trégua, ainda que precária.

Dois meses depois, Clemency começou a sair com Pierre, um instrutor de surfe de dezenove anos que morava em Bude. Pierre era alto e magro, com olhos verde-mar e cabelo louro desgrenhado. Era um belo rapaz, confiante e engraçado. Um pouco louco, mas encantador, e conquistou Clemency completamente. Ela ficou mais apaixonada do que nunca, e a simples ideia de se encontrar com ele animava seu dia.

Na Páscoa, ela foi passar uma semana em Manchester com uma amiga que tinha se mudado da Cornualha para lá no ano anterior. Quando voltou, não teve exatamente a recepção feliz que esperava.

A ausência de carros na porta era sinal de que Baz e a mãe dela tinham saído. Como ouviu música vinda do primeiro andar, Clemency subiu a escada. Quando bateu na porta do quarto de Belle, ela abriu e disse "Ah, é você". Em seguida, com um sorrisinho debochado, abriu mais a porta e acrescentou: "Minha nossa."

Só que não houve nada de surpresa, porque ela sabia qual era o trem que Clemency ia pegar e a hora exata em que estaria de volta.

De certa forma, a capacidade de planejamento de Belle era quase admirável, porque garantir que Clemency chegaria em casa e veria Pierre dormindo na cama king-size de Belle só de cueca não deve ter sido fácil.

– Por quê? – Clemency olhou para Belle, que estava amarrando a faixa do robe verde de seda na cintura fina. – Por que você faria uma coisa dessas?

– Ahh, sei lá, talvez porque eu posso? – Com ar de triunfo, Belle acrescentou: – E porque foi fácil demais. E porque agora você sabe como é a sensação.

Do outro lado do quarto, Pierre abriu os olhos e viu as duas irmãs.

– Ah, merda.

– Oi, meu bem – disse Clemency, com a voz gelada. – Cheguei.

Por fora ela dava uma impressão de calma, mas por dentro seu coração parecia se desintegrar como um cubo de açúcar numa xícara de chá.

– Olha, foi um acidente... – começou Pierre.

Mas Clemency já estava balançando a cabeça.

– Acho que você vai descobrir que foi planejado. – Ela se virou para Belle. – Você gosta mesmo dele?

– Ele tem um corpo lindo. – Belle deu de ombros. – Nós nos divertimos, mas ele não é o meu tipo.

– O quê? – Chocado, Pierre perguntou: – Por que não? O que tem de errado comigo?

– É sério isso? – Clemency contou os motivos nos dedos. – Você não estudou em escolas caras, seus pais não são super-ricos, você anda de bicicleta elétrica...

– Então a semana passada não significou nada para você? – perguntou Pierre, olhando para Belle sem acreditar.

– Bom, significou que dei uma lição na minha irmã postiça que ela não vai esquecer tão cedo. Então eu diria que valeu a pena. – Belle se virou para Clemency. – Pode voltar a ficar com ele agora – disse ela casualmente.

– Você deve estar de brincadeira. Eu não tocaria nele nem usando luva. Nunca mais quero olhar na cara dele. – Por algum milagre, Clemency conseguiu manter o controle, embora a voz estivesse bem perto de falhar. – Eu queria nunca mais ter que olhar para a cara de vocês dois. Meu Deus, vocês se merecem. Vocês dois são... *repulsivos*.

– Somos? *Somos?* – Os olhos de Belle brilhavam. – É bem feito por você ter dado em cima do Giles!

– Caramba! – Ronan agora balançava a cabeça ao ouvir a história que elas contavam. – Isso parece cena de novela. Pelo menos vocês duas ainda estão vivas. E o que aconteceu depois?

– As provas estavam chegando – disse Clemency. – Eu não estava mais saindo com o Pierre, é claro, e passei todo o meu tempo estudando a matéria. E foi por isso que me saí tão bem.

– E eu achei que seria divertido continuar saindo com ele por mais um tempinho, só para jogar na cara dela. – Belle fez uma careta. – E não estudei quase nada.

– Com resultados previsíveis – disse Clemency. – Acabei me sentindo bem melhor, por saber que ela ia tirar notas baixas.

Ronan olhou para uma e depois para a outra.

– E vocês estavam se falando na época?

– Você está de brincadeira? – respondeu Clemency. – De jeito nenhum.

– Então, um dia, do nada, recebi uma ligação do Giles – continuou Belle. – Tínhamos terminado em fevereiro e era o começo de junho. Ele falou que queria me encontrar porque precisava me contar uma coisa. Não dei muita bola, mas ele insistiu, dizendo que era importante e que estava em um hospital em Exeter. Nesse caso, é claro que eu tinha que ir e ele de fato estava em um estado péssimo.

– Fisicamente? – perguntou Ronan.

– Bom, sim, isso também. Mas estou falando mentalmente. Ele estava envergonhado, culpado e arrependido. Se não fosse o Giles, eu acharia que ele estava tendo algum tipo de crise religiosa... Só que *era* o Giles. Enfim, acontece que, no dia anterior, a empregada nova da mãe dele por acaso mencionou que era médium e sabia ler a aura das pessoas. Bom, Giles deixou que ela lesse a dele, só por diversão, e ela disse que ele tinha contado uma mentira alguns meses antes. Ele riu, mas ela falou que foi uma mentira terrível e que ele seria punido por isso. Também afirmou que a punição aconteceria muito em breve, que lhe daria uma lição da qual ele se lembraria pelo resto da vida... Ah, e mencionou as férias no México que ele tanto queria. Disse que ele não iria.

– Legal – comentou Ronan. – Que divertido.

– Claro que o Giles achou tudo muito engraçado. Até sair naquela mesma noite para se encontrar com amigos, e um velho em um Datsun perder o controle da direção e subir na calçada, imprensando o Giles na parede. – Belle espalmou as mãos. – Bom, foi isso. Ele quebrou as duas pernas, um braço, três costelas, sofreu vários ferimentos internos... e teve uma espécie de epifania. Ele nunca tinha acreditado em médiuns, mas passou a acreditar.

E ficou convencido de que o acidente foi o destino o punindo pela terrível mentira. Ele estava chorando quando falou. É sério, chorando de *soluçar* – enfatizou ela. – Ele admitiu que a Clem nunca tinha dado em cima dele, que tinha inventado aquilo para causar confusão porque sabia que ela não gostava dele. Ficou pedindo desculpas e chorando, me implorando para perdoar o que ele tinha feito...

– Apesar de ter sido sobre *mim* que ele mentiu – interrompeu Clemency.

– Eu me senti muito mal também. – Belle jogou o cabelo para trás. – Porque, para começar, se o Giles não tivesse inventado aquela história, eu não teria dormido com o Pierre. Então fui para casa e contei para Clem e pela primeira vez em anos nós nos sentamos e conversamos direito.

– Primeira vez *na vida* – corrigiu Clemency. – Nós nunca tínhamos feito isso.

Belle assentiu.

– Foi uma conversa muito longa. Sobre garotos e família e o fato de que, gostando ou não, éramos irmãs. E eu sabia como tinha ficado quando achei que a Clem tinha dado em cima do meu namorado, então me senti pior ainda pelo que fiz. Acabamos fazendo um pacto solene. Prometemos que nunca, nunca iríamos atrás do namorado da outra *naquele sentido* de novo. Porque éramos irmãs e irmãs não faziam isso. Como melhores amigas também não faziam. Não éramos melhores amigas, mas morávamos na mesma casa e tudo seria bem mais fácil se fôssemos mais gentis uma com a outra e fizéssemos um esforço para nos darmos bem. – Belle fez uma pausa. – E foi isso, fizemos um pacto e o seguimos desde então e sempre seguiremos. Meus namorados são cem por cento proibidos para a Clem e vice-versa. É bem legal, não é? – Ela apertou Clemency de novo. – Saber que podemos confiar tanto assim uma na outra.

– É estranho – disse Ronan. – Estranho, mas bom. Todos esses anos e nunca vi vocês duas assim. Sabe, relaxadas e se dando bem.

– Ah, nós temos nossos bons momentos – falou Belle. – Não temos?

– Poucos e bem espaçados entre um e outro – admitiu Clemency. – Mas acontecem.

– E teremos muitos outros, porque vamos nos ver com mais frequência quando eu voltar para cá. E eu tenho Sam, o que me deixa *muito* feliz. – Belle ergueu o copo. – A vida nunca foi tão boa!

– Ah, que ótimo – disse Ronan. – Ao Giles e sua milagrosa epifania. – Eles brindaram. – O que aconteceu com ele, vocês sabem? Ele se recuperou e dedicou o resto da vida a realizar boas ações?

– Rá, você só pode estar brincando – retrucou Belle. – Estamos falando do Giles. Ele acabou se envolvendo numa negociata, usando informações privilegiadas, e cumpriu pena de dois anos por fraude.

Capítulo 11

MARINA TERMINOU SEU TRABALHO mais cedo do que o habitual na tarde de sábado. George chegaria por volta das seis e não mencionou reserva em nenhum hotel, então ela precisava preparar o quarto de hóspedes.

Como sempre, pegou Ben e Amy do outro lado da rua e os levou para a casa dela por mais ou menos uma hora, de modo que a mãe deles pudesse fazer as compras da semana em paz. Os gêmeos de três anos amavam ir visitá-la e ela gostava de ficar com eles, mesmo que estar na companhia barulhenta e agitada deles às vezes parecesse o mesmo que correr atrás de um monte de gatos selvagens. Sem contar que depois ela ficava exausta, sentindo a necessidade de se deitar em um quarto escuro.

Se bem que, com George a caminho, aquilo definitivamente *não* aconteceria.

– Eeeeeeeee! – gritou Ben, correndo pelo patamar com uma fronha pendurada nas costas como uma capa. – Sou o Batman!

– Eu sou um fantasma! – berrou Amy de baixo do lençol branco. Ela balançou os braços. – Eu dou medo?

– Muito medo – disse Marina. – Na verdade, estou apavorada.

– Eu dou medo! Buuuuuu! – gritou Amy, satisfeita.

Ela sacudiu os braços enquanto pulava pelo quarto.

– Pronto, agora vou botar o lençol na cama – falou Marina. – E preciso que as toalhas azuis lá em cima sejam colocadas no banheiro. Vocês podem ser muito bonzinhos e fazer isso para mim?

– Eu quero pegar as toalhas azuis! – gritou Ben. – Vou salvar as toalhas porque eu sou o Batman.

– Não, não, não. – Amy o empurrou quando passou por ele. – Eu pego! Sai da minha frente!

Demorou um tempo, mas Marina acabou conseguindo arrumar o quarto. Ela colocou os gêmeos no térreo, na frente de um desenho animado que passava na TV, e deu uma rápida arrumada no banheiro antes de aspirar a trilha de farelos de biscoito que apareceu como mágica na escada.

Suzanne, a mãe dos gêmeos, bateu na porta para pegá-los.

– Muito obrigada – agradeceu ela. – Sinceramente, você é um anjo. Não sei como eu conseguiria sem sua ajuda.

– É uma alegria ficar com eles aqui – respondeu Marina, abrindo um sorriso.

– Venham, vocês dois. – Suzanne bateu palmas. – Vamos para casa agora, vamos deixar a Marina em paz. Peguem suas mochilas e digam tchau.

Como Marina amava quando os gêmeos passavam os braços no pescoço dela e lhe davam um beijo na bochecha. O cheiro do cabelinho fino e o calor da pele deles derretiam seu coração.

– Nos vemos depois, amorzinho. – Ela ajeitou a fita no rabo de cavalo de Amy e comentou: – Ah, sua mochila está aberta, vou fechar para você. Não queremos que seus tesouros caiam, né?

Amy era uma criança agitada que tinha uma coleção de conchas, cartões-postais, botões e bichinhos de pelúcia dos quais não queria se separar.

Logo em seguida, viu a ponta de um objeto dentro da mochila da Disney. Seu coração deu um pulo e ela pegou a fotografia, segurando-a contra o peito.

– Amy, onde você pegou isso?

Foi difícil manter a voz firme e normal.

Amy ficou na defensiva na mesma hora.

– Eu achei.

– Ah, querida, você não pode fazer isso. – Suzanne ficou muito envergonhada. – Peço *mil* desculpas, Marina. Amy, você não pode pegar coisas que não são suas. Onde você achou?

– Em uma caixa debaixo da cama. Achei que era um tesouro legal.

A garotinha apontou para o verso da foto que Marina apertava contra o peito.

– É uma fotografia especial, só isso. De uma pessoa que conheci muito tempo atrás. Desculpe, querida, mas pode sempre me pedir antes de pegar alguma coisa? Eu não gostaria de perder isto. – Para seu horror, Marina ouviu sua voz ficar rouca. – Sabe, os adultos também têm tesouros... Mas tudo bem, tudo bem... a culpa foi minha por não ter colocado em um lugar seguro... Você pegou mais alguma coisa na caixa?

Ela se empertigou, colocou a foto entre as páginas de um livro e o colocou na prateleira mais alta da sala, depois verificou o interior da mochila de Amy.

– Amy, peça desculpas – ordenou Suzanne.

O lábio inferior de Amy tremeu.

– Eu gostei dela. Quem estava na foto? Desculpa.

Ainda abalada, mas com vergonha da própria reação, Marina respondeu:

– Tudo bem, querida, não tem importância.

Só depois que Suzanne levou os gêmeos embora foi que Marina conseguiu respirar normalmente de novo. Deus, aquela foi por muito pouco. Via de regra, ninguém entrava no quarto de hóspedes no segundo andar, razão pela qual ela guardava a caixa lá, embaixo da cama. Enquanto limpava o banheiro ou aspirava os farelos de biscoito, Amy a encontrou, abriu sua tampa e investigou o que tinha dentro.

E se ela não tivesse visto a fotografia na mochila da garotinha? Marina sentiu um mal-estar só de pensar nisso.

Ela atravessou a sala, tirou com cuidado a foto do meio das páginas do livro e a olhou pela milionésima vez. Sim, tinha feito cópias digitais e armazenado on-line, claro que sim, mas aquela era a importante, a original. Era, sem dúvida, o item mais precioso que possuía.

Ela soltou o ar lentamente e foi na direção da escada. Em uma ou duas horas, George estaria ali na porta da casa dela. Antes disso, ela precisava encontrar um lugar melhor para esconder a caixa que estava debaixo da cama.

A respiração de Clemency ficou presa na garganta quando a porta da Barton & Byrne se abriu e Sam entrou no escritório.

– Ah, oi!

Seu primeiro pensamento – tomado pelo pânico – foi que a tarde tinha sido quente, o último cliente tinha deixado um certo odor de suor no ar e ela esperava que Sam não achasse que fosse dela.

– Oi. Como vai? Liguei para Belle e ela está no salão. Então pensei em vir aqui rapidinho saber se posso dar uma olhada no apartamento para medir algumas coisas.

Ronan surgiu, vindo da sala dos fundos.

– Oi, sou Ronan Byrne. – Ele apertou a mão de Sam. – E sei quem você é porque Belle passou a noite de ontem nos mostrando fotos suas no celular dela.

– Também já ouvi falar de você. – Achando graça, Sam se virou para Clemency. – Acha que seria possível?

– Posso lhe dar a chave se você quiser – disse Clemency. – Não tem problema, confiamos em você.

Sam respondeu com firmeza:

– Prefiro fazer as coisas de acordo com as regras se você tiver tempo.

– Claro que ela tem – declarou Ronan. – Vamos fechar daqui a pouco. – Ele enxotou a colega fazendo um gesto simpático. – Cuido de tudo aqui. Pode ir.

O apartamento parecia maior agora que estava todo vazio. A compra rápida ocorreu milagrosamente de acordo com o planejado, o que não acontecia quase *nunca*, e a troca de contratos e o registro simultâneo estavam marcados para a terça-feira.

Clemency segurou a outra ponta da trena enquanto Sam tirava as medidas das janelas e as passava por telefone para um fabricante de cortinas em Londres. Ele estava de calça jeans e camisa polo branca e era ótimo poder observá-lo sem ser notada enquanto ele ditava números ao telefone.

Considerando que olhar para ele era tudo o que ela poderia fazer, estava ótimo.

Melhor do que nada.

– Obrigado – disse Sam quando a tarefa estava terminada. – E, mais uma vez, agradeço muito por ter me mostrado este apartamento na semana passada.

– Foi uma compra meio de impulso – falou Clemency, sorrindo.

– Estou muito feliz de ter agido por impulso. Gosto de tudo neste apartamento. – Ele fez uma pausa. – Gostei de tudo que vi em St. Carys. Tudo é ótimo.

Clemency assentiu com alegria; teria que fazer isso maravilhosamente bem.

– Eu falei, é um lugar fantástico de se morar.

Por alguns segundos, o silêncio se prolongou entre os dois. E Sam se encostou na bancada da cozinha e disse:

– Mas eu queria que você não fosse irmã da Annabelle.

Meu Deus.

Clemency tentou disfarçar o verdadeiro sentimento, falando com aparente descaso.

– Pode acreditar, desejei isso também muitas vezes ao longo dos anos. Mas sou.

– Olha, preciso dizer isto. Não posso fingir que a ideia não passou pela minha cabeça. – Seus olhos escuros estavam fixos nela, inabaláveis. – Gosto muito de Annabelle, mas sei que você e eu tivemos uma conexão e se as coisas não dessem certo entre mim e Annabelle... bom, talvez...

– Não – replicou Clemency, de modo abrupto. – Você não pode pensar isso. Não pode acontecer, não pode acontecer *nunca*.

– Tudo bem, eu sei. Ela me contou o motivo. Ouvi a história toda. Ela me ligou ontem à noite depois do encontro entre vocês e o Ronan no pub.

– É muito importante para mim – disse Clemency, desta vez falando sério mesmo. – É uma daquelas coisas que eu jamais desrespeitaria. Não mesmo.

– Bom, isso é muito... honrado. – Sam assentiu. – Que bom para você. – Com ironia, acrescentou: – Ruim para mim.

– Para ser sincera, nunca achei que isso seria um problema. Em todos esses anos, nunca me interessei nem remotamente por nenhum namorado que Belle já teve.

Um sorriso vago.

– Por que não? Como eles eram?

– Metidos. Falastrões. Mauricinhos. Ha-ha, olhem todos para mim. Esse tipo de coisa.

– Eu não sou metido – disse Sam.

– Você não é o tipo habitual dela. Você é completamente diferente. Ela escolheu bem, pela primeira vez. – Clemency balançou a cabeça. – Parece que é só para me irritar.

Ele suspirou.

– Isso não vai ser fácil.

Nem me fale.

– Eu sei. Mas não temos escolha.

– Vamos conseguir passar por isso? – perguntou Sam.

Clemency esperava que ele não se desse conta do tamanho efeito que provocava nela; ela estava gastando todo o seu autocontrole só para soar casual.

– Claro que vamos. Eu consigo. Você também consegue. Nós temos que conseguir.

– Você está certa. – Ele assentiu. – Eu sei. Só queria que tivesse um jeito de tornar tudo isso mais fácil.

Era mais fácil para ela, Clemency percebeu, porque Sam estava com outra pessoa, logo, já era proibido por si só. Era mais difícil para ele porque ela estava solteira e desimpedida.

Lembranças da noite anterior no Mermaid a distraíram por um momento. Uma fração de segundo depois, ela entendeu por que seu subconsciente estava puxando a manga de sua blusa, chamando sua atenção. Um raio de lucidez atravessou os pensamentos dela, porque isso ajudaria. Tudo bem, pense rápido... Não faria mal a ninguém, seria fácil de fazer, não havia lado ruim...

– Olha só, não falei nada antes, mas estou com uma pessoa. Bom, mais ou menos. É... uma situação que está só começando.

Clemency deu de ombros em um gesto que queria dizer "você sabe como é".

– Ah. Certo. Não sabia. – Sam pareceu surpreso, o que era bom. – Annabelle me disse que você não estava com ninguém.

– Isso porque ela não sabe. Quer dizer, vou contar para ela. Em breve. É que estamos mantendo a discrição por um tempo, por... você sabe, por vários motivos. Até a hora certa.

– Tudo bem. Tudo bem – murmurou Sam. – Acho que é bom. Sim, vai facilitar as coisas. Se bem que... – Ele franziu as sobrancelhas quando um pensamento surgiu. – Por que vocês estão mantendo a discrição? Ele é casado?

– Não, não. – Clemency balançou a cabeça, achando graça do tom de reprovação na voz dele. – Ele não é casado. Ele é meu chefe.

– Está falando sério? Qual é o nome dele mesmo, Gavin? O que está sempre jogando golfe?

Seria um relacionamento sobre o qual qualquer um ia querer guardar segredo. Num esforço heroico, Clemency conseguiu não cair na gargalhada. Eca, nem pensar em ter um caso secreto com um homem que usava calça xadrez de golfe e tinha idade para ser seu pai. Com firmeza na voz, ela respondeu:

– Não o Gavin, não. Mas obrigada por pensar que poderia ser ele.

Mas, falando sério, se era para ter um relacionamento imaginário, seria melhor que pelo menos fosse com alguém bonito.

– E também não é com a Paula, a nossa secretária – acrescentou Clemency.

Ela fez uma pausa, esperando que Sam dissesse alguma coisa.

– Certo. – Ele assentiu lentamente, digerindo a notícia e desta vez aceitando a resposta sem surpresa. – Entendi agora. É o Ronan.

Naquele momento, uma gaivota pousou no terraço e bateu com o bico na porta de vidro, fazendo um barulho alto, e os dois tomaram um susto. A ave olhou para eles pelo vidro, esperando ser alimentada.

– Sim, é o Ronan – disse Clemency depois de espantar a ave. – Não comente com Belle ainda. Eu mesma vou contar.

Só me dê uma chance de avisar o Ronan primeiro.

Capítulo 12

 – MARINA. OLHA SÓ VOCÊ. Bom, isso é... incrível. Você está tão bem. *Tão bem.* – Na porta da casa dela, George abriu os braços. – Ah, minha nossa, venha cá!

E Marina, pensando *Como eu estou?*, descobriu que era tão britânica que era incapaz de recusar a ordem e se viu se submetendo a um abraço do ex--marido que ela não via fazia cinco anos.

Ah, Deus, a maldição das boas maneiras. Mas um abraço educado era uma coisa. Ela recuou rapidamente antes que ele pudesse lhe dar um beijo na bochecha.

– Oi, George. Você deve achar que estou bem porque na última vez que me viu eu estava sem cabelo e meu rosto parecia uma lua por causa dos esteroides.

George, no mínimo insensível, respondeu:

– Mas agora o seu cabelo cresceu. Sempre foi bonito. E você arrumou uma casinha linda aqui. Vamos dar uma olhada...

Em contraste, George estava ficando calvo; o cabelo remanescente estava mais ralo e mais grisalho desde o último encontro. O nariz também tinha afinado. Fascinada, Marina viu que também estava mais reto, o que tinha alterado todo o rosto. Além disso, a barriga estava maior e ele usava uma camisa de marca com uma estampa floral na parte interna da gola e dos punhos, assim como uma loção pós-barba mais adequada a um homem bem mais novo.

– É pequena – disse ele, observando a sala –, mas você a deixou muito aconchegante.

– Obrigada. É pequena porque foi isso que pude pagar depois do divórcio. O que aconteceu com seu nariz?

Ele o tocou na mesma hora.

– Ah, problemas nos seios da face. Eu estava com dificuldade para respirar.

A Marina Malvada pensou: *Quem dera.* Em voz alta, ela disse:

– É mesmo? Eu não sabia que esse tipo de cirurgia podia alterar o formato assim.

– Bom – admitiu ele –, foi ideia da Giselle. Eu não queria, mas ela veio com aquele papo de matar dois coelhos com uma cajadada só...

– Como ela conseguiu isso? Com um taco de críquete? E seu nariz por acaso estava no caminho? – questionou Marina inocentemente.

George olhou para ela. Balançou a cabeça como se estivesse decepcionado e deu um suspiro.

– Você tem todo o direito de estar com raiva. Me desculpe, não tenho palavras para dizer como lamento. Cometi o pior erro da minha vida e, pode acreditar, vivi para lamentá-lo.

– Ah, George, não ficou tão ruim. Foi só uma surpresa, mais nada. Em uma ou duas horas tenho certeza de que vou me acostumar.

– O quê? – Por um momento, ele deu a impressão de estar atordoado, mas disse: – Não estou falando do meu nariz.

Marina pareceu surpresa.

– Não? Ah, certo.

– Estava falando da Giselle. O que ela fez com a gente. O que ela me fez fazer com você.

As palavras *jogar a culpa nas costas dos outros* surgiram na mente dela.

– Ela parecia uma bruxa – continuou George. – Era como se eu tivesse sido hipnotizado por ela. Você não tem ideia de como foi para mim.

– Cuidado – pediu Marina. – Você vai me fazer chorar.

– Tem uísque? Estou precisando muito de uma bebida. – George desabou no sofá de dois lugares e secou a testa com um lenço. – Sei que fui um idiota e agora estou pagando. Nunca amei Giselle de verdade, sabe. Só fui arrebatado pela empolgação. Ela conhecia tanta gente famosa... E quer saber? – Ele olhou para Marina quando ela lhe entregou um copo de uísque. – Os últimos cinco anos foram um inferno. Os mais infelizes da minha vida, de verdade. É um pesadelo conviver com aquela mulher. Ela gasta dinheiro como se fosse água da torneira. Mas aprendi minha lição. Eu jamais deveria ter feito aquilo.

Como ficou evidente que ele esperava que ela dissesse alguma coisa, Marina murmurou:

– Nossa.

– E nós não estamos mais juntos – disse George pesadamente.

– Ah.

– Ela me expulsou de casa. – Ele tomou outro gole de uísque. – Aquele tubarão do irmão dela ficou contra mim. Eles estão sendo injustos comigo, claro. E a empresa está indo pelo ralo.

– George, se você veio pedir dinheiro emprestado, perdeu a viagem – declarou Marina. – Não ganho tanto assim. Tudo o que recebo durante o verão tem que durar o ano todo…

– Não vim pedir dinheiro. Não foi por isso que quis ver você de novo. Eu sinto sua falta, Marina. – Ele balançou a cabeça. – Sinto muito a sua falta. Mais do que você pode imaginar. E peço desculpas.

Do lado de fora, as gaivotas voavam e grasnavam. Lá dentro, havia silêncio. Marina sentiu um nó na garganta e seus olhos arderam, porque George não era o tipo de homem que pedia desculpas com naturalidade.

Ela nunca esperou ouvi-lo pedir desculpas, mas ele estava fazendo isso agora.

Na verdade, ouvir aquilo foi mais importante do que ela pensava que seria. Ele estava admitindo que tinha feito algo ruim para ela, reconhecendo o próprio erro.

– Você está bem? – perguntou George.

Ela engoliu em seco.

– Estou ótima.

– Não estou sem casa, a propósito. Aluguei um apartamento com vista para o campo de golfe. É um lugar legal.

– Ah, que bom.

– E você? Sentiu a minha falta?

– Se senti sua *falta*? – Marina lançou um olhar incrédulo para o ex-marido. – Por que você me faria uma pergunta dessas?

– Tudo bem, vamos deixar isso pra lá no momento. Estou dizendo coisas sem pensar. É que estou tão feliz de ver você de novo... Comida – anunciou George, fazendo uma pausa para terminar a bebida. – Estou com fome. Você não? É hora de sairmos para comer alguma coisa. – Ele se levantou e ajeitou a camisa. – Você reservou algum restaurante legal?

– O restaurante do Hotel Mariscombe, do outro lado de St. Carys.

– Que bom. Quero que você relaxe e se divirta. Vamos ter uma noite ótima. E não se preocupe – acrescentou George, magnânimo. – Hoje é por minha conta.

Às dez da noite, Marina *estava* se sentindo agradavelmente relaxada. O jantar foi delicioso e, por um acordo tácito, eles evitaram qualquer assunto espinhoso. Ela contou a George tudo sobre a vida em St. Carys e, em troca, ele contou histórias sobre seus amigos e colegas de trabalho em Cheshire. Alguns ela tinha conhecido e foi interessante saber das novidades. Jake Hannam estava no terceiro casamento agora e a babá que a segunda esposa contratou para cuidar dos filhos pequenos estava sem namorado, mas misteriosamente grávida.

A noite estava quente e depois do jantar os dois foram para o terraço terminar as bebidas. Havia outras pessoas ao redor, mas a uma distância suficiente para a conversa deles continuar na esfera particular.

– Você já teve notícias de... você sabe quem? – perguntou George.

Pelo tom de voz, Marina percebeu na mesma hora de quem ele estava falando. Ela sentiu o estômago se contrair pela referência inesperada. Fingindo calma, ela balançou a cabeça.

– Não, nunca. Mas enfim, tem coisas que você ainda não me contou. Você disse por e-mail algo sobre não estar bem.

Fora a barriga maior e o cabelo mais escasso (e o nariz, claro), ele estava como antes. E pelo jeito como devorou a costela de cordeiro com batatas gratinadas, além de um *parfait* de chocolate, sem mencionar uma garrafa de Montepulciano, não parecia haver muita coisa errada com o apetite dele.

– Não estou bem. É... – Com expressão lúgubre, George botou a xícara de café na mesa. – Infelizmente, estou muito mal. Não queria contar antes, mas o estresse de tudo está piorando a situação. O médico disse que preciso relaxar e tentar não ficar contendo as emoções.

– Muito mal como? – perguntou Marina.

– Bom, digamos que agora entendo o que você passou.

Sobressaltada, Marina perguntou:

– Você está com *câncer*?

Ele assentiu lentamente.

– Estou.

– Ah, George, sinto muito! – Ela colocou a mão sobre a boca. – Isso é horrível. Coitado. Onde é?

– Não só câncer. Estou com gota também. As pessoas acham gota engraçado e ficam fazendo piada, mas, vou te falar, dói muito. Além disso, estou com problemas nas costas. Estirei um músculo cinco semanas atrás jogando golfe e ainda está incomodando.

– Que tipo de câncer é? – perguntou Marina.

Era nos ossos, no fígado, nos pulmões? Meu Deus, pobre George, que sofrimento o aguardava...

– É um nevo displásico.

George esticou o braço por cima da mesa para pegar o copo de conhaque.

Ela piscou, familiarizada o suficiente com o termo para saber na mesma hora o que era.

– Um... o quê? Você quer dizer uma pinta?

– Não é uma *pinta*. É um *nevo* displásico.

– E foi retirado?

– Não querem retirar. Fizeram uma biópsia e pelo visto é benigno por ora, mas pode virar maligno a qualquer momento. Tenho só que ficar *esperando*. Dá para imaginar como é? – disse George com irritação. – É insuportável. Parece que sou uma bomba prestes a explodir. E aqueles filhos da mãe incompetentes do hospital nem ligam para o efeito que está tendo em mim. Tenho dores de cabeça todos os dias, sabe. Deve ser o câncer se espalhando pelo meu cérebro. *E estou tendo palpitações*...

Ah, as alegrias do hipocondríaco inveterado. E pensar que ela tinha esquecido como ele era, pesquisando e surtando a cada sintoma, tanto imaginário quanto real. Um nevo displásico era uma pinta benigna. A biópsia com certeza confirmara isso. E, sim, havia sempre um pequeno risco de um dia desenvolver células malignas, mas era bem, bem mais provável que isso não acontecesse.

Ao voltar a atenção para ele, Marina ouviu as palavras:

– ... mas se eu estiver doente e sozinho, quem vai cuidar de mim?

Ela olhou para o ex-marido por cima da mesa. É sério? Isso é sério mesmo?

– Bom, se chegasse a esse ponto, imagino que você teria que contratar algum cuidador em tempo integral – respondeu ela.

A expressão no rosto de George foi tão cômica que ela caiu na gargalhada.

– Não tem problema nenhum para você – disse ele por fim. – Você não consegue nem imaginar o que estou passando.

– Claro que não.

Ainda sorrindo, ela viu um grupo sair para o terraço, e uma das pessoas olhou para ela, deu um aceno animado.

– Quem é? – perguntou George.

– O de terno escuro é Josh Strachan. Ele é dono e gerente deste hotel. Não sei quem são as duas pessoas de mãos dadas. Talvez sejam hóspedes.

– Eu quis saber sobre o que acenou para você.

– Ah, aquele é o Ronan – disse Marina. – Ele é corretor de imóveis aqui em St. Carys. E é amigo do Josh.

– Uma dica. – George deu uma batidinha na lateral do nariz. – Nunca confie em um corretor de imóveis. São exploradores, todos eles. Foi ele que vendeu a casa para você?

Ela balançou a cabeça.

– Não.

– O que ele está fazendo agora? – perguntou George, porque Ronan tinha pedido licença do grupo e estava se aproximando da mesa deles.

– Não faço ideia. – Marina botou a bebida na mesa. – Mas se você tentasse não chamar o Ronan de explorador seria ótimo.

– Marina, oi! Olha só, estávamos falando de você. – Os olhos castanho-claros de Ronan se viraram na direção de George. – Desculpe interromper, estou vendo que não está trabalhando, mas o Josh estava mostrando o hotel para aquele casal porque o casamento deles vai ser aqui. Vendi uma casa para eles ano passado e mantivemos contato. Eles estavam discutindo os detalhes da recepção e mostrei uma foto do quadro que você fez no casamento de Jem e Harry.

– Ah, sim. – Marina ficou comovida por ele ter pensado nela. – E eles gostaram?

– Amaram. Porque é lindo – respondeu Ronan, dando um sorriso.

A falta de capacidade empreendedora de Marina sempre o divertia; ele vivia dizendo que ela precisa aprender a se vender mais.

– Então falei de você e passei todas as informações para eles entrarem em contato – avisou Ronan. – Tenho quase certeza de que vão fazer isso. Mas, já que está aqui, por que não vai até lá se apresentar?

– Ah, não se preocupe. Não precisa ter trabalho. – Marina balançou a cabeça. – É gentileza sua, mas não quero pressionar. Se decidirem que querem meu serviço, vão me chamar quando for o momento certo para eles.

Era assim que ela gostava de trabalhar, deixando que os clientes a procurassem.

– Você nunca vai ganhar o prêmio de vendedora do ano. – Ronan parecia achar graça. – Mas tudo bem, vamos fazer do seu jeito. Vou deixar vocês dois em paz.

– Vai levar uma grana nessa, é? – perguntou George.

Ronan ergueu as sobrancelhas.

– Como?

– Você falou para as pessoas sobre a arte da Marina, então imagino que esteja esperando uma parte do lucro.

– George! – exclamou Marina, muito envergonhada. – O que você está falando? É claro que ele não vai ficar com uma parte do lucro!

Ah, Deus, que constrangedor. Por sorte, Ronan ainda sorria, parecia não estar ofendido.

– Não se preocupe. Só desta vez vou fazer uma exceção e abrir mão da minha comissão. – Ele fez uma pausa. – Seu nome é George? Você não é... *o* George, é?

George olhou para ele, desconcertado.

– Bom, depende do que você...

– O ex-marido?

– É. – Marina assentiu rapidamente. – É, sim.

– É mesmo? Bem... Interessante. Desculpe – disse Ronan –, quando vi você sentada aqui com um homem, achei que fosse um encontro.

A boca de Marina ficou seca. Antes que ela pudesse reagir, George replicou com certa beligerância:

– Talvez seja.

Certo, o limite já tinha sido ultrapassado.

– Não é, não – disse Marina com firmeza.

– Eu paguei o jantar – rebateu George.

– Isso não é um encontro de jeito nenhum – retrucou Marina. Ela balançou a cabeça e acrescentou, por garantia: – Não é.

– Tudo bem. Bom, vou deixar vocês dois fazendo seja lá o que estejam fazendo aqui. – Ele deu uma piscadela quase imperceptível. – A gente se vê!

Os dois observaram Ronan atravessar o terraço.

– Filho da mãe metido – comentou George. – Quem ele pensa que é?

– Ele não é um filho da mãe metido – disse Marina, com toda a paciência. – É um rapaz adorável. Todo mundo gosta dele.

– Nem todo mundo. Eu não gosto. E você viu como ele me olhou?

– Eu não estava prestando atenção.

– Quando você disse que eu era seu ex-marido. Porque imagino que você tenha contado para todo mundo sobre mim.

– Não contei para todo mundo. Só para algumas pessoas – retrucou Marina. – Que me perguntaram sobre o meu passado.

– E elas contaram para os outros. – George virou o conhaque. – Nada como uma fofoquinha entre os moradores para animar suas vidas infelizes.

– A vida infeliz era a minha antes de vir morar aqui. De qualquer forma, não sabia que o que aconteceu era para ser segredo. As pessoas sabiam que tive câncer. Sabiam que me divorciei. Se me perguntavam quando as duas coisas aconteceram, eu que não ia mentir.

– Não deu para resistir a ganhar a piedade delas.

– Não foi isso que aconteceu.

– E agora sou eu que estou doente – resmungou George –, mas você não me vê fazendo isso. Mas poderia ter feito, não?

Era hora de ir embora? Ele estava começando a irritá-la.

– Poderia, com certeza – respondeu Marina, cansada.

Eles voltaram andando pela cidadezinha até a casa dela. Marina mostrou o quarto a George e foi para a cama.

Sete minutos depois, ele bateu na porta do quarto dela e disse com voz de lamento:

– Marina, está acordada?

– Não.

– Posso entrar?
– Não.
– Marina, por favor.
– Não. Estou falando sério.
Silêncio, mas ela sabia que ele ainda estava parado à porta.
– Você disse que não houve ninguém na sua vida desde que nos separamos – declarou George.
– Correto.
– Mas e se você nunca mais tiver? E se não aparecer ninguém? E se estiver destinada a passar o resto da vida sozinha e depois morrer sem ter feito sexo por anos e anos?
Marina refletiu sobre isso. Sinceramente, era uma pergunta que ela tinha feito a si mesma várias vezes. Porque era uma possibilidade, claro que era. E uma possibilidade no mínimo desanimadora.
Na escuridão, ela sorriu ao perceber que, mesmo que soubesse que isso aconteceria, não ficaria nem um pouco tentada a deixar o ex-marido se deitar na cama dela naquela noite. Não permitiria isso de jeito nenhum.
Em voz alta, ela chamou:
– George.
– Sim? – respondeu ele, com um tom esperançoso.
Marina se aconchegou debaixo do edredom delicioso de penas de pato.
– Garanto que, se isso acontecer, por mim está tudo bem.

Capítulo 13

RONAN PASSARA OS ÚLTIMOS quarenta minutos mostrando uma *villa* vitoriana impressionante em Perranporth para dois antiquários incrivelmente exigentes que pareciam mais interessados em flertar com ele do que em explorar a propriedade.

– Ronan, querido, resolva a questão. Reggie acha que você é gay e eu acho que não.

Barry segurou seu pulso ao fazer a pergunta, os olhos brilhando como os de um pássaro.

– Não sou gay – disse Ronan.

– Rá! Viu? Eu tinha razão – gabou-se Barry. – Sempre tenho razão.

– A não ser que ele só esteja dizendo isso porque não se interessa por *nós*.

Estava na cara que Reggie era um péssimo perdedor.

– Se fosse gay, claro que eu me interessaria por vocês – respondeu Ronan, sorrindo para eles.

Barry bateu no próprio peito.

– Ah, que encantador. Aposto que você diz isso para todos os meninos.

– Meninos? Rá. – Reggie balançou a cabeça para o marido. – Você tem 63 anos.

– Mas ainda tenho o coração jovem – disse Barry com alegria. – Ainda tenho o coração jovem.

Ronan sabia que eles estavam juntos havia quase trinta anos e eram totalmente apaixonados um pelo outro.

– O que acharam? – Ele indicou a casa. – Alguma consideração?

– Sabe o que eu acho de verdade? – disse Barry, encarando-o. – Que seus cílios são estupendos.

– Obrigado. E a casa?

– Não é a certa para nós, infelizmente. Não fique irritado. Pelo menos, estamos descobrindo o que não queremos.

– Não estou irritado. E não vou desistir de vocês. – Ronan sorriu para os dois. – A gente vai chegar lá.

Quando Barry e Reggie foram embora no Jaguar vintage após uma buzinada e um aceno, Ronan entrou no Audi e seguiu para Newquay. Como estava perto, podia muito bem fazer uma visita à mãe.

Mas, quando chegou lá, a casa estava vazia. Ligou para o celular da mãe e descobriu que ela estava no cabeleireiro.

– Não se preocupe, estou quase acabando – disse ela. – Não vou demorar. Faça uma xícara de chá que volto num instante.

– Só espero não desmaiar de fome antes de você chegar – respondeu Ronan, num tom pesaroso.

– Não venha com essa. Tem bolo de rum no pote vermelho no armário ao lado da geladeira. E não coma tudo – ordenou Josephine. – Só uma fatia, aí você pode levar o resto para o escritório.

– Não precisa. Eles não gostam de bolo de rum.

Ronan sorriu ao ouvir a inspiração evidente da mãe.

– Que menino malvado – falou ela, escandalizada. – Você sabe que é o favorito da Clemency.

Ele desligou, preparou uma caneca de chá na cozinha imaculada e a levou junto com uma fatia de bolo de rum até a sala, que, é claro, também estava imaculada. Mas, se algum dia ficasse tentada a vender a casa, sua mãe teria que se desfazer de muita coisa.

Sempre que um imóvel estava prestes a entrar no mercado, o conselho de Ronan aos proprietários era desentulhar o máximo que pudessem e retirar todas as fotos de família. Os compradores em potencial tinham que se visualizar na casa nova, ele sempre explicava, e fotografias de outras pessoas com seus familiares eram uma distração.

Mas parecia improvável que Josephine fosse se mudar, o que talvez fosse bom, porque ela considerava a família a coisa mais importante do mundo e gostava de ficar cercada pelos familiares o tempo todo. As paredes eram cobertas de fotos dos muitos parentes: irmãos e irmãs, sobrinhos e sobrinhas. Também havia muitas dela e de Donald, só os dois juntos ou no meio de um grupo em várias reuniões familiares agitadas. Mas a pessoa que mais recebia as atenções da câmera, de longe, sempre foi o amado filho.

Ronan olhava de uma foto para a seguinte, todas já tão familiares, observando as várias imagens dele capturadas ao longo dos anos. Ali estava ele como adolescente, surfando na praia Fistral com um short verde-limão. E ali quando era um bebê gordinho, olhando maravilhado para uma casquinha de sorvete. Aniversários, Natais, toda sorte de ocasiões especiais foi amorosamente registrada para a posteridade... na cama elástica com os primos em Birmingham, em um piquenique no gramado no casamento de uma tia, dançando break na cozinha... Ah, sim, toda a sua vida estava naquelas paredes para quem quisesse ver.

E havia também as fotos *mais* importantes, nos melhores porta-retratos, enfileiradas na prateleira acima da lareira e nos parapeitos das janelas. Da infância em diante, ali estava ele, com a mãe e o pai. Todo ano, cheios de amor e orgulho, os três se juntavam, Donald à esquerda e Josephine à direita dele. Cada foto era tirada com grande cerimônia e cópias eram feitas e distribuídas para os familiares, para que todos pudessem expô-las. Depois da morte do pai, eram só Josephine e ele, mas a tradição continuou inabalada.

Ronan sabia que aquelas fotos eram importantíssimas para ela. Quem os visitava sempre era levado em um passeio para observá-las. E nada deixava sua mãe mais feliz do que quando estranhos distraídos, como o técnico da televisão, o instalador de carpete ou a moça da Avon, anunciavam com animação que dava para perceber a semelhança familiar entre os três.

Não dava, claro. Eles só estavam sendo educados e seguindo a fácil suposição de que um homem branco bonito e uma mulher negra deslumbrante geraram um filho mestiço que era lindo.

Ronan lembrava como a mãe quase resplandecia fisicamente de satisfação quando isso acontecia. Ela dizia para a pessoa que eles eram mesmo muito sortudos de ter um garoto tão lindo. E apesar de ter sido bem constrangedor durante a adolescência, ele superou esses anos e passou a apreciar aquilo, admirando a forma como Josephine não tinha medo nenhum de dizer como era abençoada de tê-lo na vida.

Ele ainda se perguntava como seus pais biológicos eram. Claro, era natural se fazer essa pergunta, não era? As pessoas que cuidaram do processo de adoção fizeram um excelente trabalho quando o escolheram para Josephine e Donald, mas, ao longo dos anos, Ronan sempre cultivou um desejo secreto de saber de onde tinha realmente vindo.

Mas não o suficiente para correr o risco de chatear Josephine, que ele sabia que ficaria arrasada se descobrisse.

Quando ele tinha dezessete anos, um acontecimento teve grande repercussão na TV e nos jornais. Uma atriz britânica adorada e um tanto pomposa tinha se reencontrado com o filho que fora obrigada a entregar para adoção trinta anos antes. Isso teve um efeito extraordinário nela; a arrogância evaporou praticamente do dia para a noite. A alegria e o alívio de tê-lo de volta na vida transformaram a atriz por completo. Foi amor de mãe e filho à primeira vista, gigantesco e universal, e o país todo se alegrou com eles, contente pelos dois e animado de ter testemunhado o final feliz.

Bem, boa parte do país. Josephine achou tudo apavorante. Mais fotos apareceram, mostrando a atriz famosa conhecendo os pais adotivos do filho. Nas fotos, eles também pareciam apavorados e intimidados, tentando fazer uma cara corajosa, mas sem conseguir direito.

O filho, que tinha comprado recentemente uma casinha em Swansea, em frente à dos pais com quem tinha passado a infância, disse com certa insensibilidade em uma entrevista que foi como viver uma vida em preto e branco que de repente ficou colorida.

Seis semanas depois, ele botou a casa à venda, se demitiu do emprego no serviço público e foi morar na mansão da mãe biológica, em Hollywood Hills, porque o trabalho dela era lá e eles não conseguiam suportar a ideia de ficarem separados.

Ronan se lembrava de, uma tarde, ter chegado da escola antes da hora normal e encontrado a mãe chorando com a notícia mais recente sobre o caso que leram no jornal. Na verdade, não chorando; isso nem chegava perto de descrever a cena. Ela estava soluçando como se seu coração estivesse prestes a partir.

Quando percebeu com um sobressalto que ele tinha visto aquilo, ela soltou um berro de desespero e cobriu o rosto com as mãos. Ronan a abraçou enquanto ela se sufocava com as lágrimas.

– Ah, aquela p-pobre mulher, não consigo suportar pensar no que ela está p-p-passando.

Foi nessa hora que ele disse:

– Mãe, está tudo bem, você é a única pessoa que eu amo. Isso não vai acontecer com a gente.

A choradeira aumentou e Josephine balançou a cabeça.

– Não, não, eu sei que você deve querer... Tudo bem...

Mas ele sabia que não estava tudo bem.

– Não estou interessado em descobrir quem me *fez*. Não quero nem de longe conhecer essas pessoas. Amo você e o papai e pronto, é isso que importa. Vocês são a única família de que preciso. Juro, mãe, pode parar de se preocupar com isso, porque não vou tentar encontrar ninguém. Isso não vai acontecer nunca. Prometo.

E foi uma promessa fácil de fazer na época, porque era importantíssima para Josephine e ela era a única mãe que ele conhecia. Ele a amava tanto que não houve qualquer dificuldade.

Então, quando Donald morreu seis meses depois, passou a ser ainda mais importante cumprir a palavra. Agora, eram só os dois, ele e Josephine. Ela era a melhor mãe que alguém poderia querer e Ronan jamais a decepcionaria. Seu amor por ela era maior do que a curiosidade sobre a mãe biológica.

E ali estava ela agora. Quando ele estava parado junto à janela, o Fiat Punto amarelo dela cantou pneu na entrada e ela saiu em um rodopio gracioso, prendendo a barra da jaqueta comprida na porta do carro na pressa de entrar em casa.

Ele a cumprimentou na porta.

– Nunca vou saber como você ainda não perdeu a habilitação por excesso de velocidade.

– Oi, querido. Essa camisa azul fica tão bem em você! E aí, estou bonita?

– Linda.

Ronan sorriu quando ela mostrou o resultado do tempo que passou no cabeleireiro. Depois de abrir mão dos cachos, nos últimos dois anos Josephine escolhera o corte rente à la Lupita Nyong'o, que ficava perfeito nela e acentuava o lindo formato da cabeça.

– Comeu o bolo todo?

– Não todo.

Ela foi na frente até a cozinha.

– Leve o resto para os outros. E tem frango na geladeira, é para levar também. Agora você não vai acreditar nas notícias maravilhosas que ouvi no cabeleireiro. Marcy Butler deu à luz na semana passada; quatro quilos e duzentos, imagine só! E se lembra do filho da Barbara, aquele que quase perdeu a perna no acidente de moto ano passado? Ele e a esposa vão ter gêmeos!

– Que pesadelo – provocou Ronan enquanto ela fervia mais água e preparava uma xícara de chá forte, com dois saquinhos.

– Pesadelo nenhum – repreendeu a mãe. – É um presente de Deus! Barbara está nas nuvens desde que descobriu. Todo mundo perguntou de você, aliás. Sempre perguntam. Tem uma cabeleireira nova, chamada Suzy, que está solteira, caso você se interesse. Falei que você estava procurando uma nova namorada.

– Não estou procurando uma nova namorada – protestou Ronan. – É você que está procurando.

– Bom, ela é linda. E aceitaria um encontro se você ligar para ela. *Ai.* – Josephine abanou a boca. Como sempre, tinha tentado engolir o chá ainda perto do ponto de ebulição. – Está pegando fogo.

Os olhos de Ronan brilharam, achando graça.

– Quem, ela ou eu?

Vinte minutos depois, quando ele se preparava para ir embora, sua mãe disse:

– Ah, querido, eu queria fazer uma pergunta. Você pode me fazer um favor?

– Vou tentar adivinhar. Você quer que eu ligue para a nova cabeleireira.

Ela abriu um sorriso e levou na brincadeira a provocação do filho.

– Isso seria ótimo, mas não era nesse favor que estava pensando. Eu queria saber se você pode levar algumas fotos e colocar naquela máquina maravilhosa que tem no seu trabalho, para que fiquem mais claras e maiores, como você fez com as que dei para você depois do Natal.

– Sem problemas. Pode deixar.

Ronan pegou o envelope pardo da mão dela; era bem simples digitalizar as fotos antigas, ajustar a cor e imprimir versões novas em papel brilhante na moderna impressora do escritório.

– Cuide-se, viu? – Ele a abraçou e beijou. – Nos vemos em breve.

– Ah, olha só! – Josephine se encolheu desanimada ao abrir a porta da rua. – Está chovendo. Quer levar um guarda-chuva?

– Mãe. – Ele sorriu, porque seu Audi estava parado bem em frente à casa. – Acho que consigo chegar ao carro.

A chuva piorou enquanto ele atravessava a cidade, causando um nó no trânsito da rua principal. Com música alta no carro e cantando junto, ele quase passou do ponto de ônibus quando reparou tarde demais em quem estava esperando ali ao lado.

Capítulo 14

POR UMA FRAÇÃO DE SEGUNDO, seus olhares se encontraram, mas Kate virou depressa para o outro lado e fingiu não tê-lo visto.

Só que ela o tinha visto e sabia disso. Ronan parou vinte metros à frente e pulou do carro.

– Kate! Quer uma carona?

Ela se virou, encharcada até a alma pela chuva repentina.

– Não precisa, estou bem.

Foi uma resposta ridícula, considerando como o cabelo dela estava colado na cabeça e o vestido grudado no corpo. Ele correu pela calçada.

– Olha só você. Vamos, me deixe levá-la para casa.

Desta vez, seus olhares se encontraram e ela abriu um sorriso relutante.

– Agora você está todo molhado também.

– O que eu posso dizer? – Ronan deu de ombros. – Sou um bom samaritano.

No carro, Kate colocou o cinto de segurança no banco do carona.

– Obrigada. Achei que não ia chover. E tinha planejado pegar o trem para voltar, mas foi cancelado. Acho que caiu uma folha na linha ou algo do tipo.

– Nunca aposte em uma briga entre uma folha e um trem. A folha sempre vence. O que trouxe você a Newquay? – perguntou ele.

– Uma pessoa de Bristol que eu conheço está passando uma semana aqui. Hoje é meu dia de folga, aí nos encontramos para almoçar em um restaurante com vista para o porto. Conversamos bastante, foi ótimo.

– Que bom.

Ele se perguntou se essa pessoa era homem ou mulher.

– A comida estava deliciosa. – Kate deu um tapinha na barriga. – Comi *coquilles Saint-Jacques* e frutos do mar. Lucy e eu comemos uma lagosta inteira.

Lucy. Ronan pisou no acelerador quando eles saíram da cidade engarrafada. *Um viva para Lucy.*

– O que é isso? – perguntou Kate, apontando para o envelope pardo apoiado entre o câmbio e o painel.

– Fotos antigas minhas, na maioria. Fui visitar minha mãe e ela quer que eu faça cópias.

– Ah, eu adoro fotos velhas. Posso ver? Não tem problema?

– Só se você prometer não rir.

Por algum motivo, os dois pareciam mais relaxados naquele dia. Talvez o constrangimento estivesse finalmente evaporando. Dirigindo o carro pela estrada sinuosa e passando pela entrada da baía Watergate, Ronan mais escutou do que viu a reação de Kate às fotografias quando ela as tirou do envelope.

– Ah, olha só você!

O ruído de satisfação dela provocou uma emoção verdadeira nele. Ele manteve a atenção voltada para a estrada à frente e disse com modéstia:

– Eu sei, eu era muito fofo.

– Claro que era. E seus pais também. Com qual dos dois você se parece mais?

Ronan não respondeu; esperou para ver o que ela diria. Por algum motivo, isso pareceu importar para ele.

Depois de um bom tempo de observação atenta, Kate pousou as fotos no envelope e balançou a cabeça.

– Não, não sei dizer. E olha que costumo ser boa em identificar semelhanças.

– Não se preocupe, você continua sendo boa. – Ele abriu um sorriso. – Fui adotado.

– É mesmo? Que fantástico! O que mais dá para ver nessas fotos é como vocês pareciam felizes juntos. – Ela examinou a imagem mais recente de novo. – E não era só por causa da câmera. Dá para perceber.

Ronan sentiu uma onda de orgulho.

– Você está certa. Eu tive sorte. São os melhores pais que eu poderia ter.

– Que lindo. Que bom para todos vocês. – Kate se virou de lado no banco do passageiro e o fitou. – Me conte sobre eles.

Durante o resto do trajeto até Bude, onde ela morava com os avós, Ronan falou sobre Josephine e Donald e a enorme família espalhada pelo Reino Unido. Eles discutiram a decisão dele de não tentar fazer contato com a mãe biológica porque, embora por um lado fosse responder a algumas perguntas, por outro era mais importante não causar preocupações a Josephine.

– Não perdi nada. Só seria interessante conhecer um parente de sangue de verdade – admitiu Ronan. – Olhar para alguém e ver similaridades.

– É normal ter curiosidade – disse Kate. – Pode ser que aconteça um dia.

– Eu sei, mas posso esperar. – Eles estavam se aproximando de Bude agora. – Muita gente espera para fazer contato depois que os pais adotivos morrem. – Ele pareceu sofrer. – Meu Deus, Josephine só tem 62 anos, parece errado pensar nisso, mas...

Kate já estava assentindo.

– Eu sei. Não dá para saber.

Exatamente. Os dois tinham perdido alguém muito cedo.

– Foi isso que sempre pensei em fazer. Esperar até não ser possível magoá-la. Não estou com pressa. Tenho muito tempo para tudo isso acontecer.

– À esquerda aqui – disse Kate. – E à esquerda de novo. Minha casa é a do portão azul. Acho lindo você não querer chatear a sua mãe.

– Como falei, eu não faria isso. Ela é incrível. Tive os melhores pais do mundo.

Ronan freou e parou junto ao número 77, com os canteiros de flores bem cuidados e as cestas coloridas decorando a varanda.

– Bom, eles também não se saíram mal nessa história – falou Kate –, quando receberam você.

Assim que as palavras saíram da sua boca, ela ficou vermelha e olhou para o outro lado. Depois de relaxar a ponto de ter dito uma coisa que não pretendia, ela agora estava visivelmente envergonhada.

Esforçando-se para provocar uma distração, Ronan disse:

– Bom, isso nem precisa ser dito.

Mas Kate estava constrangida demais para se permitir distrair assim. Ela já tinha soltado o cinto e aberto a porta do carona.

– Muito obrigada pela carona. Foi muita gentileza sua. Obrigada de novo. Tchau.

E pronto, ela foi embora correndo pela chuva forte até sua casa e desapareceu segundos depois que a porta azul se fechou.

Tudo bem.

Paciência.

O celular de Ronan se iluminou, sinalizando a chegada de uma mensagem de Clemency. *Onde você está? Que horas vai voltar para o escritório?*

Eram quase quatro e meia da tarde. Batendo com a mão no ritmo dos limpadores de para-brisa, ele olhou para a frente da casa que pertencia aos avós de Kate e viu uma das cortinas voltar para o lugar.

Ele enviou uma resposta para Clemency: *Estarei de volta às cinco.*

– Quer namorar comigo?

Ronan olhou para Clemency. Para falar a verdade, aquelas não eram as palavras que ele esperava ouvir.

– Como?

Paula e Gavin tinham ido para casa; só havia os dois no escritório. Clemency estava sentada à mesa com as pernas expostas balançando porque acabara de pintar as unhas dos pés com esmalte vermelho e estava esperando que secassem.

– Não meu namorado de verdade. – Ela balançou a mão em um gesto de desdém. – Mas, sabe como é, se aguentar fingir uma semana ou duas, fico devendo uma a você. E você nem está com ninguém no momento, então não vai atrapalhar.

Ronan franziu a testa.

– O que levou a isso? Tem alguém incomodando você?

– Não, só me deixando louca. – Clemency fez uma careta. – Falando sério, Belle está me perturbando. Ela está tão *arrogante* que não aguento mais. É toda hora: olha só meu namorado perfeito e lindo enquanto você, pobre coitada, não tem ninguém. Ela não para de se exibir e me fazer passar por solteirona solitária. Juro por Deus, parece que temos quinze anos de novo e minha única vontade é de enfiar a cabeça dela na privada ou cortar o cabelo dela todo quando ela estiver dormindo.

– Você enfiou a cabeça dela na privada quando tinha quinze anos?

– Bom, não, mas a vontade era bem forte. E agora voltou. Mas sei que não posso fazer isso, então achei que seria mais fácil arrumar um namorado.

– E você me escolheu para ser esse namorado. Posso saber o motivo?

– Porque se eu escolher alguém sem graça e comum, ela vai ficar *ainda mais* arrogante. E porque ela sempre teve uma quedinha por você, então... É verdade que ela tem o Sam agora, mas vai ficar com um pouco de ciúmes.

– E...? – perguntou Ronan quando ela parou para balançar os dedos dos pés.

Ele conhecia Clemency muito bem, era capaz de lê-la como um livro.

– Bom, eu meio que mencionei sem querer para o Sam que você e eu estávamos juntos.

– Ah.

– Não era a minha intenção – protestou Clemency. – Mas, como já disse, Belle anda insuportável e eu falei por impulso. Escapou da minha boca.

– Ah, querida... – Ronan assentiu com solidariedade. – E você vai fazer papel de boba se eu disser que não.

– É. Vou. Vou parecer uma daquelas solteironas velhas e desesperadas que fantasiam com homens com quem sabem que nunca vão ter uma chance. O boato vai se espalhar e vou ser a piada de St. Carys.

– Talvez de toda a Cornualha.

– Então você aceita?

– Não sei. O que ganho com isso?

– Sexo selvagem, obviamente. – Clemency ergueu uma sobrancelha para ele. – Foi uma piada.

– Nossa, graças aos céus. Não faço sexo com solteironas velhas e desesperadas.

– E então, você aceita ser meu namorado de mentira ou vou ter que procurar outra pessoa?

Como ela já previa, Ronan disse:

– Tudo bem, vamos tentar. Pode ser divertido.

– E tenho certeza de que vai irritar a minha irmã. – Clemency cumprimentou Ronan com um soquinho triunfante. – Obrigada.

– Ei, não é que alguém vai se surpreender com isso, né? – disse Ronan, dando de ombros.

Nos dois anos anteriores, desde que eles começaram a trabalhar juntos, as pessoas perguntaram quando ele e Clemency ficariam juntos. Era uma piada frequente no círculo de amigos. Eles eram o par perfeito, de acordo com o consenso geral, e todos se perguntavam por que ainda não tinha acontecido.

– Ah, isso é verdade. Mas é melhor contarmos para a sua mãe. Não seria justo deixar a pobrezinha se encher de esperanças; você sabe que ela sempre quis que ficássemos juntos. – Clemency mexeu com hesitação no esmalte das unhas dos pés. – Que bom, secou. Podemos ir agora. – Ela pulou da mesa e enfiou os pés em chinelos prateados. – Vamos começar amanhã, está bem? Tente não sair e se apaixonar por outra pessoa hoje. – Ela balançou as chaves para ele. – Não se esqueça de que sou sua namorada agora.

Como descrever essa garota? Achando graça, Ronan disse:

– Como eu poderia esquecer?

Capítulo 15

 A FINALIZAÇÃO DA COMPRA DO APARTAMENTO aconteceu às onze horas da manhã seguinte. Clemency, que tinha enviado uma mensagem de texto para avisar a Sam que o dinheiro tinha caído na conta, viu quando o carro dele parou na frente do escritório dez minutos depois.

– Ah, meu Deus, o que você está *fazendo*? – Ronan, que estava concentrado na tela do computador, deu um pulo de um quilômetro e quase jogou a caneca de café do outro lado da sala.

– Desculpa, o Sam está entrando.

Depois de abraçá-lo por trás, Clemency encostou a boca com batom recém-aplicado na bochecha de Ronan, até se dar conta de que esse era o lugar onde pessoas que *não eram* namorados davam beijos. Ela deu outro bem no cantinho da boca de Ronan e disse:

– Shh, nós somos jovens e apaixonados, não tente limpar, aí vem ele. Finja que não reparou. E, *por favor*, dê a impressão de que está gamado...

– Nele ou em você?

A porta começou a se abrir e Clemency encostou a bochecha de um jeito apaixonado na lateral do rosto de Ronan. Deu uma risada afetuosa, como se ele tivesse acabado de dizer alguma coisa romântica, e olhou para a frente, soltou Ronan e se levantou.

– Opa, não vi você aí! – Ela sorriu para Sam. – Desculpe por isso. Mas enfim, agora que você chegou, estou com as chaves preparadas.

– Excelente – declarou Sam, assentindo brevemente.

Enquanto as pegava na mesa e as entregava para ele, Clemency disse:

– E parabéns, você comprou uma casa fantástica!

– Obrigado. – O olhar de Sam se dirigiu a Ronan. – Parece que vocês também merecem parabéns.

– Ah, sim. Estamos no começo, mas tudo parece ir bem até agora.

Ronan fez uma pausa e olhou para Clemency de um jeito que, até então, ela só o tinha visto fazer para outras garotas. Ela ficou maravilhada com o talento dele. Uau, quando decidia usar esses olhares, ele era muito impressionante.

Mas também foi bem estranho estar na posição de quem recebia esse olhar. De qualquer modo, era preciso se concentrar. Ela apontou para o canto da boca de Ronan.

– Tem um pouco de batom...

– Tem? – Ronan abriu outro Daqueles Sorrisos. – Você vai ter que se controlar enquanto a gente estiver no escritório.

Clemency respondeu com um ar paquerador:

– Ou eu posso parar de usar batom. – Ela se virou para Sam. – Você não contou para a Belle, contou?

– Você me pediu para não contar – respondeu ele, impassível.

– Obrigada. Vou contar daqui a um ou dois dias. É coisa de irmã – explicou ela. – Ela tem você agora, então não vai se importar, mas a Belle sempre teve uma paixonite pelo Ronan.

– Ela vai ficar bem – disse Ronan. – Isso ficou no passado. Belle está com a vida resolvida e você tem a mim. – Ele fez uma pausa, os olhos brilhando para Clemency. – É sério, ainda não consigo acreditar em como isso é bom. Devíamos ter feito isso anos atrás.

Ufa. Realmente parecia que ele estava falando sério.

– Bom, já vou. – Sam mostrou a chave. – Muito obrigado. Nos vemos em breve.

– Sem dúvida – disse Ronan. – Podíamos sair todos juntos para jantar qualquer noite dessas.

Eles viram Sam sair de carro a caminho do novo apartamento.

– E aí? – Ronan espalmou as mãos e olhou para Clemency. – Como me saí?

– Muito bem. Fiquei impressionada.

Ele deu uma piscadinha.

– Elas sempre dizem isso.

– Você é tão clichê.

– Ei, é com ironia. E diversão. É assim que me safo.

– Por que você está me olhando assim?

Clemency olhou para ele com desconfiança; eles estavam sozinhos agora.

– Só estou treinando. Essa é minha expressão sedutora. Queremos que seja a ideal, não? Temos que passar credibilidade.

– Você passa credibilidade. Está se saindo muito bem.

Havia uma caixa de lenços de papel na gaveta dela; depois de chamá-lo para se aproximar, Clemency pegou um lenço e começou a limpar a marca de batom no canto da boca dele.

– Acho que eu devia beijar você – disse Ronan.

– Me beijar? Para quê?

Ela dobrou o lenço e tirou o que restava do batom Ruby Crush.

– Para a gente acabar logo com isso.

– Mas já beijei você agora mesmo. Viu? – disse Clemency, mostrando o lenço de papel manchado de vermelho.

– Aquilo não foi um beijo. – Ronan a virou de frente para ele. – Isso é um beijo.

E ali, no escritório vazio, ele passou os braços pela cintura dela e lhe deu o tipo de beijo que estava a milhares de quilômetros do anterior, o que deixou a marca de batom.

Nossa, mas quanto talento.

A sensação foi tão... *verdadeira*.

Por outro lado, havia um tempo que ela não era beijada com fervor; talvez ela tivesse esquecido como os beijos de verdade podiam ser.

– Pronto, resolvido. – Ele se afastou quando o telefone começou a tocar. – Isso pode ser divertido, no fim das contas. Sim, Sr. Arundel, posso ir agora, sem problemas.

Só quando ele estava na sala dos fundos pegando o paletó e a chave do carro foi que Clemency percebeu que a correspondência tinha sido entregue. Em vez de ir até o escritório e deixar as cartas na recepção, como costumava fazer, Kate deixou a pilha de cartas enfiada na caixa de correspondência. O que supostamente queria dizer que ela tinha visto os dois apreciando seu momento juntos e decidiu, com toda a discrição, deixá-los em paz.

Ah, bem, não tinha importância.

– Estou indo ver os Arundels. Me deseje sorte.

Os Arundels eram difíceis, mas muito ricos. Clemency jogou um beijo de brincadeira para ele.

– Você vai arrasar.

Quando contornou a mesa dela, Ronan deslizou um dedo brincalhão pela coluna de Clemency.

– Eu sempre arraso.

Arrastar peças de uma cama king-size e móveis pesados da traseira de uma van de mudanças e subir dois lances de escada não era a atividade favorita de Belle. Por sorte, Sam tinha contratado dois fortões, embora ainda tivesse havido muito suor e muitos resmungos naquela tarefa. Belle resolvera que sua área de ação era decidir onde os quadros deviam ficar nas paredes e em que parte da bancada a chaleira devia ser colocada.

Depois de uma ou duas horas atrapalhando, ela disse:

– Olha, é melhor eu esperar tudo estar aqui dentro para depois voltar e ajudar com o resto, né?

– Acho uma boa ideia – respondeu Sam.

– A gente se vê daqui a pouco. – Ela deu um beijo rápido nele. – Você por acaso tem um vaso?

Sam apontou para uma das caixas que os homens tinham carregado escada acima e deixado no canto da cozinha.

– Acho que tem um ali dentro.

– Vou arrumar alguma coisa para botar nele, está bem?

– Ótimo – disse Sam. – Sempre quis um peixe dourado.

A chuva do dia anterior cedeu e abriu caminho para um dia claro com nuvens exuberantes espalhadas pelo céu azul como se uma criança pequena as tivesse pintado. Era uma caminhada de vinte minutos até o centro de St. Carys, mas Belle não estava com pressa. Tinha muito tempo para matar enquanto os homens da mudança descarregavam o restante da van.

Ela parou para tomar alguma coisa refrescante no Paddy's Café, localizado no porto, e viu Marina Stafford capturar a imagem de um casal atarracado de meia-idade com shorts amarelos que combinavam, incorporando-os com talento em uma das telas pré-pintadas.

Em seguida, andou pelas lojas em busca de pequenas coisas e escolheu uma linda blusa de renda cor de café na butique da Esplanada e uma caixa das balas de goma de vinho que Sam adorava na loja de doces antiquada que ficava ao lado.

Não posso esquecer as flores. Ela escolheu um cartão de boas-vindas à casa nova e um buquê grande de copos-de-leite brancos e verdes porque eram elegantes, marcantes e cheios de classe.

Como eu.

Se bem que eram difíceis de carregar, ela percebeu logo depois que saiu da floricultura. Bom, não eram tão pesados. Ela aguentaria.

Ah, a farmácia era o estabelecimento seguinte. Precisava comprar alguns itens como desodorante e repelente, e um batom novo também seria bom, porque, afinal, quem não precisava de um batom novinho?

Na farmácia, ela foi direto para a bancada de maquiagem e começou a investigar, cheia de alegria, tudo o que havia por lá. Experimentou as sombras mate aveludadas, os cremes iluminadores, o tonalizante labial de framboesa... Ah, mas era muito escuro, estava mais para magenta.

– Não, você está *brincando*.

– É verdade, juro por Deus!

– Uau. Eu diria que não acredito, mas...

– Laura, ele mesmo me contou. Desculpe, eu sei o quanto você gostava dele.

– Ah, isso foi séculos atrás. Já o esqueci por completo. Mesmo assim, nunca esperaria uma coisa dessas.

Belle estava ouvindo sem muita atenção a conversa que se desenrolava atrás do balcão da farmácia. Começando a se interessar, ela passou uma sombra rosa cintilante no dorso da mão antes de perceber que era o tipo de coisa que Clemency usaria e a colocar de volta na prateleira.

– Mas você ficou arrasada na época, não ficou? Depois que ele terminou com você? – Havia um leve tom de satisfação na voz da outra garota. – Lembra que você escreveu aquele poema para ele?

Belle limpou a sombra rosa da mão e ouviu Laura responder:

– Eu nem consigo lembrar, isso aí é história antiga agora.

Só que ela falou de um jeito áspero e casual que significava que cada detalhe estava gravado no coração dela.

– Bom, de qualquer jeito, achei que fosse querer saber. Eu estava subindo Hope Hill e o encontrei quando ele saía do carro. Então falei da festa do Rick no sábado que vem e o convidei. Fiz isso por você!

– E o que ele disse?

– Agradeceu, mas disse que ia fazer alguma coisa com a Clemency no sábado. Achei que ele estivesse se referindo a algum evento chato de trabalho e perguntei se ela não podia ir com outra pessoa. E ele disse que não podia, porque ele a levaria para jantar naquela noite. Perguntei o que estava acontecendo, se por acaso ele e a Clemency eram um casal agora.

Por trás da estante que ia até a altura do ombro, Belle levantou a cabeça. *O quê? Quem?*

– Falei isso só de brincadeira – protestou a garota –, mas ele disse que sim, que eram um casal. Eu não consegui acreditar!

– *Ele* estava brincando? – perguntou Laura.

– Nem um pouco. Falou seríssimo. Eu *sei*! – exclamou a outra garota. – Mas se você parar para pensar, eles formam um casal interessante, o Ronan e a Clemency. A gente até se pergunta por que não tinha acontecido até hoje.

– Olá? – chamou Laura quando um pó compacto caiu da mão de Belle e foi parar no chão com um estalo. – Posso ajudar? Está tudo bem aí?

– Está, sim, obrigada.

Mas as duas garotas estavam agora olhando para ela por cima da estante. Belle parou de tentar se esconder atrás das flores que tinha no braço esquerdo.

– Ah, é você! – disse Laura, reconhecendo-a em meio aos copos-de-leite. – Oi! Então deve saber de tudo, imagino. Quando começou essa história entre o Ronan e a sua irmã?

Belle sentiu como se o cérebro estivesse sendo batido no liquidificador; ela olhou para o pó bege espalhado no chão e para os rostos interessados das garotas.

– Ah, aqueles dois? Não tem muito tempo. – Ela deu de ombros, como se não fosse nada de mais, e sentiu as pétalas de uma das flores roçar em sua orelha. – Vocês sabem como o Ronan é. Bom, nós todas sabemos como ele é. Acho que não vai durar.

Capítulo 16

 BOA PARTE DA PRAIA ESTAVA MOVIMENTADA, mas Belle foi até o local mais calmo e encontrou um ponto tranquilo para poder se sentar e pensar sem ser incomodada.

Com as sacolas e o buquê de copos-de-leite ao lado, ela passou os braços em volta dos joelhos e observou o mar na baía Beachcomber. A maré estava baixando e as criancinhas, animadas, com baldes e pás procuravam conchas abertas, pedrinhas interessantes e caranguejos engraçados na areia molhada. Dois cachorros, um golden retriever e um whippet cinza, corriam juntos na espuma das ondas.

Bem, voltando a Ronan e Clemency. Ora, ora, quando isso tinha acontecido? Eles esconderam dela na noite de sexta no Mermaid?

Se sim, por quanto tempo planejavam guardar segredo?

Além do mais, que sentimento estava provocando nela?

Era complicado saber. Sentia ciúmes? *Sim*.

E tinha direito de sentir ciúme? Provavelmente não, mas não fazia diferença nenhuma; as emoções eram as mesmas de qualquer jeito. Quando essa competitividade de irmãs estava entranhada em você, era difícil abandoná-la.

Belle afastou dos olhos uma mecha de cabelo e manteve o braço em volta dos joelhos para segurar a saia no lugar e permanecer decente. Era uma daquelas etiquetas estranhas da praia: se você estivesse usando um biquíni pequenininho, tudo bem. Mas se estivesse de camisa de gola e saia listrada até os joelhos, não podia nem sonhar em mostrar a calcinha. Mesmo se fosse de seda rosa caríssima da La Perla.

Os cachorros perseguiam uma bola agora, latindo com empolgação enquanto saltitavam pelas ondas. Uma criança bem pequena, com água respingada no rosto pela brincadeira deles, soltou um grito de protesto. Uma jovem de aparência atlética usando um biquíni cinza-escuro pulou e desviou para fugir dos dois cachorros enquanto corria na beira da água. Segundos depois, passou por um grupo de adolescentes, e um deles assobiou para a mulher, num arroubo de admiração juvenil. A jovem ignorou o assobio e continuou correndo, o rabo de cavalo louro balançando a cada passo.

Belle fechou os olhos e visualizou Ronan na primeira vez que se encontraram. Foi logo depois que ele se mudou para St. Carys a fim de assumir o novo emprego com Gavin Barton. O boato se espalhou rapidamente na cidade, claro, de que o recém-chegado era um rapaz bonito de 24 anos, com carisma e cheio de atitude com as moças. Mas Belle supôs que ele não seria seu tipo; fora todo o resto, ele vinha de família da classe operária. Por que diabo se interessaria por um garoto assim?

Até que o viu pela primeira vez uma semana depois, jogando bilhar no Mermaid. Contra todas as expectativas, seu interesse foi despertado, porque ele era bonito e exalava diversão e às vezes o cérebro escolhia não ligar para a origem mais humilde e pensava: *Hummm, ele é bonito.*

Isso foi constrangedor por um lado e confuso por outro. Mas, ao mesmo tempo, foi uma grande emoção. Um novo desafio era sempre bem-vindo.

Sendo uma moça atraente de 21 anos nascida em uma família rica, Belle estava acostumada a ficar com qualquer garoto que quisesse. Ela esperava conseguir Ronan. Mas não aconteceu, deixando-a intrigada e irritada. Por algum motivo, ele não se interessou por ela. O que, naturalmente, teve o efeito de mantê-la interessada *nele*.

Belle sabia muito bem que se eles tivessem saído juntos por algumas semanas, a novidade teria passado e acabariam se afastando – porque esse foi o padrão recorrente dos seus relacionamentos até então. Mas, como não houve chance de isso acontecer, a estranha paixonite continuou inabalada. Ela nunca teve a oportunidade de expurgar esse fascínio do organismo.

E agora, aquilo.

Ela pegou o celular e mandou uma mensagem de texto para Clemency: *Onde você está?*

Assim que a mensagem foi enviada, ela foi tomada pela impaciência e se levantou. Depois de pegar as sacolas, os sapatos e o buquê de copos-de-leite enrolado em papel de seda, ela tirou a areia da palma das mãos e seguiu pela praia até os degraus de pedra que levavam à Esplanada. Eram só cinco minutos dali até a imobiliária, então ela podia muito bem andar até lá.

A mensagem chegou menos de trinta segundos depois, então ela parou para pegar com dificuldade o celular que tinha enfiado no estreito bolso lateral da bolsa. No movimento para alcançar o aparelho, a alça de couro da bolsa escorregou pelo ombro e os copos-de-leite caros caíram de lado, fazendo-a se inclinar para pegá-los antes que caíssem direto na areia macia...

Bum! Alguma coisa bateu na lateral de Belle e a desequilibrou, derrubando-a no chão. Ela deu um grito, os copos-de-leite saíram voando, assim como os sapatos, enquanto ela se estatelava na areia. Por uma fração de segundo, achou que era um ladrão que ia correr com sua bolsa e tudo que havia dentro.

– Ah, Deus, me desculpe! Peço *mil* desculpas. Está tudo bem?

Não era um ladrão. Era a garota de biquíni cinza, que tinha esbarrado nela. Envergonhada de como devia estar parecendo uma idiota, Belle disse com toda a sua fúria:

– Bom, essa é a pergunta mais estúpida que já ouvi. Eu *pareço* bem?

– O que eu quis perguntar é se você se machucou.

Estava todo mundo olhando? Estava todo mundo rindo dela? Belle se levantou, desajeitada, e se afastou quando a garota esticou a mão para tentar ajudá-la.

– Não me machuquei.

– Ah, ainda bem. Me desculpe de novo, foi minha culpa.

Belle olhou para ela sem acreditar, porque obviamente era culpa dela; quem mais poderia ser o culpado?

– Estava controlando meu tempo, sabe. – A garota bateu com o dedo em um dispositivo no pulso esquerdo. – Tentando bater o meu recorde. É mais difícil correr em areia macia, então verifiquei se o caminho estava livre, baixei a cabeça e fui com tudo.

– É *sério* que você não me viu?

Ainda furiosa, Belle tirou a areia da saia e viu a garota pegar depressa as sacolas espalhadas e devolver para ela.

– Claro que vi, mas achei que você estivesse indo para a escada. Achei que já teria saído do caminho quando eu passasse; não imaginava que você ia parar... Mas é claro que eu deveria estar olhando por onde andava. Sou uma idiota. – Quando devolveu os copos-de-leite, a garota fixou seus olhos azul-claros em Belle. – Me desculpe mesmo.

Belle afastou o olhar primeiro e deu de ombros de um jeito desinteressado para sinalizar que o encontro indesejado chegava ao fim.

– Tudo bem. Tchau.

Clemency estava no telefone com um cliente quando viu Belle entrando no escritório. Assim que a ligação terminou, ela disse:

– Ah, que lindo, não precisava!

– Não são para você. – Belle colocou as flores em cima da mesa. – Como estão as coisas?

– Bem. A venda foi fechada. – Clemency pareceu intrigada. – Mas já faz horas que dei as chaves para Sam. Achei que você estaria ajudando na mudança.

– Não precisam de mim lá. E eu não estava falando do apartamento. Só queria saber como estão as coisas entre você e o Ronan.

Que inesperado. Clemency hesitou.

– Em que aspecto?

– Bom, no aspecto de um estar dormindo com o outro, imagino.

– Ah. – Como ela tinha descoberto? – Olha, eu ia contar...

– Mas não contou – interrompeu Belle, erguendo uma sobrancelha que era puro ceticismo.

– Foi o Sam que contou?

– Você está falando sério? – Desta vez, as duas sobrancelhas subiram. – O *Sam* sabe?

– Eu só comentei com ele – explicou Clemency depressa. – Mas falei que preferia contar eu mesma. Como *você* descobriu, então?

– Ah, pode acreditar, você é o assunto da cidade. Uma garota estava contando a fofoca para a Laura na farmácia.

– Como *ela* soube?

– Pelo que entendi, Ronan está espalhando a notícia. E você sabe como este lugar é com fofocas – disse Belle. – É só começar que não para mais. Há quanto tempo vocês estão juntos?

– Não muito. Só... uma ou duas semanas.

– E por que você não me contou antes?

Clemency deu de ombros.

– Provavelmente porque eu sabia que você reagiria assim.

– Eu estou ótima. – A voz de Belle tinha ficado meio aguda. – É só que... acho que nunca achei que você... faria isso.

– Olha, eu sei que você gostava dele, mas nada aconteceu entre vocês dois. – Clemency ficou calma, manteve o tom delicado. – Ele nunca foi seu namorado. Posso sair com ele. E é o que estou fazendo.

– É claro – comentou Belle, soltando o ar.

– E você tem o Sam.

Belle assentiu.

– Tenho.

– Você não é feliz com Sam?

Os batimentos de Clemency começaram a acelerar.

– Claro que sou feliz! Sam é o melhor namorado que já tive. Ele é *perfeito*.

– Então está ótimo. E agora que você sabe sobre mim e Ronan, tudo está melhor ainda. Estamos todos felizes!

Belle hesitou e assentiu, ciente de que não tinha um argumento razoável. Ela conseguiu abrir um breve sorriso.

– Sim, estamos.

Ufa, ela estava suavizando com a idade. Clemency tocou em um dos copos-de-leite e disse para provocar:

– Tem certeza de que não são para mim?

– Certeza absoluta. São para o apartamento novo do Sam.

– Por que eles estão cheios de areia?

– Porque uma atleta idiota esbarrou em mim na praia e me jogou longe. Tem tanta gente imbecil por aí. Clem, está muito quente e meus sapatos estão me machucando. Você pode me dar uma carona até o apartamento do Sam?

– Estou sozinha, então você vai ter que esperar até cinco e meia – respondeu Clemency.

Belle fez uma expressão sofrida.

– Não pode fechar meia hora mais cedo?

Era o que ela faria sem pensar duas vezes.

– Está vendo – provocou Clemency –, é por isso que você é demitida dos empregos e eu não.

– Que pedante. – Belle franziu o nariz de repulsa. – Tudo bem, vou tomar um café e volto às cinco e meia.

Trinta minutos depois, Belle voltou. Os sapatos estavam machucando mesmo agora. Ela esperou Clemency fechar o escritório e as duas foram embora. No caminho até a casa de Sam, elas passaram pelo apartamento de Clemency, que parou na porta.

– Ah, Deus. – Belle deu um suspiro impaciente; quando chegariam à casa do Sam? – O que foi *agora*?

– Não vai levar nem um minuto. Só quero pegar outros óculos de sol. A lente caiu dos meus de aro de tartaruga hoje de manhã.

– Isso acontece porque você compra óculos de sol vagabundos – disse Belle.

Clemency sumiu e Belle esperou no carro. Em questão de segundos, a porta da frente adjacente à da casa de Clemency foi aberta e a corredora da praia apareceu. Não mais de biquíni, pois ela tinha tomado banho, lavado o cabelo e estava usando um vestido justo azul-arroxeado. Surpresa de vê-la arrumada, Belle se inclinou para a frente e acabou chamando a atenção da garota. Ao reconhecer Belle, a garota hesitou, assentiu brevemente e saiu andando pela rua.

Um momento depois, Clemency estava de volta, usando óculos de sol que não estavam quebrados.

– Quem é aquela? – perguntou Belle, apontando para a mulher, agora a uns trinta metros de distância.

– Quem? Ah, é a Verity.

– Ela mora ali? – Belle apontou para a porta ao lado da de Clemency.

– Ela é sobrinha da Meryl, da loja de jornais e revistas. A Verity veio passar o verão. No verão passado ela também apareceu... Ah, mas você não a teria visto porque foi na mesma época que você foi para Monte Carlo. – Clemency ligou o carro e saiu da vaga. – Por quê?

– Foi ela que me derrubou na praia hoje à tarde.

– Sério? Mas ela é muito legal. É fanática por exercícios e boa forma. Ela dá uma aula de aeróbica todos os dias na praia Mariscombe.

– O quê, com todo mundo olhando? Meu Deus, que horror. – Belle estremeceu. – Não vim para cá para ficar numa colônia de férias!

Elas estavam passando por Verity agora. Clemency abriu a janela e acenou quando passou e Verity retribuiu o cumprimento.

– Bom, não precisa se preocupar – disse Clemency para Belle. – A aula da Verity é às sete da manhã, você nunca vai conseguir ver.

Clemency não tinha planejado entrar, mas Belle insistiu:

– Ah, vamos, só cinco minutos. Você pode me ajudar com as minhas sacolas.

Quando se viu com todas as compras nos braços, Clemency declarou:

– Pode me chamar de Cinderela.

Mas, depois que elas subiram a escada, a vista que encontraram fez tudo valer a pena. As portas de vidro que davam para a varanda estavam bem abertas e Sam estava lá fora, sacudindo as almofadas azul-claras dos assentos e as colocando nos sofás externos. Uma pontada de adrenalina subiu pela coluna de Clemency, porque ela estava mentalmente preparada para ver Sam, mas não para vê-lo pelado.

Bom, *parcialmente* pelado. Ele ainda estava de calça jeans, mas a camisa tinha sido retirada. E a boca de Clemency ficou seca, porque o tronco bronzeado de Sam era tão impressionante quanto ela achou que seria. Ah, mas que cena de se ver.

– Oi, voltei! Você andou ocupado! – Belle saiu para cumprimentá-lo e apoiou casualmente a mão aberta no peito do namorado enquanto lhe dava um beijo na boca. – Comprei umas flores lindas como presente de casa nova, mas uma imbecil esbarrou em mim na praia e é por isso que estão amassadas e com areia. Mas pode ser que ganhem vida quando as colocarmos na água. Sinta o cheiro, não são divinas?

– Obrigado.

Por uma fração de segundo, enquanto Clemency olhava, ele pareceu se afastar dos copos-de-leite. No instante seguinte, ele se virou e a viu.

– Ah, oi.

– Não consigo acreditar na diferença – continuou Belle, olhando em volta pela cozinha e pela sala. – Todas aquelas caixas desfeitas!

– É incrível a quantidade de trabalho que se pode fazer quando estamos determinados – respondeu Sam, com ironia.

– Além do mais, você ficou para fazer o serviço – disse Clemency – em vez de sair para fazer compras. Isso deve ter ajudado.

– Ah, muito engraçado. – Belle revirou os olhos. – Vou botar as flores na água. Encontrou o vaso?

– Está debaixo da pia.

– E tem champanhe na geladeira? Vamos tomar uma taça para comemorar?

– Para mim, não – falou Clemency. – Estou de carro.

– Não estava falando com você – respondeu Belle, com um ar distraído. – Estava falando com o Sam.

– Aceito uma cerveja – disse Sam, pegando a camisa para vesti-la.

– Você não gosta de copos-de-leite – murmurou Clemency enquanto Belle estava na cozinha, enchendo o vaso na pia.

Sam olhou para ela.

– Não muito – respondeu ele em voz baixa.

Ele não precisava explicar mais; ela sabia por quê. Assim como conseguia adivinhar o motivo para ele botar a camisa. Esperava que ele não tivesse notado na maneira como ela tinha lançado um último olhar para o corpo dele antes de os últimos botões terem sido fechados.

Pop, fez a rolha na cozinha.

– Lá vamos nós. – Juntando-se a eles, Belle entregou a Sam a garrafa de cerveja e ergueu o copo ainda com espuma. – Saúde! Ao novo apartamento e a muita diversão no sol!

Ela brindou com Sam e fingiu um brinde com Clemency, que estava de mão vazia. O celular de Clemency começou a tocar.

– É o Ronan – disse ela.

– Oi – falou Ronan. – Só para saber, por acaso os Mastertons já ligaram? Eles aumentaram a proposta pela fazenda de Port Isaac?

– Não... não. Não vou demorar. A gente se vê daqui a pouco – respondeu Clemency.

– O quê? Por quê? – Ele pareceu sobressaltado. – Esqueci alguma coisa?

– Eu sei. – Meio se virando e baixando um pouco a voz, Clemency disse: – Eu também te amo.

– Ah, certo, entendi. – Ronan pareceu achar graça. – Eu te amo mais, minha bonequinha.

– Claro que ama. E se você acha que vou dizer uma coisa assim na frente dos outros, pense duas vezes. Chego daqui a pouco.

– Isso é uma promessa?

– Não. Tchau! – Clemency desligou e se virou para os outros dois. – Tenho que ir.

Sam estava tomando um gole de cerveja e assentiu.

– Divirta-se.

Belle, acompanhando-a até a porta, inclinou a cabeça para perto da de Clemency.

– Só duas semanas e ele já disse que ama você?

Pelo tom de voz, foi possível deduzir que Sam ainda não tinha dito para ela.

– Acho que nós dois percebemos que somos perfeitos um para o outro. Às vezes isso simplesmente acontece, né? – Apreciando o raro momento de superioridade, Clemency deu um beijo de despedida na bochecha de Belle.

– Quando acontece, a gente percebe.

Capítulo 17

O CÉU ESTAVA CHEIO DE NUVENS, a temperatura tinha caído ao longo dos últimos dias e havia menos gente no mar do que nas semanas anteriores. Mas quando Ronan botava na cabeça que ia nadar, ele ia mesmo. Ninguém podia impedi-lo.

– Brrrr. – Clemency tremeu e desejou ter levado algo mais quente para usar do que um suéter fino de algodão. – Antes ele do que eu.

Marina, como sempre fazia quando estava sem clientes, pintava a vista da praia. Ela se encostou na cadeira.

– Ele nada tão bem. Gosto de vê-lo na água. – Ela acrescentou com um sorriso: – Está tudo indo bem entre vocês dois?

O boato tinha se espalhado. Todo mundo sabia agora. Por mais estranho que pareça, a maioria das pessoas estava feliz por eles terem ficado juntos. De *pensar* que eles ficaram juntos, consertou Clemency, porque durante as duas semanas anteriores ela chegou a esquecer algumas vezes que não era real. Em público, eles ficavam de mãos dadas sem hesitar, se abraçavam, flertavam e se comportavam como um casal de verdade.

– Tudo ótimo.

O fato de estar mentindo para pessoas de quem gostava era o único problema para ela, mas pelo menos era uma mentira inofensiva. Clemency tomou um gole de chocolate quente.

– Tudo está indo muito bem.

– Vocês combinam. É lindo ver os dois juntos. *Opa*.

Marina segurou a tela, que tremia pela força do vento.

Clemency sorriu e viu Ronan nadar como um golfinho, com um nado borboleta impressionante. Ele usava um short vermelho e os ombros brilhavam a cada rotação dos braços. Ela sabia o que Marina queria dizer sobre o prazer de observar alguém que nadava tão bem. Ao proteger os olhos com a mão, Ronan mudou de direção e mergulhou de cabeça na onda seguinte antes de ela quebrar e desapareceu de vista, reaparecendo vários segundos depois. Ela se virou para Marina.

– E você? Alguma outra notícia daquele seu ex-marido?

– Na verdade, sim. Ele me mandou alguns e-mails, dizendo como sente a minha falta e perguntando se eu gostaria de viajar com ele, talvez um cruzeiro pelos fiordes noruegueses, pois pode ser a última chance dele de tirar férias, já que está tão próximo da morte e tal. – Marina suspirou. – Ah, eu não deveria tirar sarro dele... E se ele morresse? Imagine como eu me sentiria péssima se...

– Olha aquilo – interrompeu Clemency, apontando quando uma figura de roupa de neoprene atravessava a baía em um jet-ski. – Que irresponsável... Ele acha que está em um filme do 007?

– Isso é muito perigoso.

Marina fez uma careta quando o homem passou raspando da beirada do muro da enseada e fez uma curva fechada com o jet-ski. Logo em seguida, colidiu com uma onda quebrando precocemente e perdeu o equilíbrio ao escorregar de lado no assento. De alguma forma, conseguiu se segurar, como se estivesse num rodeio, e voltou para o lugar antes de fazer um círculo bem mais amplo para atravessar a baía.

– Meu Deus!

Clemency cobriu a boca com a mão quando o jet-ski acelerou, indo em direção à área onde Ronan nadava. Por que o homem não estava mudando o trajeto? Seu coração disparou diante da ameaça quando ela percebeu que ele não tinha visto Ronan, não sabia que ele estava lá; a crista da onda o tinha escondido. Nos segundos seguintes, houve uma sensação horrível de que aquilo não poderia ser evitado. O tempo passou mais devagar conforme o jet-ski quicava pela água agitada, indo na direção de Ronan como um tubarão...

De repente, não havia distância entre os dois. Com um leve tremor deixando claro que o contato tinha sido feito, o jet-ski seguiu pela baía com a coluna de água voando atrás. E Ronan ficou no mar, de rosto para baixo na água e imóvel.

O som de gritos tomou conta de tudo. Clemency empurrou a cadeira para trás e deu um pulo enquanto, com um estrondo, o cavalete e a tela de Marina saíam voando. A paleta de tintas caiu no chão junto com a caneca de chocolate quente de Clemency. Marina, depois de soltar um grito de pânico, já estava correndo pelo muro em direção ao local onde o corpo imóvel de Ronan se encontrava. Correndo logo atrás, Clemency viu que duas lanchas estavam sendo ligadas, mas era tarde demais para impedir Marina. Ela tirou os sapatos, mergulhou e nadou até o corpo inerte de Ronan.

Tomada pelo pavor, Clemency viu Marina chegar até Ronan e virá-lo. Uma nuvem de sangue se espalhou pela água em volta da cabeça. *Ah, meu Deus, não, por favor.* A vontade de mergulhar foi quase insuportável, mas as lanchas os tinham alcançado. Não havia espaço, ela só atrapalharia. Juntos eles trabalhavam para colocar Ronan no barco mais próximo e agora – *ah, graças a Deus* – havia sinais de vida. Marina tinha tirado o rosto dele da água e ele tinha começado a cuspir e tossir. Mas qual era a extensão do dano à cabeça dele, que provocou todo o sangramento?

Depois de correr de volta pelo muro do porto e quase tropeçar nos últimos degraus, Clemency estava lá para recebê-los quando os barcos chegaram à margem.

– Estou bem, estou bem.

Ronan não parecia nem remotamente bem, mas pelo menos estava conseguindo falar. O sangue do ferimento na parte de trás da cabeça descia pelo corpo e com ajuda ele conseguiu sair do barco para a areia. Um dos médicos de família dos consultórios na Esplanada tinha chegado e já o examinava. Marina, que foi levada à praia no outro barco, olhava para ele com ansiedade, alheia às manchas de sangue rosadas que cobriam a blusa branca e a calça de linho encharcadas.

Ao chegar até ela e perceber o quanto tremia, Clemency disse:

– Está tudo bem? Você foi maravilhosa.

– Não fui, só fui lá e fiz alguma coisa. – Marina estava pálida e com a respiração acelerada. – Pensei que ele estivesse morto.

Clemency a abraçou com força; por alguns segundos as duas acharam que ele estivesse morto.

– Certo – concluiu o médico, acostumado a tratar ferimentos de surfistas em St. Carys. – Parece pior do que realmente é, mas, por segurança, é melhor levarmos você para a emergência. Eles precisam fazer exames e uma radiografia.

– Pode deixar que eu levo – ofereceu um dos amigos surfistas de Ronan. – Minha van está imunda mesmo, um pouco de sangue não vai fazer diferença.

– Aqui – disse alguém, oferecendo um cobertor.

– Clem? – Ronan fez sinal para ela se aproximar. – Estou bem, eu juro. Vejo você mais tarde, está bem?

Clemency assentiu.

– Vou levar Marina para casa. Ela está muito abalada.

– Sim. Claro. – Bastante abalado também, é claro, ele olhou para Marina com as roupas manchadas de sangue. – Marina. Obrigado. Não acredito que você pulou no mar assim e me salvou. Venha aqui...

E agora, ele estava fazendo um sinal na direção dela, mas Marina ficou onde estava.

– Eu nado bem, só isso. Qualquer pessoa teria feito o mesmo. – A voz tremeu quando ela acrescentou: – Só estou feliz por você estar bem.

Ronan foi colocado na van do amigo e levado para o hospital. Clemency voltou para o café, pegou sua bolsa e o equipamento de pintura com Paddy, que tinha arrumado a mesa e limpado a sujeira das tintas e do chocolate quente derramados. Logo depois, elas andaram juntas em silêncio até a casa de Marina.

Depois que entraram, Clemency viu que Marina ainda tremia.

– Tome um banho quente. Tente se aquecer. Vou preparar uma sopa.

– Não quero sopa.

– Tudo bem, então café com um pouco de conhaque.

– Isso me parece melhor.

Desta vez, Marina conseguiu abrir um leve sorriso.

– Tudo bem. Agora tire essas roupas molhadas – instruiu Clemency. – Elas precisam ir para a máquina de lavar se quisermos tirar as manchas de sangue.

– Não tem importância. Não foram caras.

– Mas, se tirarmos o sangue, elas podem ser suas roupas da sorte – disse Clemency. – Você salvou a vida do Ronan.

Por um momento, lágrimas brilharam nos olhos de Marina, que se virou e subiu a escada, deixando Clemency pensando em tudo que tinha acontecido naquela tarde. Estava com a sensação de que precisava de tempo para considerar com cuidado cada detalhe que tinha visto e ouvido.

E quando Marina voltou para a sala, vinte minutos depois, de banho tomado e embrulhada em um roupão atoalhado, Clemency sabia que precisava fazer a pergunta que não saía de sua mente.

– Tome.

Ela colocou a xícara de café recém-moído batizado com conhaque na mesa, perto de onde Marina se sentara no sofá.

– Obrigada. Humm, que delícia. – Marina sorriu e colocou a xícara na mesa. – Melhor do que sopa.

– Posso fazer uma pergunta?

– Claro! É sobre o quadro? – Marina indicou a tela pela metade apoiada na parede. – É presente para o Paddy e a Dee, para eles pendurarem no café. Achei que eles podiam gostar...

– Não é sobre o quadro – interrompeu Clemency. – É sobre Ronan.

– Ah...

Alguma coisa no *Ah...* a fez pensar que ela talvez estivesse certa.

– Quando houve o choque com o jet-ski e ele ficou deitado na água, você disse uma coisa. *Sussurrou* uma coisa. E não entendi de primeira porque não fazia sentido.

Marina não respondeu. Engoliu em seco e olhou para as mãos, unidas no colo.

– Mas você falou – continuou Clemency. – Eu ouvi. Quando aconteceu o acidente, você pulou da cadeira e disse: "*Billy...*"

Mais silêncio. Marina permaneceu imóvel. Por fim, ela inclinou o rosto para cima e para trás, mas as lágrimas escorreram mesmo assim.

Com delicadeza, Clemency perguntou:

– Quem é Billy?

Marina estava secando os olhos com a manga do roupão.

– Ele era meu filho. Meu menininho.

– E agora?

Marina assentiu devagar, com uma mistura de medo e alívio, e Clemency se perguntou como devia ser guardar um segredo assim por tantos anos.

– E agora – disse Marina, com simplicidade –, o nome dele é Ronan.

Capítulo 18

– VOCÊ TEM QUE ME PROMETER UMA COISA – disse Marina.
– Ronan não pode saber disso nunca.
Clemency assentiu.
– Prometo.
Será que ela entendia mesmo?
– Estou falando muito sério.
– Eu sei. Eu também. Mas, meu Deus... – Clemency olhava para ela, perplexa com a descoberta. – É inacreditável.
– Não acredito que falei o nome dele.
Marina balançou a cabeça; naquela fração de segundo apavorante, ela se ouviu dizendo a palavra que não pronunciava em voz alta havia muitos anos. O subconsciente tinha seus jeitos de pregar peças. Mas quando seu filho estava boiando virado de cara para a água, imóvel e possivelmente morto... bom, qualquer coisa podia ser dita.
– Foi por isso que você mergulhou no mar – observou Clemency.
– Eu teria feito o mesmo por qualquer um – disse Marina.
Mas talvez não de forma tão impensada, tão cega e sem todo aquele desespero avassalador.
– Depois, quando quis agradecer, o Ronan fez sinal para você se aproximar para ele lhe dar um abraço. Mas você não quis ir, ficou onde estava. – Clemency tinha juntado todas as peças do quebra-cabeça. – Foi por isso que você não quis ir até ele. Porque teria sido intenso demais, uma carga emocional muito forte... Você estava com medo de acabar se revelando.

Era verdade. Foi exatamente por isso que ela ficou grudada no chão. Marina assentiu, porque Clemency descobriu e não fazia sentido tentar negar. Mas ela parou de repente e lhe lançou um olhar determinado.

– Você é namorada dele. Sei que estou me repetindo, mas você não pode contar para ele.

– Não vou contar. Sei que meu segredo nem de longe é tão grande quanto o seu, mas não sou namorada dele de verdade. Só fiquei cansada de ver a Belle ser tão arrogante e superior, então pedi ao Ronan para fingir estar namorando comigo por algumas semanas.

– Ah. É mesmo? – Marina deu um sorriso breve. – Que pena. Eu falei a verdade quando disse que vocês eram um ótimo casal.

– Somos só amigos. Mas você também não pode contar para ninguém. – Os olhos de Clemency cintilaram. – Agora estamos quites.

Marina tomou outro gole de café com conhaque.

– Tantos segredos – disse ela, com pesar. – Todos nós os temos. Não é a nossa intenção, mas eles aparecem e tomam conta da nossa vida. E então temos que aprender a viver com eles, o que também nem sempre é fácil. Fiz uma coisa ruim e a culpa não me abandona, mas na época eu não pude evitar.

– Ah, não, você não deve pensar assim – falou Clemency. – Você não deveria, em hipótese alguma, sentir culpa por dar um bebê para adoção!

Marina assentiu; como milhões de outras pessoas, Clemency já tinha visto os programas populares de TV sobre pais e filhos que se reencontravam.

– Eu sei, eu sei disso.

– Você fez porque não podia cuidar dele – observou Clemency, apressando-se para tranquilizá-la. – Queria que ele tivesse uma vida melhor. E ele *tem* uma vida maravilhosa...

– Na verdade, quando falei que fiz uma coisa ruim, não estava me referindo a ter dado meu filho para adoção – confessou Marina.

Isso fez Clemency parar de falar.

– Não? Ah! Não precisa me contar nada. De verdade.

Marina sorriu, porque era óbvio que Clemency estava doida para saber.

– Tudo bem, eu quero contar. Chegamos até aqui, você pode muito bem ouvir o restante.

Como ela invejou as outras garotas da escola, cujos pais foram menos rigorosos do que os dela. Suas amigas podiam ir ao parque juntas, tinham permissão de se encontrarem no shopping sábado à tarde. E nas noites de sábado todas iam juntas à boate, onde dançavam, fofocavam e flertavam com os garotos.

Marina não tinha permissão de fazer nada daquilo. Bom, ela ainda era Mary na época. Sua mãe sofria dos nervos e passava o tempo em um estado de ansiedade aguda, entrando em pânico por qualquer motivo imaginável, enquanto seu pai era totalmente intimidante, mandava na casa e proibia qualquer forma de discordância.

Então foi meio irônico que, por ter sido proibida de ir aos lugares comuns onde as garotas adolescentes podiam conhecer meninos, ela acabou conhecendo Ellis Ramsay na biblioteca.

Na seção de livros de referência, ainda por cima. Era uma sala pequena, separada do restante da biblioteca, para as pessoas que queriam trabalhar ou estudar no mais absoluto silêncio. Ela tinha ido para lá porque, numa época anterior à internet, precisava usar essas obras para ajudá-la com as provas. E era bem mais tranquilo do que estudar em casa.

Ela passou semanas reparando nele, mas nenhum contato tinha sido feito entre eles até a tarde do soluço.

O bom e velho soluço. Quanto mais você tentava escondê-lo, mais alto ficava. E as outras pessoas na sala achavam bastante irritante; a cada novo *hic*, elas se viravam e olhavam para ela de cara feia. Bom, todos, menos um. O garoto aplicado que tinha se cercado de livros de medicina e fazia anotações com tanta dedicação que não parecia irritado. Ele estava sorrindo, mais com os olhos, mas um pouco com a boca também. Ele tinha cabelo preto bem curto, pele negra perfeita e os dentes mais brancos do mundo. E quando Marina soltou outro *hic*, mais alto do que os anteriores, ele tirou um pacote de pastilhas do bolso da jaqueta e rolou discretamente uma pela ampla mesa na direção dela.

O que sua mãe sempre disse sobre aceitar doces de estranhos?

Marina sorriu para ele. Ele deu de ombros e disse com movimentos labiais: *Talvez ajude*. Ela colocou a pastilha na boca, deu um soluço na mesma hora e quase a engoliu inteira.

Fora da biblioteca, curvada de tanto rir, ela tossiu e cuspiu e secou os olhos com o lenço que ele lhe deu.

– Tem certeza de que está tudo bem? – perguntou ele quando os dois tinham recuperado o controle. – Estava pronto para executar a manobra de Heimlich se você engasgasse com aquela pastilha.

– Está tudo bem. Obrigada. – Marina foi devolver o lenço, mas hesitou e ficou na dúvida se era grosseria. – Desculpe, hum...

– Não importa.

Ele esticou a mão para pegá-lo, mas Marina balançou a cabeça.

– Não, eu vou lavar para você. Trago amanhã se você vier.

– Tenho que levar minha avó ao hospital para uma consulta. Não vou chegar antes das seis.

Ele falava de um jeito gentil e gracioso.

Com ousadia, Marina disse:

– Não tem problema. Eu espero.

– Qual é seu nome?

– Mary.

– Oi, Mary. – Ele tinha um sorriso deslumbrante e contagiante. – É um prazer conhecer você. Meu nome é Ellis.

No fim da tarde seguinte, ela esperou em frente à biblioteca e devolveu o lenço lavado. O jeito como o rosto dele se iluminou quando a viu fez Marina corar de felicidade. O nome completo dele era Ellis Ramsay e ele era aluno de medicina em Londres, mas estava ficando com sua temível avó jamaicana em Durham durante as férias de Páscoa, estudando muito para os exames de fim de ano letivo.

O que era bom, porque significava que ela continuou indo lá todos os dias também e estudando bem mais do que faria em outras circunstâncias.

Foi a primeira paixão adolescente real da vida de Mary, intensa e irresistível, e ela achava que duraria para sempre. Quando a biblioteca fechava todas as noites, eles iam para o parque, se sentavam em um banco discreto e conversavam, até que certa noite o vizinho dela, o Sr. Williams, passou e lhe dirigiu um olhar frio. Ele olhou para Ellis e depois para Mary e perguntou:

– Seu pai está sabendo disso?

Mary, sentindo o rosto esquentar, respondeu:

– Não estamos fazendo nada errado.

Mas, por dentro, ela morreu de medo de que o Sr. Williams fosse contar ao pai dela o que tinha visto. Dali em diante, eles deixaram de ir ao parque e passaram a caminhar num bosque ali perto. E quando Ellis a beijou pela primeira vez, foi romântico, suave e perfeito.

Na semana seguinte, a avó dele foi a um enterro em Cardiff e passou a noite lá, deixando pela primeira vez a casa vazia. Em vez de irem à biblioteca, Ellis e Mary entraram escondidos pela porta dos fundos para que ninguém os visse e passaram a tarde juntos na estreita cama de solteiro dele. Ellis só tinha uma camisinha e eles fizeram amor duas vezes. Mas não havia problema, era uma época segura do mês.

Dez dias depois, chegou a hora de ele voltar para Londres. Quando eles se beijaram, se abraçaram e se despediram emocionados, Mary sentiu que era improvável que voltassem a se ver. Como uma explosão enorme de fogos de artifício vinda do nada e iluminando o céu, aquele relacionamento estonteante cumpriu seu destino natural e estava se acabando. Se Ellis não estivesse indo embora, era provável que eles continuassem se vendo por mais algumas semanas, mas talvez fosse mais fácil assim. A paixão mútua estava passando e não houve mal algum. Ela sentiria falta dele por um tempo, mas não desesperadamente, não a ponto de sofrer. Os dois tinham provas em breve; agora era hora de se concentrarem nisso.

– Só que eu também precisava me concentrar em outra coisa – disse Marina para Clemency. – Estava grávida.

– Você deve ter ficado apavorada.

Apavorada era pouco.

– Você nem pode imaginar, Clemency. Foi horrível. Eu queria fugir, mas não tinha para onde ir.

– O que aconteceu?

– Bem, fui muito mal nas minhas provas. Passei muito tempo enjoada e tentando não vomitar. E escrevi uma carta para Ellis. – Marina balançou a cabeça. – Para que ele soubesse o que tinha acontecido. Eu não tinha o endereço da casa nova dele em Londres, então coloquei em um envelope selado e levei até a casa da avó dele. Como ela não quis me dar o endereço, pedi que enviasse a carta para ele. Ela disse que enviaria, mas não sei se chegou a fazer isso. Nunca tive resposta dele.

Clemency balançou a cabeça em solidariedade.

– Coitada.

– Sinceramente, me senti um robô. Vivi cada dia como se fosse uma provação. Mas, conforme as semanas foram passando, a gravidez acabou ficando óbvia e meu pai me colocou contra a parede. Eu estava com cinco meses e ele ficou louco. Foi quando eles fizeram minhas malas para eu ir morar com o primo dele em Coventry. Levei para a família o pior tipo de vergonha. Estava tentando mandar minha mãe para o túmulo antes da hora. E ninguém podia saber – disse Marina. – Tinha me recusado a contar quem era o pai, mas, em algum momento quando eu estava fora, o Sr. Williams, da casa ao lado, disse alguma coisa sobre ter me visto no parque com Ellis naquele dia. Só que ele não sabia o nome do rapaz, só a cor da pele. E *isso* foi tão bom.

– Meu Deus! – exclamou Clemency, com um suspiro.

– Acabei dando à luz Billy e ele era a coisinha mais linda do mundo. – Os olhos de Marina se encheram de lágrimas quentes. – Só tivemos alguns dias juntos no hospital. A adoção estava toda encaminhada. Ainda desejo não ter deixado aquilo acontecer, mas na época não parecia haver outra opção. Era como se o meu coração estivesse se partindo fisicamente. – Ela fez uma pausa e engoliu em seco. – No quinto dia, tive que me despedir dele... Bom, esse foi o pior dia de todos. A assistente social foi muito gentil; ela me disse que eu estava fazendo a coisa certa, dando a Billy melhores condições de vida com uma família que lhe proporcionaria todo o amor do mundo. Fiquei me balançando para a frente e para trás, dizendo que eles não podiam amá-lo mais do que eu. Mas era tarde demais, ele foi levado mesmo assim. E pronto. Fui mandada para casa para continuar a vida como se nada tivesse acontecido. Só que *tudo* tinha acontecido... Ah, querida, desculpe...

– Não ouse pedir desculpas – ralhou Clemency.

Marina secou os olhos e conseguiu abrir um sorriso meio torto.

– Essa é a pior parte. Sempre choro quando penso nela. Mas vou ficar bem de agora em diante, prometo.

– Só se você tiver certeza – disse Clemency.

– Tudo bem, vamos para a próxima etapa. Meus pais não confiaram mais nem um pouco em mim depois disso. E aguentei o jeito como eles me trataram porque algo em mim achava que eu merecia ser punida. Um ano depois, mais ou menos, meu pai marcou de eu conhecer um colega de trabalho, uma pessoa que ele tinha decidido que seria o cara certo para que pudesse me passar adiante. Eu o conheci e adivinhe quem era?

– George?

– George. – Marina assentiu. – Eu sei. Que sorte a minha. Ele teve um problema com meu nome porque tinha uma prima peculiar chamada Mary. Foi por isso que decidiu que devíamos trocar para Marina.

– E você se casou com ele porque seu pai *mandou*?

– Pode acreditar, sei que parece esquisito. Não sinto orgulho. Mas eu me culpava pelo que tinha acontecido e por ter tornado a vida da minha mãe horrível. Se me casar com o George fosse compensar as outras coisas... Bem, talvez fosse o que eu deveria mesmo fazer. – Marina deu de ombros. – Então me casei com ele.

– Uau – disse Clemency.

– Eu também achava que, se tivesse outro bebê, talvez tirasse o Billy da cabeça. – Marina balançou a cabeça. – Mas não foi o que aconteceu.

– Deve ter sido difícil.

– Achei que fosse minha punição por ter dado Billy para adoção. Parecia que eu não merecia ter outro filho.

– Ah, Marina, isso é tão triste... No mínimo, você merecia *mais*. E George sabia... sobre o que aconteceu antes?

– Ele sabia que eu tinha tido um bebê que foi adotado. Contei pouco antes do casamento, porque parecia a coisa certa. Mas só isso, sem detalhes.

Marina relembrou a noite em que revelou tudo para George; ela ficou dividida entre a decepção e o alívio ao ver que ele não mostrou interesse nenhum em Billy e Ellis nem em como eles eram. Mas ele foi gentil com ela naquela noite, lhe deu um abraço e disse para ela não se preocupar, que eles se casariam mesmo assim.

E pensar que ela se sentiu grata.

Meu Deus. Na época, sua noção de casamento era baseada apenas no relacionamento entre seus pais; qualquer coisa mais feliz exibida em filmes ou na TV sempre foi categoricamente ridicularizada como fantasia e idiotice.

– Então nós nos casamos e permanecemos casados. Os anos passaram. Claro, nunca esqueci Billy, mas ficava dizendo para mim mesma que tinha feito a coisa certa e que ele estava tendo uma vida maravilhosa. Antes do 18º aniversário dele, acrescentei meu nome no registro de contato de adoção, porque, se ele tentasse falar comigo, poderiam lhe informar que eu ficaria feliz em ter notícias dele. Feliz – disse ela ironicamente – nem começa a descrever. Era o que eu mais queria no mundo. Depois que ele fez dezoito anos, não houve um dia em que não me perguntei se isso poderia acontecer. Cada vez que o telefone tocava, cada vez que as cartas entravam na caixa de correspondência... Eu não conseguia deixar de pensar: *É agora?*

Ela fez uma pausa e tomou outro gole do café morno.

– Só que nunca houve contato – concluiu Clemency baixinho.

– Nunca. Um ano se passou, depois dois e mais dois. E eu só conseguia dizer para mim mesma que ainda podia acontecer. Só significava que eu tinha que ser paciente e esperar um pouco mais. O tempo que Billy levasse para decidir que queria entrar em contato.

Marina parou, respirou lentamente.

– Até eu ficar doente e me dar conta de que talvez não tivesse o tempo necessário para esperar.

– Não consigo nem imaginar – comentou Clemency.

– Não conseguia lidar com a ideia de que poderia morrer sem ver meu garoto de novo. Era insuportável. Sei que era egoísmo, mas o pensamento de nunca o conhecer me deixou em pedaços. – Marina olhou para baixo e reparou que estava enrolando a faixa do roupão nos dedos. – Aí o George pulou fora, claro, mas em comparação à questão do Billy, o que ele fez não pareceu me afetar. A primeira coisa que eu tinha que fazer era acabar o tratamento. E então, prometi a mim mesma que faria o que fosse necessário... Qualquer coisa para encontrar o Billy outra vez.

– Ainda não entendo como você descobriu – questionou Clemency. – Não sou nenhuma especialista, mas sei que o pessoal da adoção não revela esse tipo de informação com facilidade, ainda mais para os pais biológicos.

– Você tem razão, não revelam. Implorei para que me ajudassem. Eles foram solidários – explicou Marina –, mas, legalmente, não havia nada que pudessem fazer. Então, no fim, fiz de forma ilegal.

Clemency arregalou os olhos.

– *Você?* Como foi que conseguiu isso?

Marina deu um meio sorriso ao lembrar como tinha embarcado na busca.

– Bom, eu sabia que não tinha como agir sozinha, então comecei a marcar horário com todos os detetives particulares que encontrei no norte da Inglaterra. Visitei cada empresa e pedi que me ajudassem. Só que todos se recusaram, o que foi irritante. Acontece que os detetives particulares têm bem mais escrúpulos do que imaginamos. Mas, no fim das contas, tive sorte. Contei minha história para um cara e ele se debulhou em lágrimas. A irmã dele tinha morrido antes de ter a chance de conhecer a filha que tinha dado para adoção. E ele viu como eu estava desesperada. Ele era realmente um amor. Policial aposentado. Prometi que nunca contaria a Billy quem eu era. Só queria vê-lo, observá-lo de longe e saber que ele estava bem.

– E ele encontrou o Ronan para você – concluiu Clemency.

– Encontrou. Em uma semana. Foi incrível. Bem – prosseguiu Marina com tristeza na voz –, também foi ilegal. Ele violou todas as regras. É essa a culpa que sinto agora. Não me culpei na época, claro. Era tudo que eu queria, todos os meus sonhos se tornando realidade. Ele me deu o nome do Billy, me disse onde ele trabalhava. Três dias depois, vim para St. Carys, entrei na imobiliária... e lá estava ele. Foi o melhor momento da minha vida.

– E você conseguiu controlar as emoções – observou Clemency, maravilhada, agora com lágrimas nos olhos.

– Consegui. Eu sabia que precisava. – Marina assentiu; saber disso tornou manter o controle surpreendentemente fácil. – Parecia que eu tinha apertado o botão de gravar na mente, para poder repassar tudo no momento certo para só me emocionar depois. Mas, quando o encontrei, agi com normalidade e fingi estar interessada em comprar um imóvel. Falei para Ronan que tinha passado muitas férias felizes de verão em St. Carys quando criança e que agora estava pensando em vir morar aqui. E ele foi tão atencioso e encantador... Ah, ele era tudo que se podia querer. Perfeito em todos os sentidos. O meu menino. – Os olhos de Marina brilhavam. – Meu menino maravilhoso e lindo.

Clemency acabou entendendo.

– Então a história sobre as férias de infância não era verdade.

– Não. Aquela foi minha primeira visita a St. Carys, mas não a última. – Secamente, Marina acrescentou: – Foi como usar uma droga fantástica pela primeira vez. Acontece que eu não conseguia parar. Vir morar aqui pareceu a resposta a tudo. Eu me afastaria da minha antiga vida em Cheshire *e* poderia continuar vendo o Ronan. E foi isso. – Ela sorriu. – Você conhece o resto. Comprei esta casa e construí uma vida novinha em folha, fiz o melhor possível para ser útil e ativa... e esses últimos anos foram *muito* felizes. Falando sério, você não imagina como foram maravilhosos. Sinto culpa porque fiz uma coisa ruim e subornei aquele homem para encontrar o meu menino, mas nunca vou me arrepender. E sempre vou cumprir a minha palavra – reiterou ela. – Ronan nunca vai descobrir a verdade por mim.

– Bom, acho você incrível – disse Clemency. – Ele tem muita sorte. Mesmo que não saiba.

– Sou eu que tenho sorte – falou Marina, com sensibilidade.

– Ah, mas imagine se você tivesse comprado a casa e Ronan recebesse uma proposta de emprego, sei lá, em Edimburgo. E se você se mudasse para cá e ele fosse embora da Cornualha?

– Essa possibilidade podia muito bem acontecer. Era um risco que eu tinha que correr. Sabia que só tinha essa chance – concordou Marina. – Eu não poderia aparecer no lugar seguinte onde ele fosse morar e dizer: "Nossa, que coincidência, eu de novo!" – Ela balançou a cabeça. – Ainda pode acontecer. Se acontecer, vou ter tido cinco anos de contato com ele. São cinco anos a mais do que antes. Todo dia é um bônus.

– Ah, Marina... – Clemency se levantou, foi até o sofá e a envolveu em um longo abraço. – E hoje você salvou a vida dele. Olha que coisa mais maravilhosa!

– Não salvei. Se eu não estivesse lá, outra pessoa teria chegado até o Ronan. Querida, você não pode contar a ele.

Marina se perguntou quantas vezes mais sentiria necessidade de dizer isso.

– Não se preocupe, pode confiar em mim. Não vou dizer nada. – Clemency se afastou e olhou nos olhos dela. – Mas posso só dizer uma coisa? Se o Ronan soubesse a verdade, acho que ficaria muito feliz. Estou falando de coração – acrescentou ela. – De verdade. Se ele descobrisse, aposto que ficaria *emocionado*.

Capítulo 19

ERA SEGUNDA-FEIRA, dia 15 de junho, e Belle estava virando uma nova página.

Ela nem sabia por quê. Foi uma daquelas situações estranhas em que você percebia que estava assustando a si mesma.

E tinha assustado Sam, que trabalhava no laptop na cozinha quando ela apareceu na porta às 6h45 da manhã, usando uma regata preta esportiva e uma legging de lycra e tênis extremamente brancos.

Ele descruzou as pernas esticadas apoiadas no banco da frente.

– Você acordou.

– Pois é. – Belle tentou parecer casual, como se aquilo não fosse *tão* extraordinário assim. – A manhã está linda e pensei em ir correr.

Sam observou a roupa dela.

– Não fazia a menor ideia de que você tinha roupa de corrida.

Ela não tinha; comprou tudo na internet uns dias antes, mas ele não precisava saber disso. Belle lhe deu um beijo.

– Ah, então – disse ela, com leveza na voz. – Eu sou cheia de surpresas!

Era só um pouco de exercício, afinal. Não podia ser muito difícil.

Vinte minutos depois, ao chegar à baía Mariscombe, do outro lado de St. Carys, Belle viu o grupo se reunindo na praia, não muito longe da loja de artigos de surfe. Por incrível que pareça, havia umas vinte pessoas, se cumprimentando e pelo visto ansiosas pelo exercício matinal.

E lá estava a garota, Verity, montando o som e conversando com vários alunos. Ela usava um top amarelo-girassol e um short de lycra listrado amarelo e branco até os joelhos e Belle se perguntou de repente se deveria ir embora. E se Verity a reconhecesse e dissesse que ela não era bem-vinda? Não seria constrangedor demais, na frente de todo mundo? Ah, Deus, por que ela foi para lá se podia estar em casa agora, deitada na cama king-size desarrumada do Sam?

Ainda estava indecisa quando Verity apertou um botão e uma música animada saiu pelos alto-falantes. Todas as pessoas estavam viradas para a instrutora agora, preparando-se para aquecer os músculos e começar.

Belle já estava se afastando lentamente do grupo quando Verity olhou para ela.

– Bom dia! Vai se juntar a nós?

– Hum... acho que não.

– Ah, vamos lá, são só trinta minutos da sua vida!

O fato de Verity estar sendo tão simpática só podia significar que ainda não a tinha reconhecido. Belle bateu nos bolsos inexistentes.

– Só vim correr. Não estou com a minha bolsa. Não tenho dinheiro...

– Tudo bem, porque você não precisa pagar. A aula é gratuita – disse Verity, com alegria. – Faço isso por amor, não por dinheiro. Só pela bondade do meu coração.

E Belle se viu sendo chamada para se juntar ao restante do grupo. Ah, bem, como ela tinha dito, eram só trinta minutos.

Não tinha como doer.

Trinta minutos depois, Belle havia mudado de opinião. Podia doer, sim, e estava doendo. O restante das pessoas da aula até pareciam normais, mas só podiam ser atletas olímpicos disfarçados. E agora se preparavam para ir embora, conversando alegremente e parecendo não ter feito mais do que esforço de ficar numa fila de supermercado.

Belle ainda respirava fundo para levar ar aos pulmões em choque, sentindo-se tonta de exaustão e se perguntando se seus músculos algum dia parariam de gritar de dor. Seu rosto estava vermelho, o cabelo estava todo bagunçado e sua garrafinha de água estava vazia.

– Ei, muito bem. – Verity apareceu na frente dela, tirando uma garrafa fechada da bolsa e entregando-a para Belle. – Você precisa se manter hidratada. Já tinha feito alguma aula de aeróbica?

– Não. Foi mais difícil do que eu imaginava.

Belle girou a tampa, engoliu a água gelada e ficou constrangida, mas não o suficiente para parar, quando um filete escorreu pelo queixo.

– Seus músculos vão doer amanhã. – Verity abriu um sorriso solidário. – E depois de amanhã.

Belle parou de beber e olhou para ela.

– Você se lembra de mim?

– Lembro. Da praia. Esbarrei feio em você.

– Eu não estava de bom humor naquele dia – disse Belle. – Fui muito grosseira com você. Me desculpe.

– Ah! Não tem problema. Você tinha todo o direito de ficar irritada.

– Mas foi sem querer. Sei que não fez de propósito. Eu queria uma oportunidade de, sabe como é, pedir desculpas... – Belle hesitou conforme as palavras saíam; pedir desculpas nunca tinha sido seu forte.

– Você passou as duas últimas semanas sentindo culpa por aquilo? – perguntou Verity, com os olhos brilhando.

– Bom, sim, acho que passei.

– Até que é bom saber disso. – Aos poucos, ela abria um sorriso. – Então agora está feito. Nós pedimos desculpas uma para a outra.

– Sim.

Belle ficou feliz de ter pedido desculpas. Foi um alívio tirar isso do caminho.

– E você é a irmã postiça da Clemency.

Pfff.

– Sou. Você falou com ela sobre mim?

– Não. – Uma expressão de malícia. – O que ela teria dito sobre você se eu tivesse falado?

– Meu Deus, tenho até medo de pensar.

– Ah, bem, irmãs são assim. A minha é dois anos mais nova do que eu e me deixa louca. – Verity espantou um inseto que voava ali perto. – Na verdade, perguntei sobre você à minha tia.

– Ah, sim.

Belle assentiu vagamente e se perguntou se a tia de Verity tinha se esquecido da vez que ela e Giles tinham ido à loja de jornais e revistas dela. Giles debochou de um cliente, uma senhora idosa da cidade que contava para Meryl sobre a vez que ela quase acertou quatro números da loteria. Ele parou atrás da mulher e a imitou; Belle caiu na gargalhada porque pareceu engraçado na ocasião. Meryl olhou para os dois com uma expressão gélida, e quando a senhora saiu e Giles terminara de pagar pelos cigarros, ela deu uma bronca nele por ter sido tão grosseiro. Em retaliação, Giles furtou um exemplar da revista *Take a Break* na saída, depois a jogou em uma lata de lixo no fim da rua. Ele disse que era bem feito para Meryl para deixar de ser uma vaca mal-humorada.

Belle teve o cuidado de não ir mais à loja depois disso.

Por Deus, Giles era um completo babaca.

– E então, você acha que nos veremos aqui de novo? – Verity indicou a praia e o sistema de som.

– Não sei. Talvez.

Foi difícil acompanhar todos os passos estranhos das coreografias. Belle, que não gostava da sensação de não ser competente, completou:

– Prefiro correr.

Não era verdade, claro, mas pelo menos é muito pouco provável passar vergonha botando um pé na frente do outro.

– Bom, sempre que tiver vontade de se juntar a mim, fique à vontade. – Verity abriu um sorriso branco. – É sempre bom ter companhia para correr. Você pode gritar para avisar as pessoas quando eu for esbarrar nelas.

– Talvez eu faça isso – respondeu Belle.

Vai saber, mas podia até ser que ela virasse uma maníaca por exercícios físicos, afinal.

Sam ficaria impressionado.

– Você fez o quê?

Clemency estava estupefata. Devia ter ouvido errado.

– Corri na praia. – Belle agia como se fosse uma coisa perfeitamente normal de se fazer quando se tratava dela. – Nada extremo. Só uns dois quilômetros. Talvez três.

– Caramba, isso é novidade. – Clemency, que corria umas duas vezes por semana, estava impressionada. – Você foi de salto alto?

– Eu uso roupas adequadas para correr. Estou gostando.

– Você está andando meio engraçado.

– Isso porque fiz uma aula de aeróbica na segunda e exagerei. Os músculos das minhas pernas ainda estão se acostumando com toda essa atividade.

– Espera aí, aula de aeróbica? Você está falando daquela na praia de Mariscombe?

Desta vez, Belle teve a decência de corar.

– Essa mesma.

– A que você achou que parecia horrível e ridícula? Algo digno de uma colônia de férias?

– Mudei de ideia e fiz a aula. E, sim, pode fazer essa cara de arrogante. Foi bem legal – admitiu Belle.

– Então você perdoou a Verity pelo esbarrão? Ora, ora. Qual é o motivo disso tudo, dessa paixão repentina por exercícios?

– Não tem motivo. Só pensei em experimentar, em ficar um pouco mais saudável – disse Belle, casualmente.

Clemency debateu consigo mesma se deveria dar continuidade à provocação. Era óbvio que Belle só estava fazendo aquilo para impressionar Sam, mas preferiria morrer a ter que admitir.

– Lembra quando você saiu com aquele jogador de polo uns dois anos atrás? – comentou ela.

– Francisco? Claro que lembro. O que tem ele?

– Ah, nada. Só lembrei que você comprou aquela calça de montaria. – Clemency fez uma expressão inocente. – Só queria saber se você ainda tem.

Belle semicerrou os olhos.

– Não tenho, não. E se você queria pegar emprestada, não caberia em você. Era tamanho 36.

Nossa, que grosseria. E outra coisa também: bingo! Clemency agora tinha certeza de que Sam tinha feito algum comentário sobre a aversão de Belle a exercícios. Ela guardou essa pequena informação e se segurou de modo heroico para não dizer mais nem uma palavra sobre o assunto. Eles iam sair para jantar, afinal; não seria bom estar num clima ruim.

E aqui estava Ronan, juntando-se a elas agora, atrasado porque teve que voltar de uma visita a Falmouth antes de passar em casa para tomar banho e trocar de roupa. Cinco dias depois do incidente com o jet-ski, ele estava completamente recuperado. Seus raios-X no hospital não acusaram nada e o ferimento na cabeça que resultou em tanto sangue foi resolvido com cinco pontos. Logo na manhã seguinte ele voltou a trabalhar, o que foi bom.

Clemency abriu um grande sorriso ao vê-lo, porque ele estava usando a camisa azul que ela o aconselhou a comprar quando ele estava cem por cento decidido a comprar a laranja.

– Essa cor fica bem em você – disse ela quando ele a cumprimentou com um beijo. – Mais do que laranja.

– Ah, mas o que eu posso dizer? – Ele sorriu. – Você estava certa e eu estava errado.

– Estou sempre certa – disse Clemency.

Ronan se virou para Belle.

– Minha namorada está tentando fazer uma transformação em mim. O que ela não sabe é que comprei a camisa laranja também.

Já tinham se passado pouco mais de quinze dias e o "relacionamento" deles continuava forte, sobretudo porque Ronan não tinha tempo nem oportunidade de conhecer outras pessoas por quem poderia se interessar. Na verdade, ele estava passando por uma época de seca bem incomum havia um tempo. Clemency ficou feliz; significava que eles podiam manter a farsa e continuar se divertindo, e funcionou mesmo para pôr um fim *muito* satisfatório nos comentários e na arrogância de Belle. Além do mais, foi ideia de Belle que os quatro se reunissem para jantar naquela noite no restaurante recém-inaugurado na Silver Street.

E, sim, pareceu uma ideia estranha no começo, mas por que não? Se Sam e Belle se tornariam um casal duradouro, Clemency disse para si mesma que precisaria se acostumar com a ideia.

– Vamos, então? – perguntou Belle. – Sam teve um compromisso há uma hora e vai nos encontrar lá.

Eles saíram do Mermaid e seguiram pela rua estreita e sinuosa. Quando chegaram à primeira curva da rua, o som de música veio da orla. Ao chegarem à segunda, a música e a cantoria ficaram mais altas. Na última, onde a rua levava ao porto e as lojas da orla apareceram, Clemency viu que o barulho vinha de um grupo animado de músicos de rua que tinha se acomodado no muro do porto, em frente ao Paddy's Café.

– Gente, escutem isso, eles são incríveis!

Ela bateu palmas no ritmo da música animada. A banda era composta por quatro homens e uma jovem tocando uma canção contagiante e alegre sobre os prazeres de um feriado chuvoso na Cornualha. Eles tocavam uma variedade eclética de instrumentos, inclusive um violão, um acordeão, um violino e um saxofone. Enquanto cantava, a garota batia com energia em um tambor vermelho e prateado pendurado no pescoço. Ela tinha dreadlocks de um vermelho bem vivo, usava batom combinando, tinha um sorriso maravilhoso e estava encorajando a plateia a bater palmas no ritmo da música.

O restante da banda dançava enquanto cantava, um coletivo heterogêneo, cada um com seu próprio estilo.

– Deus – disse Belle –, olha só o estado dessa gente. Seria bom baixarem o tom.

– Achei fantástico! – exclamou Clemency. – Olha, todo mundo está adorando! Vem, vamos lá.

A banda tinha reunido uma porção de espectadores; havia um chapéu no chão na frente deles e, cada vez que caía algum dinheiro ali, os integrantes da banda soltavam um grito animado enquanto continuavam a tocar. Crianças pequenas dançavam com alegria, pessoas idosas balançavam a cabeça no ritmo e todo mundo sorria.

Menos Belle, que fazia uma careta como se uma gaivota tivesse feito cocô nos sapatos dela.

– Mas aqui é St. Carys – protestou ela. – E eles estão mendigando dinheiro.

– Eles não estão mendigando – disse Clemency. – Estão se apresentando. Ninguém precisa dar dinheiro se não quiser.

– Só que o de cartola provavelmente cortaria seu pescoço se você não desse – retrucou Belle. – E o do cabelo preto comprido tem cara de quem tem piolho.

– Ei, vamos relaxar um pouco. – Ronan passou um braço provocador pela cintura dela. – Vamos dançar!

– Ah, não! – gritou Belle. – Não é *engraçado*. Se você encorajar essa gente, os amigos deles também vão vir para cá. Num piscar de olhos, St. Carys vai virar um lixão de hippies sujos!

Ronan pareceu achar graça.

– É sério?

Belle estava ultrajada.

– Sim, é *sério*. Alguém precisa chamar a polícia para vir aqui fazer essas pessoas pararem antes que...

– Olha o Sam ali – interrompeu Ronan.

Clemency não conseguiu evitar; como sempre, quando ela ouvia o nome dele, seu coração pulava na boca.

Mas como não seria bom se revelar, ela seguiu o olhar de Ronan e controlou a empolgação.

Capítulo 20

SAM, ABAIXO DELES E À DIREITA, estava parado atrás do grupo que tinha se reunido em um semicírculo cada vez maior em volta da banda. Em contraste com os turistas vestidos de forma despojada, ele usava um terno escuro, uma camisa branca e uma gravata azul listrada.

Ah, ele estava tão lindo, tão arrumado. *Como James Bond, só que melhor.*

Belle, que obviamente achava o mesmo, disse com alívio:

– Lá está o Sam. E está de olho neles, graças a Deus. Talvez chame a polícia.

Até a forma como aquele homem ficava parado era perfeita. Clemency viu quando ele sorriu ao ver uma garotinha de macacão rosa pulando na frente da banda. A garota, ao ver o sorriso dele, sorriu também e dançou ainda mais animada. Clemency sentiu seus ovários explodirem.

Ele seria um pai incrível.

O violinista, ao ver um conhecido na multidão, soltou um grito e apontou o arco para a pessoa. O cantor gritou "Ei!" e fez sinal para alguém parado ao lado de Sam.

– Venham. – Belle estava ficando impaciente. – A gente vai descer ou não?

– Só um segundo – disse Clemency, porque a garotinha de macacão rosa abriu caminho pela multidão e correu até Sam para segurar a mão dele.

Sam estava rindo e soltando a gravata com a mão livre enquanto andava na direção da banda… e ficou claro que a pessoa que a banda reconheceu e que estava parada perto de Sam era na verdade o próprio Sam.

– Ah, pelo amor de Deus – choramingou Belle. – O que está acontecendo? O que estão tentando *fazer* com ele?

– Acho que querem que ele cante – disse Ronan quando o microfone foi colocado na mão de Sam.

Clemency sabia por que a irmã estava tão furiosa. Belle já tinha sido humilhada em público no circo por um palhaço que tocou a buzina no seu ouvido e ela acabou fazendo xixi na calça de tanto medo.

– Mas não podem fazer isso – disse Belle, furiosa. – Não *podem*.

Só que Sam já tinha começado, entrado na música e continuado a letra conforme o restante da banda batia os pés e gritava em aprovação. A plateia, impressionada, comemorou e aplaudiu quando o belo homem de negócios de terno escuro e gravata cantou maravilhosamente bem com os outros integrantes da banda, ao mesmo tempo se destacando e se misturando. Ele tinha uma belíssima voz, sabia a letra e estava se movendo ao som da música e em ritmo perfeito.

O melhor de tudo era que, nem se ele estivesse cantando pelado, Belle teria ficado com expressão mais perplexa.

O pior de tudo, Clemency percebeu enquanto desciam até a rua onde a banda tocava, era que isso só a fazia amar Sam Adams um pouco mais.

E, quando a música finalmente terminou, por um breve momento ele a olhou nos olhos. Clemency torceu para ele não ser capaz de ler pensamentos.

Todos na plateia aplaudiram loucamente, os membros da banda abraçaram e bateram na mão de Sam e Belle disse, sem acreditar:

– Estou tendo algum tipo de pesadelo horrível aqui?

Houve gritos de *Mais um, mais um!*, mas Sam sorriu e balançou a cabeça, devolvendo o microfone para o vocalista e se inclinando para falar depressa com a garotinha de macacão, que passou os braços pelo pescoço dele e lhe deu um beijo na bochecha.

– Se ele pegar piolho do cara de cabelo comprido – murmurou Ronan no ouvido de Clemency –, vamos torcer, para o nosso bem, que não passe para a Belle.

– Não entendo, simplesmente não entendo – disse Belle, com um tom sofrido na voz, conforme eles andavam pela Esplanada até o restaurante na Silver Street. – Como você sabia a letra daquela música?

Sam estava sério.

– Achei que todo mundo soubesse a letra.

– As pessoas da plateia nunca tinham ouvido aquela música.

– Ah. Bom, nesse caso pode ser porque eu fazia parte da banda.

Belle apontou um indicador acusador para ele.

– Sabe, quero rir, mas estou começando a achar que você talvez esteja falando sério.

– Você pode estar certa.

Os olhos de Sam brilharam de satisfação.

– Mas isso não faz sentido nenhum! – Ela olhava para ele com horror. – É sério? Quer dizer, é sério *sério*?

– É, sim – respondeu Sam com alegria. – Eles estão quase terminando o show. Falei que me encontraria com eles mais tarde no Mermaid. Mas tudo bem – disse ele, tentando tranquilizar Belle. – Você não precisa ir comigo. Vou ficar bem sozinho.

Quando eles se sentaram no restaurante e as bebidas foram servidas, Clemency pediu:

– Vamos lá, nos conte tudo.

– Tudo bem. A banda se chama Make Your Day e foi montada oito anos atrás pela garota dos dreads vermelhos. O nome dela é Ali e ela foi minha cunhada. Desculpem – consertou ele –, ela ainda é minha cunhada, porque sempre vai ser irmã de Lisa. Ela também foi uma das nossas damas de honra quando nos casamos.

– Espero que ela não tenha usado dreads vermelhos na época – disse Belle com uma gargalhada aguda.

Sam balançou a cabeça.

– Não, ela pintou de azul para o casamento. E a banda tocou na festa. No ano anterior ao casamento, Lisa e eu estávamos indo acampar por quinze dias quando Ali nos ligou. Dois integrantes da banda estavam doentes com intoxicação por salmonela e ela estava desesperada. Então cancelamos a nossa viagem, aprendemos as músicas e fizemos parte da banda por duas semanas.

– Uau! – exclamou Clemency.

– Meu Deus. – Belle parecia prestes a ser jogada em um tanque cheio de baratas. – Que... coragem!

– Foi uma das melhores épocas da minha vida. – Sam sorria pelas lembranças boas. – Viajamos pela costa sul no ônibus roxo e prateado deles. Foi fantástico. Fazer o dia das pessoas, deixá-las felizes, ver criancinhas dançando com a música e se divertindo. – Ele deu de ombros. – O que tem de ruim?

– Mas imagina morar em um ônibus sujo e velho. – Belle fez uma careta. – Você não teve medo de pegar salmonela também?

– O ônibus era limpo. Ed e Tommy contraíram salmonela depois de levarem a mãe a um restaurante chique no aniversário dela.

– Mas tem um monte de lugares que não permite músicos de rua. – Belle mudou de abordagem. – É ilegal. Vocês nunca foram presos?

– Normalmente, só nos mandavam parar e pediam para sairmos do local. Compomos uma música para esse tipo de ocasião. – Sam sorriu. – Se chama "Lá vem a lei". Começávamos a tocar sempre que eles estavam chegando. A letra dizia: "Quem é essa gente bonita, querem ouvir a gente tocar? Ah, não, ah, não. É hora de ir, a gente bonita da lei veio nos expulsar." E depois, tinha o refrão: "A lei vem chegando... para expulsar malandro..." – Ele deu de ombros. – Bom, as pessoas riam. Eles também, espero. Só estavam fazendo o trabalho deles.

– Adorei tudo nessa história – comentou Ronan.

Na recepção, o gerente informava a um grupo que, infelizmente, todas as mesas estavam ocupadas e que era sempre recomendável reservar antes. Clemency se levantou e foi até lá.

Menos de um minuto depois, ela voltou.

– Vamos. Já paguei nossas bebidas. Aquelas pessoas vão ficar com a nossa mesa e nós vamos para o Mermaid.

– Mas... mas estou com fome – protestou Belle.

– Tem comida no Mermaid – disse Clemency tranquilamente.

Belle fez cara de quem tinha acabado de engolir uma vespa.

Duas horas depois, a noite estava animada. Ali e o restante da banda tinham chegado alguns minutos depois que eles ao Mermaid. Sam apresentou todo mundo e eles foram para o terraço, sentando-se juntos a uma mesa comprida de vime para comer pratos enormes da lasanha caseira ou de frango frito com batatas. Não era a ideia que Belle fazia de um bom jantar, mas Clemency percebeu que ela estava se esforçando para fingir que não se importava.

Depois de terminarem de comer, todos voltaram para dentro do estabelecimento. A banda pegou os instrumentos, porque fazer música era o que eles mais amavam e faziam melhor, e uma festa improvisada começou. Moradores e turistas dançaram junto com as músicas tocadas com os convidados no palco. Sam foi convencido a se juntar à banda mais uma vez. "Lá vem a lei" acabou sendo o sucesso da noite e Clemency dançou com Ronan, sempre mantendo um olhar discreto em Belle, que ainda se encontrava em estado de choque.

– E essa era a música favorita da minha irmã – anunciou Ali quando os aplausos diminuíram depois que ela e Sam cantaram de modo comovente uma canção chamada "Você e eu". – Eu a escrevi sobre nós duas antes de ela conhecer o Sam. O nome dela era Lisa, nós dois a amávamos incondicionalmente e ela morreu três anos atrás. Mas jamais será esquecida. – Ali pegou a garrafa de cerveja na mesa ao lado do palco e a ergueu. – À nossa linda Lisa. Obrigada. Vamos lá, mais uma música e aí vamos fazer uma pausa.

Cinco minutos depois, Clemency estava no terraço tomando um ar quando Ali se juntou a ela.

– Oi. A noite está boa, não está? – Sentando-se no muro baixo, ela tirou os chinelos azuis desbotados. – Estou tão feliz de termos vindo a St. Carys.

Clemency sorriu para ela.

– Sam também. Bem, nós todos estamos.

– Você acha? Talvez nem todos. – Ali fez um gesto indicando o outro lado do terraço, onde Belle falava ao telefone. – Quando eu estava falando com a sua irmã mais cedo, ela ficava se inclinando para longe de mim como se eu tivesse uma doença contagiosa.

– Ah, Deus, é mesmo? Me desculpe. Bom, não sei se ajuda – confidenciou Clemency –, mas ela às vezes faz o mesmo comigo.

Ali pareceu achar graça.

– Não se preocupe. Já encarei coisa pior. – De repente o tom dela mudou, ficou sério. – Posso fazer umas perguntas?

Epa... Qual era o assunto? Clemency se preparou.

– Pode mandar.

Capítulo 21

 – AMO MUITO O SAM. Quero que ele seja feliz de novo. – Ali fez uma pausa e olhou para o mar escuro como tinta, depois se virou e olhou para Clemency. – Eu quero *mesmo* que ele seja feliz de novo. Sua irmã vai fazê-lo feliz?

Ai. Com ela não tem enrolação.

– Ela gosta dele – disse Clemency com cautela. – Muito.

– Mas ela é a pessoa certa para ele? Os dois combinam?

– Como podemos saber?

– Ah, mas você está dando uma resposta diplomática.

– Ela é minha irmã. O que você espera que eu diga?

– Isso quer dizer que você vai ser discreta. – Ali jogou os dreads vermelhos para trás. – Vocês duas não são nem um pouco parecidas, são?

– Somos irmãs postiças, não temos parentesco.

– Eu sei. Ela me contou. Só quero saber se *você* acha que eles são um par perfeito. Porque a Belle está bem confiante de que ela é a pessoa certa para o Sam.

– Talvez ela esteja certa.

– E você? – perguntou Ali. – Você gosta dele?

– *Eu?* – Ainda bem que estava ficando escuro. Torcendo para não estar vermelha, Clemency respondeu: – Eu estou com o Ronan!

Os olhos de Ali brilharam.

– Também sei disso. Na verdade, quis dizer se você ficaria feliz se eles ficassem juntos.

Ai... Ainda mais constrangedor.

– Ficaria. Claro que sim.

– Se eles se casassem, você se tornaria a nova cunhada do Sam – declarou Ali.

– O que quer dizer que você e eu seríamos concunhadas.

Ali riu.

– Por mim tudo bem. Talvez dessa vez nós duas sejamos damas de honra. Se alguém se casa duas vezes, a pessoa pode ser dama de honra dos dois casamentos?

– A gente vai insistir nisso – disse Clemency. – E nosso cabelo vai ter que combinar. De que cor vai ser?

– Ah, *gostei* de você! – exclamou Ali. – E sei que tomamos algumas sidras e que eu não devia estar dizendo isso, mas eu queria que Sam estivesse com você. – Ela inclinou a cabeça para o lado. – Você não se parece com ela, mas me lembra um pouco a Lisa. Parece que vocês dois formariam um casal bem melhor.

Clemency sentiu a pulsação acelerar. Que confusão aquela situação tinha se tornado. Ela viu por cima do ombro de Ali que Belle tinha terminado a ligação e estava se aproximando das duas.

Emocionada, ela disse:

– Obrigada. Não vai acontecer, mas considero um elogio mesmo assim.

– Sinceramente, este lugar é uma piada – anunciou Belle. – Já liguei para três cooperativas de táxi e nenhuma delas pode me buscar antes da meia-noite.

Só havia três pequenas companhias de táxi em St. Carys. Belle estava acostumada a chamar táxis na rua em Londres ou a usar o Uber, que aparecia em questão de minutos.

– Você não quer ficar? – perguntou Clemency.

– Estou ficando com enxaqueca. Essa música está fazendo mal para a minha cabeça. Sem querer ofender – acrescentou Belle, virando-se para Ali –, mas já passei do meu limite para a noite. Só quero ir para casa.

Clemency pensou por um momento.

– Espere aqui. Vou ver o que posso fazer.

– Muito obrigada – disse Belle quando Ronan abriu a porta para ela.

– Não foi nada. – Ele esperou Belle se acomodar no banco do passageiro e foi até o outro lado. Como não bebeu nada desde a taça de vinho no restaurante, ele aceitou levá-la em casa. – Minha mãe tem enxaqueca e sei como é isso. Seu médico passou algum medicamento?

Belle deu de ombros quando eles se afastaram do meio-fio.

– Ah, não fui ao médico. Só vou tomar duas aspirinas quando chegar em casa. Para ser sincera, meus pés estão doendo mais do que a minha cabeça. Esses sapatos estão espremendo os meus dedos.

Os sapatos também tinham saltos agulha de doze centímetros. Ronan sorriu. Quantas mulheres aceitariam a proposta de uma carona para casa e depois admitiriam abertamente que mentiram para consegui-la? Mas essa era Belle; se os sapatos estavam machucando e dava vontade de ir embora, ela faria ou diria o que fosse necessário para que acontecesse.

– Você não está com dor de cabeça, né? – perguntou ele, sem qualquer rancor.

– Eu teria dor de cabeça se ficasse mais tempo ouvindo aquela barulheira. – Ela sorriu e o cutucou de brincadeira. – Ei, você não pode ficar chateado por causa da carona. Salvei você da barulheira também.

A cutucada o lembrou que, embora não estivesse bêbada, Belle tinha bebido o suficiente para ficar meio alegre. Enquanto atravessava St. Carys de carro, Ronan se perguntou sobre uma coisa que tinha passado por sua cabeça pela primeira vez duas semanas antes.

– Está tudo bem entre você e o Sam, então?

Belle assentiu com complacência.

– Tudo ótimo.

Humm, ele deveria?

Não deveria?

Ah, que se dane...

– Típico. – Ele olhou de lado para ela. – Tantos anos e agora perdi a minha chance. Ah, bem, paciência. Estou feliz por você.

– O quê? Como assim? – Belle o encarou.

– Nada. Deixa para lá.

Eles estavam quase chegando ao prédio agora.

– Que chance? – perguntou Belle.

– Shh. Não importa. Eu deveria ter ficado calado.
– Você não pode dizer isso e depois não me contar o restante.

Ronan parou na entrada do prédio, onde as árvores escondiam o carro com eficiência, e desligou a ignição.

– Tem certeza de que quer que eu fale?
– Tenho!
– Tudo bem, mas só se você prometer não contar nada. Nem para o Sam nem para a Clem. Não seria justo com eles. E não vai acontecer nada, então não tem necessidade de nenhum dos dois saberem.
– Saberem o quê? – perguntou Belle, quase ofegante.

Tão fácil...

– Bom, só acho irônico como os sentimentos por uma pessoa podem mudar tão de repente. – Ele baixou a voz. – Tão... completamente.
– Você está falando de você e a Clemency?

Ronan balançou a cabeça.

– Estou falando sobre mim e você. Todos esses anos e enfim aconteceu. Desde que você voltou, tudo parece diferente. Cada vez que nos vemos, tudo o que eu quero é beijar você. Não entre em pânico, não vou fazer isso. – Ele deu um sorriso rápido e murmurou: – Mas não posso deixar de imaginar como seria.

Os olhos de Belle brilhavam na escuridão.

– Você está querendo dizer que poderíamos fazer isso agora e ninguém saberia?

Isso significava que ela iria até o fim? Ronan inspirou a fragrância que ela estava usando e assentiu.

– Poderíamos tentar, ver como é.

Meu Deus, não pensei nisso direito. E se ela contar para o Sam e ele tentar me matar?

– Venha aqui – sussurrou Belle, soltando o cinto de segurança e se aproximando dele.

Merda, ela vai fazer mesmo...

No segundo seguinte, ela o repeliu com toda a força.

– Seu filho da mãe! – gritou ela. – Como você ousa? Não ouviu no outro dia que falamos sobre o juramento? Como ousa *pensar* que eu faria isso com a minha irmã depois que fizemos nosso pacto?

– Obrigada – disse Clemency quando Ronan voltou ao Mermaid. – Como ela está?

– Os saltos estavam machucando os pés. A cabeça está ótima.

Ela revirou os olhos.

– Eu deveria ter adivinhado.

– Ei. – Ele tocou no braço dela. – Você já se perguntou se podia confiar na Belle em relação àquela jura solene que vocês duas fizeram?

Intrigada, Clemency respondeu:

– Não. Bem, talvez um pouco. Por quê?

Ronan olhou ao redor para verificar se não havia ninguém por perto.

– Pode confiar.

– Por quê?

– Eu dei em cima dela e ela me rejeitou.

O estômago dela deu um nó.

– O quê? Deu em cima como?

– Falei que queria dar um beijo nela, que ninguém saberia. Logo eu, o cara de quem há anos ela corre atrás. Você deveria ter visto a reação dela. Ela ficou horrorizada. – Ronan imitou a expressão de Belle. – *Ultrajada*.

– Ah.

– Bom, pelo menos agora você sabe que pode confiar nela cem por cento. – Ele parecia satisfeito com a própria engenhosidade. – Achei que você ia gostar de saber.

Clemency não sabia o que sentir. A velha Belle cultivou uma paixonite desenfreada por Ronan por um tempão. Isso mostrava que sua irmã devia estar mais apaixonada por Sam do que ela achava.

Ela sentiu uma dor aguda de decepção no peito. Ali tinha perguntado mais cedo se ela ficaria feliz de ter Sam como cunhado. E ela dissera que sim, mas, considerando as circunstâncias, aquilo foi uma mentira deslavada?

Além do mais, tinha a outra coisa...

– O quê? – perguntou Ronan quando a expressão dela a entregou.

– Ela já tem Sam e agora você está dando em cima dela. Ela vai achar que *venceu*. – Clemency suspirou. – Ah, meu Deus, ela vai ficar toda arrogante de novo.

168

Arrogante era apelido. Estava mais para insuportável.

– Ah, desculpe. Não pensei nisso. – Ele fez uma careta. – Mas, como falei, pelo menos agora você sabe que pode confiar nela. É bom para você. Ruim para mim.

O que aquilo queria dizer? Clemency olhou para ele, intrigada.

– Por que é ruim para você?

– Alô! Ela me rejeitou! – Ele indicou a si mesmo, da cabeça aos pés. – Não ficou nem tentada! Eu claramente não sou tão irresistível quanto achava.

Clemency sorriu diante daquela consternação fingida e seu coração se apertou como sempre com a visão da silhueta inconfundível na passagem iluminada que dava no terraço. Apenas para avisar Ronan, para que ele não dissesse nada que revelasse o jogo deles, ela murmurou:

– Sam está ali, olhando para a gente.

Ronan na mesma hora a puxou para perto e lhe deu um beijo na boca, os dedos entrando pelo cabelo na base da nuca.

Quando Clemency se afastou, Sam tinha sumido. Meio sem ar, ela perguntou:

– Para que isso?

Ele franziu a testa.

– Desculpe, achei que era isso que você queria que eu fizesse. Por causa do Sam e da Belle. Não foi isso que você quis dizer?

– Eu *quis dizer* que não queria que ele ouvisse o que você estava dizendo sobre a Belle.

– É rejeição demais. – Ronan deu um suspiro dramático. – Não sei mais quanto consigo suportar.

Clemency riu porque ele parecia tão torturado, tão trágico...

– Escute o que você está dizendo. Isso que é carência.

– Escute *você* – retaliou ele. – Isso que é crueldade. Só tem uma pessoa que me ama de verdade e essa pessoa é a minha mãe. Mais ninguém. – Ele suspirou. – Ela é a única.

Ele está falando da Josephine. Não se atreva a pensar na Marina.

Em voz alta, ela disse:

– Pobrezinho.

– Você gostaria de outro beijo?

Gostaria? Clemency hesitou e balançou a cabeça.

– Obrigada, mas, não.

– Viu? Por acaso é alguma surpresa minha autoestima estar em frangalhos? – Os olhos castanhos de Ronan cintilaram. – Quer saber? Não é fácil ser rejeitado.

Ela deu um tapinha no braço dele.

– Tenho certeza de que você vai sobreviver.

– Me diga uma coisa, eu ainda sou pelo menos um pouco irresistível?

Clemency fez uma pausa.

– Talvez. Um pouquinho só.

Ronan abriu um sorriso.

– Ufa, ainda bem.

Capítulo 22

ÀS VEZES, É SÓ DEPOIS DE VER UMA COISA algumas vezes que ela penetra no seu cérebro e você repara.

A ficha caiu quando Clemency estava no Paddy's Café, tomando um cappuccino com bastante espuma e esperando no celular enquanto um cliente decidia quando ele e a esposa poderiam visitar um imóvel.

– Desculpe – disse o cliente. – Não podemos na terça. Berenice vai fazer compras com as amigas.

– Não tem problema. E na quarta?

Clemency bateu com a caneta no braço da cadeira enquanto observava Marina se despedir de dois clientes felizes e se levantava para se alongar e aliviar os músculos das costas doloridas.

– Não posso. Vou velejar na quarta.

Marina estava tendo uma indigestão?

– Quinta? – perguntou Clemency.

– Humm, não sei. Berenice costuma ir ao terapeuta de regressão às quintas.

Claro. Quem não iria? Clemency batucava o joelho com a caneta e via um garotinho correr pelo porto, se jogar nos braços esticados do avô e cair no choro.

– Ah, o que houve? – O avô aninhou o garoto e bagunçou o cabelo dele. – O que aconteceu?

– Um inseto me picou! – O garoto soltou um choro furioso e puxou a manga da camiseta do Super-Homem. – Olha, está doendo! Tem um *caroço*.

Foi nessa hora que Clemency viu Marina virar para o garoto, afastar o olhar depressa e encostar a mão aberta no peito pela segunda vez.

Só que não era só a segunda vez, era? Ela tinha visto Marina fazer a mesma coisa no dia anterior, assim como em algum outro momento que não conseguia lembrar... Ah, quando elas se encontraram na padaria numa tarde qualquer. Estava comprando donuts de maçã e Marina foi comprar uma broa artesanal e, enquanto elas conversavam na fila, a mulher fez o mesmo gesto quase inconsciente com a mão, as pontas dos dedos pousando brevemente na curva superior do seio direito.

O seio *saudável*.

Mas não era um gesto que indicava indigestão. Clemency tinha certeza disso agora.

Enquanto isso, o inseto maligno foi identificado como uma formiga. O avô garantiu solenemente ao garotinho que ele não morreria e que, se parasse de chorar, poderia tomar um sorvete digno de um super-herói.

– Certo, melhor não marcarmos quinta por garantia. Talvez sexta fosse bom – disse o cliente em potencial. – Se bem que pode bater com o tratamento dela com pedras quentes no spa.

Clemency tinha muita experiência em lidar com clientes irritantes, além de contar com uma paciência gigantesca. Mas que não era ilimitada. Ela disse com um tom de voz agradável:

– Que tal verificar com a sua esposa e me telefonar quando tiver descoberto em que datas ela pode? Vai ser mais fácil para todos. Tchau!

Às vezes, as pessoas causavam mais problemas do que valiam.

– Oi – disse Marina quando Clemency se juntou a ela. – Como estavam os donuts de maçã?

– Horríveis. – Clemency bateu no estômago. – Estavam impossíveis de resistir, então acabei comendo os três. O que significa duas horas a mais na academia para compensar.

– Ah, não tem mal nenhum em se dar um agrado de vez em quando. Você está linda assim. E a sua irmã? – Marina falou com um ar triunfante.

– Ela ainda está firme e forte! Eu a vi hoje de manhã, toda ansiosa e feliz na praia. Parece que alguém perdeu a aposta.

Clemency sorriu. Na semana anterior elas viram Belle passar correndo toda maquiada, e ela garantiu a Marina que era uma moda que não duraria.

Marina dissera "Ah, mas talvez dure", e ela respondera "Acredite, eu sei como a Belle é. É só esperar alguns dias e essa coisa de ser fitness vai passar".

E elas fizeram uma aposta.

– Você estava certa e eu estava errada – disse Clemency agora. – Estou te devendo uma bebida. – Ela fez uma pausa, pronta para mudar de assunto, porque os exercícios físicos de Belle não eram o mais importante no momento. – E como estão as coisas com você?

– As coisas? Tudo bem – falou Marina com alegria. – Ah, já contei que vou me encontrar com aquele casal que vai se casar no Hotel Mariscombe? Eles encomendaram um quadro do casamento!

– Que ótimo! – Clemency sabia que aquilo significava ainda mais para Marina, porque foi Ronan quem a recomendou ao jovem casal. Ela deu um pigarro e falou com a voz baixa. – E como está... *você*?

– Já falei, estou bem. – Mas, desta vez, uma ansiedade sufocada apareceu nas linhas em volta dos olhos de Marina. – Por que você está perguntando?

– Eu vi você fazendo isso aqui. – Clemency imitou o gesto que tinha acabado de testemunhar. – Alguma coisa está incomodando. Você marcou uma consulta para verificar?

Marina ficou pálida.

– Você me viu fazer isso? Quantas vezes?

– Só algumas. Não se preocupe – acrescentou quando Marina olhou para ela com uma expressão consternada. – Você foi muito discreta. Eu só vi por acaso.

– Ah, querida, desculpe. Mas tenho certeza de que não é nada. Só estou sendo neurótica.

– Quer dizer que você ainda não foi ao médico? Mas você vai, né. – Desta vez ela não fez uma pergunta.

– Vou, claro. – Marina assentiu como uma criancinha prometendo arrumar o quarto. – Vou marcar uma consulta assim que chegar em casa.

– Hum, não foi convincente. Por que não marcou ainda?

Marina fez uma pausa, baixando os ombros e fazendo um semblante derrotado.

– Porque estou com medo. – Sua voz falhou quando ela disse a última palavra. – Apavorada. Não quero que aconteça de novo. Não depois da última vez.

– Mas você precisa checar. – A voz de Clemency ficou mais suave.

– Eu sei, claro que sei disso, mas queria que sumisse sozinho. Agora, posso dizer para mim mesma que não é nada, só um cisto inofensivo. – Marina deu de ombros, desamparada. – Só por um tempo, prefiro pensar assim a saber que é algo bem pior. Porque não quero o câncer de volta... Já passei por ele uma vez e não quero ter que passar de novo.

Clemency ficou com o coração apertado por ela; como com qualquer coisa que não se queria fazer, desde preencher a declaração de imposto de renda a arrancar os sisos, a tentação era ir adiando o máximo possível. Mas, daquela vez, ela sabia que não poderia concordar com a argumentação emocionada de Marina.

– Eu entendo – disse ela, gentil mas firme. – Entendo mesmo. Mas, para o seu próprio bem, você sabe que precisa descobrir.

De volta ao escritório, Clemency avistou o Fiat amarelo de Josephine do lado de fora e seu estômago vazio roncou de alegria, cheio de expectativa.

E... o *resultado*: ao abrir a porta, ela viu o cooler familiar listrado azul e branco na mesa.

– Sabe o que eu mais amo na sua mãe? – disse Clemency para Ronan, que estava digitando um número no telefone. – Tudo. Todas as coisas neste mundo. Ela é um anjo mágico da cozinha. – Ao abrir a tampa, os aromas divinos de rum caribenho, camarão com coco, purê de batata-doce e abacaxi grelhado se espalharam com toda a sua glória. – *Isso* é que eu chamo de beleza.

Naquele momento, a porta se abriu atrás dela e Josephine entrou, carregando um buquê enorme de rosas cor-de-rosa e creme da floricultura, que ficava na mesma rua.

– Ah, Josephine, você não devia. Sinceramente, a comida é mais do que suficiente, não precisava também comprar flores para mim!

Era um daqueles comentários bobos com a intenção de fazer as pessoas rirem, e costumava funcionar. Mas, daquela vez, assim que as palavras saíram, ela desejou não ter dito nada. Josephine estava tentando sorrir, mas o constrangimento ficou evidente no rosto dela. Clemency emendou o mais rápido que pôde:

– Ah, meu Deus, me desculpe, era para ser uma piada.

– Querida, não se preocupe, você não sabia. São para a minha amiga Margo. O marido dela morreu ontem. Nossa, ainda não acredito. – Lágrimas surgiram nos olhos castanhos de Josephine, que balançou a cabeça. – Nenhuma de nós acredita que ele se foi. Foi tão inesperado. Pobre Margo, eles eram um casal tão feliz. Estavam indo para o supermercado – explicou ela. – Sentados no carro, esperando o sinal da Trenance Street ficar verde, quando Patrick disse que não estava se sentindo muito bem. E pronto. Ele morreu bem ali, no banco do motorista. Em um minuto, estava vivo e falando sobre comprar um pato Gressingham, no seguinte estava morto.

– Ah, Josephine, que horrível... – Clemency a abraçou, tomando cuidado para não esmagar as rosas. Ela já tinha ouvido Josephine falar sobre Margo. – E a filha deles não vai se casar em setembro?

– Vai, sim. – Josephine assentiu e se recompôs. – É de partir o coração, eles estavam tão animados com o casamento... Agora ele não vai mais levar a filha até o altar. Não vai conhecer os netos. Vai perder *tudo*... Ah, bem, acho que essas coisas acontecem. Esse é o problema da vida, não é? Nunca sabemos quando vai chegar a nossa hora. – Pragmática como sempre, Josephine empertigou os ombros e tentou se animar. – É melhor eu voltar. O camarão com coco também é o prato favorito de Margo, e foi por isso que fiz uma porção maior hoje de manhã. Não que ela vá querer comer, claro, mas vai precisar se alimentar em algum momento.

Ronan encerrou a ligação e se aproximou para dar um beijo de despedida na mãe.

– Dê minhas condolências à Margo e me avise assim que marcarem o enterro. Vou com você.

– Obrigada, querido. – Josephine sorriu e acariciou o rosto dele. – Você é um bom filho.

– Eu sei.

– Seria ainda melhor se conseguisse arrumar uma boa namorada para sossegar. Talvez me dar netos antes que seja minha vez de cair dura e morrer.

– Lá vem, tudo é motivo para chantagem emocional – disse Ronan, sorrindo. – Você nunca perde uma chance, né?

– Com um filho como você – admitiu Josephine –, tenho que aproveitar ao máximo todas as chances que tiver.

Capítulo 23

– AH, OLHEM SÓ VOCÊS DOIS, mas que casal lindo! Há quanto tempo estão casados?

Nevil Burrows tinha 93 anos, e sua memória de longo prazo era muito apurada. Por outro lado, a memória recente era bem fraca, e era por isso que ele estava vendendo a casa de dois quartos e indo morar com a filha e a família dela em Porthleven.

Ronan trocou um olhar com Kate; ainda bem que ele já tinha avisado a ela sobre a capacidade de Neville de reter informação.

– Não, Sr. Burrows, eu sou da imobiliária e Kate é uma das nossas clientes. Ela veio olhar a sua casa – explicou ele pela segunda vez. – Não somos casados.

As fartas sobrancelhas brancas de Nevil se ergueram.

– Não são casados? Ah, *que pena*. Bem, acho que é a modernidade. Os tempos mudam, não é? Todo mundo se casava na minha época.

– Não somos um casal, Sr. Burrows. Não estamos... juntos – explicou Kate, balançando a cabeça.

– Não? É uma *pena*. – Nevil pareceu decepcionado. – Achei que vocês fossem casados. Quem vê talvez até pense que são!

Kate sorriu.

– Bom, mas não somos. Podemos olhar a sua sala?

– Claro, claro. Venham ver! Está procurando namorado, minha querida? Ou já tem alguém na vida?

Kate ficou corada.

– Estou solteira no momento.

– Ora, mas que notícia ruim. E você? – Nevil se virou para Ronan. – Você também está solteiro? Porque, se estiver, vocês dois podem ficar juntos! Que tal, hein?

Este era o problema das pessoas muito velhas: era comum que gostassem de falar o que desse na telha, independentemente de ser apropriado ou não. Ronan viu Kate ficar ainda mais corada e sentiu seu pescoço meio quente. Antes que pudesse responder, Kate disse depressa:

– Ronan tem namorada.

– Tem? – Nevil se animou. – Que ótimo! Quem é Ronan?

– Eu sou o Ronan, Sr. Burrows. Agora esta é a sala – disse Ronan com firmeza, porque alguém tinha que dar um início à visita.

– Ah, olhe só. – Nevil estalou a língua. – Queria saber quem deixou isso aqui.

Isso era uma frigideira com um ovo frito quase queimado, equilibrada em cima da estante.

– Pode deixar que levo até a cozinha – ofereceu Ronan.

Quando voltou para a sala, vinte segundos depois, Nevil estava mostrando o jardim pela janela para Kate.

– Ah, oi – disse ele. – Eu estava mostrando as roseiras para a sua esposa. Vocês dois gostam de jardinagem, não é?

– Hum... sim – respondeu Kate. – Gosto.

– É bom saber. E temos um gramado de tamanho bom aqui, com bastante espaço para as crianças correrem e brincarem. Quantos filhos vocês têm?

Nevil olhou com ansiedade para os dois. Por alguns segundos, Ronan ficou tentado a inventar dois filhos, mas disse a si mesmo que não deveria fazer isso, que seria antiético. Ele balançou a cabeça:

– Não temos filhos. – Mas ele viu a mudança no rosto de Nevil e acrescentou rapidamente: – *Ainda*.

– Ah, é assim que se fala. – Assentindo com vigor, Nevil deu uma cutucada maliciosa nele. – Estão praticando muito, é? – Ele piscou para Kate. – Nada como um pouco de prática para deixar as coisas interessantes. É bom aproveitar ao máximo antes dos filhos chegarem!

Quinze minutos depois, após conferirem o resto da casa, eles se despediram. Enquanto acenava da porta, Nevil sorriu e gritou:

– Não se esqueçam de praticar muito!

O comentário sugeria que nem *toda* memória recente estava perdida.

Ronan olhou para Kate, cuja boca dava sinais de uns pequenos espasmos fora de controle. De alguma forma, eles conseguiram percorrer o caminho do jardim e chegar à segurança do carro antes de caírem na gargalhada. Sufocadas por tanto tempo, as risadas se recusaram a passar; cada vez que elas quase chegavam ao fim, o olhar de um deles fazia tudo começar de novo, até que eles sucumbiam à histeria absoluta e Ronan acabou ficando com uma pontada na lateral do corpo.

Depois de vários minutos, os dois por fim recuperaram algum resquício de controle.

– Meu Deus – disse Kate, ofegante, com a mão na barriga. – Meus músculos estão doendo. Parece que fiz trezentos abdominais.

Ronan balançou a cabeça.

– Não acredito que conseguimos segurar por tanto tempo.

– Como estou? Meu rímel está borrado? – Kate passou os dedos indicadores embaixo dos olhos. – Claro que eu estaria usando rímel num dia como este. É a primeira vez que me dou ao trabalho de passar maquiagem em semanas.

– Aqui, me permita.

Havia um espelho no quebra-sol do banco do carona, mas evidentemente não passou pela cabeça de Kate procurar ali. Ronan pegou um lenço de papel no pacote que deixava no porta-luvas e se virou de lado para limpar com cuidado as manchas de rímel nas bochechas dela.

Na última vez que ele esteve sentado no mesmo carro de frente para uma mulher, essa mulher era Belle, e ele perguntou se podia beijá-la, mesmo não querendo de fato fazer isso.

Agora era o contrário; desta vez ele não podia fazer a pergunta, apesar de ser o que ele mais queria no mundo.

Supostamente, ele estava recebendo o merecido castigo. Eles estavam tão próximos... *tão próximos*... mas Kate estava evitando seu olhar, ficando imóvel com o olhar para cima.

Pelo menos ela não via a veia pulsando no pescoço dele, denunciando seus batimentos acelerados.

De forma lenta e meticulosa, Ronan limpou cada marca de maquiagem borrada. Quando terminou, sentiu na bochecha o hálito quente de Kate quando ela disse "Obrigada".

Meu Deus, como isso é bom.

– Não foi nada.

Ela se empertigou e virou o pescoço para poder olhar seu reflexo no retrovisor.

– Você fez um excelente trabalho.

Ronan deu de ombros e disse casualmente:

– Já fiz muitas mulheres chorarem. – *Ah, droga, por que eu disse isso?* O mais rápido possível, ele acrescentou: – Tudo bem, não é verdade. Não fiz muitas garotas chorarem.

– Fora as que ficam do lado de fora da sua casa lendo poemas à meia-noite.

Droga, estava cada vez mais enfiado na lama.

– Aquilo foi um caso isolado. Não aconteceu mais depois, juro.

– Bom, isso só pode ser uma coisa boa. E você está com a Clemency agora – acrescentou Kate com leveza na voz –, então vamos torcer para que não aconteça de novo.

Pelo menos ele sabia que não faria Clem chorar. Ronan sorriu só pela ideia de que poderia.

– E as coisas estão muito bem entre vocês, pelo que ouvi por aí.

Kate o observava, pois tinha notado o sorriso.

– Ah! E o que você tem ouvido?

– Apenas coisas boas. As pessoas gostam de um final feliz, não é? Adoram a ideia de que vocês finalmente estão juntos. E a Clemency é um amor.

– Eu também – retorquiu Ronan.

– Ah, claro. Isso nem precisa ser dito. – A cor tinha voltado às bochechas dela. – Mas estou feliz que tudo esteja bem. Vocês combinam demais. Todo mundo fala, e também acho. Você e Clemency são perfeitos juntos.

Não era a primeira vez que alguém dizia isso para Ronan. Não era nem a vigésima. E ele entendia por que as pessoas achavam isso: no papel, eles preenchiam todos os pré-requisitos. Ele e Clemency sempre se deram muito bem; os dois eram extrovertidos e esforçados, tinham senso de humor semelhante... De fato, *pareciam* o par perfeito.

E eram, mas só como amigos. Bons amigos que amavam a companhia um do outro, nunca se cansavam de se provocar e sabiam perfeitamente bem que os dois eram atraentes. Mas eles também sabiam lá no fundo que não ia mais longe do que isso. Na verdade, o problema era que eles se pareciam *demais*. Ele e Clemency, Ronan tinha certeza, seriam amigos pelo resto da vida. Mas a química mágica e indescritível que surgiu do nada durante a noite inesperada que ele passou com Kate... ora, aquilo foi uma coisa completamente diferente. Foi o tipo de química que ele sabia que nunca teria com Clem.

Por um segundo, ficou tentado a contar a verdade para Kate, a confidenciar que não havia nada acontecendo entre ele e Clem; ele só estava lhe fazendo um favor, dando uma ajuda.

Mas, não, ele não podia. Para início de conversa, não seria justo com Clem. E que sentido teria? Não havia motivo para contar a Kate, nada mudaria se ele abrisse o jogo.

Ele tinha acabado com suas chances e pronto. Era hora de aceitar de uma vez por todas e seguir em frente.

– Estamos bem. – Ronan sorriu e mudou de assunto. – E você e a casa do Nevil? Vocês duas podem ser um par perfeito?

Ele já sabia que a resposta era não. Os anos de experiência haviam lhe ensinado os sinais. Quando os clientes viam um imóvel, ele sempre conseguia sentir quando testemunhava aquele momento irrevogável de quem se apaixona e tem que ter aquilo. Algumas pessoas ficavam efusivas e falavam logo; outras ficavam quietas e quase não diziam nada, mas a linguagem corporal sempre as entregava. Ronan amava quando via acontecer e lidava bem quando não acontecia, o que era bem mais frequente.

Como agora.

– Acho que não. – Kate parecia estar se desculpando. – Não pareceu... você sabe, o lugar certo. Desculpe.

Ela sempre pedia desculpas.

– Não precisa se desculpar. – Ele ligou o carro e disse com bom humor: – Vamos continuar procurando. Não vou desistir. Vamos encontrar seu lugar perfeito no fim.

Capítulo 24

 ERA DIFÍCIL SE CONCENTRAR EM LHAMAS quando seu cérebro tomava direções completamente diferentes, como um cachorrinho descontrolado.

– Clem, está ouvindo? Se concentre – ordenou Ronan, batendo nos dedos dela com a caneta.

– Desculpe.

Clemency se obrigou a prestar atenção à situação do momento. Ela precisava fazer isso; era a rodada final e eles estavam páreo a páreo com os corretores da Rossiter's, rival mortal em St. Carys.

– Qual era a pergunta mesmo?

Ronan balançou a cabeça como quem não estava acreditando.

– A lhama pertence a qual família de animais?

Ah, Deus, ela não fazia ideia. Clemency visualizou uma lhama, toda elegante de olhos brilhantes, com cílios fabulosos como uma supermodelo.

– Ovelhas?

– Acho que não é de ovelhas.

– De girafas, então?

– É sério isso?

– É um palpite baseado em fatos! Ambos têm pescoços compridos.

– Mas você não sabe a resposta – declarou Ronan.

– Não. Nem você.

– Olha só esses dois brigando – comentou um membro da equipe da Rossiter's. – E ainda nem se casaram.

– Cinco segundos – avisou o mestre de cerimônias do quiz, fazendo Ronan escrever depressa uma resposta no papel.

Clemency tomou um gole de vinho tinto.

– O que você botou?

– Ovelhas.

– Pronto, canetas na mesa – ordenou o mestre de cerimônias. – E a resposta é... "camelos".

– Ai.

Clemency suspirou e tomou outro gole de vinho, porque aquilo os tirou da competição. Mas ela viu que Ronan sorria e balançava o papelzinho com a resposta.

Ele tinha escrito CAMELOS.

– Você sabia o tempo todo. – Clemency semicerrou os olhos para ele. – Você mentiu para mim.

Ele fez uma expressão arrogante.

– Você não estava prestando atenção.

Ela estava pensando em Marina. Nos últimos dias, foi impossível pensar em qualquer outra coisa que *não* fosse Marina.

– Um ponto para as mesas seis, oito e três – anunciou o mestre de cerimônias –, o que quer dizer que chegamos à última pergunta da noite, e as mesas seis e três estão empatadas. Ahh, é a batalha dos corretores de imóveis. Rossiter's contra Barton & Byrne. Quem achamos que vai vencer, hein? Preparem-se para a pergunta final. Aí vamos nós...

Desta vez, Clemency prestou atenção.

– Qual é o nome dado a uma caixa trancada em que decantadores podem ser vistos, mas não usados?

Um coro de gemidos se espalhou pela sala.

– Uma caixa irritante dos infernos – disse Ronan. Ele olhou para Clemency, demonstrando que não sabia, e murmurou: – Alguma ideia?

Clemency pegou a caneta da mão dele e escreveu TARÂNTULA no último quadradinho de papel. Não estava certo, mas era parecido. Sua memória procurou a palavra que Clem não conseguia lembrar. Talento. Não. Tarantela. Não. Ah, vamos, vamos... Ela tomou outro gole de vinho e ficou batendo com os pés na perna da cadeira de Ronan.

– Obrigado – ironizou Ronan. – Isso não irrita nem um pouco.

– Shh, é *você* que irrita. – Clemency bateu com os dedos na mesa. – Estou tentando pensar.

– Tente mais.

– Tarântula. Tarantela. Talento. Tantalizar.

Quase, quase.

– Faltam cinco segundos – declarou o mestre de cerimônias. – Se ninguém souber a resposta certa, vamos fazer outra pergunta...

– Já sei! – gritou Clemency, escrevendo no papel.

Ela o balançou e viu a equipe da Rossiter's jogar a caneta na mesa, desanimada.

O mestre de cerimônias disse:

– A resposta correta é "tântalo".

– Aêê! Conseguimos!

Ronan estava de pé e a puxou da cadeira. Clemency se viu sendo rodada até ficar tonta. Os perdedores aplaudiram; a equipe da Rossiter's garantiu que o prêmio era uma porcaria mesmo e acrescentou que ganhar competições de perguntas em bares era coisa de geek.

Clemency tirou a rolha da garrafa de vinho tinto, deu um gole para experimentar, se sentou e declarou com satisfação:

– Para mim parece bom.

Vinte minutos depois, com a garrafa fechada quase escapando da bolsa, eles foram embora do pub.

– Para onde vamos? – perguntou Ronan ao reparar que ela o guiou para a esquerda pela rua estreita de paralelepípedos em vez de para a direita, que os levaria colina acima.

– Você não está cansado, né? Ainda está tão quente. Venha, vamos à praia.

Clemency passou o braço pelo dele e inspirou o ar noturno limpo e cheio de maresia.

– O que está acontecendo? – Quando chegaram à areia seca, Ronan a segurou enquanto ela tirava os sapatos e se inclinava para pegá-los. – Você está planejando me seduzir? Vou logo avisando que sexo na praia é uma prática altamente superestimada.

– Não era isso que eu estava pensando em fazer, mas vou confiar na sua palavra. Vamos sentar. – Depois de encontrar um lugar confortável, Clemency se sentou na areia fina e quente. – Podemos conversar. Quer um gole?

– Você quer dizer dividir essa garrafa bebendo no gargalo? Que glamouroso.

– Ei! E por acaso eu sou amadora? – Clemency enfiou a mão na bolsa e tirou duas taças de vinho de plástico enroladas em toalhas de papel. – Tcharaaam!

Ronan a cutucou.

– Eu sempre disse que você é muito classuda. Roubou isso do pub?

– Peguei emprestado – corrigiu Clemency. – *Peguei emprestado* do pub. Devolvo amanhã. Tome, eu seguro e você serve.

Quando a tarefa foi finalizada, eles brindaram com as taças de plástico.

– Saúde. A nós, os nerds imbatíveis vencedores da competição.

Ronan pareceu achar graça.

– Posso dizer só umas coisinhas? Um, eu não faço ideia do que estamos fazendo aqui. E, dois, acho que você está meio bêbada.

Isso era verdade. Ela acabou não comendo nada antes de sair de casa naquela noite, e todos os pensamentos, que escorriam feito mercúrio pela mente dela, conseguiram distraí-la do fato de que o vinho tinto havia descido com mais facilidade do que o habitual. Mas era uma sensação boa, aconchegante, e ela não estava tão bêbada a ponto de correr perigo de dizer algo inadequado.

Aquilo realmente não aconteceria, então estava tudo bem.

– Só estamos relaxando. – Clemency gesticulou de forma expansiva na direção do céu escuro. – Olhe, a lua está cheia hoje. Não é lindo?

Ronan olhou.

– Bom, é uma lua. Está redonda. É tão linda quanto qualquer coisa branca, redonda e lisa pode ser.

Ela deu um empurrão nele.

– Não seja assim. E o mar? Escute, escute as ondas...

– Eu disse que você estava *meio* bêbada?

– Não estou bêbada. Só estou tentando mostrar como somos sortudos. Temos tudo isso e não damos valor. Não é? Temos nossa casa, nosso emprego e nossa família... e claro que amamos nossas famílias...

Ele riu.

– Você está incluindo Belle nessa declaração?

– Para de debochar, estou falando sério. – Clemency inclinou a cabeça para trás e tomou outro gole de vinho, com todo o cuidado para que não escorresse pelo queixo. – Mas não sabemos o que vai acontecer, sabemos? Não existe bola de cristal para nos dizer por quanto tempo teremos tudo isso. Como a amiga da sua mãe, Margo. Você consegue imaginar o que ela está passando? É insuportável, não? Pobre mulher, ela e o marido tinham anos pela frente, mas agora ela está sozinha. Ele se foi e nunca mais vai voltar. Todas as coisas que ela quis dizer para ele... Ela não pode dizer agora.

Clemency balançou a cabeça; suas palavras estavam começando a afetá-la. Isso era tão triste que ela estava ficando à beira das lágrimas.

– Eu sei, mas acontece. Você não pode ficar chateada por isso. – Ronan deu um aperto no ombro dela, tentando consolá-la. – Quando duas pessoas ficam juntas, uma quase sempre morre primeiro.

A areia seca sob a superfície estava mais fria quando ela enfiou os dedos. O ruído suave das ondas se misturou com o som de Taylor Swift cantando sobre seus problemas iminentes. A música ficou mais alta, vinda de uma janela aberta em algum lugar atrás deles, e uma voz gritou:

– Abaixa essa porcaria!

A música parou de repente.

– E quando duas pessoas não ficam juntas? – perguntou Clemency.

Ao seu lado, Ronan inclinou a cabeça.

– Como assim?

Ela estava se enrolando. As palavras não saíram conforme o planejado. Ela alisou a areia ao seu lado e colocou a taça de vinho de plástico em cima.

– Acho que estou pensando na sua mãe biológica. Sei que você não quer preocupar Josephine, mas e se esperar e esperar até Josephine não estar mais entre nós, e quando for procurar a sua mãe acabar descobrindo que é tarde demais? E se você esperar demais e perder sua oportunidade? E se isso acontecer e você desejar de verdade *verdadeira* que não tivesse acontecido, porque conhecê-la teria sido maravilhoso?

– Clem, você está idealizando que a minha mãe biológica é uma pessoa fantástica e incrível e que nós dois ficaríamos felizes de nos encontrarmos. Mas esse é o final de contos de fadas, porque esse é o tipo de pessoa que você é. Mas e se ela não for assim? Ela pode estar muito longe de ser uma boa pessoa. Pode ser horrível.

– Mas... você não pode pensar assim!

– Por que não? Esses encontros nem sempre dão certo. Às vezes, não há conexão. Ao adiar, eu poderia estar me protegendo de um mundo de decepção.

– Mas você não... – Rapidamente, Clemency se controlou. – Quer dizer, tenho certeza de que não se decepcionaria. Só acho que você se arrependeria se não descobrisse antes de ser tarde demais. Para o seu próprio bem e para o dela. Juro, você ficaria tão feliz se fizesse isso, *sei* que ficaria...

Opa! Longe demais, hora de parar.

– O que está acontecendo? Por que você está falando assim? Clem, você sabe de alguma coisa e está escondendo de mim?

Ronan estava imóvel. O tom de sua voz tinha mudado. Ela percebeu, tarde demais, que tinha se deixado levar.

Fiz uma promessa, fiz uma promessa. Nem mais uma palavra.

– Claro que eu não sei nada. Como eu saberia?

Outra onda de adrenalina percorreu seu corpo. Quatro taças de vinho de estômago vazio, no fim das contas, eram duas acima da conta. E o jeito como ele a olhava a fazia tremer. Ah, Deus, ela tinha ido longe demais.

– Por que você está dizendo tudo isso agora?

À luz da lua, o olhar de Ronan foi firme.

– Ah, já conversamos sobre isso, não foi? É o que sempre achei! Só estou falando demais porque a amiga da sua mãe perdeu o marido. Porque ele era novo para morrer, mas morreu mesmo assim. E porque, como você falou, eu estou meio bêbada. – Ao falar isso, Clemency derramou o vinho na areia deliberadamente, pegou os sapatos e se levantou com dificuldade. – Vem, vamos embora. Preciso da minha cama.

Quanto tempo o celular ficou tocando antes de ela acordar?

Argh, ainda estava escuro. Quem estaria ligando àquela hora? Voltando devagar à consciência, Clemency abriu os olhos mais um milímetro e viu no despertador que eram três e meia da manhã.

Três e meia. Tenha piedade.

O barulho parou, e ela gemeu de alívio, porque o celular estava em algum lugar no chão do outro lado do quarto. Fora de alcance, de qualquer modo. Seus olhos se fecharam de novo, e ela começava a cair no sono...

Uma coisa com barulho de plástico acertou a janela do quarto dela por fora e caiu no chão da rua. Clemency soltou um gritinho e saiu da cama, procurando e pegando o celular no chão.

Sete ligações perdidas. Ah, Deus.

Ela abriu a janela.

– Finalmente – disse Ronan, olhando para ela.

Ele estava segurando uma garrafinha de água vazia, que devia ter sido o objeto que ele escolheu para jogar na janela.

– Abra a porta.

– O que você está *fazendo* aqui?

No entanto, mesmo atordoada, Clemency sabia.

Com paciência, Ronan repetiu:

– Só abra a porta.

As mensagens no telefone eram todas dele também, dizendo a mesma coisa. Clemency desceu a escada, destrancou a porta e voltou com Ronan logo atrás.

Na sala, ele virou o rosto dela para que os dois se olhassem.

– Você sabe quem é a minha mãe.

Não era uma pergunta.

Ela engoliu em seco e balançou a cabeça.

– Não.

– Não consigo começar a imaginar *como*, mas você sabe – continuou Ronan, como se ela não tivesse falado. – *Eu* conheço?

Meu Deus.

– Não.

Seus olhos com cílios escuros estavam fixos nos dela, sem hesitar.

– Minha mãe biológica é uma das irmãs da Josephine?

O quê? De onde veio isso?

– Não! – declarou Clemency.

– Minha mãe biológica é a Dee, do café?

– Não.

– É a Meryl, da loja de jornais e revistas?

– Não.

– É a Marina Stafford?

– Não.

187

– É a Marina Stafford?

Meu Deus.

– Não.

Silêncio. Ela ouvia os próprios batimentos, a respiração entrecortada. Era como estar em um palco enorme na frente de uma plateia absorta, sendo interrogada por um hipnotizador.

Às três e meia da manhã e de ressaca.

– Certo – disse Ronan por fim.

Ele olhou para a mesa de centro, onde o conteúdo da bolsa de maquiagem dela estava espalhado. Clemency o viu pegar o lápis de olho azul-marinho e escrever uma coisa na palma da mão.

Ele mostrou a mão para ela. Estava escrito: É A MARINA?

Clemency olhou para as palavras e não conseguiu falar. Também não conseguiu parar de olhar. Por baixo da barra da camiseta comprida que usava como camisola, seus joelhos tremiam de ansiedade, e a vontade de pular pela janela foi apavorantemente forte.

– Tudo bem, entendo – falou Ronan. – Você não tem permissão para dizer.

Ela fechou os olhos por um momento. Aquilo era insuportável.

– Então você não pode dizer sim – continuou ele lentamente. – Mas também não disse não. O que você teria feito se eu não estivesse certo.

– Não posso contar – sussurrou Clemency. – Eu prometi.

– Eu sei. Sei que prometeu. Tudo bem, não precisa dizer nada. Porque tenho a resposta agora. Posso dizer para *você* quem é minha mãe biológica.

– Pode? – perguntou Clemency, com a voz fraca.

– Sim, posso. É a Marina.

Quando ele falou, ela ouviu a voz dele se embargar de emoção. Logo em seguida, passou os braços em volta dele e o abraçou com força.

Ah, Senhor, vou ficar tão encrencada...

Quando eles finalmente se soltaram, Ronan a segurou com os braços esticados e disse, com um sorriso carinhoso:

– Meu Deus, isso é maravilhoso. Não estou surpreso de você querer que eu soubesse.

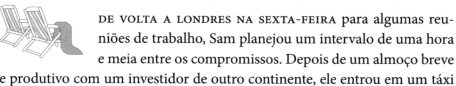

Capítulo 25

DE VOLTA A LONDRES NA SEXTA-FEIRA para algumas reuniões de trabalho, Sam planejou um intervalo de uma hora e meia entre os compromissos. Depois de um almoço breve e produtivo com um investidor de outro continente, ele entrou em um táxi preto e foi para o extremo norte de Hampstead Heath.

Estava cheia de turistas, mas eles eram irrelevantes. A Kenwood House, construída originalmente no século XVII e lindamente restaurada por dentro e por fora, era um ímã para visitantes que tinham visto a belíssima construção em vários programas de TV e filmes. E dava para ver por que era tão popular. Agora, com sua coloração branco-creme brilhando ao sol, parecia um bolo de casamento enorme e elegante. Além disso, os jardins eram bem cuidados e a vista do parque era enorme e impressionante.

Era mesmo permitido espalhar as cinzas de um ente querido no terreno? Sam ainda não sabia a resposta; ele já tinha chegado à conclusão de que algumas perguntas não deviam ser feitas. Duas semanas depois do enterro, ele foi lá e espalhou as cinzas de Lisa no local. Discretamente, claro.

E daí? Ele não foi preso.

Se havia algum lado bom em saber que não se tinha muitos anos de vida pela frente, era poder avisar às pessoas o que você queria que acontecesse quando chegasse o fato derradeiro.

Na semana seguinte à pequena cerimônia de casamento, que foi pequena, eles foram à charneca fazer uma caminhada. Foi ideia de Lisa, simplesmente porque ela adorava o lugar. Conforme iam percorrendo os caminhos, em meio ao bosque e em volta da beira do lago, ela parava de tempos em tempos para tirar fotos.

– Tudo bem, desisto – Sam enfim dissera, vendo-a tirar uma fotografia cuidadosa do tronco e das raízes expostas de um carvalho com séculos de idade. – O que você está fazendo?

Lisa se empertigara, passando o braço pela cintura de Sam e prendendo o polegar no passador de cinto da calça jeans dele.

– Quando eu morrer, quero que minhas cinzas sejam espalhadas aqui.

Ele se lembrava em detalhes daquele momento. As palavras o atingiram no peito como uma bolada.

– Você não vai morrer.

No entanto, ela inclinara a cabeça e olhara para ele daquele jeito dela, o que dizia que os dois sabiam que não era bem assim.

– Sam, nós todos vamos morrer. E há uma grande chance de que aconteça comigo antes de acontecer com você. Só estou dando uma ajuda, avisando o que gostaria que você fizesse com as minhas cinzas. Se fizer com que se sinta melhor, pode me contar onde quer que eu espalhe as suas. Só para o caso de você passar na minha frente.

– Tudo bem, vou ter que pensar. Mas você precisa escolher exatamente onde prefere. Aqui perto do lago? – Ele indicou a água cintilante à frente. – Mais acima da colina? Ou na frente da casa?

– Todas as opções. Não quero tudo em um lugar só. – Lisa abriu seu sorriso malicioso e apertou a barriga dele na altura da cintura. – Prefiro um pouco aqui, um pouco ali. Assim, você pode voltar quando quiser, caminhar e pensar em mim o tempo todo. Combinado?

Ao mesmo tempo, Sam dissera para si mesmo que eles ainda poderiam ter anos juntos pela frente, talvez até décadas, antes que aquilo acontecesse. Porque não dava para saber, dava? Havia histórias de pessoas que se recuperavam milagrosamente.

– Combinado – disse em voz alta, porque Lisa tinha tomado uma decisão, e lhe deu um beijo na boca.

Anos depois, perdido em pensamentos, Sam demorou um tempo para perceber que seu nome estava sendo chamado. Ao olhar para a frente, viu uma pessoa descendo a colina na direção dele.

– Sam! É você *mesmo*. Que maravilhoso! Venha aqui, que surpresa!

Alice tinha setenta e poucos anos, era alta e magra, superinteligente e de uma independência marcante. Que extraordinário vê-la de novo. Sam se entregou ao abraço caloroso e ossudo e disse:

– Também estou surpreso. Pensei que você estivesse morando em Barbados.

Ele sabia muito bem quanto tempo fazia desde que se viram pela última vez. Quando ele e Lisa se mudaram para o pequeno apartamento em Peckham, Alice ocupava o apartamento do térreo, diretamente abaixo do deles. O jardim pertencia à casa dela, mas a senhora insistiu em dividir com eles, os convidava para suas festas frequentes e foi a melhor vizinha que se podia esperar. Eles fizeram favores uns para os outros, compartilharam refeições, conversaram por horas. Durante nove meses, eles se viram quase todos os dias, até que a irmã de Alice, que morava em Barbados e tinha acabado de se divorciar, a convidou para ir morar com ela e lhe fazer companhia na ampla casa na beira da praia. Alice aceitou, com a condição de passar os dias sendo voluntária na escola, porque senão estaria vivendo uma vida de privilégios e sem sentido.

Essa era a história resumida. Ela vendeu tudo que tinha e deixou o apartamento duas semanas depois.

Três dias depois, Lisa ficou doente com os primeiros sintomas do tumor cerebral.

Alice, que nunca teve computador nem e-mail, não sabia nada do que tinha acontecido.

– Ainda estou morando em Barbados! – Ela o observava agora, os olhos brilhando. – Eu não imaginava que ia amar tanto morar lá. Isto é só uma visita rápida para ver minhas sobrinhas. E como estão as coisas com você? Você está tão bem!

– Obrigado. Você também.

Agora vinha a parte que ele odiava. O momento inevitável de dar a notícia, que aconteceria em segundos.

– E onde vocês moram agora? Passei pelo apartamento ontem e vi um casal asiático entrando com as compras, então soube que tinham se mudado.

– Estou na Cornualha agora. Em St. Carys, na costa norte – disse Sam.

Ele viu os olhos de Alice vacilarem quando ela registrou o uso do *eu* no lugar do *nós*.

É agora.

– Só você? Você e Lisa não estão mais juntos? Ah, mas que *triste*...

A tentação era deixar assim, simplesmente assentir e concordar que era uma pena, mudar de assunto e deixar Alice achando que as coisas só não tinham dado certo.

Seria bem mais fácil para os dois.

Mas ele não podia fazer isso. Não com Alice, não com Lisa.

– Lisa teve um tumor cerebral – disse Sam, com todo o cuidado, e viu a expressão de Alice mudar de novo para consternação. – Não tinha cura. Infelizmente, ela faleceu.

– Ah, não. Não. Não a sua garota linda. – Perplexa, Alice apoiou a mão no braço dele e balançou a cabeça sem acreditar. – Ah, Sam.

Um dos bancos próximos, na beira da água, estava desocupado; eles se sentaram juntos, e ele contou a Alice o que tinha acontecido, como a doença começou, se desenvolveu e acabou.

– Que cruel. Que injusto – comentou Alice. – Mas você superou. Se consegue passar por isso, você consegue passar por qualquer coisa.

– Acho que é verdade – alegou Sam, assentindo. – Admito que a sensação nem sempre é essa, mas ainda estou aqui.

– O que não mata deixa você mais forte. – Alice fechou os olhos. – Meu Deus, querido, sinto muito. Não acredito que falei uma coisa tão banal. Esses clichês malditos, você não fica com vontade de cuspir? – Ela pareceu enojada consigo mesma.

Sam abriu um sorriso.

– Mas nós todos os usamos. Não se preocupe.

Durante um tempinho, eles ficaram sentados juntos em um silêncio tranquilo. Um casal jovem passeando com dois terriers parou para soltá-los das coleiras, e os cachorros se jogaram no lago e foram atrás de um bando de patos, que saíram nadando para longe. Os terriers se viraram, como que fingindo nenhum interesse pelos patos, e começaram a pular no raso.

– Quanto tempo tem que ela morreu? – perguntou Alice.

– Três anos.

Ele sabia o que viria em seguida.

– E...?

Sam deu de ombros.

– Ainda estamos usando clichês? – disse ele com ironia. – A vida continua.

– Esse é seu jeito de me mandar cuidar da minha vida? Tudo bem, não vou perguntar. A partir de agora. – Alice fez sinal como se estivesse fechando a boca com um zíper. – Chega de perguntas, meritíssimo.

– Ei, tudo bem. – Ele a cutucou de leve com o ombro. – Claro que podemos conversar. Mas não se encha de esperanças. Acho que estamos longe de um final feliz.

– Você não está com ninguém agora? – perguntou Alice, em um tom solidário.

– Ah, estou. O problema é que não sei se ela é a pessoa certa. – Na verdade, ele tinha certeza de que não era. – E sei que deveria terminar o relacionamento, mas é... complicado. Ela saiu de casa e largou o emprego aqui em Londres. Eu não *pedi* que ela fosse morar comigo, só meio que aconteceu. Então, se eu disser que acabou, vai ser um pouco traumático. E é por isso que sinto tanta culpa em fazer isso.

– Ah, é mesmo complicado. Entendo o problema. E esse é o primeiro relacionamento de verdade desde a Lisa?

– Houve um ou dois casos curtos. – Sam deu de ombros. – Nada que tivesse importância.

– Qual é o nome dela?

– Annabelle.

– E como ela é?

Como Annabelle era? Sam observou os dois terriers saírem do lago aos pulos, espalhando água para todos os lados, e começarem a correr um atrás do outro, latindo furiosamente pela grama. Igualzinho duas irmãs...

– Ela é loura, magra, linda. Deslumbrante, na verdade – emendou ele. – É elegante, inteligente e boa companhia. Quando nos conhecemos, gostei muito dela e ela de mim. Achei que poderíamos fazer as coisas darem certo. – Sam deu de ombros, porque Alice tinha erguidos as sobrancelhas. – Sei que não parece tão romântico assim, mas achei que os sentimentos ficariam mais fortes. Nem sempre é um raio que atinge a gente.

– E como é o sexo?

– Oi?

– Estou sendo impertinente demais? Só estava aqui me perguntando se vocês são compatíveis na cama – disse Alice. – Porque faz diferença, sabe.

Entretido pela franqueza da senhora, Sam respondeu:
– Eu sei. E as coisas são boas nesse aspecto. Obrigado por perguntar.
– *Boas* – refletiu Alice, pensando na palavra. – Não magníficas, então. Mas também não desastrosas. Medianas. – Ela viu a expressão no rosto dele e recuou: – Tudo bem, digamos que medianas, mais para bom.

Só então Sam lembrou que a irmã de Alice já tinha trabalhado como terapeuta sexual, então devia ser daí que veio tamanha franqueza. Como não tinha intenção de discutir esse lado das coisas, ele disse:
– Mas quem sabe, pode ser que o raio ainda caia. Talvez a gente só precise de um pouco mais de tempo para nos acostumarmos um com o outro.
– Talvez – falou Alice. – O que você faria se conhecesse outra pessoa e isso acontecesse? Que fosse uma coisa imediata, como foi com você e a Lisa.

Sam sentiu um aperto no peito com a lembrança do voo que voltava de Málaga. Sem parar para pensar, ele confessou:
– Na verdade, isso já aconteceu. Mas é alguém com quem não posso me envolver.
– Ah? – Alice pareceu interessada. – Por quê?

A poucos metros de distância, os donos jogaram um graveto para os dois terriers pegarem e eles agora travavam uma batalha. Cada um mordia uma ponta do graveto e ambos rosnavam e se balançavam, lutando pela vitória.
– Porque ela é irmã da Annabelle – declarou Sam.
– Ah. – Ela assentiu lentamente. – Não dá para trocar?
– Não. Não dá.

Um dos donos dos cachorros entrou na briga.
– Larguem! Larguem isso!

De alguma forma, ele conseguiu soltar o graveto deles. Rindo, o jogou alto mais uma vez e todos viram o galho ficar preso na copa de um bordo. Os dois terriers correram até a árvore e esperaram o graveto cair, sem perceber que isso não aconteceria.
– Estão vendo? – disse a namorada do homem, falando com os cachorros como uma professora cansada. – É isso que acontece quando vocês não brincam direito. Agora nenhum dos dois está com o graveto.
– Vou procurar outro – disse o namorado.

Ao lado de Sam, Alice esperava pacientemente que ele continuasse.

– Pode falar – disse ela. – Me conte sobre a irmã da Annabelle. Como ela se chama?

– Clemency. – Você sabia que estava numa enrascada feia quando até dizer o nome em voz alta o fazia se sentir uma criança na manhã de Natal. – Elas não são irmãs de sangue.

– Elas se dão bem?

Ele assentiu, olhando para os terriers, agora correndo um ao lado do outro pela grama atrás de um coelho.

– Igualzinho àqueles dois.

– Entendi. E você e Clemency já dormiram juntos?

Sam segurou uma gargalhada; não havia como deter Alice.

– Não, não.

– Que pena. Como você acha que seria?

– Ah, bem básico, eu acho. – Ele deu de ombros. – Você sabe, *mediano*.

– Agora você está debochando de mim. – O tom de Alice foi de quem estava levando na esportiva. – Mas às vezes ouvir perguntas de alguém de fora pode ajudar. A Annabelle sabe o que você sente pela irmã postiça?

– Não.

– E a Clemency? Sabe?

– Mais ou menos – respondeu Sam. – Sabe um pouco. Mas não cem por cento.

– E ela sente o mesmo por você?

– Mais ou menos. – O que fazer além de repetir a resposta? – Nós dois sabemos que há um sentimento ali, mas nada aconteceu. Ela também está com outra pessoa.

– Como ela é? – Alice queria saber de verdade. – Me conte tudo. Eu gostaria dela?

E, naquela fração de segundo, ele conseguiu visualizá-las claramente, Clem e Alice sentadas lado a lado no muro baixo de pedra do antigo jardim da velha senhora, fofocando, fazendo piadas e morrendo de rir.

Se isso ao menos pudesse acontecer.

– Você seria louca por ela. Ia querer que ela fosse em todas as suas festas – declarou Sam.

– Ah, meu querido... – Alice deu um aperto consolador no braço dele. – Se você pudesse ver a expressão no seu rosto agora...

Capítulo 26

 UMA DAS COISAS QUE MARINA mais amava no trabalho era que nunca podia prever quando clientes em potencial se aproximariam e o que iriam pedir.

Na semana anterior, um homem idoso pediu que ela o pintasse com sua esposa, Maggie, em uma das paisagens do porto. Só que Maggie tinha morrido logo após o Natal, explicara ele timidamente. Então será que ela poderia fazer o trabalho com a ajuda de fotos?

– Viemos para cá no último verão – explicou ele enquanto Marina trabalhava no quadro. – Ficamos no parque de trailers, passamos uma semana maravilhosa. Nós nos sentamos aqui no café duas vezes e vimos você trabalhar. Nós dois dissemos como íamos adorar ter um quadro seu conosco, mas... você sabe como é. O dinheiro estava apertado, e vimos que não poderíamos pagar, não com nossa aposentadoria. Então, compramos alguns cartões-postais e os prendemos no quadro de cortiça na nossa cozinha, para nos lembrarmos das melhores férias que tivemos. – Nesse momento, ele tirou um lenço do bolso da camisa amassada e secou os olhos. – Desculpe, ainda fico meio... você sabe.

– Você deve sentir muito a falta dela – comentou Marina, com compaixão.

– Ah, você nem imagina. Todos os minutos de todos os dias. – Ele se recompôs e conseguiu sorrir. – Era por isso que eu queria voltar, para reviver as férias do ano passado. E quanto vi você de novo, pronto. Decidi que pediria a você que pintasse um quadro nosso. Eu e Maggie juntos, em nosso lugar favorito no mundo.

Marina se esforçou para retratá-los com o máximo de fidelidade possível e o homem ficou feliz da vida com a semelhança. Ela cobrou dele um preço menor do que o de costume e ele foi embora, mas voltou com um buquê de crisântemos amarelos para ela, que por sua vez quase reduziu Marina às lágrimas. Quando foi embora com o quadro terminado, o homem simplesmente disse:

– Obrigado. Eu queria que tivéssemos feito o quadro ano passado, mas essa é a melhor alternativa. Sei que minha Maggie aprovaria.

Marina sorria ao se lembrar desse caso. Isso tinha acontecido havia seis dias e agora ela estava trabalhando com um tipo diferente de cliente, outra que já a tinha visto antes.

– Olha, não sei se você se lembra de mim. – A mulher de trinta e poucos anos, que tinha se apresentado como Tess, usava um vestido vermelho e branco de bolinhas e sandálias vermelhas. – É provável que não; você deve fazer uma porção desses quadros. E eu não estou exatamente igual.

Intrigada, Marina perguntou:

– Como você era antes?

– Bom, foi dois anos atrás. Vim com meu ex-marido e minhas roupas eram bem diferentes, para começar. Meu cabelo estava liso e castanho, assim como minhas roupas. Eu não estaria de maquiagem e duvido muito que você tenha me visto sorrindo. Ah, e quando você pintou o nosso quadro, estávamos usando camisas e calças cáqui iguais. Não shorts, apesar de ter sido um dia quente, porque eu não tinha pernas para usar shorts.

Marina deu uma olhada nas pernas da mulher.

– Não tem nada errado com as suas pernas.

– Eu sei disso agora! Mas na época eu era casada com um homem horrível, ciumento e controlador, que passou anos destruindo minha autoestima, até eu ficar me sentindo tão inútil quanto uma lesma. – Tess deu de ombros. – Só que as lesmas não devem se sentir inúteis, né? Elas devem ter vidas muito felizes até o momento em que alguém joga sal nelas. Talvez eu me sentisse tão inútil quanto uma lesma salgada.

– E agora? – perguntou Marina, observando o jeito animado, os olhos brilhantes e o sorriso fácil.

– Meu ex-marido era emocionalmente abusivo e tornou minha vida infeliz – respondeu Tess. – Por sorte, percebi e consegui deixá-lo. Não foi fácil, mas foi a melhor coisa que eu poderia ter feito. Tudo está diferente agora e sou mais feliz do que nunca.

– Que fantástico!

– Ele ficou com o quadro que você fez da gente. Não que eu quisesse. – Tess fez uma careta. – Mas agora vou ter o meu, sozinha nele. E desta vez você pode me pintar sorrindo – disse ela, tirando os saltos e fazendo uma pose. – Um novo quadro, uma nova eu! *Opa...*

A confiança recém-adquirida era contagiante, mas também era algo com que ela ainda estava se acostumando, Marina percebeu. Depois de ter feito pose e chamado a atenção de outro cliente no café, Tess pareceu constrangida e fingiu olhar o relógio.

Marina procurou ao redor e percebeu que a causa do constrangimento era Ronan. Ela escondeu o sorriso, porque esse era o efeito que ele geralmente provocava nas jovens.

– Desculpe, achei por um momento que ele estava olhando para mim – murmurou Tess quando Ronan levantou a mão em um cumprimento simpático e disse "Oi" com movimentos labiais para Marina. – Ele é muito bonito, não é? Você o conhece?

Ele é meu filho. Minha nossa, imagine poder dizer isso em voz alta. Como seria?

Marina olhou ao redor outra vez. Ronan estava parado no balcão, conversando com Paddy e pedindo dois cafés, o que significava que Clemency estaria se juntando a ele.

– Ele mora aqui em St. Carys. É corretor de imóveis. E, sim, é bonito. – Reconhecendo o ruído de saltos se aproximando por trás, ela continuou: – E essa é a Clemency, que também é corretora de imóveis.

– Ela é bonita. Eles estão juntos?

– Estão.

Marina assentiu, pois, para todo mundo em St. Carys, eles estavam juntos.

– Deu para perceber. Eles combinam.

– E você, já conheceu outra pessoa?

– Não, estou seguindo a vida aos poucos. Estou curtindo estar solteira. E você? – perguntou Tess.

Por acaso, na manhã daquela primeira pintura, George tinha telefonado ostensivamente para perguntar sobre a melhor forma de limpar a parte de dentro da bolsa de golfe de couro, mas também para tentar cavar um convite para ir a St. Carys. "Não seria ótimo para você, meu amor? Eu poderia levá-la para jantar de novo naquele hotel chique de que você gosta. Podemos tomar champanhe!"

Ele foi insistente, mas ela conseguiu despachá-lo. Sinceramente, quando George botava uma ideia na cabeça, tinha dificuldade de aceitar um não como resposta.

– Minha história é parecida – disse Marina. – Eu era casada, mas agora também estou curtindo estar solteira.

Quando Tess foi embora, feliz da vida com o quadro, Marina recolheu os materiais de trabalho e dobrou o cavalete de madeira.

– Pronto. – Ronan estava terminando o café e bateu no relógio olhando para Clemency. – São quase seis horas. Temos que ir. – Ele parou ao lado da mesa de Marina. – Está indo para casa? Eu carrego isso para você. Estamos indo na mesma direção.

– Estão? Ah, obrigada, é muita gentileza. – O coração dela se encheu de amor quando Ronan pegou a bolsa pesada e o cavalete. Mas é *tão* educado... – Para onde vocês estão indo?

– A Gull Cottage está sendo posta à venda. Você sabe – disse Clemency –, aquela casa azul-turquesa na via Chantry.

– Ah, eu não sabia disso. A Gull Cottage tem um jardim lindo.

Marina andou entre os dois alegremente conforme saíam do café e subiam a colina. Eles continuaram conversando sobre seus dias, o casamento que aconteceria no Hotel Mariscombe, a probabilidade de o tempo continuar quente e seco até o fim de semana seguinte. Quando chegaram à casa de Marina, ela destrancou a porta, e Ronan insistiu em levar os pertences dela para dentro.

Clemency também entrou, fechou a porta e disse:

– Olha, essa história da Gull Cottage estar à venda era meio que uma mentira.

– Como? Não entendi.

Marina olhou para Ronan, depois para Clemency e novamente para Ronan. Havia se dado conta, tarde demais, de que caíra em uma emboscada. Seu coração disparou no peito, porque não era possível que Clemency tivesse armado aquilo esperando que ela anunciasse para Ronan que era mãe dele. *Ah, por favor, meu Deus, não, não permita que isso esteja acontecendo*, é a pior maneira *possível*.

Com o estômago embrulhado, ela se virou para Clemency.

– N-não sei o que você quer dizer.

– Olha, tenho que dizer, não contei para ele. Posso ter dado uma dica pequenininha sem querer, mas não contei. – Clemency falava com um pouco de culpa e um pouco de empolgação. Ela balançou as mãos como se fosse o tipo de acidente que podia acontecer com qualquer um. – Ele adivinhou!

– Adivinhou o quê?

Ela não podia ser a pessoa que diria. E se chegasse à conclusão errada e Clemency, na verdade, estivesse falando sobre a Gull Cottage não estar à venda, afinal?

– Ontem à noite, a Clemency me perguntou o que eu acharia de conhecer a minha mãe biológica. – Os olhos de Ronan, que falava num tom ameno, estavam brilhando. – Respondi que ela podia não ser uma pessoa legal e que talvez não gostasse dela, mas a Clemency disse que eu gostaria, sim. Ela não quis dizer que achava que eu gostaria – explicou ele. – Era uma certeza que já tinha.

– Não era a minha intenção – observou Clemency. – Foi sem querer. Escapou.

– A conversa foi regada a bebida – disse Ronan seriamente.

– Mas não contei! Eu me segurei! Se bem que aquilo quase me *matou*. – Clemency bateu as mãos uma na outra. – E nessa hora voltei para casa e fui dormir, mas no meio da madrugada ele apareceu no meu apartamento e ficou jogando coisas na minha janela até eu acordar. Porque ele tinha feito uma lista de possibilidades de mulheres que poderiam ser a mãe dele, mas fiquei dizendo não... não... não...

– Aí escrevi seu nome na minha mão e mostrei para ela – disse Ronan –, e quando vi a expressão no rosto dela, eu soube.

Marina não estava conseguindo respirar. Também não conseguia parar de olhar para ele.

– E como você se sentiu?

– Sinceramente? Muito feliz. *Muito feliz.* – Ronan assentiu e ela viu a emoção nos olhos dele. – A Clemency estava certa. Eu não precisava mais me preocupar. Não podia escolher uma pessoa melhor para ser a minha mãe biológica.

De repente, os dois estavam se abraçando e lágrimas de alegria e alívio desciam pelas bochechas de Marina. O contato físico com seu bebê, que ela desejou por tanto tempo, mas não pôde se permitir até o momento, era diferente de tudo que já havia sentido. Ela nunca tinha se sentido tão feliz, tão completa.

– Desculpe. – Ela disse a palavra que estava guardada havia tanto tempo. – Me desculpe por não ter podido ficar com você...

Ronan, entretanto, sorria e balançava a cabeça.

– Não precisa se desculpar... Você sabe como tive sorte. Só estou muito feliz por você ter me encontrado.

As lágrimas abriram lugar para gargalhadas de incredulidade, porque aquilo tinha acontecido contra todas as probabilidades. Eles se encontraram e a sensação era a melhor do mundo.

– Olha – disse Clemency. – Sei que deveria ter deixado vocês dois sozinhos, mas não consegui, está bem? – Ela também estava secando os olhos na porta da cozinha. – Não pude aguentar a ideia de perder esse encontro. Estou muito feliz por vocês dois.

– Eu sei como você está preocupado com a sua mãe – disse Marina. – Sei que você não quer que ela fique chateada. Se preferir manter entre nós dois, não tem problema.

Ronan balançou a cabeça mais uma vez.

– Tudo bem. Estou pensando nisso desde ontem à noite. Vou ter que contar para ela. Não posso deixar de contar.

# Capítulo 27

A IDIOTICE ERA QUE NÃO HAVIA VERGONHA nenhuma em comprar um pão doce. Era um dos pequenos luxos da vida, massa *choux* recheada de creme fresco e com açúcar e cerejas glaceadas em cima. Belle olhava para um com alegria no balcão refrigerado, um que estava destinado a ser levado para casa e consumido por ela...

Até que, dez segundos antes, com o canto do olho, ela vislumbrou um brilho rosa-néon e na mesma hora se sentiu como uma viciada em drogas fazendo fila no antro do traficante para comprar a próxima dose.

A feira movimentada acontecia todas as manhãs de sexta-feira no estacionamento da igreja de St. Carys e era, de modo geral, um lugar saudável para pessoas saudáveis visitarem. Sim, havia algumas barracas de bolos e doces, mas a maioria vendia comidas e bebidas boas e naturais.

Belle observou discretamente Verity se movimentar entre as pessoas e parar na barraca que vendia suco de erva de trigo. *Tudo bem, existe o saudável, mas também existe o saudável demais.* Ela conversou um pouco com o barbudo que servia os sucos antes de ir em frente. Estava usando a regata rosa brilhante de lycra com uma legging cinza e rosa e chinelos pretos e o cabelo estava preso em um rabo de cavalo alto. Ela parou na barraca seguinte para experimentar alguma coisa em uma tigela de madeira e riu com a senhora idosa ao lado, que fazia uma careta.

– Muito bem, minha linda, agora é sua vez. O que deseja?

Sobressaltada, Belle reparou que estavam falando com ela. Olhou para o pão doce e balançou a cabeça.

– Desculpe, mas mudei de ideia.

Ela foi para a barraca de frutas, legumes e verduras, onde Verity agora olhava o alho-poró.

– Oi, como vai? – disse Verity, cumprimentando-a com um sorriso simpático.

– Bem, obrigada. Só vim comprar umas coisinhas para o almoço.

Belle pegou uma fruta amarela, apertou-a para ver como ela estava e se deu conta de que não fazia ideia do que era. Na verdade, podia ser um legume.

– Eu também. Tem tanta coisa aqui para escolher, né? – Verity escolheu três pimentões vermelhos brilhantes e os colocou em um saco marrom. – Vai fazer uma comidinha gostosa para aquele seu namorado bonitão?

Eles tinham encontrado Verity certa tarde, durante um passeio na praia na maré baixa. Ela parou e disse oi, e Belle a apresentou a Sam, que brincou: "Então é por você que ela coloca o despertador para tocar tão cedo."

– Só para mim – disse Belle agora. – Sam está em Düsseldorf hoje.

Ela pegou um ramo de espinafre porque a fazia parecer alguém que cuidava do próprio corpo.

– Smoothie de espinafre. – Enquanto a olhava, Verity assentiu com aprovação. – Fantástico. Fonte de minerais e ferro.

Como se fazia um smoothie de espinafre? Batia com leite, por acaso? Ah, bem, ela podia muito bem jogar tudo fora quando chegasse em casa.

Belle viu Verity encher a bolsa com ervilha, tomates-cereja, brócolis e uva roxa.

– Está ótimo. Agora preciso comprar azeite extravirgem – disse Verity. – E queijo roquefort.

– Sério? – Belle ficou surpresa. – Mas roquefort não é cheio de... você sabe, *gordura*?

– Nós precisamos de gordura na nossa dieta. – Verity sorriu ao ver a expressão de choque dela. – Eu como coisas saudáveis, mas não sou fundamentalista com a comida. Você achou que eu era?

Belle olhou de soslaio para tudo o que tinha acabado de comprar.

– Bom, achei.

– Não sou – falou Verity, achando graça. – Eu gosto de cozinhar. Você está com pressa? Acho melhor cozinhar para duas pessoas do que para uma só. Venha comigo se quiser, podemos almoçar.

Trinta minutos depois, Belle estava sentada em um banco na cozinha do apartamento que ficava embaixo do de Clemency, ralando parmesão fresco e picando tomates enquanto Verity tirava as sementes dos pimentões e cortava uns dentes de alho. Elas conversaram sobre suas infâncias, tão diferentes: a de Belle em St. Carys e a de Verity em Bermondsey, no sudeste de Londres. Cantaram junto com as músicas no rádio. Quando o almoço estava pronto – pimentões recheados assados, salada, fritada de queijo e bacon e uma taça de vinho tinto para cada uma, as duas levaram tudo para o jardim dos fundos com a luz do sol penetrando entre a copa das árvores.

A refeição foi fantástica: saudável, fresca e simplesmente deliciosa. Assim como tinha começado a gostar de como se sentia com os exercícios, Belle também começava a perceber que oferecer os alimentos certos para o corpo fazia sentido de um jeito estranho. Isso que era revelação...

Cinco minutos depois, a janela do quarto do apartamento de cima foi aberta e Clemency botou a cabeça para fora.

– Boa tarde! Isso aí embaixo é o que eu acho que é?

Isso aí. Ela estava tentando ser engraçada? Irritada, Belle revirou os olhos.

– Peço desculpas em nome da minha irmã postiça. Às vezes, ela é muito grosseira quando quer.

Verity caiu na gargalhada.

– Tenho certeza de que ela não estava se referindo a você. – Ela fez sinal para Clemency e disse: – É, sim. Você parece um cão de caça. Venha para cá.

Quando Clemency apareceu, entrando pela loja de revistas e jornais, Verity tinha colocado três fatias de fritada em outro prato.

– É a favorita dela – explicou ela para Belle.

– É impressionante. Sempre que ela faz fritada, sinto o cheiro lá de cima. Todo esse queijo com bacon e alho... – comentou Clemency. – É a melhor coisa do mundo.

– Sente-se conosco.

Verity pegou a terceira cadeira de vime e bateu na almofada do assento.

– Obrigada, mas não posso demorar. Tenho uma visita na Castle Street daqui a vinte minutos. Só água, obrigada – falou Clemency, descartando o vinho. – O que está acontecendo aqui, afinal? – Ela apontou para mesa e as taças. – Estou interrompendo uma reunião dos Corredores Anônimos?

– Está – declarou Belle.

Verity sorriu.

– Nós nos encontramos por acaso na feira. Os pimentões da barraca de frutas, legumes e verduras uniram a gente. Convidei a Belle para almoçar e...

– *AAAH!*

Belle ouviu o grito de alarme escapar da própria boca quando uma vespa voou direto na cara dela, se enroscou na franja e moveu o corpo a milímetros de seu olho direito. Chegando para trás na cadeira, ela começou a bater, cheia de pânico, e sentiu os dedos abertos acertarem o braço de Verity. A taça de vinho que Verity segurava saiu voando e caiu com um tilintar de vidro quebrado nas pedras.

A vespa, nem um pouco preocupada, seguiu seu caminho.

– Ah, meu Deus, desculpe. – Belle abanou o rosto. – Achei que fosse entrar no meu olho.

– Não tem problema. Fique aí – disse Verity, empurrando a cadeira para trás. – Vou buscar a vassoura e a pá.

Quando voltou, Clemency já tinha recolhido os cacos grandes de vidro e os segurava na palma da mão. Depois que Verity terminou de varrer os cacos menores, Clemency virou o restante na pá.

– Me desculpe – repetiu Belle. – Vou comprar outra para você.

– Ei, não precisa. Temos muitas outras. Opa, parece que temos um machucado. – Verity apontou para o filete de sangue escorrendo na direção do pulso de Clemency.

– Eu nem tinha percebido.

Clemency examinou a mão e encontrou a fonte do sangramento: um pedaço de vidro tinha cortado a pele entre o indicador e o dedo do meio.

– Sério, está tudo bem. Não doeu.

– Mas você não vai querer que pingue sangue na sua blusa. Vamos cuidar disso.

Clemency molhou um lenço de papel no copo de água e limpou o sangue da mão. Belle viu Verity puxar o papel de um curativo estreito à prova d'água e o colocar com cuidado no ferimento.

– Pronto. – Ela verificou se as pontas estavam bem fixadas. – Resolvido. Agora você pode continuar a comer.

– Obrigada – disse Clemency, pegando outra fatia de fritada. – Mais um ferimento por cortesia da minha irmã. Tudo bem, vamos acrescentar à lista.

– Minha nossa. – Os olhos de Verity brilhavam. – Houve muitos?

– O problema é mútuo. Ela é responsável por uma boa parte deles.

– Como quando tentei jogar uma lata vazia de refrigerante por cima daquela árvore no jardim e não sabia que você estava tomando sol do outro lado.

Assim que Clemency acabou de falar, Meryl saiu do depósito atrás da loja de jornais e revistas.

– Eu estava deitada, na minha – contou Belle para Verity –, ouvindo música no meu iPod, quando uma lata de Coca-Cola caiu na minha testa.

– Uma lata vazia. – Clemency deu de ombros. – Não sou um monstro.

– Mas deixou um galo e ficou roxo. E eu tinha um encontro naquela noite com o Miles Mason-Carter. – Belle suspirou com a lembrança. – Ele ficou me chamando de rinoceronte.

Meryl, entretida com o caso, pousou a mão no ombro de Verity.

– Você também fez uma coisa parecida, lembra? Quando tropeçou no Malcolm, perdeu o equilíbrio e enfiou o salto no pé do David? Três dias antes do triatlo dele!

– Ah, Deus, nem me fale. – Verity fez uma careta. – Ele não ficou muito feliz.

– E com razão. Tantos meses treinando para acabar com o metatarso fraturado e gesso no pé.

– Quem é David? – perguntou Belle.

Meryl esticou a mão para pegar um tomate-cereja na saladeira.

– Ah, era o marido de Verity.

Marido. Belle olhou para ela.

– Eu não sabia que você já foi casada.

Verity deu de ombros.

– Estamos separados agora.

– Ele era um amor de homem – observou Meryl.

– E quem era Malcolm? – perguntou Clemency. – Em quem você tropeçou?

– Você deve estar imaginando um velho bêbado desmaiado no chão, né? – Verity riu. – Malcolm era o nosso buldogue. Era um amor também.

– Bem, preciso ir para a minha visita na Castle Street. Estava delicioso. – Clemency engoliu o último pedaço de fritada e deu um tapinha no ombro bronzeado de Verity. – Obrigada por me deixar invadir seu almoço. E pelos primeiros socorros.

– Foi um prazer. – Verity sorriu para ela. – Você é sempre bem-vinda.

Clemency deu um cutucão brincalhão em Belle.

– Quem sabe, hein? Se continuar se exercitando assim, você pode acabar fazendo um triatlo.

Irritada, porque era um excelente exemplo de Clemency tirando sarro dela na frente dos outros, Belle respondeu:

– Pode ser que eu faça.

– Mas, falando sério, está fazendo muito bem a ela. – Clemency se virou para Verity e Meryl. – Belle sempre seguiu umas modas que nunca duram. Sei que ela está fazendo isso para impressionar o Sam, mas ela não teria continuado se não fosse por você. Faz tanta diferença ter alguém com quem correr. É bem mais fácil do que correr sozinha. – Ela fez uma pausa. – Pensando bem, que horas vocês duas correm de manhã? Talvez eu apareça também.

Ah, pelo amor de Deus...

Belle mordeu a língua, porque este era outro hábito irritante de Clemency: se convidar sem a menor cerimônia para qualquer coisa que a interessasse, independentemente de sua companhia ser desejada.

– Claro que você pode vir com a gente. Quanto mais, melhor. Seria ótimo! – respondeu Verity, sentindo-se obrigada, *ao contrário de outras pessoas*, a ser educada.

Isso queria dizer que as duas sorriam uma para a outra, como se estivesse tudo combinado. Sério, aquilo era *muito* injusto. Belle empertigou os ombros, sorriu e disse para Clemency:

– Mas estou avisando que corremos bem rápido. Acho que você não vai conseguir acompanhar.

Capítulo 28

NA ENTREGA DIÁRIA DE CORRESPONDÊNCIA, sempre havia pessoas com quem Kate não gostava de encontrar. Quando abria a porta para pegar com satisfação a entrega de sua última compra no eBay, Joseph Miller sempre borrifava nela uma mistura de migalhas de torrada e saliva. Havia o raivoso Sr. Arundel, que sempre queria envolvê-la em debates políticos furiosos. E a pobre e solitária Sra. Barker, que era dona de pelo menos vinte gatos e cujo bangalô verde-limão tinha um cheiro tão forte de xixi de gato e de peixe que os olhos de Kate lacrimejavam.

Na outra ponta estavam seus favoritos. O velho Bill Berenson, por exemplo, dono de dois adoráveis king charles spaniels, que todas as manhãs lhe oferecia um biscoito com chocolate. A família Trainer, cujos gêmeos de três anos adoravam acenar para ela da janela da sala, como se ela fosse o Papai Noel. E Georgina Harman, uma cantora de ópera aposentada que ainda gostava de cantar sozinha enquanto tirava o pó e limpava os muitos objetos de porcelana na casinha branca em Hobbler's Lane. Agora na casa dos setenta anos, ela era conversadeira e simpática, e usava fabulosas túnicas de seda pintadas à mão. O som do canto dela e a visão daquele rosto redondo e sorridente sempre faziam o dia de Kate.

Só que ela não a veria naquela manhã, pois Georgina avisara no dia anterior que sairia cedo para pegar o trem até Cheltenham, onde cantaria em um casamento.

Agora, entrando em Hobbler's Lane, Kate enfiou a mão na bolsa para pegar a pilha de cartas a ser colocada nas caixas de correspondência. Não havia nada de interessante para Georgina, só um extrato bancário e umas propagandas. Ao chegar à casinha branca, ela parou para prender o cabelo atrás da orelha e...

O que foi aquilo?

Kate parou, uma das mãos na caixa de correspondência parcialmente aberta. Segundos depois, ela ouviu de novo, o som de passos no piso de parquete.

Mas eram passos de sapatos, e Georgina nunca os usava dentro de casa, só sapatilhas de balé.

Kate hesitou. Talvez ela estivesse arrumada para o casamento, prestes a sair para Cheltenham.

Ela tocou a campainha. Nada.

– Georgina – chamou ela pela caixa de correspondência. – É você?

Momentos depois, ela ouviu o rangido de uma tábua da escada. Quem quer que estivesse lá dentro estava subindo. E não era Georgina. Kate enfiou as cartas de volta na bolsa e buscou no bolso da camisa o celular. Ao olhar para cima, viu um rosto que não conhecia na janela do quarto por um instante, que sumiu em seguida.

Logo depois, ouviu o som mais alto de passos, seguidos de um ruído na lateral da casa. Kate correu para lá na hora que uma janela foi aberta ali.

– Fique onde está! – gritou ela. – Liguei para a polícia, que já está vindo!

O rapaz estava com um lenço enrolado na parte inferior do rosto. Ele pulou pela janela e tentou passar por ela na passagem estreita entre a cerca alta e a saída da casa. Kate se manteve firme, o empurrou para trás e arrancou o lenço do rosto dele.

– Vai se foder, sua *vaca*.

O rapaz era mais novo do que ela, devia ter uns vinte anos, e cuspiu as palavras cheio de veneno. Por sorte, ela já estava acostumada a receber as borrifadas de saliva de Joseph Miller. Ela segurou o casaco do garoto e se embolou com ele, recusando-se a soltar enquanto ele se contorcia como uma enguia. Ah, Deus, onde estava a polícia? Por que ainda não tinha chegado? Ela lembrou tarde demais que não tinha ligado, e não havia ninguém por perto.

Ela respirou fundo e gritou com a voz no máximo:

– SOCORRO, SOCORRO! LIGUEM PARA A EMERGÊNCIA, PRECISO DA POLÍCIA... *AIIIII...*

– Sua vaca *burra*. – O garoto rosnou como um animal e bateu a cabeça dela com força na parede conforme tentava soltar os dedos dela de seu casaco. – Pode parar de fazer isso e me soltar, *porra*?

Ronan tinha acabado de sair de uma avaliação na South Street e voltava a pé para o escritório quando ouviu os gritos de socorro. Dividido entre ligar para a emergência e correr na direção da voz, ele reparou que uma mulher idosa de cabelo branco cortando rosas murchas no jardim olhava para ele.

– Eu ligo para a polícia. – Como uma agente disfarçada, a mulher jogou a tesoura de poda no chão e tirou um celular do sutiã. – Pode ir.

Enquanto corria pela South Street e virava à direita na Hobbler's Lane, Ronan se perguntou se a voz que tinha ouvido realmente pertencia a alguém que ele conhecia, porque o aperto no peito dizia que ele havia reconhecido o tom.

Segundos depois, ao dobrar a esquina da rua, ele viu uma van branca suja acelerando em uma nuvem de poeira e ouviu a mesma voz dizendo com raiva:

– Seu cretino *malvado*!

Era ela, era Kate, estava de uniforme no chão, com o cabelo desgrenhado e a bolsa de correspondências caída ali perto. A manga da camisa estava rasgada, o short, sujo e os joelhos bronzeados, ralados. Ela estava segurando algumas joias.

– Meu Deus, o que aconteceu? Fique parada – instruiu Ronan. – Você se machucou?

Por favor, que ela não esteja ferida.

Kate estava praticamente tremendo por causa da raiva e pelo excesso de adrenalina.

– Ele invadiu a casa. Eu ouvi os passos dele lá dentro e falei que tinha chamado a polícia. Foi uma *idiotice*, porque eu devia simplesmente ter telefonado. Ele pulou pela janela e tentou fugir, ou seja, tive que impedir. – Ela fez uma pausa, ainda recuperando o fôlego, e virou a cabeça com hesitação de um lado a outro. – Fiz o melhor possível, parece que passamos séculos brigando, mas ele conseguiu fugir no fim. *Droga!*

– Ele machucou você? – repetiu Ronan, porque ela estava furiosa demais para responder.

– Não.

– Tem certeza? Você disse que passaram séculos brigando.

– Estou bem. Peguei isto dele. – Ela mostrou as joias de ouro. – Estava no bolso daquele bandidinho. Ah, olhe... – Ao se sentar e examinar o emaranhado de pulseiras e correntes com mais atenção, ela parou quando viu um medalhão de coração aberto contendo duas fotos, uma de cada lado. – Não é lindo? Devia ser a Georgina quando era mais nova. – Ela levou o dedo à segunda foto. – Caramba, ele não parece familiar? Parece um Luciano Pavarotti jovem.

A polícia chegou em questão de minutos e Ronan ficou maravilhado com o poder de lembrança de Kate. A fúria tinha dado lugar à calma ao passo que ela relatava a história de como percebeu que havia um roubo acontecendo e tentou impedir a fuga do ladrão.

– Um metro e setenta e cinco, magro, olhos cinzentos, cabelo claro e curto, uma cicatriz na sobrancelha direita e uma pinta na bochecha esquerda. Ah, e ele tinha uma tatuagem que dizia NAN no pulso, mas de péssima qualidade. Na verdade, se me derem um pedaço de papel, posso desenhá-lo.

Em poucos minutos, no banco de trás da viatura da polícia, ela pegou o caderno do policial e desenhou o rosto do jovem ladrão. Depois acrescentou a marca, a cor e a placa da van na qual ele tinha fugido.

– Caramba. – O policial também ficou impressionado. – Nosso trabalho seria bem mais fácil se houvesse mais gente como você. Essa é mesmo a placa?

– Claro que é – falou Kate. – Senão eu não teria escrito.

A perícia já tinha chegado para examinar a casa e agora colhia digitais na janela. O policial terminou de anotar a declaração de testemunha de Kate e os detalhes de contato.

– Acho que precisamos levar você para um exame no hospital – disse ele.

– Ah, não tem necessidade – protestou Kate, mas o policial foi firme.

– Só por segurança. Nós mesmos podemos levar você lá, ou...

– Posso fazer isso? – perguntou Ronan, porque o policial tinha olhado para ele. – Quer dizer, levar a Kate ao hospital, claro. Não fazer o exame.

– Droga, aquilo de novo; por que ele sempre falava um monte de besteiras quando estava com Kate? Ele balançou a cabeça. – Posso levá-la ao hospital e garantir que ela seja examinada pelos médicos.

– Seria muito bom – respondeu o policial, aliviado de ser poupado de outra tarefa.

– Mas e o trabalho? – perguntou Kate, parecendo preocupada.

– Não tenho nada marcado para esta tarde. – Ronan sorriu para ela. – Estou livre.

Quando eles chegaram à emergência do hospital, a enfermeira plantonista da triagem reconheceu Ronan da ida anterior.

– Oi! Como vai? O que está fazendo aqui de novo?

– Estou bem. Não sou eu desta vez.

Ele indicou Kate ao seu lado, e a enfermeira perguntou:

– Ah, é sua namorada?

– Não – Kate se apressou em dizer. – Somos só... amigos. – Ela ficou vermelha e mexeu no cabelo. – Mais nada. Ele me deu carona até aqui, só isso.

– Ah, entendi. Opa, desculpem. – A enfermeira fez uma careta engraçada. – É assim que boatos nascem!

Outra enfermeira, que lavava as mãos na pia fora do cubículo, esticou a cabeça pela cortina.

– Marjorie, você se lembra da Lizzie Billingham? Casada com o Baz Billingham e que se mudou para a Espanha há alguns anos? Tinha uma filha chamada Clemency. Então, a Clemency é a namorada do Ronan. Eles trabalham juntos na Barton & Byrne, uma imobiliária em St. Carys.

– Ah, sim! Eu me lembro da Clemency. Um *amor* de garota! – exclamou a enfermeira de triagem. – Me desculpe por ter me enganado, mas é tão bom saber disso. Muito bem!

– Na última vez que vi Clemency, ela estava sem namorado havia um tempão, e ficamos todas animadas quando soubemos que vocês dois tinham se tornado um casal – disse a outra enfermeira. Ela sorriu para Ronan. – Vocês dois me parecem perfeitos juntos. A Clemency é ótima!

Ronan ficou sem alternativa nenhuma além de dizer:

– Eu sei.

Por algum milagre, eles chegaram ao hospital em um momento tranquilo. Em uma hora, Kate foi atendida por um médico, examinada e liberada. Seu ombro estava um pouco dolorido, mas não havia nenhum dano mais sério.

– Só que, da próxima vez – recomendou o médico –, chame a polícia primeiro e deixe que eles peguem o bandido.

– O médico estava certo, sabe – disse Ronan no caminho de volta a St. Carys. – Foi maluquice o que você fez. E se ele tivesse uma faca? Você poderia ter sofrido um ferimento sério. – Cada vez que ele pensava, as possibilidades pareciam mais horrendas. – Você poderia ter morrido.

– Mas ele não tinha – falou Kate com tranquilidade –, e eu estou bem.

– Sorte sua.

– Bom, se parássemos para pensar nas coisas antes de fazê-las, talvez nunca fizéssemos nada. Às vezes temos que agir por instinto e ir com tudo... – A voz dela hesitou quando os dois perceberam que, embora ela estivesse falando do roubo, o discurso podia muito bem se aplicar ao fatídico envolvimento deles naquela noite. Rapidamente, Kate acrescentou: – Mas enfim, vamos esperar que a polícia pegue o ladrão. Que horas são agora? Quando chegarmos a St. Carys, você pode me deixar de volta no trabalho? Preciso correr com a entrega do restante das cartas. E depois quero uma noite tranquila. E você? Por acaso vai fazer alguma coisa legal hoje com a Clemency? – Ela ficou corada. – Vão sair para algum lugar especial?

Ele ia visitar Marina às seis horas. Ronan queria poder contar a Kate que se encontraria com a mãe biológica para discutirem como ele daria a notícia para Josephine da forma menos sofrida possível.

Ele queria isso quase tanto quanto queria contar a Kate que não havia nada acontecendo entre ele e Clemency. Queria contar para ela desde antes do encontro acidental daquele dia, simplesmente porque sabia que ela entenderia.

Mas não podia, ele não podia. E por que Kate se interessaria por isso? Não tinha nada a ver com ela.

Eles estavam se aproximando de St. Carys agora.

– Nada de interessante. Não temos nenhum plano – disse Ronan.

Naquele momento, o sinal de trânsito ficou vermelho e seu celular apitou, anunciando a chegada de uma mensagem.

— Até agora — falou ele, secamente, depois de parar o carro, olhar a mensagem e mostrá-la para Kate.

Aaaargh, a Belle convidou a gente para jantar às oito horas e eu disse sim. Ela vai cozinhar! Desculpa!

Kate olhou para ele.

— Parece que agora vocês têm um plano. Por que a Clem está pedindo desculpas?

Ronan abriu um sorriso leve.

— Pelo que eu soube, Belle não sabe cozinhar.

Capítulo 29

 AS VIEIRAS PASSARAM DO PONTO, o alho estava queimado e o bacon estava com um gosto estranho de melado. E isso foi só a entrada.

Agora estava vindo uma barulheira da cozinha.

– Tudo bem aí? – gritou Clemency.

– Tudo ótimo. – Havia um tom de histeria reprimida na voz de Belle. – Tudo completamente sob controle.

Alguma coisa metálica bateu na pia, fazendo um *claaaaang*.

– Tem certeza? Se precisar de ajuda é só chamar.

– Não preciso, obrigada!

Clemency não pôde deixar de sentir pena de Belle, mas uma pequena parte dela também estava gostando do fato de que a noite vinha sendo mais trabalhosa do que a irmã tinha imaginado. Agora percebia que eles eram cobaias. No dia anterior, depois de assistir a um documentário na TV sobre esposas perfeitas que tinham vidas invejáveis e davam jantares impecáveis, Belle decidiu que era algo que ela tinha que ser capaz de fazer. Ou pelo menos de dizer que já tinha feito.

Afinal, eles não se casaram ainda, mas ela estava desesperada para mostrar a Sam como *seria* uma esposa talentosa e impressionante quando a hora chegasse.

A mesa estava posta lindamente, com talheres de prata e porcelana branca delicada, combinando de forma impecável com copos de cristal e uma toalha de linho.

Clemency já tinha derramado algumas gotas de vinho tinto na toalha (será que algum dia ela aprenderia?), mas cobriu todas elas com seu prato.
– Ah, pelo amor de Deus.
Eles ouviram Belle soltar um gritinho abafado quando alguma coisa de cerâmica, provavelmente um ramequim, caiu no piso de mármore.
– Por favor, não pensem que foi ideia minha. Juro, não pedi para ela fazer isso. – Sam encheu as taças deles. – Eu não *queria* fazer isso. E ficaria feliz de ajudar na cozinha, mas ela está determinada a fazer tudo sozinha.
O prato principal estava demorando uma eternidade. Por sorte, Sam e Ronan se davam bem e conversavam com facilidade. Clemency, enquanto os observava, se perguntou se deveria ter inventado uma desculpa plausível para ela e Ronan não comparecerem naquela noite. Mas a verdade era que achava quase impossível recusar uma oportunidade de ver Sam. Poder olhar para o rosto dele, ouvir sua voz e esticar a mão e tocar nele era como uma droga à qual ela não conseguia resistir.
Tudo bem que esticar a mão e tocar nele não era uma opção, mas ela podia imaginar.
Mesmo que tornasse a situação impossível bem mais difícil de suportar.
– Pronto!
A porta da cozinha se abriu, e Belle apareceu, carregando dois pratos de jantar com o coque, antes impecável, pendendo todo torto para o lado.
– Desculpem o atraso. Aqui está... Não, *não levanta*! – gritou ela quando Clemency fez menção de ajudá-la a carregar tudo. – Quero que vocês todos *relaxem* e *se divirtam*.
O frango estava salgado e com um gosto bizarro de biscoito velho. As batatas coradas estavam pouco cozidas. As cenouras com manteiga estavam boas. Quando Belle finalmente recuperou o fôlego, Sam disse:
– Está ótimo. As cenouras estão maravilhosas.
– Estão mesmo. – Ronan assentiu com avidez. – Estão uma delícia.
– Falando sério – comentou Clemency –, acho que são as melhores cenouras que já comi.
Belle semicerrou os olhos para ela.
– Agora você está sendo sarcástica.
– Não estou. – Magoada, Clemency apoiou o garfo na mesa. – Falei porque estão uma *delícia*.

– Passei horas preparando essa refeição. O mínimo que você podia fazer era ser educada.

– A comida está excelente – disse Ronan, mas Belle ainda estava agitada.

– Não está, não. Tem sal demais no frango. Ah, Deus, o que é *isso*? – perguntou ela, choramingando ao ver Sam esconder alguma coisa debaixo de metade de uma batata.

– Nada – declarou Sam com firmeza, mas Belle já tinha se inclinado para descobrir.

– É só um saquinho de chá – disse Ronan, querendo ser gentil. – Não tem problema. Quem não ama chá?

– É um saquinho de ervas. – Por um momento, Belle deu a impressão de que começaria a chorar. – Procurei antes na panela de caldo e não encontrei de jeito nenhum, então fiz o molho e esqueci de tirar.

Abalada, ela o pegou no prato e foi para a cozinha.

– Ai, meu Deus, ela vai chorar? – murmurou Ronan.

– Não, não vou chorar. – Belle voltou para seu lugar e pegou a faca e o garfo. – Só gostaria que tivéssemos um jantar civilizado – concluiu ela com voz ríspida. – Não pode ser *tão* difícil assim, né?

Ao ver que Sam tentava cortar uma batata crua sem que escorregasse do prato, Clemency teve dificuldade de manter a compostura. Quando ele, claramente pensando a mesma coisa, notou o seu olhar, ela disse, apressada:

– Estava aqui pensando, a Belle não está linda?

Afinal, em um momento de dúvida, se você tem uma irmã vaidosa precisando ser acalmada, o melhor a fazer é enchê-la de elogios.

– É novo. – Sam se juntou ao coro e mostrou o vestido azul-cobalto com rosas creme da namorada. – Achei lindo.

– Comprei pela internet – disse Belle – e a cor não era bem como eu esperava. Mas teve que ser esse, considerando que eu não tinha mais nada para vestir.

Belle tinha centenas de outras opções para usar; mais da metade dos armários do apartamento estava lotada de roupas dela, mas pelo bem do precioso jantar da irmã, Clemency não comentou nada a respeito. Só continuou com os elogios:

– Mas não é só o vestido, é? Você está lindíssima. Essa nova rotina de exercícios está valendo a pena!

Belle olhou para ela com desconfiança.

– Vai começar de novo?

Ah, por Deus.

– É a verdade! Estou tentando fazer um elogio. A corrida deixou você ótima. – Ela se virou para Ronan e perguntou: – Você não acha?

– Acho. – Ronan assentiu. – Na verdade, vocês duas deveriam correr juntas. Não é mais divertido assim?

Clemency abriu a boca para falar, mas Belle respondeu primeiro:

– Eu já corro com a Verity.

Ronan deu de ombros.

– E daí? As três não podem correr juntas?

– Já sugeri isso – disse Clemency. – Mas...

– Nós corremos mais rápido do que ela – interrompeu Belle. – Ela nos atrapalharia. O problema da Clemency é que come porcaria demais e depois não sabe por que não cabe em um jeans tamanho 38. Bom, é *verdade*. – Ela ergueu as sobrancelhas para Clemency. – Você precisa cortar as porcarias e começar a se cuidar melhor. Deixe os carboidratos de lado. Só estou dizendo isso para o seu bem.

Essa era a Belle no estilo mais cruel. E isso depois de todo o esforço de Clemency para ser gentil. Ela, então, considerou as opções: responder dizendo que, se era para cortar as porcarias, o melhor seria começar com aquela comida infernal, ou ser uma santa e relevar. A primeira opção poderia resultar em uma Belle furiosa jogando o jantar na cabeça dela. Quanto à segunda opção... Bom, ela não era tão santa assim.

Se bem que conseguiria relevar aquilo tudo se pudesse se permitir uma cutucada antes disso.

Ora, ela era apenas um ser humano.

– Você está certíssima. Como muito e não me exercito o suficiente. A única culpada sou eu. Sou horrível. – Clemency abriu um sorriso para mostrar que tinha levado a crítica numa boa. – O lado bom é que posso me permitir um chocolate quando eu quiser. De qualquer modo – ela voltou a atenção para Sam –, é só graças a você que a Belle entrou nessa onda fitness. Ela nunca foi assim antes.

Sam parecia se divertir com aquilo.

– Eu tinha percebido isso. Mas por que graças a mim?

– Ah, você sabe. – Clemency espetou um pedaço de frango com o garfo. – Quando você gosta muito do namorado novo e está desesperada para impressionar.

– Ora, *não* é verdade. – Belle revirou os olhos. – Estou fazendo isso porque é uma coisa que *eu* quero fazer. Por *mim*.

– Você só esquece há quanto tempo nos conhecemos – disse Clemency. – Pode dizer isso se quiser, mas nós duas sabemos a verdade. Começar hobbies novos para impressionar namorados é comum. Não estou dizendo que é uma coisa ruim – acrescentou ela, dando de ombros com um tom alegre. – É só como você sempre foi. Como você é.

Ronan sorriu.

– Talvez eu devesse impressionar a Clem começando a lutar contra tubarões.

Mas, enquanto Clemency e Sam riam, ela viu Belle a olhando com expressão gelada.

– O que você acha? – Ronan passou o braço pelos ombros de Clemency e deu um aperto carinhoso. – Será que eu devo? Você vai me amar mais?

Ele estava fazendo aquilo por ela. Foi por isso que eles elaboraram aquele plano: para tornar a vida mais fácil porque Belle tinha namorado e ela não. Clemency reagiu remexendo os ombros e dizendo com um tom de flerte:

– Como eu poderia? Você já é perfeito.

Foi meio meloso. Bom, foi *muito* meloso.

Mas Ronan, entrando no clima, jogou um beijo para ela e acrescentou:

– Não tanto quanto você.

Nesse momento, Belle soltou um chiado, como uma chaleira pequena fervendo. Os olhos grudados em Clemency brilhavam como laser.

– E você acredita nisso, é?

Ainda sorrindo, Clemency deu de ombros.

– Se o Ronan está dizendo que eu sou perfeita, não vou discutir com ele, né? Por mim, tudo bem.

– A questão é que você ficou solteira por um tempo, e agora finalmente arrumou um namorado. Mas isso não é motivo para ser trouxa – disparou Belle. – Ele dizer isso não significa que é assim que ele pensa.

– Mas é – protestou Ronan, rindo. – É exatamente o que penso.

Belle se encostou na cadeira.

– Se é assim, então por que ele tentou me beijar outro dia? – Ela se virou para Clemency ao falar, o tom triunfante.

Ai...

Que desgraça. Clemency acabou se dando conta de que eles foram longe demais. Belle, em seu estado tenso e estressado, se ofendeu com a cutucada dela e retaliou com uma bem mais cruel.

Pelo menos era cruel no que dizia respeito a ela.

– Não tentei beijar você – protestou Ronan.

– Viu? Sabia que você negaria. Tentou, sim!

Ah, Deus. O que Sam estava achando daquilo? Será que ele ficaria furioso? Havia alguma chance de brigar com Ronan? Ele já sabia? Clemency percebeu que Sam não estava com raiva. E isso era bom.

Por outro lado, havia um toque de pena nos olhos dele, o que não era tão bom assim.

Droga, que situação complicada.

Belle apontou um dedo acusador para Ronan.

– Você me deu carona para casa naquela noite, depois do jantar no Mermaid. Você disse que seus sentimentos por mim mudaram e que tudo que queria era me beijar.

– Eu falei que queria beijar você – Ronan lembrou a ela. – Também disse que não faria isso. Desculpe – Ele balançou a cabeça olhando para Sam. – Não deveria ter dito aquilo. O lado bom é que a Belle me botou para correr.

– Bom – disse Sam, com a voz firme –, é bom saber disso.

– Então pronto, esse é o tanto que seu namorado realmente ama você. – Depois de ter dito o que queria, Belle tomou um gole de vinho e ergueu as sobrancelhas para demonstrar uma solidariedade falsa a Clemency. – Esse é o tipo de coisa que ele faz pelas suas costas. Nossa, você deve estar se sentindo bem idiota agora, depois de se exibir tanto sobre a felicidade de vocês dois. Parece que o seu bad boy não mudou nadinha.

Era hora do basta.

– Bom, obrigada – disse Clemency.

Belle sorriu.

– Foi um prazer. Fico me perguntando o que será que ele anda fazendo pelas suas costas. Quer dizer, tive a decência de recusar, mas aposto que outras não fizeram o mesmo. – Ela lançou um olhar triunfante na direção de Ronan e se virou para Clemency. – Bom, agora você sabe como ele é. Boa sorte na próxima vez!

O que Sam estava pensando agora? Ele sabia que elas discutiam, só que jamais testemunhara algo tão intenso. Depois de avaliar rapidamente as opções, Clemency declarou:

– Você só me contou para me chatear, mas, não sei se você reparou, não estou chateada. Porque eu já sabia. Porque fui eu que pedi para o Ronan fazer aquilo.

Isso chamou a atenção de todos.

– O que você está falando? – perguntou Belle.

– Você sempre gostou do Ronan. Agora, eu estou com ele. Então queria saber se nosso pacto ainda tinha algum valor para você. – Clemency se encostou na cadeira. – Aí decidi fazer um teste. Foi ideia minha Ronan dizer o que ele disse. E que bom para você – acrescentou ela. – Você passou com honra ao mérito. Fiquei impressionada.

Ronan, que tivera a ideia do teste, embora por pura curiosidade, assentiu.

Clemency olhou para Sam, cuja expressão era totalmente indecifrável. Só ele sabia por que ela podia estar tão interessada em descobrir como Belle reagiria.

Belle olhou para Clemency com pena.

– Ah, mas é claro que eu acredito que você pediu ao seu namorado para dar em cima de mim. Pode ficar repetindo isso para si mesma.

Capítulo 30

– VOCÊ VOLTOU DE NOVO? Não acredito! – Josephine pareceu surpresa e alegre quando abriu a porta da frente e viu Ronan. – O que houve? Está querendo mais comida? – Ela o abraçou, deu um passo para trás e observou o rosto dele. – Está tudo bem? *Você* está bem?

– Mãe, não se preocupe, está tudo ótimo.

Quando Ronan a seguiu em direção à cozinha, seu coração disparou. Na noite anterior, quando foi até lá para contar sobre Marina, ele encontrou a mãe oferecendo um jantar improvisado para o pessoal do clube do livro do qual ela participava. Forçado a fingir que só estava de passagem, ele permitiu que Josephine lhe desse potes com bode ao curry e batata-doce, depois foi até St. Carys sem contar nada.

Agora, tinha voltado, e sua mãe estava sozinha. Daquela vez ele contaria. Ele ensaiou como contaria a notícia durante todo o caminho no carro.

– Ah, já sei! – Seus olhos se iluminaram. – Você conheceu alguém! Estou certa? Você conheceu uma garota?

– Olha, a questão é que eu *até* que conheci alguém, mas...

– Ah, minha nossa! É a Clem? – Josephine levou a mão ao peito. – É? Aquela história de fingir fez vocês dois finalmente perceberem que se gostam? Fiquei pensando se isso não aconteceria!

– Mãe, pare. Não é Clem. Não é nenhum tipo de namorada.

Merda, todo o seu planejamento se fora e ele perdeu o controle da situação. Balançou a cabeça e pegou o banco ao lado da mesa da cozinha.

222

– Olha, talvez você deva se sentar...

Desta vez, ele viu a compreensão surgir nos olhos da mãe. Ela engoliu em seco, olhou para ele com atenção e Ronan percebeu que ela sabia.

– Ah, querido, foi por isso que você veio e foi embora ontem. Você estava reunindo coragem para me contar. Tudo bem... De verdade, juro que não tem problema, não vai mudar nada. – Com a voz falhando de emoção, Josephine deu um abraço nele. – Por que mudaria alguma coisa? Você ainda é *você* e eu nunca vou deixar de amá-lo!

O alívio foi sufocante. Tudo ficaria bem. Dando um longo suspiro, Ronan a abraçou.

– Achei que seria mais difícil. Estava com tanto medo de você se chatear.

– Não, não, claro que não me chateei! Está tudo bem, tudo bem. Contanto que você esteja feliz, é só isso que importa. Espere só até a Sheila saber disso. Foi ela quem mencionou essa possibilidade. Sabe, não acreditei no começo, mas ela me convenceu, me fez perceber que fazia sentido.

Sheila, uma das amigas mais antigas de sua mãe, morava a duas ruas dali, trabalhava como secretária em uma escola e ficava muito feliz quando ajudava a resolver os problemas dos outros. Ronan sentiu uma onda de afeição por ela por ter ouvido as preocupações de sua mãe e a ter tranquilizado, resolvendo lindamente a questão que o atormentava.

– Sempre gostei da Sheila – disse ele, abrindo um sorriso.

Josephine acariciou a bochecha dele.

– E a Sheila vai ficar feliz da vida. Ela me disse que é um talento especial dela. Um dom, podemos dizer. Pelo visto, ela sempre percebe.

Aquilo não estava fazendo muito sentido. Ele tinha acabado de descobrir sobre Marina e não via Sheila desde o Natal.

– Percebe o quê? – perguntou ele, mas Josephine já estava tagarelando.

– E, justiça seja feita, ela viu naquele galês corpulento do rúgbi anos atrás, séculos antes de ele sair do armário... Na verdade, acho que a Sheila percebeu antes mesmo dele!

Ronan levantou a mão.

– Mãe.

– O quê?

– Mãe, eu não sou gay.

– O quê?

Josephine arregalou os olhos.

– Por que a Sheila achou que eu era gay?

– Porque você sai com muitas garotas e termina com todas. E agora tem essa historinha de mentira com a Clem. Parece que você só está usando esse namoro para esconder alguma coisa! – Josephine parou, perplexa. – Tem certeza de que não é gay?

– Eu diria se fosse, juro.

A vontade de rir pela confusão foi refreada pela percepção de que a grande confissão da noite ainda estava por vir. Para ganhar tempo, Ronan perguntou:

– Esse foi o único motivo para a Sheila achar isso? Porque meus relacionamentos não duram?

– E porque você é muito bonito. Esse foi outro sinal que ela apontou. E também porque passa suas camisas. Sempre usa roupas bonitas, como um modelo de revista. – Sua mãe deu de ombros. – Depois que ela me disse isso, tudo fez sentido.

– Bem, agradeça a Sheila pelos elogios. Mas eu sou hétero.

– Então quem é essa pessoa que você conheceu? *Ah.* – E dessa vez Josephine deu um passo involuntário para trás, quando a possibilidade apavorante que ela sempre temeu surgiu em sua cabeça. – Ah, não...

– Está tudo bem, prometo – disse Ronan, porque ela estava tremendo agora.

– Você me prometeu antes. – O tremor estava na voz, junto com um mundo de dor. – Você *prometeu* que não ia procurar.

– Mãe, eu não procurei. Foi ela que me procurou. E está tudo bem, eu juro. Está tudo bem. – Ele apoiou as mãos nos ombros estreitos da mãe e a encarou. – Me escute. Você é minha mãe e eu amo você mais do que tudo no mundo...

– Como ela pôde procurar você? Ela não tem permissão para isso!

– Eu sei, mas ela estava doente. Teve câncer e achou que podia morrer. Um detetive particular a ajudou. Foi errado e ilegal, mas ela estava desesperada. Isso foi há cinco anos – continuou Ronan. – Ela me encontrou, mas não entrou em contato. Porque não queria me fazer mal... nem fazer mal a você, mãe.

Havia lágrimas escorrendo pelas bochechas de Josephine.

– Só que ela entrou em contato. Senão, como você teria descoberto?

– Mãe, não precisa ficar assim. Foi uma coisa boa de ter acontecido. Eu não sabia que ela era minha mãe biológica, mas eu já a conhecia e gostava dela. É uma ótima pessoa, você também vai gostar. Conversamos sobre o que aconteceu... por que aconteceu... e fiz todas as perguntas que queria fazer. E não precisa se preocupar, porque você ainda é a minha mãe. Você sempre vai ser a minha mãe.

Josephine secou os olhos. Pareceu se tranquilizar um pouco.

– Quando você descobriu?

– Faz pouco tempo. Duas semanas atrás. Ela levou outro susto por conta do câncer, mas está tudo bem. O resultado saiu na segunda. E não foi ela que me contou que era minha mãe – explicou Ronan. – A Clem juntou dois mais dois.

– A Clem? Como?

– Quando eu estava nadando e fui atropelado por aquele jet ski, lembra que eu contei que a Marina pulou no mar e tirou meu rosto da água? – Ele fez uma pausa. – A Marina é minha mãe biológica.

– A artista? A que pinta perto do porto? *Aquela* Marina?

Ronan assentiu.

– Comprei uns cartões de Natal com ela no café em dezembro. As cenas de neve de St. Carys. Todo mundo adorou. – Josephine assentiu lentamente, lembrando e assimilando a informação. – Ela foi muito legal.

– Ela ainda é – disse Ronan com gentileza.

Eram quatro da tarde. Sentada à mesa de sempre no café, Marina não conseguia parar de olhar o relógio e contar os minutos. No dia anterior, Ronan tinha visitado Josephine e contado tudo. Naquele dia, às seis, Josephine chegaria a St. Carys. E não havia nada com que se preocupar, porque ela tinha recebido bem a notícia. Tudo ficaria ótimo. Na verdade, tudo se resolveu da melhor forma possível, de acordo com Ronan. Ele disse... *Ah, Deus...*

Marina deu um pulo, a mão direita derrubou o pote onde os pincéis estavam mergulhados e uma onda de água suja caiu no colo dela. Mas ela

225

mal reparou, porque aquela era mesmo Josephine ao longe, andando pelo cais na direção dela.

– Que estabanada – repreendeu o sorridente Paddy, levando uma toalha para reduzir o dano.

– Desculpe – disse Marina.

– Não precisa pedir desculpas. Você está parecendo que molhou a calça.

Ela se secou da melhor forma que pôde, o tempo todo olhando Josephine se aproximar, o vestido carmim comprido voando na brisa marinha.

Ela chegou. A interminável espera tinha acabado. Marina não havia planejado o que dizer, mas acabou ficando claro que palavras não eram necessárias. Josephine parou na frente dela e abriu os braços, e Marina lhe deu um abraço.

Ela nem fazia ideia do que Paddy e Dee e os outros clientes estavam pensando.

Quando o longo abraço terminou, elas deram as mãos e sorriram uma para a outra.

– Obrigada pelo meu filho – agradeceu Josephine.

– Obrigada por ser uma mãe tão fantástica para ele – respondeu Marina. – Fiquei muito feliz de saber que ele teve você.

Quando chegaram, às cinco e meia, Ronan e Clemency as encontraram ainda lá, sentadas juntas depois de passarem mais de uma hora conversando sem parar.

– Cheguei cedo demais – explicou Josephine. – Não consegui esperar.

– E está sendo maravilhoso. – O estômago de Marina borbulhava com o tipo de empolgação que só sentia quando tudo estava bem. – Pedi desculpas por violar as regras e procurar você e...

– Eu disse que teria feito a mesma coisa – observou Josephine. Ela deu de ombros. – Pense bem: naquelas circunstâncias? Não há dúvida. Qualquer um teria feito o mesmo.

Eles todos se abraçaram, e quando foi a vez de abraçar Clemency, Marina disse:

– Isso tudo aconteceu por sua causa. Obrigada.

– Eu e minha boca grande. Bom, estou muito feliz de ter dado tudo certo – disse Clemency, de maneira carinhosa. – Já estava na hora de coisas boas acontecerem com você. É maravilhoso saber que você está bem.

Marina assentiu; tudo graças a Clemency, que ficou no seu pé até ela marcar uma consulta e ir à clínica da cidade. O médico de família dela a encaminhou para um especialista, que marcou uma biópsia. Ciente da ansiedade dela, Marina telefonou no dia anterior assim que o resultado chegou do laboratório. Não havia sinal de malignidade; foi confirmado que o caroço era apenas um cisto inofensivo.

Marina, que estava cuidando dos gêmeos, pediu licença e se trancou no banheiro para chorar de alívio. Pronto, o medo ficara para trás. O câncer não tinha voltado. Ela estava com seu amado filho de volta. Era melhor do que ganhar na loteria.

Momentos depois, conforme ela secava os olhos e tentava recuperar o controle, houve uma batida forte de mãozinhas pequenas do outro lado da porta.

– Sai do banheiro! – gritou Ben. – Rápido, anda logo! Quero fazer COCÔ!

Capítulo 31

OS QUATRO FINALMENTE SAÍRAM DO CAFÉ e subiram a colina em busca de algum lugar para jantar. Na noite seguinte, insistira Josephine, eles tinham que ir a Newquay comer no restaurante dela; seu plano era cozinhar para todos e apresentar Marina para sua equipe, que era bem antiga. Mas, naquela noite, em St. Carys, eles comeriam massas e pizzas no italiano barato e alegre na Esplanada.

Quando chegaram ao La Pulcinella, um grupo que tinha acabado de jantar lá estava indo embora. Havia mais de dez pessoas na calçada em frente ao restaurante, se despedindo. Vários estavam de chapéu de festa tortos na cabeça.

– Olha quem está aqui! Oi, Kate!

Clemency acenou e Marina viu que Kate estava ocupada destrancando o cadeado da bicicleta na grade decorada. Ao ouvir seu nome, ela se empertigou e viu Clemency e depois Ronan.

– Ah, oi! Eu ia contar a novidade amanhã. Adivinhem? – Kate estava com as bochechas coradas. – A polícia me ligou hoje para avisar que eles pegaram nosso ladrão.

Ronan espalmou as mãos com satisfação.

– É mesmo? Que *maravilhoso*!

– Ele foi rastreado até um parque de trailers em Dorset, vocês acreditam? E agora está preso. Estou muito feliz. – Ela sorriu para os dois, mas Marina reparou que a atenção dela estava voltada para Ronan. – Eles me ligaram quando estávamos aqui no restaurante, celebrando o aniversário do Julian. Todo mundo comemorou quando eu contei. Estou muito animada!

– Bem-vinda ao clube. Estamos comemorando também. – Sem conseguir se conter, Ronan puxou Josephine para perto. – Você conhece a minha mãe? Mãe, lembra que lhe falei sobre a moça que pega ladrões? Então, é ela, Kate. Esta é minha mãe, Josephine.

– Oi – disse Kate, com um sorriso tímido, e Marina viu as bochechas dela ficarem vermelhas de novo.

Em seguida, Ronan pegou a mão de Marina e a puxou para perto.

– E esta é Marina.

– Eu conheço a Marina. – O sorriso de Kate se alargou. – Entrego as cartas dela.

– Marina é minha mãe biológica – disse Ronan.

– O quê? – perguntou Kate, surpresa.

No meio das duas, ele sorriu com orgulho.

– Pois é, não é maravilhoso?

Duas horas depois, passado o jantar barulhento e animado, Josephine fez a pergunta em que todos tinham pensado, mas ninguém falou em voz alta.

Ela apoiou a mão no braço de Ronan.

– Se houver um jeito de encontrar seu pai biológico, você estaria interessado em conhecê-lo?

Ronan olhou para ela.

– Você se importaria? Ficaria incomodada?

– Não, querido, tudo bem. – Os olhos escuros de Josephine brilhavam à luz da vela. – E sei que seu pai também não se importaria.

Ronan deu um tapinha na pequena mão que segurava seu braço e se virou para Marina.

– E você? O que acharia disso?

Ela tinha contado a história para ele, é claro, mas os nomes completos não haviam sido mencionados.

– Se for isso que você quer, por mim tudo bem. Vamos fazer o melhor para que aconteça – disse Marina, tocada pela preocupação dele.

– Eu gostaria de tentar se vocês duas não se incomodarem com a ideia. – Um ligeiro sorriso surgia em sua boca. – Considerando o quanto tudo correu bem até agora.

– Nesse caso, vamos em frente! – exclamou Josephine.

– Ou vamos tentar, pelo menos. – Ronan estava sendo cauteloso. – Pode ser que ele já tenha morrido. Pode estar morando na Austrália. Pode não querer me conhecer.

– Ele não está morto – declarou Marina. – E não mora na Austrália.

Todos olharam para ela, que respondeu dando de ombros.

– O quê? Vocês acham que sou imune a curiosidade? Pesquisei sobre ele na internet anos atrás.

– Você *falou* com ele? – Os olhos de Clemency estavam enormes.

– Não, não, de jeito nenhum. – Marina balançou a cabeça rapidamente. – Não falo com ele há 32 anos. E não sabemos se ele viu a carta que mandei. Ele talvez não se lembre de mim. Então isso tudo pode ser um choque.

– Tudo bem – disse Ronan. – Eu sei. Se ele não quiser saber de mim, eu aguento.

– Mas talvez queira – falou Josephine. – Só vamos saber se tentarmos. Você nos disse que ele era bonito quando novo. – Ela olhou para Marina com malícia. – E vocês eram loucos um pelo outro na época. Quem sabe, talvez vocês se vejam de novo e, *bum*, os sentimentos antigos voltem com tudo?

– Ah, nossa, que *fantástico*! – Deixando-se levar, Clemency levou a mão ao peito. – Tudo pode acontecer! – exclamou ela, entusiasmada.

Marina pegou a taça e tomou um gole de vinho, sentindo-se de repente 32 anos mais nova. Era muito constrangedor e ela não admitiria para ninguém, mas era uma coisa que também tinha passado por sua cabeça. Claro que tinha, mesmo havendo chances de ele ser casado.

Todos nós podemos fantasiar, não?

– Vamos pesquisar agora. – Clemency já tinha aberto espaço na mesa e pegou o iPad na bolsa. – Nome?

– Ellis Ramsay. Doutor.

– Dr. Ellis Ramsay – disse Clemency enquanto digitava no Google.

Em volta da mesa, só Marina não se inclinou para olhar mais de perto. Não havia necessidade, ela já sabia o resultado de cor.

Havia só um Dr. Ellis Ramsay no Reino Unido.

– Ele é médico de família em uma clínica em Swindon.

O dedo indicador de Clemency pairou acima do link com os dizeres "Conheça a equipe", e então olhou para Ronan.

– Pronto?

– Vá em frente.

Ele assentiu e ela clicou no link. Uma tabela com oito rostos sorridentes apareceu e todos os olhos se dirigiram na mesma hora para o que eles queriam ver.

Alguns sorrisos eram tensos e forçados; outros eram naturais. O do Dr. Ellis Ramsay estava no meio do caminho. Marina sempre achou que ele parecia alguém que queria dar sorrisos maiores, mas achava que era melhor evitá-los para se dar o respeito. Ela se encostou e viu o filho observar atentamente as feições do pai que ele via pela primeira vez.

– Uau. Eu me pareço mesmo com ele – disse Ronan, assentido com prazer pelo reconhecimento.

– Eu falei. – Marina ficou emocionada com a reação dele. – Você é alguns centímetros mais alto do que ele, mas, fora isso, é muito parecido.

Clemency olhou para ela.

– Foi assim que você conseguiu se mudar para St. Carys sem ninguém desconfiar de nada. O Ronan não é parecido com você.

– E então? – A voz de Josephine era amena. – Qual é a sensação?

– Estranha. Mas interessante. Gostaria de falar com ele. Bom, isso se ele quiser falar comigo. – Ronan inclinou a cabeça brevemente até tocar na dela. – Mas ele nunca vai assumir o lugar do papai. Você sabe disso, não sabe? Foram vocês dois que me criaram.

Josephine fez carinho no rosto dele.

– Tudo bem. Eu sei.

– E temos que tomar cuidado. Se ele tiver esposa e filhos, vai ter que pensar neles também.

– Talvez tenha – Clemency ergueu o olhar –, mas não mora com eles.

Marina a encarou.

– Mas como é que você conseguiu descobrir disso?

Clemency virou a tela na direção dela.

– Olhei no 192.com... Aqui, está vendo? Aqui é onde ele mora e não tem mais ninguém registrado com endereço eleitoral ali.

– Meu Deus.

Marina ficou maravilhada com as coisas que a internet podia revelar em um nanossegundo.

Josephine olhou para ela e disse:

– Você devia ligar para a clínica, deixar seu número e pedir para ele retornar a ligação.

Os cabelinhos da nuca de Marina se eriçaram com a ideia de ouvir a voz de Ellis outra vez e de ter que explicar para ele por que estava fazendo contato.

– Ou escrever uma carta – acrescentou Josephine.

Ah, ufa.

– Uma carta seria mais fácil. – Marina assentiu de alívio. – Bem mais fácil. Vou fazer isso.

– Você pode falar bem de mim? Colocar uns elogios? Dizer que sou legal? – pediu Ronan.

Ela sorriu, porque aquele era seu lindo menino, que era a coisa mais importante do mundo para ela e fez sua vida voltar a valer a pena.

– Ah, talvez eu faça isso.

Capítulo 32

 – A QUESTÃO É QUE TIVEMOS um problema para conseguir as peças – disse o técnico da fotocopiadora. – Vou ter que fazer o pedido hoje e voltar quando tiverem recebido.

– Certo – falou Clemency. – Tudo bem. Ainda bem que a gente não trabalha em um negócio que exige muitas fotocópias...

O técnico olhou para ela com desconfiança.

– Você está sendo sarcástica?

– Estou. – Clemency pegou uma bela pilha de papéis que tinha crescido enquanto esperava o conserto da fotocopiadora e revirou os olhos para Paula. – Estou, sim. E vou levar isto aqui ao correio. Me deseje sorte, talvez eu demore.

Meia hora depois, sua infelicidade tinha aumentado ainda mais quando ela ouviu um senhor idoso atrás dela dizer com um sotaque forte das redondezas:

– Ô, mocinha, será que você não pode parar aí e me deixar fazer uma cópia rápida de umas coisinhas, não?

Clemency suspirou, frustrada, se virou e viu quem estava falando com ela. A visão inesperada tirou seu fôlego.

– Enganei você? – perguntou Sam.

Ah, aquele rosto, aqueles olhos.

– Enganou. E você foi tão convincente. Não consigo acreditar que caí nessa.

Ele pareceu achar graça.

– O que você está fazendo? Não me diga que aquela copiadora chique quebrou.

– E vai ficar uns dias parada. Então a minha única opção é usar essa aqui, geriátrica. – Clemency deu uma batidinha na máquina modesta enquanto digitalizava devagar a página seguinte e, bem aos pouquinhos, produzia uma cópia. – E, sim, de cinco em cinco minutos alguém aparece e pergunta se pode fazer cópias, porque parece que vou ficar horas aqui.

Naquele momento, uma folha A4 em algum lugar dentro da máquina soltou um estalo ameaçador, e o botão vermelho de erro começou a piscar.

– E é por isso que eu amo meu trabalho – disse Clemency.

– Isso é a fila? – Uma senhora pequenininha de uns setenta anos estava balançando um envelope pequeno. – Minha nossa, você não vai demorar, vai? Meu quadril está doendo muito, sabe.

Sam abriu rapidamente a parte de cima da máquina, puxou a folha amassada e reuniu as que ainda seriam copiadas antes que a senhorinha pudesse jogar todas longe com a bolsa rosa de crochê.

– É toda sua – falou ele, e então saiu da frente e fez sinal para Clemency. – Venha, vamos. Meu carro está lá fora.

Em quinze minutos, eles estavam no apartamento dele. No quarto extra que ele transformou em escritório havia uma impressora-copiadora novinha.

– Não é tão rápida quanto a que você tem no trabalho – observou ele, como se pedisse desculpas.

– Mas cinquenta vezes mais rápida do que aquela coisa nos correios. E sem ninguém querendo furar fila. Mas é sério, que maravilha – agradeceu Clemency. – Muito obrigada. Você me salvou de ter um ataque histérico humilhante em público.

– Fico feliz em ajudar. – Ele fez uma pausa. – Na verdade, se eu ajudar, podemos terminar em vinte minutos. Aí talvez a gente possa se sentar e conversar.

– Que tipo de conversa?

– Particular – respondeu Sam.

Clemency sentiu o estômago revirar, metade por euforia, metade por medo.

– Sobre o quê?

Sua boca fez aquele movimento de quando ele falava sério.

– Olha, não temos muitas oportunidades de conversar sem outras pessoas por perto. E acho que precisamos. Tem coisas que preciso saber. Perguntas que quero fazer, respostas que gostaria de ouvir. Respostas *sinceras*...

– Certo. – Clemency assentiu depressa, o estômago rodopiando ainda mais. – Vamos conversar, tudo bem. Mas podemos terminar essas cópias primeiro?

Pelos 25 minutos seguintes, eles trabalharam como uma equipe eficiente, carregando papéis e separando cópias em várias pilhas antes de grampear os detalhes de cada um dos imóveis à venda.

Clemency sentiu como se estivesse prendendo a respiração o tempo todo. A proximidade física de Sam a estava deixando com calor; a fragrância da loção pós-barba penetrava em seu subconsciente. Daqui a cinquenta anos, senti-lo de novo a transportaria para aquele momento no tempo. Assim como ela sabia que se lembraria do ângulo do maxilar, do jeito exato como ele ficava parado, do formato das mãos.

Será que ele estava guardando os detalhes dela na memória também? Ou estava só pensando no que iria jantar ou lembrando de cuidar de vários detalhes importantes de trabalho?

Finalmente, o trabalho de tirar cópias, separar e grampear chegou ao fim. Na cozinha, Sam serviu dois copos de água gelada e os colocou na ilha de mármore. Num acordo tácito, eles se sentaram em lados opostos, um de frente para o outro.

– Certo. – Ele apoiou as mãos com as palmas para baixo no mármore. – Posso falar agora?

Clemency assentiu.

– Manda bala.

Com sorte, ela pareceria mais tranquila do que de fato estava.

– Você está se perguntando o que vou dizer?

– Tenho uma ideia bem razoável.

– Está mais tensa do que está demonstrando?

Ah, Deus, ele sabia. *Claro que sabe.* Clemency pegou o copo de água.

– Estou.

Sam deu um breve sorriso.

– Foi o que imaginei. Como estão as coisas entre você e o Ronan?

– Muito bem. Ótimas – respondeu Clemency.
Ela já achava que ele ia perguntar *isso*.
– Vocês parecem felizes juntos.
– Nós somos. – Desta vez, felizmente, Sam pareceu acreditar.
– Tudo bem. – Ele assentiu. – Preciso perguntar agora. Annabelle falou com você sobre mim?
– Mais ou menos. Um pouco. Em que aspecto?
– Ela falou o que sente por mim? Quer dizer, ela está... feliz?
– Até onde eu sei, está muito feliz. Você é o homem perfeito para ela. Mas não fiz muitas perguntas.
Clemency deu de ombros para indicar que, considerando as circunstâncias, ele provavelmente entenderia por que ela não ia querer perguntar. Afinal, era doloroso pensar em certos aspectos do relacionamento deles.
– Mas, pelo que Belle falou – continuou Clemency –, não há reclamações da parte dela. Tudo está ótimo. Ela encontrou a pessoa com quem quer passar o resto da vida. E parabéns, esse alguém é você.
Quase partiu seu coração dizer isso, mas Sam não parecia muito feliz. Ele respirou fundo.
– Certo.
– O que isso quer dizer? – perguntou Clemency, e desta vez ele batucou com os dedos no tampo de mármore antes de olhar para ela.
– É que então ela não vai gostar muito de saber, mas não é justo levar isso adiante. Preciso dizer para ela que acabou.
– Acabou? – Isso a pegou de surpresa. – Sério?
– Não está dando certo. Pelo menos não para mim. – Sam falou com sobriedade. – Eu estava torcendo para que fosse mútuo.
– Bom, acho que não é. Tenho quase certeza de que ela vai ficar horrorizada. E chateada. Ai, meu Deus, e ela não contou para você? – Clemency fez uma careta quando se deu conta. – É aniversário dela daqui a duas semanas. Você não pode falar antes disso.
– Não? – O rosto de Sam se transformou. – Tem certeza?
– *Muita*. Seria horrível. Ela não mencionou o aniversário?
Esse não era o jeito de Belle; no mundo dela, aniversários eram o evento do ano. Ela tinha uma boa chance de contratar um avião para cortar os ares com uma faixa enorme.

– Bem, sim, falou. – Ele deu de ombros, impotente. – Mas achei que talvez fosse melhor falar antes, para que ela pudesse... sabe como é, começar de novo.

Clemency balançou a cabeça.

– Acredite em mim, não seria uma boa decisão. Não se termina com a namorada antes do aniversário dela. *Principalmente* quando a namorada é a Belle.

Sam suspirou.

– É, acho que você tem razão. Estive fora de circulação por tanto tempo que esqueci as regras básicas. Então preciso esperar até o aniversário dela, fazer de tudo para que seja ótimo, comprar uns presentes incríveis e terminar com ela alguns dias depois.

– Basicamente.

– Tudo bem. Tudo bem, posso fazer isso. – Distraidamente, ele girou o líquido dentro do copo. – Mesmo sabendo que perdi a prática de como se termina com uma namorada. Não vai ser nem um pouco divertido.

– Tenho quase certeza disso – disse Clemency.

Se havia uma coisa que os dois sabiam sobre Belle era que ela não aceitava muito bem nenhuma forma de rejeição.

De repente, sua pulsação acelerou, porque os olhos de Sam estavam fixos nela outra vez e parecia que ele fitava sua alma, querendo que ela entendesse o que ele precisava dizer.

– Não pedi para que ela viesse morar comigo. Você sabe disso, não? Ainda estávamos em Londres quando a Annabelle anunciou que tinha sublocado o apartamento de lá e mal podia esperar para voltar a St. Carys. Ela contou para todo mundo como seria ótimo e largou o emprego. – Ele deu de ombros. – Como eu poderia não deixar que ela viesse morar aqui depois disso? Já era tarde demais para dizer não.

– Mas você gostava dela. Poderia ter dado certo – lembrou Clemency.

Sam assentiu.

– Foi o que eu disse para mim mesmo. Achei que talvez pudesse acontecer e me esforcei para fazer dar certo. – Ele espalmou as mãos. – Mas não deu.

– Certo.

Tantas emoções.

– E, caso você esteja pensando, não é por sua causa. Não totalmente, pelo menos. Teria acontecido de qualquer jeito.

– Entendi. – Clemency assentiu.

– Então não precisa se sentir culpada.

– Isso não estava nos meus planos. – Ela o encarou, a boca seca. – Por que não deu certo?

Mas Sam já balançava a cabeça. Ele não estava preparado para falar sobre Belle pelas costas dela.

– Só... algumas coisas. A gente sabe quando não é o ideal. – Ele enfiou os dedos no cabelo e o afastou da testa bronzeada. – Então o plano é esse. Vou esperar o aniversário dela passar. Aliás, você tem alguma ideia do que ela gostaria? – O sorriso fraco sinalizou a ironia da pergunta que ele estava fazendo. – Bom, não custa perguntar, já que você está aqui.

O que Belle queria de Sam de aniversário? Uma declaração de amor incondicional, sem dúvida. Um anel de diamante enorme, talvez. E um pedido romântico de casamento.

Em voz alta, Clemency disse:

– Por que os homens sempre perguntam a outras pessoas o que devem dar de presente para as esposas e namoradas? Esse trabalho é seu. Basta comprar alguma coisa *legal*.

Sam pareceu arrependido.

– Como foi que adivinhei que você diria isso? Quando eu terminar o relacionamento, você acha que ela vai voltar para Londres? Ou vai ficar aqui?

– Estamos falando da Belle. Quem sabe o que ela vai fazer?

– Sim, sim. – Ele pensou por um momento e continuou em voz baixa: – Mas, em teoria, se ela fosse embora de St. Carys de vez, e se em algum momento do futuro você e Ronan terminassem... e aí, digamos que mais alguns meses se passassem...

A barriga de Clemency se contraiu e ela se sentiu tonta sob a intensidade do olhar dele. Ah, Deus, era o que ela queria mais do que tudo, e o fato de que não podia acontecer era insuportável. Às vezes, ela queria mesmo não ter consciência.

Mas tinha.

– Nada mudaria. Não mesmo. – Sua garganta doeu e sua boca estava seca, mas ela tinha que fazer Sam entender. – Não *pode*.

Capítulo 33

 A MÃO DE MARINA TREMIA quando ela parou na frente do espelho para passar maquiagem. Não muito, só um pouco de pó nas sardas, uma leve sombra roxa com toque acastanhado e um rímel. À prova d'água, por segurança.

Terminou com um batom fosco cor de pêssego que caía bem com seu tom de pele e alguns borrifos de fragrância Shay & Blue, depois verificou se o cabelo pintado com hena não estava espetado atrás.

Tudo bem, era agora. Nas semanas anteriores, sua vida mudara a ponto de não ser mais reconhecível e agora estava prestes a dar outra virada. Três dias antes, ela tinha enviado uma carta para a casa de Ellis Ramsay. Na manhã anterior, ela recebeu a resposta dele, que a fez chorar. Ele incluiu seu número de telefone e pediu que ela ligasse, o que ela fez.

Agora era a tarde de segunda e ela estava prestes a ficar cara a cara com Ellis pela primeira vez em 32 anos. Além disso tudo, quando finalmente conseguiu pegar no sono na noite anterior, sonhou com o encontro que teria e acordou lembrando todos os detalhes.

O que foi constrangedor, porque no sonho ela ficou bastante atraída por Ellis e não conseguiu esconder o que sentia. Como uma adolescente empolgada demais conhecendo Harry Styles, ela se deixou levar e gritou de empolgação quando o abraçou, enquanto, por sua vez, ele fez uma expressão perplexa e disse com desdém: "Você se importa de não fazer isso? A gente mal se conhece. E esse barulho horrível que você fica fazendo está machucando meus ouvidos."

Que vergonha. Ele foi cruel e desdenhoso demais, rejeitando-a em todas as oportunidades e declarando que seus quadros eram puro lixo, mas ela não conseguiu controlar as emoções e ficou implorando que ele lhe desse um beijo...

Sinceramente, foi um grande alívio acordar.

Com um pouco de sorte, não passaria uma vergonha dessas quando o verdadeiro Ellis aparecesse.

Ah, mas pensar que ele sabia sobre o bebê, que não foi surpresa...

Quatro horas foi o horário combinado. Marina se obrigou a não olhar pela janela que nem um cachorro esperando que ele chegasse.

Faltando três minutos para as quatro, a campainha tocou e ela deu um pulo de um quilômetro.

Certo, passe uma impressão de calma, não se jogue nele e, sem dúvida nenhuma, não dê gritinhos.

Ela abriu a porta e ali estava ele. Foi a sensação mais extraordinária do mundo. No dia anterior, ela ouviu a voz dele ao telefone, e antes disso já sabia como ele era pela foto no site da clínica, mas aquilo era outra coisa. Agora ele era de verdade.

E estava sorrindo, não do jeito profissional de quem posa para foto, mas sorrindo com sinceridade.

– Mary. Olhe só você. É tão bom vê-la de novo.

– Ellis. – Os olhos dele, os *olhos*. – É muito bom rever você também.

Ele esticou os braços, eles trocaram um abraço caloroso e, *graças a Deus*, ela não deu nenhum gritinho adolescente. Em cinco segundos, ela teve certeza de que a atração que já tinha sido tão sufocante não estava mais lá. Tinha evaporado, desaparecido; nenhuma molécula tinha restado.

Uma pena, considerando que os dois eram solteiros, mas não era algo que se pudesse fazer acontecer; esse tipo de emoção não podia ser conjurado do nada.

E mais ainda, era mútuo. Eles se olhavam agora, e ela percebeu que Ellis sentia o mesmo. Desta vez eles estavam destinados, esperava ela, a serem amigos.

– Você está linda – disse ele carinhosamente.

– Você também não está nada mal.

Marina sorriu, porque, para um homem com cinquenta e poucos anos, ele estava muito bem. O cabelo começava a ficar grisalho nas têmporas, e havia linhas nos cantos dos olhos, mas ainda era um homem bonito. Dava para ver imediatamente de quem Ronan tinha herdado a aparência.

– Aqui.

Quando ela botou a chaleira para esquentar na cozinha, Ellis pegou o celular e mostrou a mensagem de texto que tinha recebido mais cedo da filha, Tia, que trabalhava em um hospital em Chicago.

Pai, estou muito feliz por você. Isso é maravilhoso. Me ligue mais tarde para me contar tudo. E dê um oi para o meu novo irmão mais velho por mim! Beijoooos.

– Bom, já gostei do jeitinho dela – disse Marina.

– Ela é uma garota maravilhosa. – Cheio de orgulho, ele balançou a cabeça. – O que posso dizer? Você sabe como é amar o filho.

– Sei.

A expressão dele se transformou.

– Ah, Mary, sinto muito por você ter tido que passar por tudo sozinha.

– Não importa, você está aqui agora. Não foi culpa sua. – Ela deu uma cutucada brincalhona nele como se fosse um lembrete. – E não sou mais Mary, sou Marina.

Como sempre desconfiara, a avó de Ellis não tinha encaminhado a carta para ele. Depois de abrir e ler a notícia fatídica, ela tomou a decisão de jogar a carta no lixo. A primeira vez que ouviu sobre o assunto foi oito meses antes, quando foi para o norte visitar a avó. Com 93 anos na ocasião, cada vez mais frágil e morando em uma casa de repouso em Sheffield, ela sentiu a necessidade de ficar de consciência limpa e confessar tudo antes de morrer, o que viria a acontecer quinze dias depois.

Pobre Ellis, devia ter sido um choque terrível na ocasião.

– Marina. Sim, desculpe. Vou me acostumar. – Ele assentiu. – Como falei ao telefone, tentei pesquisar sobre você na internet depois que ela me contou, mas o único nome que eu tinha era Mary Lewis. E eu não sabia se você tinha ido adiante e tido o bebê… Eram tantas opções em jogo. Se você tivesse dado a criança para adoção e não tivesse tido contato nenhum com ela depois, Tia ficou com medo que um contato meu acabasse despertando coisas antigas e causasse mais dor. No fim, decidimos deixar de lado. Eu

disse para mim mesmo que você podia ter sofrido um aborto espontâneo. Depois de tantos anos, não imaginei nem por um momento que teria notícias suas novamente... sobre uma criança que eu nem sabia se existia...
– Outro movimento de ombros e outro sorriso. – Mas tive e ele existe. É incrível.
– Espere só até conhecê-lo. – Foi a vez de Marina se mostrar a mãe orgulhosa. – Ele é maravilhoso também.

Que noite. É sério, *que* noite. Ronan olhou ao redor e refletiu sobre o quanto sua vida tinha mudado nas duas semanas anteriores. O passado viera com tudo para o presente e todas as perguntas que ele nunca pudera fazer agora foram respondidas. Conhecer Ellis Ramsay foi como conhecer seu futuro eu. Ele até conversou por Skype com Tia, sua meia-irmã recém-descoberta, e os dois se impressionaram com a similaridade das maçãs altas do rosto e dos sorrisos largos. Qualquer preocupação secreta que ele pudesse ter sobre conhecer novos parentes se dissolveu em um instante; o relacionamento deles foi fácil e confortável desde o primeiro momento. Tudo parecia estar no seu devido lugar.

E, o melhor, Josephine também aceitou tudo muito bem.

Feliz de saber daquilo, Ronan continuou observando todo mundo conversando à sua volta. Como combinado anteriormente, Ellis chegou à casa de Marina às quatro, para eles terem um tempo para conversar a sós. Ele se juntou aos dois às cinco para conhecer o pai biológico. Às seis, Clemency e Josephine apareceram e parecia que ninguém parou de falar desde então. O plano era todo mundo ir para o restaurante de Josephine às sete, para que ela pudesse servir a Ellis seu frango *jerk*, mas já eram 19h45 e eles ainda não tinham saído.

Por outro lado, a grande vantagem de sua mãe ser dona do restaurante era que eles podiam chegar quando quisessem.

Mas ele não podia ser o único que estava ficando com fome.

Então a campainha tocou.

– Não estamos esperando mais ninguém, não é? Espero que não seja a Suzanne, da casa em frente – disse Marina, seus olhos cintilando quando ela se levantou. – Porque, se ela quiser que eu tome conta das crianças, esta noite não vai dar.

Ela se espremeu entre Clemency e Ellis e foi até o corredor estreito para ver quem era. Por educação, a sala toda fez silêncio. Todos ouviram a porta da frente ser aberta e a exclamação de surpresa de Marina em seguida.

– Ah, minha nossa, o que *você* está fazendo aqui?

Ronan olhou para Clemency; seria possível que houvesse algum outro parente inesperado prestes a se apresentar?

Se bem que, se houvesse, Marina também não esperava que aquilo acontecesse.

– Eu disse que estava vindo ver você.

Era a voz de um homem.

– Não disse mesmo – respondeu Marina.

– Disse, sim. Mandei um e-mail hoje de manhã. E uma mensagem de texto à tarde.

Ronan olhou pela sala; já tinha visto o celular esquecido e empoeirado no parapeito da janela, sem bateria e esperando, abandonado, que a dona o carregasse. Algumas pessoas e seus telefones podiam ser inseparáveis, mas Marina tinha uma relação mais desapegada com o dela. E, naquele dia em especial, ela tinha coisas mais importantes para pensar.

Eles a ouviram falar:

– Estou ocupada, tem muita coisa acontecendo… Não olho minhas mensagens desde…

– Não tem problema. Estou aqui agora e é isso que importa. Marina, me escute, isto é importante. Tenho uma coisa para contar, e desta vez não aceito não como resposta.

– Mas…

– Me deixe colocar isto aqui. – Pelo estalar repentino de papel celofane, devia ser um buquê de flores ou algo parecido; bem, ou isso ou um cadáver embrulhado em plástico barulhento. – Custaram uma fortuna, mas tudo bem porque sei que são suas favoritas. E comprei chocolate Godiva para você. Godiva! Porque você ama… mas não tanto quanto eu amo você!

– *O quê?* Ah, mas…

– Marina, preciso falar. Ninguém se compara a você. Passamos por tantas coisas juntos…

Todos já sabiam quem era e o rosto de cada um estava transformado. Clemency tinha coberto a boca com a mão para sufocar uma explosão de gargalhadas. Josephine estava dizendo com movimentos labiais indignados: *Que coragem esse homem tem*. Ellis, que tinha ouvido a história de como George abandonou Marina quando ela estava na pior, balançou a cabeça sem acreditar. E, no corredor, o homem ainda estava lá, dizendo para Marina que ela não tinha como arrumar alguém melhor do que ele.

– ... Durante tantos anos fomos uma equipe. Uma boa equipe. A *melhor*. Estou com saudades, Marina, e sei que você também deve sentir muito a minha falta. É por isso que ainda está solteira, morando sozinha... mas não *precisa* ficar solitária!

O autocontrole de Ronan tinha limite. Ao atingi-lo, não conseguiu resistir e enfiou a cabeça pela porta da sala e falou com expressão intrigada:

– Quem disse que ela mora sozinha?

Rá, isso calou a boca dele. O ex-marido de Marina parecia um sapo prestes a levar um tiro.

Capítulo 34

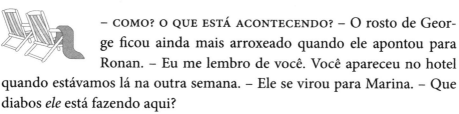

– COMO? O QUE ESTÁ ACONTECENDO? – O rosto de George ficou ainda mais arroxeado quando ele apontou para Ronan. – Eu me lembro de você. Você apareceu no hotel quando estávamos lá na outra semana. – Ele se virou para Marina. – Que diabos *ele* está fazendo aqui?

– Oi, meu nome é Ronan. – Sorrindo, ele se adiantou e esticou a mão. – Estamos fazendo uma reuniãozinha. Por que você não se junta a nós?

– Mas você não mora aqui. – George estava tenso e desconfiado. – Não pode estar *morando* aqui.

– Não posso? Venha até a sala, assim podemos apresentar você para todo mundo – disse Ronan, com um tom de voz agradável.

Foi um prazer testemunhar a expressão de horror no rosto de George. Enquanto o levava pelo corredor, Ronan falou:

– Tudo bem, não moro aqui com Marina de verdade. Também não sou amante dela, caso você esteja pensando nisso.

Poderia ser uma brincadeira divertida, mas era uma ideia meio esquisita.

– Não sei o que está acontecendo.

George respirava com dificuldade, não gostava nada de ver seus planos de um encontro romântico serem destruídos.

– É simples, George – disse Marina com tranquilidade. – O Ronan é meu filho.

Silêncio. Com mais cara de sapo do que nunca, George parou de andar e ficou olhando para ela.

– Surpresa! – exclamou Ronan.
George se virou para ele.
– Não pode ser.
– Pode, sim. Sou filho da Marina.
– Foi você que ela deu para adoção? Mas... mas... como...?
– Nós nos reencontramos – disse Ronan com simplicidade. – Não é maravilhoso? Venha conhecer minha mãe. Mãe, este é o George, que foi casado com a Marina. George, esta é a Josephine, minha mãe adotiva.
– Oi.
Os olhos de Josephine brilharam quando ela apertou a mão gorducha de George.
– E este é o Ellis – disse Ronan, ainda tranquilo. – Meu pai. – Ele esperou até o aperto de mão ter acabado para acrescentar: – Não é meu pai adotivo, é o biológico.
George respirava com ainda mais dificuldade enquanto processava as informações. Seu queixo caiu quando ele apontou primeiro para Marina e depois para Ellis.
– Quer dizer que você... e ele...
– Sim. – Marina assentiu de forma encorajadora. – Sim, aconteceu, e juntos nós fizemos o Ronan. – Ela abriu um sorriso. – Não somos pessoas de sorte?
O rosto de George ficou ainda mais roxo. Sua testa estava coberta de suor.
– Você não me contou nada disso.
– Você nunca quis saber nada – respondeu Marina. – Quando tentei contar, você disse que não tinha nada a ver com isso. Não estava interessado.
– E agora você está morando aqui? – George direcionou a pergunta a Ellis. – Você veio morar com a *minha esposa*?
– Ex-esposa – lembrou Marina.
– Não acredito nisso. Você mentiu para mim. E agora tem a coragem de fazer isso tudo pelas minhas costas...
O jeito como seus ombros subiam e desciam foi ficando mais pronunciado conforme ele inspirava profundamente e expirava com força. Enquanto olhava feito um louco ao redor, ele apertou a mão trêmula sobre o peito.
– Ai, meu Deus, tem alguma coisa acontecendo comigo... Olhem, não estou sentindo minhas mãos... Estou tão tonto... Meus pulmões... Vou desmaiar... Minha cabeça parece que vai *explodir*.

Marina foi tomada de medo quando George começou a cambalear. Clem segurou o braço dele e o conduziu até uma poltrona vazia, mas era tarde demais; seus joelhos cederam, ele tropeçou e caiu no chão.

– Ai, meu Deus, não, por favor! O que houve com ele? George! – Marina caiu de joelhos e segurou a mão do ex-marido. Ele ainda respirava como se tivesse corrido uma maratona. Ela olhou para Ellis, nervosa. – Ele está tendo um ataque cardíaco? Um derrame? Temos que chamar uma ambulância!

– Vou dar uma olhada nele.

Ellis se agachou do outro lado do corpo prostrado de George e começou a fazer uma série de verificações.

– Temos que chamar a emergência – disse Marina, tremendo.

Ah, Deus. Se ele morrer, vai ser tudo minha culpa.

– Espere só um minuto – falou Ellis com calma. – George, quero que preste atenção. Está tudo bem, mas precisamos que você respire mais devagar. Enquanto conto até doze, você expira devagar. Depois, vou contar até seis e você pode inspirar lentamente. Pelo nariz, não pela boca. Preste atenção e se concentre em mim, certo? Vamos lá...

Como num passe de mágica, em dois minutos o padrão de respiração de George voltava ao normal.

– Pronto, está se sentindo melhor agora? Você está ótimo – disse Ellis. – Vamos ficar de pé, certo?

Mas, enquanto recebia ajuda para se sentar, George revirou os olhos e murmurou:

– Não consigo, não consigo... Ah, Marina, me ajude...

Ele fechou os olhos e caiu no chão.

Marina soltou um ruído de medo.

– George! Ah, Deus, o que está acontecendo agora?

– Abra os olhos, George – instruiu Ellis.

Nada aconteceu, não houve reação alguma. Dessa vez, George estava inconsciente.

O medo foi sufocante. Marina viu Ellis fazer os exames pela segunda vez. Por que ele não mandava alguém chamar uma ambulância... Já sabia que era tarde demais? Fora de si, ela gritou:

– George, acorde! *Por favor...*

Nada, nem um movimento. Ele estava apagado. Em um piscar de olhos, Marina soube que ele morreria.

– Tudo bem – anunciou Ellis. – Não tem mais o que fazer. Afastem-se todos. Vou ter que começar ressuscitação boca a boca.

Ah, Deus, ah, Deus...

– O quê? De jeito nenhum. – As pálpebras de George se abriram na mesma hora e ele desviou para o lado, levantando as mãos para afastar Ellis. – Não ouse tentar isso comigo.

– Isso é que eu chamo de recuperação milagrosa – observou Ronan.

O queixo de Marina caiu conforme ela via George rechaçar as tentativas de Ellis de ajudá-lo a se levantar. Ele ficou de pé sem ajuda e limpou a roupa furiosamente.

– Seu velho trambiqueiro! – exclamou Josephine. – O que foi isso? Uma tentativa de reconquistar Marina apelando para a pena?

– Ela ainda me ama, eu sei que ama – disse George. – Vocês não acabaram de ouvir? Ela estava morrendo de preocupação!

– Ele está bem mesmo? – perguntou Marina, ainda ansiosa para ter certeza.

Ellis assentiu.

– Está ótimo. A hiperventilação provocou a tontura e o formigamento nas mãos e nos pés. O resto foi só... bem, nada que inspire preocupação. – O tom sinalizou o que ele era profissional demais para dizer.

– Manipulação e tentativa de chamar atenção – sugeriu Marina. – Não sei como fui cair nessa. Era de esperar que eu já tivesse experiência. – Ela se virou para o ex-marido. – Só fiquei preocupada porque achei que você poderia morrer e eu acabaria levando a culpa. Fora isso, não me importa o que acontece com você.

– Mas...

– George, não desperdice seu fôlego. – O que, considerando as circunstâncias, foi engraçado. Mas Marina não sorriu; só balançou a cabeça para ele. – Vá para casa, me deixe em paz e siga sua vida. Não quero mais ver você. Tenho tudo que sempre quis aqui em St. Carys.

– Marina...

– Não, você ainda não está me ouvindo – disse ela com firmeza. – Esta é a minha família, George. Essas pessoas são tudo de que preciso. Graças a elas... a essas pessoas *maravilhosas* – o gesto dela englobava Ronan, Clemency, Josephine e Ellis –, nunca fui tão feliz na minha vida.

Quando ele saiu da casa, levando as flores e os chocolates Godiva, George sussurrou:

– Achei que você merecia uma última chance. Isso só mostra como sou trouxa. Você sempre foi uma vaca egoísta.

A porta da frente bateu com força quando ele saiu e Marina sentiu uma onda de alívio. Era o fim, de uma vez por todas; ela sabia que não o veria de novo.

Que bom.

Quando Marina voltou para a sala, Clemency disse com um sorriso:

– Ora, não consigo imaginar como você recusou uma proposta tão generosa dessas. Que partidão.

Capítulo 35

— O QUÊ? — PERGUNTOU CLEMENCY. — Por que você está me olhando assim?

— Queria saber se podemos conversar.

No instante em que falou, Ronan já se questionava se era uma ideia brilhante ou um erro terrível.

— Conversar sobre o quê?

Ele desligou o motor do carro.

— Me convide para um café e eu conto.

Era uma noite de quinta. Eles tinham sido convidados mais cedo para a inauguração de um hotel reformado em Bude e encontraram duas ex-namoradas dele lá. As duas eram lindas, atraentes e ainda solteiras. Ambas indicaram de maneira sutil (e separadamente) que, se *ele* ainda estivesse solteiro, elas estariam dispostas a um *revival*.

— Acho que posso imaginar do que se trata — disse Clemency quando eles subiram a escada até o apartamento dela.

Podia? Ronan escondeu um sorriso, pois tinha sérias dúvidas.

— Vamos lá, me conte o que acha que é.

— Lauren, hoje. E a loura... Esqueci o nome dela. Julie?

— Julia.

Clem assentiu.

— Aquelas duas. Ambas interessadas em você. Elas até tentaram agir com discrição, mas...

— Você reparou.

– Claro que reparei. Sou boa em coisas assim. Como eu poderia não notar em outras garotas interessadas no meu namorado?

Ronan deu de ombros e sorriu.

– Só que você não é meu namorado – continuou Clemency. Ela observou o rosto dele. – Tudo bem, já sei o que você vai dizer. Pedi para você me fazer um favor por duas semanas e já se passou bem mais tempo do que isso. Coitado, não reclamou nenhuma vez, mas basta. Você quer sua vida de volta. Tem muitas garotas por aí esperando companhia para dormir.

– Bem...

– Eu entendo. Pode falar, essas últimas semanas não podem ter sido muito divertidas. Deve ter sido o seu maior período de abstinência até hoje!

Ronan hesitou e assentiu. Se soubesse a verdade, Clem morreria de rir. Desde aquela noite com Kate, não houve mais ninguém. Parecia maluquice, até para ele, mas foi assim. Se não pudesse ficar com Kate, não ficaria com mais ninguém.

Mas, mesmo com isso, a ausência de vida sexual estava sendo um incômodo; ele era humano, afinal. Daí o motivo da conversa que eles estavam prestes a ter a qualquer momento.

Porque, se queria sexo, mas não um relacionamento, ele ficaria mais feliz com Clem do que com qualquer uma das duas garotas que eles encontraram naquela noite. Ou qualquer outra pessoa que ele conhecia.

Além do mais, Clem estava no mesmo barco dos celibatários que ele.

– Tudo bem. – Clemency balançava a cabeça para mostrar que entendia o lado de Ronan. – Falando sério, você fez mais do que devia. Você tem sido um namorado fantástico, e todas as garotas vão ficar animadíssimas quando souberem que está livre de novo. Vamos dizer que terminamos porque decidimos que é melhor sermos amigos. E, se alguém pedir alguma carta de recomendação, prometo que dou cinco estrelas!

Ronan expirou.

– Ou não precisamos terminar.

– Como assim? – Clemency pareceu intrigada. – Achei que era isso que você queria.

– E, como sempre, tirou conclusões precipitadas. Gosto de ser seu namorado. Só estava pensando se você estaria interessada em... bom, aproveitar um pouco mais a situação.

– Como é?

Bom, botar para fora as palavras era um pouco mais complicado do que ele esperava. Ronan deu de ombros com um ar de falsa tranquilidade.

– Vamos lá, use a imaginação.

– Você quer que a gente seja um casal de verdade? É isso? – Clem estava com os olhos arregalados. – Tipo, *de verdade*?

– Hum, talvez.

Ele não tinha considerado essa possibilidade, mas por que não? Nunca se sabia, podia acontecer.

– Ah, entendi. – A expressão dela se transformou. – Você está atrás de *sexo*.

Ronan fez uma careta.

– Meu Deus, que brutalidade.

– Mas estou certa?

– Não levante as sobrancelhas para mim assim.

– Mas estou certa, não?

As sobrancelhas de Clemency permaneceram erguidas.

– Sim.

Bruxa.

– Você está sugerindo que devíamos ter uma amizade colorida.

– Olha, é só uma ideia. Você pode muito bem dizer não. Achei que um arranjo recíproco inofensivo poderia ser... legal.

– Considerando que nenhum de nós tem alguém para isso.

– Bem, sim. Mas tudo bem, pode esquecer.

Clemency pensou por alguns segundos e disse:

– Tudo bem.

– Isso quer dizer tudo bem, pode esquecer? Ou tudo bem, vamos experimentar?

Os olhos dela cintilaram.

– A gente pode tentar se você quiser.

– Você já tinha pensado nisso? – perguntou Ronan, inclinando a cabeça.

– Talvez.

Ele sorriu. Claro que era uma coisa que ambos já tinham considerado; a questão só não tinha sido levantada.

– Vamos experimentar, então?

– Você acha que vai ser estranho?

– Só temos um jeito de descobrir.

Ronan se aproximou e a puxou para mais perto dele; também tinha se perguntado se seria estranho. Mas eles haviam se beijado sem problemas, então...

Menos de um minuto depois, ele percebeu que ela estava tremendo. Não de emoção, infelizmente, mas de segurar as gargalhadas.

Depois de mais alguns segundos, ela se afastou e as risadas sufocadas saíram em uma explosão.

– Ai, meu Deus, me desculpe, mas isso é *tão* estranho... – disse ela, ofegante.

– Ainda nem fizemos nada.

– Eu sei, mas só de saber que vai acontecer. Estou me sentindo estranha... – Ela colocou a mão na boca e se esforçou ao máximo para sufocar outra onda de risadas. – É como receber uma massagem e querer que pare, mas ter que deixar continuar porque era para ser bom.

– Obrigado – declarou Ronan. – Isso que eu chamo de massagem no ego.

– Desculpe! Você não está achando esquisito também? Tudo bem, vamos apagar isso e tentar de novo. Desta vez, prometo que não vou rir.

Clem não riu; ele percebeu que ela estava se controlando corajosamente. Desta vez, foi Ronan quem riu primeiro, porque a amiga estava certa, aquilo era estranho em todos os aspectos.

– Ah, Deus, por que não conseguimos fazer isso? – Ele se encostou na bancada da cozinha e passou a mão no rosto. – Se pudermos superar esse começo, talvez o resto seja mais fácil.

Quando os dois voltaram a se controlar, Clemency tomou um copo de água e secou a boca com as costas da mão.

– Tudo bem, vamos fazer uma última tentativa e desta vez vamos fazer direito. Vamos nos concentrar *muito* e nenhum de nós vai rir. E, mesmo que fique estranho, vamos continuar até que *pare* de ficar estranho.

– Combinado – disse Ronan.

– Feche os olhos – instruiu Clemency. – Vamos ficar de olhos fechados e não abrir mais. – Ela assentiu com determinação. – Acho que vai ajudar.

Ele deu um sorriso breve e fechou os olhos. Talvez ela estivesse certa; assim, ele podia fingir que ela era a Kate. Bom plano.

É a Kate. De verdade. Não é a *Clemency*. É a *Kate*. Ele a beijou, acariciou sua nuca e passou a outra mão pelo ombro e pelo braço... só que não adiantou nada. Como seu cérebro poderia acreditar por um segundo que era Kate quando sabia perfeitamente bem que era Clem?

Que estava começando a tremer de novo em um esforço para segurar a gargalhada incontrolável.

De repente, os dois estavam rindo e se segurando um no outro, em parte porque era a situação mais maluca do mundo e em parte de alívio por ter acabado.

– Ah, bem, a gente tentou. – Clemency secou os olhos com uma folha de papel-toalha do rolo da cozinha.

– Fizemos o melhor possível – concordou Ronan. – Mas, Deus, quem poderia imaginar que isso seria *tão* estranho?

– Sei que você tem o corpo lindo – disse Clemency –, mas a ideia de ver você pelado estava me deixando surtada.

– Exatamente, eu também. – As chaves de Ronan estavam na bancada; ele as pegou e abraçou Clem. – Pelo menos tentamos.

Quando o levou até a porta do apartamento, Clemency falou:

– Até fingi que você era outra pessoa dessa última vez. Para tentar facilitar as coisas. Mas não adiantou. – Ela fez uma pausa e perguntou: – Você também tentou?

– Não.

Ronan balançou a cabeça; ele não admitiria *mesmo*.

– Ah. Desculpe. Estou me sentindo mal agora.

– Pode me contar. Quem você fingiu que eu era?

Ela olhou para ele.

– Chris Hemsworth.

Ronan abriu um sorriso provocador.

– Foi por isso que não deu certo. Você deveria ter pensado em alguém mais bonito do que eu.

Capítulo 36

 AINDA FALTAVAM SETE DIAS para o aniversário de Belle, mas aquela noite foi a única data em que as antigas amigas da escola conseguiram se reunir. Elas se encontraram no Hotel Mariscombe para jantar e foram até o terraço para beber, conversar e conhecer os outros hóspedes e visitantes de St. Carys.

Agora, Belle estava sentada no táxi, olhando pela janela enquanto Clemency, ao seu lado, dizia:

– A noite foi ótima. Todo mundo se divertiu, não foi? E foi bom encontrar a Riley de novo. E a Dot não está linda?

– Está.

Distraída pelos próprios pensamentos, Belle assentiu.

– Nossa, meus dedos dos pés. Esses sapatos estão me matando. Não sei como você consegue – falou Clemency.

– É porque você compra dos baratos. Se usasse os de marca, não machucariam tanto. – Mas Belle sorriu enquanto falava; a diferença dos hábitos de consumo das duas era uma piada constante entre elas. Num impulso, esticou a mão e segurou a de Clemency. – Obrigada por vir hoje. Sei que elas não são suas amigas, por isso agradeço.

– Ei, tudo bem. – Em resposta, Clemency apertou os dedos dela. – Fico feliz por você ter se divertido.

Por um momento, Belle sentiu um aperto na garganta. Por fora, pareceu assim: sete jovens mulheres atraentes rindo e tomando champanhe no terraço de um dos hotéis mais glamourosos da Cornualha.

Mas ela tinha mesmo se divertido?

Elas chegaram à rua de Clemency, e o táxi parou em frente ao prédio. Clem se inclinou para dar um beijo meio hesitante na bochecha de Belle.

– Boa noite. Feliz pré-aniversário. Não se esqueça de tomar uma jarra de água antes de ir dormir.

– Não preciso. – Belle conseguiu dar um sorriso fraco enquanto a irmã postiça muitas vezes irritante, mas essencialmente de bom coração, lutava com o lado errado da maçaneta. – É você que vai acordar de ressaca.

No restante do trajeto, o táxi seguiu serpenteando pelo centro de St. Carys, virando à direita e pegando a rua da orla. Enquanto seguiam pela praia, Belle apoiou a cabeça no vidro frio da janela e olhou para a baía Beachcomber. As estrelas estavam no céu, o mar estava liso e escuro, e naquele momento não havia carro nenhum por perto.

O que não impediu o sinal à frente de ficar vermelho quando eles se aproximaram.

Ela se sentou ereta no banco.

– Você não pode passar direto?

– Não posso – respondeu o taxista.

Típico sujeito mesquinho. Belle suspirou, se encostou no banco e olhou para a baía mais uma vez. Um leve movimento chamou sua atenção e por um segundo ela achou que fossem duas gaivotas brigando na areia. Logo em seguida, percebeu que era alguém correndo na praia, as solas dos tênis brilhando a cada passo.

Eram onze horas; quantas pessoas em St. Carys estariam correndo àquela hora da noite?

O sinal ficou verde.

– Pare. – Belle se empertigou mais ainda.

– Não – disse o taxista. – Vermelho é "pare". Verde é "siga".

– E o cliente tem sempre razão. – Havia uma cobrança de sete libras no taxímetro; Belle entregou uma nota de dez. – Fique com o troco. Vou descer aqui.

– Aonde você vai?

– Caminhar.

– Caramba, com esses sapatos? Boa sorte.

Ele saiu dirigindo e rindo e Belle seguiu andando, mas parou para tirar os saltos e então se dirigiu até a escada que dava na areia. O brilho dos tênis não estava mais visível, tendo sido engolido pela escuridão, mas não importava; os degraus de pedra eram o único jeito de alcançar a praia.

Ela chegou ao fim, passou pela parte de pedrinhas e se sentou em um trecho de areia seca. Usando um vestido rosa-claro com cristais bordados de Harvey Nichols que tinha custado 675 libras.

Enquanto esperava, ela inspirou as fragrâncias misturados de maresia, algas e peixe frito com batatas do restaurante da High View Street. Com o mar calmo assim, as ondinhas quebrando na praia pareciam um crochê delicado. E a noite ainda estava quente, quase tropical, com um leve toque de brisa para que não chegasse a abafar.

Finalmente, ela ouviu as batidas ritmadas dos passos voltando. Quando chegaram mais perto, Belle jogou o cabelo para trás e se virou para olhar na direção do som. Logo depois, Verity apareceu, a viu e diminuiu o passo.

– Oi. – Ela se sentou ao lado. – Você parece uma sereia com esse vestido.

– Está tarde – disse Belle. – Eu estava voltando para casa quando vi você aqui.

– Não estava com sono, não conseguia dormir. – Verity deu de ombros. – Mas não tem problema. Gosto de correr à noite, quando não tem ninguém por perto.

– Menos chances de esbarrar em alguém na praia – falou Belle, com um leve sorriso. – Continue se quiser. Não precisa parar por minha causa.

– Tudo bem, já corri o suficiente. Essa roupa que você está vestindo é muito bonita. E os sapatos que não está calçando também. – Verity pegou um e o admirou por alguns segundos. – Olha esse salto. É confortável de verdade?

– Não. Puro sofrimento. Simplesmente finjo que não machuca.

Verity riu.

– E onde você estava? Saiu para algum lugar legal com o Sam?

Belle balançou a cabeça.

– O Sam está em casa. Meu aniversário é na semana que vem e fui me encontrar com algumas amigas da escola. Clem também foi. Jantamos no Hotel Mariscombe.

– Parece ótimo. Feliz aniversário adiantado!
– Você poderia ter ido – disse Belle. – Eu teria convidado você, mas achei que talvez fosse estranho porque era um grupo que você não conhecia. Bom, fora a Clemency – ela fez uma careta –, e você sabe como ela é.
– Tudo bem. O importante é que você se divertiu – disse Verity.

Mais uma vez faziam a suposição de que tudo na vida dela era maravilhoso. Belle se apoiou com os cotovelos e olhou para o mar, desejando poder dizer todas as coisas que realmente queria pôr para fora.

Ao seu lado, Verity murmurou:
– Está tudo bem?
– Está – respondeu Belle, assentindo de um jeito distraído.
– Tem certeza? Porque você tem o Sam em casa esperando. Mas está aqui, sentada na areia, com um vestido muito caro.
– Verdade.

Ela assentiu de novo.

Depois de alguns segundos de silêncio, Verity continuou:
– Sou boa ouvinte se achar que conversar pode ajudar.
– Conversar sobre o vestido? Bom, só pode ser lavado a seco...

Viu? Nem tudo estava perdido; ela ainda era capaz de fazer uma piada.
– Não sobre o vestido. Sobre você e Sam. Não sou especialista, mas imagino que a questão seja essa.

E todo o resto. Belle assentiu lentamente.
– Durante toda a vida, eu quis o marido perfeito. Mesmo quando estava na escola, era a única coisa com que eu sonhava: me casar com o melhor dos homens, para podermos ter filhos e sermos a família mais feliz do mundo. Sei que parece uma coisa saída de um livro adolescente, mas não posso evitar. Era o que eu queria. E agora eu tenho o Sam e ele é tudo que sonhei, mas... Ah, não sei...
– Se não for a coisa certa e você achar que não tem jeito, deveria terminar – disse Verity. – Não há vergonha alguma nisso.
– Eu sei, eu *sei*. Mas a questão é que nunca vou conhecer um homem melhor do que ele. Ah, Deus... Não falei sobre isso com ninguém. Você não vai dizer nada, vai?
– Claro que não. Pode confiar em mim. – Verity segurou a mão de Belle. – Prometo.

Sua mão estava seca e firme. Belle fechou os olhos. Verity era de confiança, claro que era. Ela pigarreou, tentando desfazer o nó que se instalara em sua garganta.

– Quando estava na escola, as garotas viviam obcecadas pelos garotos. Então fiz o mesmo e fiquei obcecada junto com elas. E não havia problema, mas às vezes o jeito como elas falavam sobre sentimentos me fazia pensar se estava me faltando alguma coisa. Eu não parecia ter o mesmo entusiasmo por, você sabe... pelas coisas, como elas.

Coisas. Escute isso. Estou parecendo o quê?

Verity assentiu.

– Você está falando de sexo.

Ah, a culpa. A culpa e a vergonha, a terrível vergonha. Belle assentiu; pela primeira vez na vida, estava admitindo seu segredo mais constrangedor.

– Sim, isso também. Nunca foi tão incrível quanto elas diziam. Mas, se eu admitisse isso, elas ririam da minha cara. Porque elas riam de qualquer uma que não fosse que nem elas. – Ela hesitou. – Deus, não sei explicar... Existe alguma comida de que você não gosta muito?

– Mostarda – respondeu Verity na mesma hora. – Odeio mostarda.

– Então é como se você estivesse contando para as suas amigas que você não gosta de mostarda e todas elas olhassem para você como se você fosse completamente louca, porque quem em sã consciência não amaria mostarda? E então elas começam a dizer que você deve ter algum problema... mas não adianta, não ajuda, porque não importa quantas vezes você se esforce para se obrigar a gostar de mostarda, não vai acontecer.

– Eu sei. – Verity assentiu para mostrar que entendia. – É um bom jeito de explicar. Mas não é a melhor coisa do mundo para você.

– Não.

– Também não deve ser a melhor coisa do mundo para o Sam.

– Ah, não se preocupe com o Sam. Ele não faz ideia de nada disso – disse Belle. – Sou uma namorada fantástica.

Sem mencionar uma atriz maravilhosa. Era motivo de orgulho para ela que nenhum dos homens de sua vida desconfiaram que havia algo de errado.

– Que tal terapia? Já pensou em experimentar?

– Não ajudaria.

Disso ela sabia.

259

– Tudo bem. – Verity assentiu. – Bom, como falei, isso fica só entre nós. Está se sentindo melhor por ter contado a alguém?

A conversa tinha acabado? Belle percebeu que estava decepcionada; ah, Deus, será que estava matando Verity de tédio? Em voz alta, respondeu:

– Estou, sim.

– Que bom. – Verity estava se levantando, preparando-se para ir embora. – Fico feliz em ajudar. Quer dar um mergulho?

Belle olhou para ela com um sobressalto.

– O quê?

– Você sabe. Aquele negócio de entrar no mar e balançar os braços e as pernas para não afundar, conhece?

Em um movimento rápido, Verity tirou a regata preta de lycra e os tênis. Em seguida, tirou o short de lycra. Por baixo, estava usando o biquíni cinza-chumbo.

– Isso é uma brincadeira? Você está me chamando para nadar com você às onze e meia da noite?

– Você não precisa aceitar – respondeu Verity.

– Vai estar frio.

– Não vai, não.

– Como você vai se secar depois?

Verity se virou, andou até as pedras à esquerda da escada e pegou uma bolsa preta nas sombras.

– Só tenho uma toalha, infelizmente. Mas podemos dividir.

– Não tenho traje de banho – disse Belle.

– Então é um não?

Agora que sua visão estava ajustada à luz fraca, Belle identificou o brilho de diversão nos olhos azul-claros dela. O tom de desafio na voz era quase imperceptível, mas estava lá. Belle balançou a cabeça; Verity achava mesmo que ela era do tipo que respondia a desafios? Quantos anos elas tinham, dez?

– Ááááá!

Belle soltou um grito abafado enquanto corria para o mar e sentia o gelo da água nos tornozelos, nos joelhos, nas coxas...

– Olha, talvez eu tenha mentindo um pouquinho – disse Verity, caindo na gargalhada ao seu lado.

A barriga e o peito sempre eram as piores partes. Só havia um jeito de fazer. Belle estava ofegante.

– Um, dois, três… já!

Ela se jogou na água para resolver aquilo de uma vez.

Alguns minutos depois, elas tinham contornado o cabo e chegado à enseada seguinte do litoral. Atrás delas, as luzes de St. Carys tinham sumido de vista. Aquela, Mirren Cove, era pequena e inacessível a pé. Nadando preguiçosamente ao seu lado, a uns dez metros da praia, Verity disse:

– Olha como as estrelas brilham bem mais aqui.

– É incrível. – Belle boiou de costas e olhou para o céu. – Não venho a esta enseada há anos.

– Você nada bem.

– Eu sei.

Verity riu.

– Ainda está com frio?

– Agora já esquentei.

– Não é mágico como acontece? Não enjoa nunca. Está preocupada com as suas coisas?

– Não – respondeu Belle, balançando a cabeça.

Ela tinha tirado o vestido e deixado na bolsa de Verity, junto com os sapatos e a bolsinha rosa com a carteira, as chaves e o celular. Com sorte, ninguém encontraria a bolsa e fugiria com ela.

– E como está se sentindo? – perguntou Verity.

– Não tão mal assim, considerando que estou boiando no mar no meio da noite de calcinha e sutiã.

Verity sorriu, os dentes brilhando ao luar.

– Tentei convencer o David a vir nadar comigo uma noite na nossa lua de mel. Ele não gostou muito da ideia, disse que preferia pular de uma ponte sem uma corda de bungee-jump.

– Por quanto tempo vocês ficaram casados?

– Um pouco mais de dois anos.

A água batia no corpo de Belle enquanto ela mexia os braços para continuar flutuando.

– Posso perguntar o que aconteceu?

– Você quer dizer por que terminamos? Acho que podemos dizer que não combinávamos.

– Foi um fim amigável?

– No começo, não. Mas chegamos lá no final. Conseguimos manter a amizade.

– Por que vocês não combinavam? – perguntou Belle.

– Bom, Dave gosta de mulheres. E muito. – Verity fez uma pausa e acrescentou: – Eu também. O que tornou o nosso casamento meio estranho.

Belle olhou para ela.

– Você quer dizer...?

O resto da frase ficou entalado na garganta dela.

– Sim. – Nenhuma hesitação naqueles olhos azuis. – Mas você já sabia disso, não?

Sabia? Lá no fundo, ela tinha adivinhado, tinha sentido? Belle ouviu sua respiração entrecortada enquanto digeria as palavras de Verity. Também percebeu que a maré as tinha levado para perto da areia. Em vez de boiar na horizontal, ela esticou as pernas e encontrou areia.

Verity fez o mesmo, e elas ficaram de frente uma para a outra, com água em movimentos suaves até os ombros.

– Eu não tinha certeza. – A voz de Belle falhou quando ela se preparou para dizer as palavras que nunca tinha imaginado que teria coragem de dizer em voz alta. – Mas pensei no assunto. E... torci para que fosse verdade.

– Parabéns por identificar. Nem sempre é fácil, né? – disse Verity com calma.

Belle balançou a cabeça, sentindo um clamor crescente no peito; seu corpo estava em chamas com a expectativa. Era agora, algo ia finalmente acontecer?

– Você já beijou uma garota? – A voz de Verity soou baixa.

– Não.

– E gostaria?

Ah, Deus.

– Sim.

– Alguém em particular?

– Talvez.

Agora, as duas estavam sorrindo. O cabelo comprido e molhado de Verity estava para trás, as pontas espalhadas ao redor do corpo dela na água. Ela esticou os braços e os apoiou nos ombros expostos de Belle, e o contato físico provocou uma onda de adrenalina tão intensa que Belle quase se esqueceu de respirar.

Verity foi se aproximando mais e mais, até que seus corpos embaixo da água se tocaram, e os lábios acima da superfície se encontraram.

Tão macios… tão lindos… *tão perfeitos…*

Quando o beijo se intensificou, lágrimas quentes escorreram dos olhos ainda fechados de Belle.

Ela sabia que o que estava acontecendo ameaçava gerar um novo mundo de problemas em sua vida tão cuidadosamente planejada e tão perfeita.

Capítulo 37

RONAN DEU UM SUSPIRO DE ALÍVIO quando trancou as portas do escritório. Ele amava o trabalho, mas às vezes o público em geral o deixava louco. Tinha sido um daqueles sábados frustrantes em que eles foram inundados de pessoas bem-intencionadas que não passavam de tempo perdido, turistas para quem só dar uma olhadinha não era suficiente. Levados pela animação das férias, entravam na Barton & Byrne aos montes para aproveitar o ar-condicionado e pegar o máximo de livretos de propriedades que pudessem, para olharem as fotos e fantasiarem a compra de uma casa de veraneio com as paisagens gloriosas de St. Carys.

Era uma fantasia inofensiva, mas irritante quando eles mergulhavam em conversas entusiasmadas de vinte minutos sobre propriedades desejáveis que evidentemente jamais comprariam.

Mas tinha acabado. Livre pelo resto da noite, Ronan tinha sido convidado para um churrasco no clube de críquete, que seria divertido e lhe daria oportunidade de conversar com alguns dos seus amigos mais barulhentos.

– Ronan! Ei, peguei você bem a tempo!

Ronan se virou e viu Terry Ferguson pulando da van branca. Seu coração parou, não por ele não gostar de Terry, que trabalhava como instalador de janelas, mas porque Terry nunca usava uma palavra se pudesse usar cem. Com trinta e muitos anos, solteiro e desesperado para encontrar uma namorada e se casar, sua capacidade de falar espantou um fluxo de garotas exaustas por toda a Inglaterra, que reclamavam que ele as interrompia constantemente e nunca ouvia uma única palavra que elas diziam.

– Oi, Terry, como estão as coisas com...

– Ótimas, não podiam estar melhores! Soube da novidade? – Terry sorriu para ele, de rosto vermelho e feliz consigo mesmo com a camisa xadrez verde e branca e a calça jeans rasgada do trabalho. – Bom, acho que não, considerando que você é o primeiro a saber. Estou indo embora, cara. Vou para Liverpool! Vou morar com a Deena, acredita? Que felicidade!

– Uau – disse Ronan. – Quem é Deena?

– Minha namorada! Você se lembra dela, não? Falei sobre ela na semana passada.

– Ah, sim. – A verdade era que as pessoas costumavam não prestar muita atenção quando eram encurraladas por Terry, mas as informações principais voltaram à mente de Ronan. – Você a conheceu no Tinder e ela trabalha em uma central de telemarketing, é ela...

– Eu a conheci no Tinder e ela é *dona* de uma central de telemarketing! Mas ela não queria homens que só estivessem atrás do dinheiro, então fingia não ter nenhum, entende? Mas agora ela confia em mim. E não ligo para esse lado das coisas, de qualquer modo. Ainda a amaria se ela não tivesse grana nenhuma!

– Entendi. – Ronan assentiu. – E o que o traz aqui agora?

– Vou vender minha casa! Não preciso mais dela! A Deena tem uma casa bem grande e vou usar o dinheiro da minha para montar meu negócio de janelas em Wirral. Então, quanto mais cedo você puder colocá-la no mercado, melhor. Só quero botar a mão no dinheiro o mais rápido possível!

– Certo. – Ronan hesitou, refletindo sobre como elaborar a pergunta seguinte. – Olha, posso...

– Você pode ir comigo dar uma olhada agora?

Opa, *calma*.

– Terry. Você já se encontrou com a Deena ou essa é mais uma amizade on-line?

A última namorada, pelo que pareceu, era uma beleza robusta surpreendente que precisava da ajuda de Terry para recuperar os 76 milhões de libras que tinha recebido de herança do pai, presidente de um país africano.

– Ah, não me venha com isso de novo. Essa é de verdade, juro.

– E você já viu essa mulher, certo? Não só em fotos, claro. Na vida real.

– Caramba, como você é desconfiado!

Terry pegou o celular e mostrou a Ronan a proteção de tela, uma foto dele com o braço em volta de uma loura sorridente de uns trinta anos.

– Nós nos encontramos todos os fins de semana dos últimos dois meses. Contei *tudo* sobre ela na semana passada. – Ele balançou a cabeça com pena. – Precisa prestar mais atenção, cara. Às vezes, parece que você não ouve uma palavra que eu digo.

– Desculpe. É que estou preocupado de você estar se precipitando. Colocar a casa à venda é um passo grande para...

– Ronan, qual é o seu problema? Você se diz vendedor? Vou vender, sim – declarou Terry –, e ninguém vai me impedir. Você pode não saber como é estar apaixonado, mas *eu* sei. – Ele apontou com o dedo orgulhoso para o próprio peito. – Se você não estiver interessado em vender minha casa, não tem problema nenhum, cara. Vou procurar a Rossiter's.

Uma hora e meia depois, Ronan ligou para Kate. Ao pensar em falar com ela, como sempre, seu coração acelerou. Quando ela atendeu, ele disse:

– Boas notícias. Acho que encontrei.

– Encontrou? Você está falando *sério*? – Ele conseguia sentir o sorriso na voz dela; Kate soube na mesma hora o que ele estava dizendo. – É mesmo?

– Tenho quase certeza.

Agora, ele sorria também, embora, logicamente, essa fosse a última coisa que queria que acontecesse. Quando Kate tivesse encontrado a casa certa, ele não poderia mais levá-la para fazer visitas.

– Claro que posso estar enganado, mas...

– Se você acha que é essa, estou animada. Como ela é?

Ele deu os detalhes básicos da casinha branca tradicional com terraço na Victoria Street, com decoração simples, um bonito jardim nos fundos e, nem seria necessário dizer, janelas novas da melhor qualidade.

– Tem até vista para o mar – acrescentou ele com alegria, porque sabia que era uma coisa que Kate sempre quis, mas achava que não teria dinheiro suficiente. – Falei para o proprietário que, se esperasse mais um pouco, poderia conseguir um pouco mais pela casa, mas ele está desesperado para vender rápido. E com esse preço, vai ser vendida rapidinho, mas ninguém viu ainda. Contei que tinha em mente uma possível compradora e ele gostaria que você fosse olhar o mais rápido possível. – *Tum-tum*, fez sua pulsação. – O que você vai fazer hoje?

Por um momento louco, passou pela cabeça dele que o churrasco do clube de críquete não era longe da casa de Terry... Talvez depois da visita ele pudesse, como quem não quer nada, sugerir a Kate que eles passassem lá para beber alguma coisa e comer um hambúrguer...

– Ah, hoje não posso – disse Kate. – Desculpe. Meus avós vão passar as férias nos Estados Unidos e nossa vizinha vai dar uma carona para eles até o aeroporto, então vou ficar de babá até ela voltar.

– Tudo bem.

Era o fim da fantasia. No entanto, Ronan só se lembrou depois, se *tivesse* convidado Kate para o churrasco, ela perguntaria por que ele não ia levar Clem.

– Que tal amanhã, então? Por volta do meio-dia?

– Amanhã seria ótimo. – Kate pareceu aliviada. – E meio-dia é perfeito. Me diz o número da casa e encontro você lá.

– Ou posso passar de carro para te buscar – ofereceu Ronan. – Para você não ter que fazer esse trajeto todo de bicicleta.

– Só se não for mesmo um problema. Não quero incomodar.

Como se isso fosse possível. Em voz alta, Ronan respondeu:

– Não tem problema. Faz parte do serviço. Passo para buscar você pouco antes do meio-dia.

– Isso é tão empolgante. – Kate pareceu animada. – Mal posso esperar!

Que noite estranha tinha sido aquela. Kate, que costumava dormir muito bem, desistiu às sete e saiu da cama. Tinha sonhado com Ronan – nenhuma novidade nisso –, que estava mostrando a casa para ela, só que, na verdade, era um pequeno zoológico, e havia uma lhama na cozinha. E, quando ela reclamou da lhama, Ronan falou, irritado: "Já passou pela sua cabeça que você reclama demais? Clem *adoraria* morar em um lugar assim."

Isso a acordou de repente às duas da madrugada e a impediu de voltar a pegar no sono. Às cinco, ela começou a se perguntar se estava com algum problema; sentia-se inquieta e incomodada e, de modo geral, não muito bem.

Para tirar da cabeça a sensação de estranheza, ela entrou no chuveiro e usou seu sabonete líquido favorito de limão. Devia estar tensa porque sabia que veria Ronan em breve.

Falando sério, aquela paixonite idiota não passaria nunca?

Mesmo depois de secar o cabelo e passar um pouquinho de maquiagem, ela não conseguiu sufocar a sensação de inquietação no peito. Às oito e meia, viu-se limpando o forno e esfregando as portas dos armários da cozinha. Às nove, estava andando pela garagem em busca de uma tinta vermelha fosca.

Às nove e meia, o piso da cozinha estava coberto de jornal e ela começara a passar uma nova demão de tinta nas paredes. Não demoraria, mas pouparia seu avô de fazer o serviço quando voltasse da Flórida.

Às dez horas, as cólicas que ela estava se esforçando para ignorar ficaram piores de repente, a ponto de Kate concluir que teria que adiar a visita a St. Carys.

Ah, Deus, ela não queria, mas o desconforto estava piorando. Sentir-se mal na privacidade da própria casa era uma coisa, mas na casa de outra pessoa seria insuportável. E, se tivesse pegado algum tipo de vírus estomacal, ela não podia correr o risco de passar mal quando estivesse saindo logo com Ronan Byrne.

Mas que surpresa ela se sentir assim logo naquele dia, quando ele tinha encontrado uma casa que poderia ser perfeita... ai... *ui*.

Decepcionada, Kate desceu da escada e pegou o celular. Enviou uma mensagem de texto pedindo desculpas a Ronan e explicando que não estava se sentindo bem para visitar a casa de Terry, mas sugerindo que eles fossem fazer a visita no dia seguinte.

Seu celular tocou menos de um minuto depois.

– O que houve? – perguntou Ronan, e sua respiração travou só de ouvir a preocupação na voz dele.

– Estou bem. Só... com dor de estômago.

Quando falou, a sensação de aperto no abdômen voltou e Kate apertou a beirada da bancada da cozinha.

– Você parece estar com dor. Sua respiração está pesada.
– Estou bem. De verdade.
– Você já sentiu isso antes? – Ele hesitou, claramente preocupado. – Acontece com regularidade?

Kate fez uma careta. Seus ciclos menstruais sempre foram leves e indolores. E, sim, ela e Ronan já tinham dormido juntos, mas era constrangedor ele fazer aquela pergunta. Quando a dor se intensificou, ela soltou um gemido.

– Acho que não.
– Você acha que pode ser apendicite?
– Não sei!
– Bom, não é melhor ligar para um médico?
– É sério, não precisa. – Ela não era do tipo que ligava para médicos. – Vou ficar bem. Vou só... *aai...* pegar leve nas atividades e esperar que passe.

Ele ainda parecia preocupado.

– Tudo bem, mas se cuide. Me ligue se precisar de alguma coisa. Você está na cama agora?

Kate corou e segurou a lateral da escada.

– Estou descansando no sofá.

Quando desligou, a dor tinha diminuído e ela continuou pintando em volta dos armários brancos com uma camada de vermelho. Ainda se sentia meio estranha, mas a melhor forma de tirar uma coisa assim da cabeça era se mantendo ocupada.

Até que a onda seguinte de dor surgiu, bem na hora em que ela esticou o braço para alcançar a parede acima do congelador.

Com um grito de surpresa, Kate tentou segurar o topo da escada e sentiu a parte de trás do pulso derrubar a lata de tinta. Balançando muito, ela perdeu o equilíbrio e soube que o pior estava prestes a acontecer. Logo em seguida, os três caíram de um jeito que parecia desenho animado em câmera lenta: ela, a lata de tinta e a escada.

Alguma coisa no tom de Kate incomodou Ronan mesmo depois que ele desligou. Era um pressentimento ou a lembrança de como ela tratou com descaso os ferimentos no dia em que enfrentou sozinha aquele ladrão? Ele sabia que ela não era do tipo que reclamava de tudo.

Também sabia que Kate provavelmente acharia que ele estava louco, mas paciência; ela estava com dor e era britânica demais para ir ao médico, então ele decidiu ir até lá de qualquer modo.

Para ser sincero, estava ansioso para vê-la naquela manhã; tanto que agora percebia que não conseguia suportar a ideia de não a encontrar. Tinha até lavado e passado sua camisa branca de algodão favorita, a que era um inferno para tirar o amarrotado.

Quando chegou à casa dela, tocou a campainha, torcendo para Kate não ter dormido no sofá e acabar acordando por causa dele.

Ninguém atendeu, mas ele ouviu um som baixo vindo de dentro da casa. Tocou a campainha de novo e ouviu um grito fraco:

– Quem é?

Ele se inclinou, abriu a aba de correspondência e gritou:

– Sou eu, Ronan! Você está bem?

E agora, com a aba aberta, ele conseguiu ouvir Kate com mais clareza.

– Não, não estou bem. Você pode dar a volta e entrar pelos fundos da casa?

Os fios de cabelo da nuca dele ficaram de pé; essa era a Kate discreta, que não reclama de nada, pedindo ajuda.

– Estou indo! – gritou ele e saiu correndo pela lateral do prédio.

O portão alto de madeira estava trancado, mas ele escalou o muro e pulou para o outro lado. Momentos depois, chegou aos fundos e viu que a janela da cozinha estava aberta. Quando se aproximou, a respiração entalou na garganta ao ver o banho de sangue que o recebeu.

– Ah, graças aos céus você está aqui. – Kate estava deitada de lado no chão, com a mão na barriga e sentindo dor. – Não sei o que está a-ac-acontecendo, mas tem alguma coisa errada.

Ronan pulou a janela, passou por cima da bancada e se ajoelhou ao lado dela, empurrando a escada e o pote virado de tinta para longe.

– Alguma coisa disso é sangue ou é tudo tinta?

– Só tinta. Não levei facada nenhuma.

O piso estava manchado e sujo de tinta vermelho-vampiro, assim como Kate. Ronan viu as gotas de suor na testa branca como giz e pegou o celular.

Depois que ligou para a emergência, explicou a situação e recebeu a garantia de que uma ambulância estava a caminho, seu coração desacelerou um pouco. Ele segurou a mão de Kate e tirou o cabelo úmido do rosto.

– Não acredito que você estava pintando a cozinha.

– Achei que me distrairia. – Kate expirou de alívio quando a pontada de dor começou a diminuir. – *Eu* não acredito que você veio até aqui.

– Estou feliz de ter vindo.

Saber que ela estava caída ali sozinha era algo insuportável.

Ela conseguiu abrir um sorriso fraco.

– Eu também. Desculpe pelas suas roupas.

Ronan olhou para a melhor camisa branca, agora toda estragada.

– Essa coisa velha? Não se preocupe, eu ia jogar fora mesmo.

E Kate, evidentemente aliviada, assentiu e murmurou:

– Ah, que bom.

Alguns minutos depois, a atendente disse ao telefone:

– A ambulância está parando em frente ao endereço agora. A porta da frente está aberta para eles entrarem?

– Aiiiii...

Kate fechou bem os olhos quando uma nova pontada de dor surgiu.

Por favor, não morra, por favor, não morra. Ronan se levantou e quase escorregou na poça de tinta.

– Vou abrir a porta agora.

Capítulo 38

 – ESTOU O QUÊ? – Deitada na maca estreita na ambulância a caminho do hospital, Kate olhou sem entender para a paramédica. – Não é possível. Não, isso está errado.

– Lembra na sua casa, quando perguntei se estava grávida e você disse que não? Não falei na hora porque seu amigo obviamente não sabia.

– Ele não era o único. – Kate percebeu que seus dentes estavam batendo; ela parecia estar em choque. – Tudo bem, uma de nós está tendo uma alucinação aqui e espero que seja você. Porque não estou grávida.

– Querida, está, sim. Mais do que isso, está em trabalho de parto. Esse bebê está saindo.

– *Bebê*? Ah, meu Deus, como posso estar tendo um bebê? Olha para mim! – Com pânico crescente, Kate apontou para a barriga. – Cadê? Cadê a barriga?

– Shhh, calma. Com a minha irmã foi igual. – A paramédica deu um tapinha leve na barriga de Kate. – Achatada como uma panqueca. Acontece com algumas mulheres. Mas você tem uma barriguinha aqui, está vendo? Você deve ter reparado.

Ainda pensando se estava presa em um sonho, Kate deu outra olhada para o abdômen ligeiramente inchado que tinha sido a causa recente de sua primeira calça jeans de tamanho maior. Tinha atribuído às besteiras que andava comendo. No que dizia respeito a barrigas, não tinha nem de longe o formato de um bebê.

– Só achei que estava comendo mais biscoitos do que o normal.

Ela nunca pensou em questionar por que tinha desenvolvido tamanho gosto por creme de baunilha e biscoito de chocolate.

A voz da paramédica assumiu um tom mais gentil.

– Você não sabia mesmo?

– Está falando sério? Ainda não estou acreditando nisso. – Kate balançou a cabeça. – Continuei menstruando.

– Pouco ou muito?

– Bom, pouco. Acho que um fluxo menor do que o habitual.

– Isso também pode acontecer.

– Só achei que era por causa do choque de perder a minha mãe. Ah, socorro, um *bebê*...

– O lado bom – disse a paramédica – é que você está sendo levada para o hospital com muita dor na barriga... mas pelo menos não está doente!

Mais uma onda de dor veio em seguida. Tomou conta de Kate e ela tentou resistir. Quando passou, ela choramingou:

– Ah, Deus, o que o Ronan vai dizer?

– Seu amigo que estava na sua casa? – Elas tinham deixado Ronan limpando a sujeira da cozinha. – Ele é seu namorado?

– Não. – Com voz fraca, Kate balançou a cabeça, sem conseguir sequer começar a imaginar como ele reagiria. – Mas é o pai.

– Bom, talvez não seja tão ruim quando o choque passar. – O tom da paramédica foi encorajador. – Sem dúvida nenhuma ele gosta de você; até eu vi isso.

– Ele tem namorada. – Uma lágrima escorreu pela bochecha de Kate. – Ela é um amor, e eles são perfeitos juntos. Essa é a última coisa de que ele precisa. – Ela secou o rosto e falou com a voz falhada: – Vai estragar tudo.

O banho de sangue tinha virado um banho rosado. Ronan amontoou os jornais em um saco de lixo preto – felizmente tinham absorvido a maior parte da tinta derramada – e esfregado e limpado o máximo que conseguiu antes de a tinta secar. Sua camisa branca era perda total, e ele também a jogou fora. Por sorte, havia um varal com roupas penduradas no quintal, e ele pegou emprestada uma camiseta toda cinza, que devia pertencer ao avô de Kate. Conseguiria limpar a cozinha ainda melhor se passasse mais uma hora esfregando e lavando o piso, mas ir para o hospital era sua prioridade agora. Estava morrendo de preocupação por Kate e precisava saber como ela estava. Dois anos antes, ele saiu por pouco tempo com uma garota que tinha cavalos e testemunhou o pânico quando um deles teve peritonite. O cavalo, se contorcendo de dor no chão do estábulo, quase tinha morrido. A ideia de que Kate poderia estar sofrendo disso o deixava apavorado.

Ele vestiu a camiseta cinza, fechou as janelas da cozinha, pegou a chave do carro e saiu pela porta da frente. Em vinte minutos, estaria no hospital.

Ah, Deus, por favor, que a Kate esteja bem.

Sam foi atingido pela culpa. Era só domingo, o aniversário de Annabelle era na quarta-feira e ele já tinha passado do ponto.

Por saber que ela sempre quis ir a Veneza, ele planejou uma viagem curta para lá para os dois, em parte porque a distração de estar lá fazendo programas turísticos seria mais fácil do que passar o tempo com ela em casa.

Também tinha comprado presentes demais, sobretudo porque não conseguia aguentar a ideia de não comprar o suficiente e vê-la com uma expressão decepcionada. Além do mais, não suportava pensar em Belle, no futuro, dizendo para quem quisesse ouvir: "Que filho da mãe pão-duro; eu devia ter adivinhado. Ele só me deu porcaria de presente de aniversário e depois um pé na bunda."

E era por isso que ele estava agora com coisas demais para ainda serem embrulhadas e pouco papel para isso. Mas queria acabar o serviço enquanto Belle estava fora, visitando uma amiga em Penzance. O que significava que precisaria ir ao centro de St. Carys.

O trajeto foi rápido e, milagrosamente, ainda havia algumas vagas no estacionamento principal. Sam foi direto para a loja chique onde tinha comprado o primeiro lote de papel de presente; foi tão caro da primeira vez que ele achara que havia levado o suficiente, mas se enganou. E como não podia usar papel mais barato no restante dos presentes, era melhor que comprasse mais dois rolos.

– Ah, meu Deus, olha só isso! Você já viu alguma coisa tão bonita assim na vida?

Atrás dele na loja, duas garotas exclamavam por causa de alguma coisa. Depois de pagar pelo papel de presente, Sam se virou e viu os sapatos que tinham chamado a atenção delas.

– Lindos – concordou a segunda garota. – Mas olha esse preço. – Ela franziu o nariz. – Quem pagaria tanto assim por um par de sapatos?

Portanto, Sam, com a culpa por ter se ressentido de pagar tanto por dois rolos de papel de presente com alto-relevo, pensou na mesma hora: *Eu. Eu pagaria.*

Porque os sapatos eram encrustados com cristais, espetaculares e cheios de estilo, e ele tinha certeza de que Belle os amaria.

Quando as duas garotas saíram da loja, ele foi dar uma olhada neles.

– Não são lindos? – disse a vendedora. – Acabamos de começar a vender esses sapatos. Não existe nada parecido na Cornualha. Angelina Jolie usa essa marca, sabe. Tem muita procura.

O nome da marca não significava nada para Sam, mas Belle era muito fã de Angelina Jolie.

– São para sua esposa?

– Namorada – falou Sam. – Só que não lembro o número que ela usa.

– Isso não é problema. – A vendedora falou com um tom tranquilizador de quem estava determinada a não deixar nada se intrometer entre ela e a venda de um par de sapatos de marca absurdamente caro. – Se não servirem, ela pode trazer e trocar o tamanho.

Mas será que havia algo tão decepcionante quanto ganhar um presente que não cabia? Durante um momento de hesitação, uma lembrança surgiu na mente dele. Era de Belle falando uma vez – não sem satisfação – que Clemency tinha pés maiores do que os dela, o que era ótimo quando elas eram mais novas, porque Clem não podia pegar os sapatos dela emprestados.

Sam pegou o celular e ligou para Clem.

– Oi, qual é o tamanho dos sapatos de Annabelle?

– Trinta e sete. Por quê?

Ele sorriu e percebeu ter relaxado, porque era bom demais ouvir a voz dela.

– Bom, estou pensando em comprar um par de luvas para ela.

– Tudo bem, mereci. – Clem riu. – Mas é que a Belle é fresca quando o assunto é sapato.
– Acho que ela vai gostar desses.
– São caros?
– Ah, são.
– Mas precisam ser perfeitos. Onde você está?
– Na loja azul na esquina da Cliff Street. A que vende coisas bonitas.
Enfim, essa era a descrição mais diplomática que ele poderia dar ao lugar.
– Ella's Emporium – declarou a vendedora, solícita. – Você é o Sam Adams, não é? Oi, meu nome é Ella!
– Ah, sim – disse Clem ao telefone –, eu ouvi. Não deixe que ela te venda nada antes de eu chegar. Essa mulher é um tubarão de sangue frio e não aceita devolução, só oferece um vale no valor da compra. Está com pressa? Posso aparecer aí em quinze minutos.
– Seria ótimo. Vou para o Paddy's tomar um café enquanto isso – respondeu Sam.
Ele desligou e se virou para Ella.
– A Clem está vindo me ajudar.
– Que ótimo. – O sorriso rígido da mulher indicou que esse cenário estava longe de ser o ideal. – Mal posso esperar para que ela os veja. Mas você não pode deixar que ela diga que são caros demais – acrescentou ela com uma risadinha. – Conheço a Clemency, e itens de marca nunca foram a sua prioridade. Ela não é nem um pouco como a Belle!
Isso foi confirmado vinte minutos depois, quando Clemency chegou ao café, o cabelo ainda molhado do banho e o rosto bronzeado sem maquiagem. Ela usava uma blusa branca, uma calça jeans listrada preta e branca surrada e desfiada e chinelos verde-limão.
O coração de Sam deu um pulo quando ele a viu.
– Você mudou de ideia sobre terminar com a Belle? – perguntou ela.
Ele balançou a cabeça.
– Não.
– Então está gastando esse dinheiro todo para aliviar sua consciência.
– Exato.
Ela estava usando a fragrância cítrica e suave que ele sempre associava a ela.

– Olha, você não vai querer comprar aqueles sapatos.

– Mas eu preciso – disse Sam.

Será que ela não entendia?

– Não, eu fui olhar. Passei na loja no caminho para cá. São aqueles com cristais, né? – Ele assentiu. – Belle não usaria aqueles sapatos. Ela gosta da frente mais pontuda. E os saltos não são finos o suficiente. São lindos, mas não para Belle.

– Ah – disse Sam com pesar. – Que bom que perguntei.

– Desculpe. Mas a boa notícia é que vi outro par do qual ela vai gostar bem mais.

– No mesmo lugar?

– Melhor ainda. Em outra loja.

Ela o conduziu até a Mallory's, no fim da Esplanada, e mostrou a ele um par de sapatos de salto agulha de camurça cinza contornados de couro lilás. A frente era bem pontuda, os saltos eram finos, e, assim que os viu, Sam soube que Belle preferiria aqueles.

– Você está certa – falou ele, aliviado.

Os olhos de Clemency ganharam vida.

– Estou sempre certa.

A vontade de beijá-la nunca foi tão forte. Por uma fração de segundo ele se perguntou o que aconteceria se ele a tomasse nos braços bem ali, na loja...

Ok, melhor não.

A gerente da Mallory's lhe entregou a bolsa brilhante azul-escura com a caixa de sapatos.

– São para a Belle? Ela vai amar.

Sério, todo mundo conhecia todo mundo em St. Carys?

– Obrigado – agradeceu Sam.

Ainda bem que ele não tinha beijado Clem.

Novamente do lado de fora da loja, sem querer se despedir, ele pegou as chaves.

– Quer uma carona para casa?

– Ah, não se preocupe, posso ir andando. Já que estou aqui, vou comprar umas coisinhas na farmácia.

Sam deu de ombros.

– Não estou com pressa. A Belle foi visitar uma amiga em Penzance e vai ficar fora o dia todo. Fico feliz em esperar.

Se Clemency por acaso estivesse livre, seria muito errado convidá-la para almoçar com ele em um dos restaurantes da orla?

– Se você tem certeza. Não vai demorar.

– E não se preocupe, eu fico esperando do lado de fora.

Clemency sorriu.

– Esse é seu jeito de ser discreto para o caso de eu estar comprando alguma coisa bem constrangedora? Tudo bem, só preciso de condicionador e protetor solar.

Quando eles chegaram à farmácia, Sam disse:

– Ah, acabei de lembrar que preciso de barbeador.

Enquanto Clemency abria alegremente frascos e sentia o cheiro de todas as marcas de condicionador, ele foi até a frente da loja, onde ficavam as prateleiras com os acessórios de barba.

Em questão de segundos, ele ouviu uma das garotas que trabalhava lá dizer:

– Ai, meu Deus, você não vai *acreditar* nisso.

Uma segunda voz feminina disse:

– O que foi?

– Sério. Não dá. É para derreter o cérebro.

– E você é irritante *demais*. Sabe que odeio quando faz isso. Você nem deveria estar com o celular ligado.

– Agora é você que está sendo irritante. Quer que eu conte ou não?

– Tudo bem. Se você precisa tanto assim...

As duas garotas estavam fora de vista por causa de uma divisória que separava o depósito do restante do estabelecimento. Sam sorriu pela falta de interesse nada convincente da segunda garota; ele podia não estar morando ali havia muito tempo, mas, pela sua experiência, sabia que aquelas duas passavam o tempo todo fofocando, sobre a vida das celebridades que viam nas revistas ou sobre pessoas que conheciam na vida real.

– Tudo bem, ouve só. Sabe o Ronan Byrne? Ele simplesmente está tendo um bebê. E quero dizer *agora mesmo*.

– Hã? O que você está dizendo? Alguém mandou uma piada para você? É isso mesmo ou a piada tem uma conclusão?

– Não é piada! É verdade, juro por Deus, minha mãe não inventaria uma coisa dessas! Olha, ela enviou uma mensagem de texto... Eles estavam esperando em um cubículo na emergência porque a vovó teve outra crise, e uma garota foi levada em trabalho de parto. Minha mãe não a reconheceu, mas ouviu os paramédicos dizendo que o Ronan é o pai, mas nem sabe ainda... Pelo visto, ele estava com a garota e precisou resolver um problemão, mas assim que acabar vai para o hospital. Meu Deus – disse a voz, ofegante.
– Será que o problemão é a *Clemency*?
– Está brincando? Deixa eu ver a mensagem... Caramba! Quem será? Não pode ser alguém que a gente conhece.
– Se foi há nove meses – especulou a outra garota –, com quem Ronan estava saindo?
Houve uma pausa enquanto as duas faziam uma conta frenética. Finalmente, a garota que tinha acabado de ler a mensagem falou devagar:
– Bom, seria eu.
– Nossa. Você escapou por pouco. Sei que ele é bonito e tal, mas que pesadelo. Deve ser alguém com quem ele nem se lembra de ter feito sexo.
– Pobre Clemency – disse a outra garota. – Não consigo deixar de sentir pena dela. Ela vai ficar arrasada.

Capítulo 39

– O QUE ESTÁ ACONTECENDO? – balbuciou Clemency quando Sam confiscou a cestinha dela e tentou tirá-la da loja. Confusa, ela tentou pegar um frasco de condicionador na prateleira. – Eu preciso comprar isso aqui!

As duas garotas, ao ouvirem a confusão, saíram de trás da divisória. Seus rostos se transformaram, e a loura disse:

– Clem! Ah, Deus, coitadinha, nós sentimos *tanto*...

Quando eles estavam na calçada, Clemency olhou para Sam.

– Elas sentem o quê?

Sam estava se sentindo nauseado. Não queria ser a pessoa que contaria, mas ela tinha que saber.

– Olha, nem sei como dizer isso. E pode nem ser verdade.

– Conta logo, então!

– Onde está o Ronan agora?

– Ele saiu para mostrar uma casa. – Ela balançou a cabeça, ainda atordoada. – Por quê?

– Tudo bem. Bom, uma das garotas da farmácia acabou de receber uma mensagem para dizer que tem uma pessoa no hospital agora tendo um bebê. Pelo visto, estão dizendo que o pai é... bom, o Ronan.

– *O quê?* – A surpresa virou horror. – Não, não pode ser!

– Talvez não seja ele. Ela podia só estar falando por falar. Estou só contando o que ouvi.

Clemency pegou o celular e ligou para o número de Ronan.

– Mas e se for verdade? Ai, meu Deus!

– Mas isso aconteceu antes de vocês ficarem juntos. – Sam se esforçou para tranquilizá-la. – Não quer dizer que ele traiu você.

– Ele não atende – disse Clemency, com a respiração pesada. – Por que ele não está atendendo?

– Acho que está indo para o hospital. Olha, só sei o que elas disseram. Mas parece que ele nem sabe ainda.

Os olhos dela estavam enormes.

– Isso é loucura.

– Eu sei e lamento. Deve estar sendo um choque para você. – Sam levantou as mãos. – Isso se for verdade.

– Do jeito que o Ronan se comporta, acho que é um milagre nunca ter acontecido.

– Ei, a gente nem sabe se aconteceu *agora*.

Distraída, Clemency respondeu:

– Você pode me dar carona até a minha casa? Vou ao hospital para descobrir o que está acontecendo.

Ela estava tremendo, obviamente abalada.

– É, você não pode dirigir. Eu levo você – falou Sam.

Assim que a porta se abriu e Kate viu Ronan parado ali, sem acreditar, a anestesia e o ar de repente não eram mais suficientes.

Só que dessa vez a dor era mais emocional do que física. Além do mais, ela ainda estava em estado de choque.

– Me desculpe, me desculpe. Juro que não sabia!

O que ele estaria pensando enquanto olhava para ela deitada ali com soro no braço, um dispositivo para medir contrações preso na barriga e vários outros monitores apitando? A última onda de contrações tinha acabado de passar e ela colocou a máscara na cama, querendo muito que ele acreditasse nela.

– Não acredito que você está tendo um bebê. – Ronan girava a chave do carro nas mãos, sem parar; ele balançou a cabeça, pois tinha feito as contas.

– É... é meu?

– É.

Obviamente, essa não era a resposta que ele queria ouvir.

– Mas... nós usamos camisinha. Você tem *certeza*?

– Tenho. Não pode ser de mais ninguém. – Kate sentiu os olhos arderem com as lágrimas não derramadas. – Não houve ninguém, há anos.

– Meu Deus!

– Eu sei. Me desculpe. – Era bastante inadequado, só que o que mais ela poderia dizer? – Eu não fazia ideia.

– Tudo bem, não é culpa sua. – Ronan se aproximou da cama e perguntou com hesitação: – Posso... tocar na sua barriga?

Kate assentiu e o observou colocar a mão na pequena curva com a tira ao redor.

– Não tem muito para ver. O bebê está na parte de trás, perto da minha coluna. Aparentemente, acontece às vezes, e foi por isso que não senti nada antes.

– Eu sei, me contaram. Um dos médicos acabou de me explicar. Isso aconteceu com uma prima minha em Birmingham uns dois anos atrás, só percebeu que estava grávida um mês antes do parto. – Ele passou a mão com delicadeza pela barriga dela, e os dois sentiram um movimento.

– O que é isso? – perguntou Ronan.

– O começo da próxima contração. – Kate se preparou. – Ah, lá vamos nós...

Mas, por algum motivo, com Ronan ao seu lado segurando sua mão, desta vez foi mais fácil lidar com a dor. Ela não estava mais apavorada; o trabalho de parto era algo a ser enfrentado, um desafio a ser vencido. Quando a dor por fim diminuiu, Ronan disse:

– Você está indo muito bem.

– Ainda não consigo acreditar que isso está acontecendo. Coitada da Clemency, vai se sentir muito mal.

Ele pareceu intrigado.

– Por quê?

– Ah, Deus – disse Kate rapidamente –, sei que não vai fazer nenhuma diferença para vocês dois, nenhuma! Mas, mesmo assim, ela não vai ficar feliz da vida.

Uma das parteiras apareceu para ver se tudo corria conforme o esperado.

– Tudo bem aqui?

Como se pudesse estar tudo bem. Mas Kate fez cara de coragem e conseguiu abrir um leve sorriso.

– Sim, obrigada.

– Ah, que coisa boa. Muito bem, você vai conseguir. – O tom da parteira foi encorajador. – Quando o susto passar, tenho certeza de que vai ficar tudo bem. Às vezes esses pequenos acidentes têm que acontecer! – Ela sorriu para os dois. – Ah, e tem dois amigos seus aqui. Falei que eles não podem entrar, claro, porque você está um pouquinho ocupada no momento! Mas estão na recepção e vão esperar.

– Quem são?

Kate olhou para Ronan. Como alguém mais saberia que ela estava lá?

– Homem bonito, alto, olhos castanhos – respondeu a parteira. – E uma garota bonita, cheia de curvas, com cabelo escuro e ondulado comprido. Ah, ela me disse o nome dela, está na ponta da língua...

O coração de Kate parou quando Ronan disse:

– Parece a Clem.

– Isso! – exclamou a parteira. – Claro. Clemency!

Quando ela saiu, Kate cobriu o rosto.

– Isso é horrível. O que será que a Clemency vai dizer?

Ronan apertou a mão dela.

– Você acabou de descobrir que vai ter um bebê e está mais preocupada com a Clem do que com você mesma?

Era verdade, parecia meio ridículo quando posto assim, mas era verdade. Uma lágrima escorreu pelo rosto de Kate e ela assentiu.

– Não quero provocar uma confusão.

– E não vai. – Ele balançava a cabeça e olhava para ela. – Escute. A Clem e eu não estamos juntos. Nós não somos um casal.

Kate ficou olhando para ele.

– Não? Quando vocês terminaram?

– Nunca ficamos juntos. Nunca foi de verdade. Só inventamos a mentira porque a irmã da Clem estava debochando dela por não ter namorado. O que foi? – perguntou Ronan porque ela ainda estava olhando fixamente para ele.

– Ah, nada. Mas... isso é bom, então.

– Não fomos feitos para sermos mais do que amigos, a Clem e eu. – Ele deu um leve sorriso. – Isso faz você se sentir melhor?

– Muito. Mas todo mundo acha vocês perfeitos juntos.

– Eu sei. – Ronan fez uma expressão arrependida. – Sinceramente? A Clem é maravilhosa e eu a amo muito, mas ela é barulhenta demais para mim.

A onda de alívio estava fazendo Kate falar sem parar. Antes da contração seguinte começar, ela disse:

– Mas se todo mundo achava que vocês eram um casal, você não podia sair com mais ninguém. Isso não dificultou as coisas?

Por alguns segundos, os bipes de várias máquinas foram o único som no ambiente. E Ronan afastou o olhar.

– Nem um pouco. Porque só tinha uma garota com quem eu queria ficar, e ela não estava interessada em ficar comigo.

– Ah. – Por mais ridículo que pareça, Kate sentiu uma pontada de ciúme. – É alguém daqui? Alguém que eu conheço?

De repente, ela *precisava* desesperadamente saber, porque quem em sã consciência não ia querer ficar com Ronan Byrne? Na verdade, como a pessoa *ousava* não estar interessada nele? E agora veio a contração seguinte, aumentando sem parar e parecendo um punho enorme apertando a barriga dela por dentro...

– Ai...

Ela fechou os olhos, inclinou a cabeça para trás e, sem olhar, esticou a mão para segurar a de Ronan. E ele a ajudou durante a contração, murmurando palavras de incentivo, garantindo que ela estava indo muito bem e passando um pano deliciosamente úmido na testa suada de Kate. Ah, Deus, quem imaginaria que um pano molhado podia ser tão bom?

Quando conseguiu falar de novo, Kate perguntou:

– Quem é?

Estava claro que ela gostava de se torturar.

– É uma pessoa que você conhece. – Ronan olhava nos olhos dela fixamente, a expressão indecifrável. – Na verdade, é uma pessoa que está tendo um bebê meu. É você. – Quando falou isso, a voz dele falhou de emoção. – Desculpe, sei que não é o que você queria ouvir, mas você perguntou. E sei o que você pensa a meu respeito, mas isso não vai ser problema, prometo.

Não vou constranger você. Se estamos tendo um filho, e realmente parece que estamos, bom, pelo menos o que podemos fazer é nos dar bem...

– Espera aí! – Kate o interrompeu na hora, mal acreditando no que tinha ouvido. – Você está falando sério? Está falando de coração? Está mesmo dizendo que sou *eu*?

– Sempre foi você. Desde a primeira noite. – Ronan apontou para a barriga dela, como se ela precisasse de um lembrete. – *Aquela* noite...

A alegria parecia borbulhar de dentro dela.

– Então, esse tempo todo... todos esses meses... desejei e desejei que fosse eu e *era* eu?

Ronan hesitou.

– Você queria que fosse você? É sério? Mas por que não me falou?

– Porque achei que você não ia querer alguma coisa comigo depois do que aconteceu.

A pele de Kate formigou de vergonha com a lembrança; depois de ser tão dura com ele naquela noite, ela sabia agora que tinha exagerado na reação. Ronan terminara a breve relação com Laura antes; não era culpa dele que a pobre garota tenha decidido recitar poesia do lado de fora do apartamento dele.

– Afinal, por que você ia querer alguma coisa comigo?

– Porque você mexeu comigo – disse Ronan com simplicidade. – Estou falando sério. Nunca senti isso por ninguém. Você era tudo que eu queria. Mas fiz besteira. – De repente, seus olhos marejaram. – Você não faz ideia... Ah, Deus, isso é incrível... E agora estamos tendo um bebê... um *bebê* de verdade. Vem cá.

Por alguns minutos, eles se beijaram e se abraçaram, rindo e chorando juntos, até a parteira voltar e pegar os dois no meio de um beijo e falar com um sorrisinho:

– Bom, isso é tudo muito romântico, mas sou obrigada a dizer que sua amiga Clemency está quase explodindo de curiosidade lá na sala de espera. – Ela se virou para Ronan. – Se quiser dar uma saída para falar com ela enquanto examino rapidamente a Kate, tenho certeza de que ela vai agradecer.

– Acho melhor eu ir. – Ronan apertou a mão de Kate enquanto se preparava para fazer o necessário. – Não quero que ela exploda.

– Então não é brincadeira? – perguntou Clemency. – Está acontecendo mesmo?

O rosto de Ronan doía de tanto sorrir; a última hora tinha que estar entre as mais surreais da vida dele, e agora também era uma das mais felizes. Ele descansou os músculos doloridos por um momento e assentiu.

– Está, sim.

– Uau. E ela não sabia que estava grávida?

– Não fazia ideia. Foi uma surpresa total.

– Que desastre! Não consigo acreditar que você está levando na boa assim. Não fazia ideia de que você e Kate tinham... você sabe, *feito*. – O tom de Clemency era de acusação. – Você não me contou.

Ela não tinha jeito. A boca de Ronan tremeu.

– Acredite se quiser, mas eu não conto tudo para você.

– E agora você vai ter um bebê, do nada. Mas o que não entendo é que você está *sorrindo*.

– Passei todo esse tempo apaixonado pela Kate. Achei que ela não queria saber de mim. Houve um pequeno mal-entendido mútuo, mas está resolvido agora. – O sorriso se abriu ainda mais no rosto dele. – A gente realmente não planejou isso, mas acho de verdade que foi a melhor coisa que podia ter acontecido.

A ficha caiu.

– Então foi por isso que você aceitou fingir que nós éramos um casal? Porque você não estava interessado em ninguém já que não podia ficar com a Kate?

– Na mosca. Estranho, né?

– Rá – disse Clemency. – Eu tinha mesmo pensado nisso. Só me resta dizer que você deve estar muito apaixonado. Ah, estou tão feliz por você!

Ela passou os braços em volta dele e ele também a abraçou.

– Vou ter um filho – falou Ronan. – Imagina!

– A Josephine vai ficar doida! Era tudo que ela mais queria! Você devia ligar para ela – declarou Clemency. – E para a Marina... Ela também vai ficar feliz.

Enquanto ela falava, ambos ouviram um grito cada vez mais alto, o berro primitivo de uma mulher em trabalho de parto que estava quase tendo o bebê. No corredor, a porta do quarto de Kate foi aberta, então a parteira botou a cabeça para fora e fez sinal para Ronan.

– Venha, papai – chamou ela com alegria. – Está chegando a parte boa! Você não vai querer perder, né?

Capítulo 40

VINTE MINUTOS DEPOIS, ele estava ali para testemunhar o nascimento da filha. Depois de deslizar para o mundo, ela mexeu as perninhas e soltou um berro indignado e Ronan sentiu o coração inflar com uma quantidade inimaginável de amor e orgulho. Dali em diante, ele sabia que a vida nunca mais seria a mesma.

Até aquele momento, sempre achou que cortar o cordão umbilical era uma coisa nojenta, mas acabou se aproximando e fazendo isso com graciosidade. Era algo incrível, nada nojento.

– Ela é uma belezinha! – exclamou a parteira, limpando com habilidade a bebê chorosa com uma toalha antes de botá-la nos braços de Kate.

– Ah, meu Deus. – Os olhos de Ronan ficaram marejados de repente. – É um bebê. Fizemos um ser humano novinho e ele é perfeito.

– E pensar que quando acordei de manhã fiquei empolgada porque achei que talvez fosse comprar uma casa. Ah, olha só para ela – comentou Kate, maravilhada. – Como pode ser tão linda?

– É fácil. – Sentado na beirada da cama, Ronan a beijou. – A mãe dela é você.

– Imagino que ela ainda não tenha nome – observou a parteira com alegria.

– Não tem nome. – Ronan balançou a cabeça. – Nem berço, nem roupas, nem fraldas... nada.

Atordoado, ele olhou para o relógio e viu que eram quase três horas.

Vinte minutos depois, a mãe e a bebê estavam limpas, e Clemency entrou rapidamente no quarto.

– Ah! – Ela abraçou Kate, depois Ronan e olhou com amor para a bebê. – Ela se parece com vocês dois! Ronan, ela tem os seus olhos! E estava lá o tempo todo, escondida de todos nós! Assim como vocês dois estavam escondendo o que sentiam um pelo outro. – Ela balançou a cabeça. – Estou muito feliz por vocês. É o melhor tipo de milagre. Meu Deus, imagina se acontecesse comigo! Não saberia o que fazer. Nunca troquei uma fralda na vida!

Ronan olhou para Kate, que disse:

– Também nunca troquei uma fralda na vida.

Ele deu de ombros.

– Nem eu.

Ah, bem, não podia ser muito difícil.

– Uau. Coitadinha – disse Clemency para a bebezinha séria nos braços de Kate. – Acabou arrumando pais inexperientes, pelo visto. Onde você vai morar, querida? Eles já pensaram nisso?

– Vamos resolver as coisas aos poucos – falou Ronan. – Sei que vamos dar um jeito. Enquanto isso, se quiser nos fazer um favor...

– Claro! Qualquer coisa! Bom, desde que não seja trocar fralda.

Clemency pegou com cautela o pedaço de papel que ele estava lhe entregando.

– Fizemos uma listinha... só que deve ter item faltando... mas as lojas fecham daqui a pouco, e qualquer coisa é melhor do que nada.

Ela assentiu.

– Tudo bem, sem problemas. A gente cuida disso.

– Obrigado. – Aliviado, Ronan pegou o celular. – Enquanto isso, posso resolver como dar a notícia para as minhas mães.

– É melhor irmos logo, então. – Clemency abriu um sorriso. – Porque quero estar de volta quando Josephine chegar.

Um supermercado movimentado fora da cidade em uma tarde de sábado podia não ser a ideia de diversão da maioria das pessoas, mas Sam estava mais do que feliz de estar ali. Naquela manhã, tinha se encontrado com

Clemency para olhar sapatos de marca hiperinflacionados. Agora, algumas poucas horas agitadas depois, eles estavam em um corredor identificado (e novo para ele) como de bebês e crianças pequenas, comprando um negócio chamado Sudocrem. Tinha o nome de coisa gostosa, mas provavelmente nem era de comer.

E Clemency não tinha mais namorado.

Bom, não tinha antes também, mas ele não sabia disso. Agora sabia.

– Fraldas, pronto. – Ela estava ocupada consultando a lista, marcando mentalmente os itens que eles já tinham jogado no carrinho. – Algumas roupinhas. Lenços umedecidos. Paninhos. Trocador. Ah, precisamos de camisetinhas! E meias! Sam, de que cor? Essa aqui? Ou essa? – Ela mostrou as opções, dividida. – Olha como são lindas! Vamos comprar a dos patinhos ou a amarela de estrelinhas? Como é que alguém consegue decidir? Vamos levar as duas. – Ela jogou as roupas no carrinho e disse com alegria: – Meias pequenininhas nunca são demais!

– Claro que não.

Sam sorriu, porque a empolgação de Clemency era contagiosa e ele queria muito lhe dar um beijo.

Melhor não.

Ao lado deles, um casal sorriu. A esposa, que estava comprando latas de leite em pó, disse:

– Ah, as meias são lindas! Mas não é uma maravilha poder vir fazer compras em paz? Nosso bebê sempre chorou sem parar quando viemos com ele aqui, então minha mãe se ofereceu para cuidar dele por duas horinhas. Falei para o meu marido que parece que estamos em um encontro!

E, antes que Clemency tivesse a oportunidade de abrir a boca, Sam disse:

– Ah, sim, a sensação é exatamente essa. – Ele passou o braço com carinho pelos ombros de Clemency. – Também dissemos isso, não foi?

Quando voltaram para o hospital, uma hora depois, Clemency sentiu seus hormônios explodirem. Ronan e Kate estavam agora mais visivelmente apaixonados pela filha-surpresa. O bebê estava olhando com atenção para cada um, marcando os rostos e as vozes dos pais no cérebro.

E Clemency, que nunca chorava, sentiu uma emoção inesperada, porque o que eles estavam vivenciando era único e infinitamente precioso. Durante a breve conversa com o casal no supermercado, Sam fingira que eles eram pais de um bebê também. Fez por diversão e talvez não tivesse pensado mais no assunto. O que ele não podia nem começar a entender foi a sensação que isso provocou nela. Só por aqueles dois minutinhos, ela pôde fingir, para uma plateia seleta de duas pessoas, que era verdade.

Mas não era, era? E ela se sentiu tomada pela tristeza porque aquilo jamais poderia acontecer.

– Isso é maravilhoso. – Ronan olhava para tudo que eles tinham comprado. – É sério, muito obrigado.

– O prazer foi nosso – disse Sam. – A gente se divertiu, não foi?

– Foi.

Clemency assentiu e se obrigou a sorrir.

Ela precisava se controlar. A situação não girava em torno dela, e sim de Ronan e Kate e da reviravolta que tinha acabado de abalar a vida deles.

Duas horas depois, Ronan estava esperando no estacionamento quando Josephine chegou. Assim que ela parou e pulou para fora do carro, ele a abraçou com força.

– Espere até vê-la. Ela é linda demais. Hoje é o dia mais feliz da minha vida.

Josephine o segurou com os braços esticados.

– Você não pode estar tão feliz quanto eu. Parece um milagre. Sou avó! – Ela fez uma pausa e perguntou: – A Marina já chegou?

Ronan balançou a cabeça.

– Não. Liguei para ela e contei o que aconteceu. Ela vem mais tarde, por volta das oito. Eu queria que você fosse a primeira a conhecer nossa filha. Porque é minha mãe e eu amo você... Bem, você sabe o que estou tentando dizer.

Visivelmente comovida, Josephine olhou para ele e conseguiu abrir um sorriso emocionado. Ronan a abraçou de novo, sentindo a necessidade de que ela entendesse que, claro, ele também amava Marina, mas foi Josephine quem o criou e, só entre os dois, ela sempre seria a vovó número um.

Capítulo 41

COMEMORAR O ANIVERSÁRIO em grande estilo sempre foi a atividade favorita de Belle. Aniversários serviam para receber todos os mimos e ser o centro das atenções, para ganhar flores frescas e champanhe bem gelado no café da manhã, para rir, se divertir e ter a promessa de um dia delicioso à frente. Tudo que Belle mais amava.

Até o momento, ela estava fazendo um trabalho digno de Oscar ao fingir que estava amando cada minuto. Mas por quanto tempo poderia segurar se por dentro se estava se sentindo uma daquelas cobras de brinquedo presas na lata que ficavam esperando e esperando...

Até explodir.

– Isso é muito lindo. – Ela indicou a cama, coberta de cartões abertos e presentes e papel de embrulho rasgado. – Você comprou tantas coisas. Esses sapatos são... maravilhosos.

Tudo aquilo só mostrava como Sam era um namorado perfeito; muitos homens não fariam a menor ideia de que sapatos de salto-agulha cinza eram seus favoritos.

– Tudo bem, hora da confissão. – O tom de Sam estava pesaroso. – Não posso levar o crédito por eles. A Clem me ajudou a escolher. Na verdade, ela me disse para comprar esses para você.

Ah, bem.

– Isso é ainda mais impressionante, então, levando em conta o tipo de sapatos que a Clem costuma escolher.

Mas ele tinha sido generoso. Comprara um kit de maquiagem Tom Ford, um suéter branco de casimira perfeito e um enorme frasco do seu perfume favorito... sem mencionar a viagem a Veneza...

Ah, Veneza, e não era para ficar em um hotel qualquer. A reserva era de uma suíte no Cipriani, na ilha Giudecca, com as vistas sublimes da lagoa. Era um lugar onde ela sempre desejara se hospedar, mas nunca tinha acontecido. E, sabendo disso, Sam conseguiu tirar uns dias de folga, porque era uma pessoa atenciosa que queria lhe dar o melhor presente possível.

Belle sentiu mais um aperto na garganta. Quem não ia querer visitar Veneza e ficar no Cipriani com Sam Adams? Qualquer pessoa que não quisesse teria que estar louca.

Bem, ou isso, ou...

– Ei, você ainda não abriu todos os seus cartões.

Ela hesitou.

– Abri, sim.

– Faltou um. – Sam puxou a colcha enrugada para o lado e revelou o envelope amarelo-claro que estava embaixo. Ele o colocou no colo dela. – Pronto. Acho que é o último.

Belle hesitou, sabendo muito bem de quem era. Não foi por isso que tinha tentado esconder?

Mas não podia deixar de abrir, certo?

Lentamente, ela puxou a aba e tirou o cartão, inclinando a cabeça de leve para o cabelo ficar na frente e Sam não conseguir ver seu rosto.

Era um cartão de aniversário bem comum; não daqueles engraçados, só uma vista pintada de uma praia parecida com a baía Mariscombe. Ao abri-lo, Belle leu o que havia escrito dentro.

Espero que seu aniversário seja lindo! Bjs, Verity

As palavras eram o mais inócuas possível. A tensão expandiu no peito de Belle quando Sam perguntou de quem era e ela lhe passou o cartão. Sua pele se arrepiou quando ela imaginou Verity se inclinando na direção dela, chegando mais perto e murmurando as palavras escritas no cartão.

E agora ela as ouviu com uma clareza insuportável, como se Verity estivesse ali com ela no momento.

Espero que seu aniversário seja lindo, meu bem...

– Ah, da Verity. Que simpático da parte dela. – Sam acrescentou o cartão à pilha na mesa de cabeceira. – Que tal uma taça de Bellini para comemorar Veneza? Acha uma boa ideia?

Belle sabia que não conseguiria falar, estava fisicamente incapaz de emitir qualquer som. A sensação de panela de pressão crescia sem parar em seu peito, a boca estava seca e ela estava à beira de dizer o indizível.

Porque, quando fosse dito, era o fim. Não daria para voltar atrás. Ela tinha muito medo do que podia estar prestes a acontecer, mas era possível continuar vivendo uma mentira?

– Ei. – Sam apoiou a mão na dela e se inclinou para a frente, tentando ver seu rosto. – O que foi?

Belle deu de ombros com impotência e conseguiu grunhir:

– Nada.

– Para com isso. Está tudo bem?

Ela assentiu.

– Está.

Mas o movimento positivo de cabeça acabou virando um movimento negativo.

– Na verdade, não.

A expressão dele mudou.

– O que foi? Você está doente?

Ah, Deus, pobre Sam. Ele tinha passado por um inferno com a doença de Lisa. Belle respondeu depressa:

– Estou ótima, não é nada assim. É só que... só que...

Sam esperou. Do lado de fora do quarto, crianças felizes riam com animação enquanto corriam para a praia. Acima, uma gaivota soltou um grito debochado. Belle levantou o olhar para Sam e sentiu que começava a tremer.

Teria coragem de ir até o fim?

– Pode me contar – disse Sam com a voz firme.

– Não sei se consigo.

– Ei. Você vai se sentir melhor depois que falar?

– Talvez. Não sei. – Ela se forçou a continuar olhando para ele. – Estou com medo.

Ele balançou a cabeça de leve.

– Uma coisa que você nunca foi é covarde.

Ah, se ele soubesse... Uma lágrima escorreu pela bochecha de Belle.

– Mas sou, sim.

– É só dizer – incentivou Sam. – Já que começou, você pode muito bem terminar.

A ponta do mindinho dela estava encostada na beirada do cartão de aniversário de Verity. Tirando forças do contato, Belle se preparou mentalmente.

– Me desculpe. Tem outra pessoa.

Ela precisou fechar os olhos, porque a expressão de descrença e choque no rosto de Sam foi intensa demais para suportar.

– Você está querendo dizer que tem outra pessoa de quem você acha que gosta? Ou tem outra pessoa com quem você já saiu?

– Isso. A segunda opção. Me desculpe.

Meu Deus, pobre Sam, como devia estar sendo para ele? Ela estava partindo o coração dele, e ele não merecia.

– Você está saindo com outra pessoa. Há quanto tempo?

– Não muito. Mas é... de verdade.

– Você está apaixonada?

Ele mantinha uma expressão corajosa, mas ela nem conseguia pensar em como ele devia estar se sentindo. Aos poucos, Belle disse:

– Estou.

Ah, por favor, que ele não comece a chorar.

Ele assentiu lentamente.

– Então o que você está dizendo é que acabou entre nós dois.

– Estou. Mas, escuta, você não fez nada errado. Não é você, sou eu. Você é perfeito, Sam... Por favor, não se culpe. Qualquer pessoa seria muito sortuda de ter você.

– Obrigado. – O maxilar dele estava contraído, mas, por dentro, ele estava se segurando. – E quem é ele?

– O quê?

A barriga de Belle deu um nó, porque agora vinha a parte mais difícil.

– Qual é o nome dele? – perguntou Sam. – Eu o conheço?

Será que medo extremo de palco era assim? Belle olhou para o cartão de aniversário e para Sam.

– Você conhece. Mas não é ele. – Finalmente, as palavras saíram: – É ela. E eu a amo mais do que sou capaz de descrever. É a Verity.

Atordoado, Sam absorveu o que Annabelle acabara de contar. Em um minuto ele estava lutando para esconder a alegria, porque ouvir que o relacionamento tinha acabado era a resposta para todas as suas orações...

E agora aquilo. Um golpe nunca vem sozinho, pelo visto.

Foi um choque, mas também explicava muita coisa. Muita mesmo. Tantas perguntas que o intrigavam internamente havia meses agora estavam sendo respondidas.

Claro. Tudo fazia sentido depois de se saber a verdade.

– Ei – disse ele, com delicadeza, porque agora mais lágrimas desciam pelas bochechas pequenas e bronzeadas de Annabelle. – Está tudo bem, de verdade.

Ele queria rir de alívio, dizer que se tratava de uma notícia fantástica e que era impossível ficar mais feliz, mas também sabia que ela não ia querer ouvir isso. Belle ainda tinha orgulho; nem de longe ficaria feliz de saber que ele estava esperando uma oportunidade de fugir do relacionamento.

Além do mais, o assunto ali era ela, não ele. E ela precisou reunir toda a coragem para contar a verdade. Era isso que importava agora.

– D-desculpe – disse Annabelle, soluçando.

– Não precisa pedir desculpas. – Ele lhe entregou um lenço da caixa que estava na mesa de cabeceira. – Tudo bem. Mais alguém sabe?

– Ninguém.

– Já houve outras garotas antes da Verity?

No instante em que fez a pergunta, Sam soube instintivamente que não.

– Nunca. – Ela balançou a cabeça. – Sempre tive muito medo. Não queria ser lésbica. Me esforcei muito para afugentar meus sentimentos.

– Deve ter sido difícil – observou Sam.

– Foi. Mas fingi bem. – Houve um brilho de orgulho nos olhos verdes. – Ninguém nunca percebeu. Você não desconfiou de nada, né? Eu sei que não!

E, mais uma vez, Sam soube como era importante para Belle ouvir a resposta que ela queria ouvir. Mesmo considerando que a vida sexual deles nunca pareceu estar muito nos eixos. Ele não sabia o motivo, mas a distância emocional sempre esteve presente. Dormir com Annabelle nunca foi comparável à intimidade fácil que ele e Lisa desenvolveram. Ele se perguntava se a culpa era dele, se perder Lisa o tinha feito criar, sem querer, barreiras mentais que precisavam de mais tempo para serem derrubadas.

Agora, sabia que não era ele.

Bem, era um alívio.

– Você está certa. Não desconfiei de nada – declarou ele.

– Viu? Sabia. Fui a namorada perfeita. E sei que fico repetindo, mas desculpe. – Ela segurou a mão dele em um impulso. – Primeiro, você perdeu a Lisa. Agora, também me perdeu.

Sam assentiu, sério.

– Vou superar com o tempo. – E então, morrendo de medo de cair na gargalhada, ele disse: – Você está fazendo uma coisa muito corajosa, sabia?

– Não me sinto corajosa. Estou apavorada. Só que não posso mais viver uma mentira. – Ela observou o rosto dele. – Todos esses anos senti tanta vergonha... Mas não deveria, né?

– Claro que não.

Ele sentia uma pena enorme de Belle, tão desesperada a vida toda para ser como as amigas que negou os próprios sentimentos e a própria sexualidade.

– Sempre invejei as pessoas que tinham coragem de serem elas mesmas, mas morria de medo de ser assim porque tinha certeza de que meus amigos não iam querer mais estar comigo. Só que, se não quiserem, o problema é deles, certo? Não meu. Preciso ser eu mesma e quero ser feliz. – Ela levantou o queixo. – E a Verity faz de mim uma pessoa mais feliz do que já fui na vida inteira.

– Que bom. – Sam a abraçou. – Está fazendo a coisa certa. Acho que você vai ficar bem.

Ela se inclinou para trás e olhou para ele.

– Sam, você é incrível. Está levando isso tudo tão bem... Parti seu coração e, mesmo assim, você está sendo tão bom comigo...

Não tinha como ele contar para ela sobre seus sentimentos por Clem, não naquele momento.

– Quero que você seja feliz – disse ele.

– Obrigada. E mesmo depois de ter me dado tantos presentes lindos... Estou me sentindo mal. – Ela o encarou. – Quer que eu devolva?

Ela estava acariciando a caixa de sapatos enquanto falava. Sam sorriu.

– Não se preocupe, pode ficar com eles. Não caberiam em mim.

– Tem isto aqui também. – Ela pegou o envelope com os detalhes da viagem a Veneza. – Você acha que consegue o dinheiro de volta?

– Não.

– Nem mesmo pelo seguro de viagem?

Sam imaginou ligar para a corretora e explicar que o motivo de ele não poder viajar de férias com a namorada era porque ela tinha se revelado lésbica. Por outro lado, as pessoas que trabalhavam no departamento de requisição de seguro deviam ouvir todos os tipos de desculpas loucas.

Ele balançou a cabeça.

– Não importa.

– Ah, mas o Hotel Cipriano... Que desperdício. – Annabelle olhou com carinho para a papelada da reserva. – Se eu conseguir um voo para a Verity, posso ir com ela? Não, não, me desculpe, esqueça! – Ela tampou a boca com vergonha. – Não consigo acreditar que falei isso, sou uma pessoa muito insensível. Como se você já não tivesse sofrido o suficiente.

Com grande dificuldade, Sam conseguiu manter a seriedade. Pelo bem dela, precisava deixar Annabelle acreditar que ele estava ao menos um pouco magoado. De um jeito corajoso e arrogante no estilo galã de cinema, claro.

Ele deu de ombros.

– É seu aniversário, sua viagem. Você pode levar quem quiser.

– Você é um homem maravilhoso. – Ela sorriu e suspirou de alívio. – Merece ser muito feliz. Espero mesmo que encontre alguém perfeito para você.

– Obrigado. Também espero.

Capítulo 42

JOSEPHINE SORRIU; não conseguia parar de olhar os dois juntos. Só que não eram dois, certo? Eram três agora, uma unidade familiar que aconteceu de forma completamente inesperada, mas ao mesmo tempo do jeito mais perfeito.

Três dias antes, do nada, Izzy Byrne viera ao mundo e a vida de todos mudou por conta disso, de forma dramática e para sempre. Foi uma experiência mágica testemunhar a família recém-criada e a clara ligação entre eles. Com o coração repleto de amor por todos, Josephine ficou de longe vendo como Ronan e Kate eram juntos e como irradiavam uma felicidade absoluta.

Devido ao elemento-surpresa do nascimento, Kate teve que ficar três dias no hospital, mas, naquela manhã, ela recebeu alta, e Ronan a levou até a Victoria Street para ver a casa branca tradicional de Terry.

De início, claro, o plano era que Kate comprasse a casa e morasse sozinha. Agora, se ela gostasse e aprovasse a casa, os três poderiam ir morar lá juntos.

– E aí? O que você acha? – perguntou Ronan.

Ele estava com a bebê nos braços, ajeitando seus cachinhos escuros enquanto acariciava a cabecinha. Ele olhou para Kate, que abriu um sorriso.

– Você sabe o que eu acho. Soube desde a primeira vez que viu este lugar. É perfeito.

– É mesmo? – Ele pareceu aliviado. – É mesmo *mesmo*?

Kate indicou a sala com o sol e a vista para o mar.

– Já me sinto em casa.

Ronan se inclinou e a beijou.

– O Terry também vai ficar feliz. É compra direta, podemos resolver imediatamente. Está prestando atenção? – Ele falou com Izzy, que olhava para ele sem piscar. – Esta vai ser a sua nova casa, então você também tem que aprovar. Ah, você aprova? Que maravilha, é ótimo saber disso.

– O que vai acontecer com o seu apartamento? – perguntou Josephine.

– Não sei ainda. Eu ia vender, mas a Kate acha que eu deveria alugar por enquanto, para ver como as coisas vão. Já sei de um cliente que pode estar interessado e vou ligar para ele.

No bolso, Josephine ouviu o *plim* que anunciava a chegada de uma nova mensagem no celular. Ela olhou para a pergunta na tela, *Kate gostou da casa?*, e digitou rapidamente uma resposta: *Adorou. Tudo certinho.*

Ela olhou para Ronan e depois para Kate, sentiu uma onda de animação no peito e disse, fingindo um tom casual:

– Na verdade, sei de outra pessoa que também estaria interessada.

Sam voltou para St. Carys na tarde de sábado. Antes de viajar com Verity na tarde do aniversário, Annabelle foi inflexível e disse que quem deveria falar com Clemency sobre a situação era ela.

– Não quero que ela saiba por outra pessoa. Eu mesma tenho que contar. É importante. Prometa que não vai falar nada até voltarmos de Veneza. Aí eu falo com ela, está bem?

Sam prometeu, ao mesmo tempo se questionando como ela esperava que ele explicasse o fato de não ter ido para Veneza. Até que, de maneira fortuita, uma reunião urgente com um cliente suíço precisou ser marcada e ele resolveu o problema passando uns dias em Zurique.

Ficou mais fácil assim.

Uma hora depois de sua volta, ele ouviu um táxi parar em frente ao prédio. Da varanda, viu Annabelle sair, seguida por Verity. A mala de Annabelle foi tirada do porta-malas e as duas se abraçaram como boas amigas até o motorista estar de costas. Então o olhar entre elas se transformou em amor e desejo e Verity deu um beijo – rápido – nos lábios de Annabelle.

Momentos depois, Verity voltou para o táxi e elas se olharam com desejo flagrante quando o carro se afastou.

Ao abrir a porta da frente, Sam disse:

– Bem-vinda de volta. Se divertiu?

– Muito. Muito mesmo. – Annabelle estava vibrando, feliz, mas também claramente apreensiva. – Muito obrigada. Me desculpe, esses últimos dias devem ter sido horríveis para você. Como vai, Sam? Segurando as pontas?

Ele assentiu.

– Ah, sim. Vou ficar bem.

O olhar dela se desviou para trás dele, a fim de ver se não havia ninguém no apartamento.

– Você não contou para ninguém, contou? Principalmente para a Clem.

– Não contei para ninguém.

– Ela me mandou uma mensagem de texto perguntando sobre o Cipriani. Pelo menos não precisei mentir sobre isso. Mandei fotos para ela ver como o lugar era maravilhoso. Ai, meu Deus, desculpe de novo. – Ela balançou a cabeça, com uma expressão culpada. – Agora estou esfregando sal na ferida. Olha, só voltei para pegar algumas roupas e outras coisas. Reservei um quarto no Mariscombe só por esta noite e, quando tudo estiver resolvido aqui, vou voltar para Londres com a Verity. Quando tivermos um endereço, você pode empacotar o resto e enviar para lá?

Sam assentiu.

– Claro.

– E promete que não vai destruir tudo em um ataque de ciúmes? Que não vou abrir as caixas e encontrar todas as minhas roupas rasgadas? Ah, tudo bem, eu sei que você não faria uma coisa dessas. – Annabelle levou a mão ao peito, quase lacrimejando de gratidão. – Você é uma boa pessoa e em troca fiz isso com você. Parti seu coração e ainda me sinto péssima, mas você está sendo incrível porque você é *você*. Sam, só quero que você seja feliz de novo. E vai acontecer, prometo. Um dia, vai!

Sam tomou uma decisão repentina. Mas não era a oportunidade *mais* perfeita de todos os tempos? Se aquele não era o momento certo, ele não sabia quando seria.

– O que foi? – perguntou Annabelle. – Por que você está me olhando assim? Ah, não, Sam, *por favor*, não implore para que eu aceite você de volta...

– Então você entende que foi uma daquelas coisas que acontecem do nada. O destino nos colocou um ao lado do outro naquele avião. Eu não estava procurando nem querendo que acontecesse, mas aconteceu. E nem de longe poderia dar em alguma coisa. – Sam balançou a cabeça pela lembrança ainda vívida na mente. – Eu sabia desde o começo. Eu era casado. Lisa não me reconhecia mais, só que ainda era a minha esposa. Aquela garota era uma completa estranha que eu jamais voltaria a ver. E a única coisa que fizemos durante o voo foi conversar. Sobre outras coisas... a vida... tudo. Mas houve uma conexão entre nós. Uma conexão incrível... É sério, não tenho como começar a descrever. Senti o mesmo quando conheci a Lisa e aquilo estava acontecendo de novo. Só que não podia, porque eu não estava disponível. Ela, por outro lado, não sabia disso, a garota no avião, porque não consegui contar. Quando pousamos e estávamos seguindo caminhos opostos, ela me deu o cartão dela. – Ele fez uma pausa, revivendo o momento, a expressão nos olhos cinzentos de Clem marcada para sempre em seu cérebro. – Joguei no lixo sem nem olhar. E quando ela me encontrou depois na fila do táxi, contei que era casado. E fui embora.

Os olhos de Annabelle estavam arregalados.

– Ah, Sam... Ah, Sam, é a coisa mais triste que já ouvi. Parece história de *filme*. E isso aconteceu há quanto tempo?

– Quase três anos e meio.

– E quando a Lisa morreu?

– Três semanas depois.

– E você não conseguiu encontrar a garota?

– Não. Não que eu quisesse, claro. Não na época.

– Claro que não. Ah, mas que insuportável. Já era, você não tinha como encontrá-la. E nunca mais a viu. – Havia lágrimas de solidariedade brilhando nos olhos de Annabelle.

– Nunca mais a vi – respondeu Sam. – Até o começo deste ano.

Annabelle abriu a boca e se sentou mais ereta.

– É mesmo? Você quer dizer que *ela* encontrou *você*? Mas... como?

– Ela não me encontrou. – Sam sentiu um músculo tremer no maxilar.

– Foi coincidência. Foi como viajar de férias e encontrar uma pessoa com quem você estudou há quinze anos.

– Você não me contou nada disso. – Ela não parecia com raiva, só intrigada.

– Sei que não – disse Sam. – Era mais fácil não falar. E não aconteceu nada entre nós. De novo. – Ele precisava enfatizar isso. – Eu estava com você, não estava?

– E como foi reencontrar a garota? Os sentimentos ainda existiam?

– Mais ou menos. – Ele fez uma pausa. – Bom, sim.

– E o que ela sentiu por você? A mesma coisa?

Sam hesitou, depois assentiu e reiterou:

– Mas nada aconteceu. Porque nenhum de nós faria isso com você.

– Ah, meu Deus, já sei quem é! Acabei de me dar conta! – Colocando a mão sobre a boca, Annabelle soltou um gritinho de triunfo. – É a Sylvie, né? Sylvie Margason!

Quem? Uma fração de segundo depois, a imagem surgiu na cabeça dele. A alta e loura Sylvie estudara com Annabelle e agora trabalhava como gerente de eventos na Casa Mariscombe; ele a encontrou brevemente em duas ocasiões e ela não tentou disfarçar o interesse nele.

Era de fato uma garota atraente.

Mas, infelizmente, a garota errada.

– Não é a Sylvie.

– Ah.

Encorajado pelo fato de que ela pareceu decepcionada, Sam respirou fundo e falou:

– É a Clem.

Isso é que é um cavalo de Troia...

Ao voltar para casa depois do trabalho, Clemency atendeu uma ligação de Belle, que anunciou com alegria:

– Oi, estamos de volta! Você vai estar em casa se eu passar lá em vinte minutos? Acho que vou ter uma surpresinha para você!

Depois de aceitar com alegria, Clem chegou em casa e entrou no banho.

Enrolada no roupão branco de algodão, ela estava penteando o cabelo molhado e embaraçado.

Assim que abriu a porta e viu a expressão de Belle, ela soube que a surpresinha não seria uma daquelas máscaras venezianas pintadas de cores vibrantes que não dava para saber o que fazer com ela nem um colar volumoso feito de vidro de Murano.

– Esse tempo todo... – disse Belle. – Esse tempo todo você mentiu para mim. E por que eu cheguei a me surpreender? Era mesmo de esperar...

Ihhhhh...

– O quê? Não sei do que você está falando.

Esse era o problema de ter um corredor estreito: você era obrigada a recuar pela escada e acabava parecendo na defensiva. Porque é claro que ela sabia do que a irmã estava falando. Não podia ser de outra coisa.

Se bem que só Deus sabia como Belle foi descobrir.

– Você e o Sam três anos e meio atrás, juntinhos num avião. É claro que você não esqueceu.

Clemency balançou a cabeça.

– Não teve nada disso de juntinhos. Estávamos sentados um do lado do outro. Só isso.

– Ah, mas acho que foi bem mais importante do que isso. O Sam me contou *tudo*.

Sam estava louco? Tinha bebido? O que dera nele para fazer uma coisa daquelas?

– Esse tempo todo – Belle falou como se estivesse mastigando gelo –, vocês mentiram para mim, guardaram esse segredinho romântico entre os dois, riram de mim pelas minhas costas.

– Não rimos – falou Clemency na mesma hora. – Pode acreditar, não foi nada engraçado. E também não fizemos nada errado. *Esse tempo todo* – disse ela, repetindo a acusação de Belle –, não fizemos *nada*.

Os olhos de Belle pareciam dois lasers.

– Claro que não. Porque você não é esse tipo de garota.

– Exatamente!

– Só que você nunca me perdoou por dormir com o Pierre. Esses anos todos, isso corroeu você. Aposto que sempre quis acertar as coisas e se vingar de mim.

Ah, céus.

– Por causa do que você fez com o Pierre? Você *realmente* acredita nisso?

– Quer saber? É típico de você. – A voz de Belle aumentou de volume. – Você sempre se achou melhor do que eu... mais popular do que eu... mais divertida do que eu! E quando conheci o Sam, fiquei muito feliz porque ele era perfeito e era *meu* e não *seu*. Mas agora você estragou isso, porque, esse tempo todo, você e Sam tiveram essa tal ligação incrível, esse segredo enorme guardado entre os dois, logo você acha que ele te ama mais do que já me amou.

– Eu não acho – protestou Clemency.

Com sorte, Belle não apareceria com um detector de mentiras portátil.

– Para com isso, é claro que acha. Esse tempo todo você manteve uma postura arrogante porque mais uma vez me venceu... e *não é justo*.

O coração de Clemency estava disparado no peito; ela ainda não conseguia entender por que aquilo estava acontecendo. Sam já tinha terminado o relacionamento? Em voz alta, ela disse:

– Não venci você. E não aconteceu nada entre mim e Sam porque eu não quebraria minha promessa. O que deu errado em Veneza?

– Não deu nada errado em Veneza! Foi perfeito!

– Bom, não é o que parece. Se tudo foi tão perfeito, por que Sam teria contado sobre...

– Porque não fui para Veneza com o Sam! – gritou Belle, os punhos fechados ao lado do corpo.

– O quê? – Clemency não esperava por isso. Atordoada, perguntou: – Então, para onde vocês foram?

– Fui para Veneza. O Sam foi para Zurique.

– Vocês não estão mais juntos? Ele terminou com você?

Seus sentimentos estavam confusos agora, porque, se Sam havia terminado com Belle no aniversário dela, ele tinha feito uma coisa horrível. Como *pôde* ser tão cruel?

Belle a observava com atenção.

– Ele não contou mesmo para você, né? Achei que pudesse contar, mas ele não falou nada. Sam não terminou comigo. – Ela balançou a cabeça com uma mistura de orgulho e, ao que parece, provocação... ou talvez pavor. – Eu terminei com o Sam.

– Mas, mas... *por quê*?
Era piada? Clemency olhou para ela sem acreditar.
– Porque estou apaixonada por outra pessoa.
Outra pessoa.
Que coisa surreal.
– Está falando sério? – perguntou Clemency.
Como poderia *haver* outra pessoa? Ah, Deus, a não ser que Belle estivesse falando sobre Ronan. Por favor, que ela não estivesse se referindo a ele! Ela tinha ido para Veneza e conseguido convencer a si mesma que o horror da paternidade inesperada jogaria Ronan nos braços dela?
Em voz alta, ela balbuciou:
– O Ronan está loucamente apaixonado pela Kate!
Belle ergueu as sobrancelhas.
– E daí? Quem se importa com eles? Estou loucamente apaixonada pela Verity.
O silêncio foi completo, a não ser pelo som da respiração rápida de Belle. Ela estava parada ali, de olhos arregalados, parecendo não acreditar no que tinha acabado de dizer.
Clemency, sentindo-se da mesma forma, apenas a encarou.
– É sério? Você está falando... da *Verity*?
Só para o caso de ela ter dito o nome errado sem querer.
Mas Belle estava assentindo.
– Estou. Eu a amo. Ela é minha namorada. Sempre tive medo de dizer, mas estou dizendo agora. Prefiro garotas. Sou lésbica e não se atreva a rir de mim.
Rir?
– Mas eu...
– Não *se atreva*.
Com a voz tremendo de emoção, Belle apontou um dedo acusador para ela.
Minha irmã é gay. E está com raiva. Clemency abriu os braços e disse, sem acreditar:
– Mas por que eu riria disso?
– Ah, não consigo nem imaginar! Talvez porque você tenha passado a vida toda rindo de mim? Porque sempre se achou superior? Porque todas as

coisinhas que deram errado na minha vida foram uma oportunidade para você debochar da minha cara! – Agora que Belle tinha começado, a voz aumentava cada vez mais. – Como quando grudaram chiclete no meu cabelo no concerto da escola... e quando estávamos de férias em Miami e você me disse que nos Estados Unidos todo mundo chamava blusa de camisinha... e quando, na festa da Jacintha, mergulhei na piscina e meu sutiã do biquíni abriu... todas as vezes que você riu de mim e me fez sentir idiota, mas agora não vou permitir que isso aconteça mais!

Consternada, Clemency reagiu:

– Eu *nunca* riria...

– Cala a boca e para de mentir! É o que você sempre faz! – berrou Belle. – Como dois anos atrás, quando saí com o Hugo Mainwaring e ele me chamou de vaca fria e insensível. Ele disse para todo mundo que eu era frígida e claro que você achou engraçadíssimo. Você ficou me provocando por causa disso...

– O quê? – perguntou Clemency. – *Como* eu provoquei você?

– Ah, meu Deus, vai fingir mesmo que não lembra? Cada vez que me via, você começava a cantar "Livre estou"... ou aquela música de brincar na neve... ou "Vejo uma porta abrir".

Sério, o que ela estava falando? Confusa, Clemency perguntou:

– As músicas do *Frozen*?

– Exatamente – respondeu Belle com desprezo. – Você me provocou sem parar, durante semanas.

Frozen... Frígida... A ficha caiu.

Pelo amor de Deus.

– Eu não estava debochando de você – declarou Clemency, sem acreditar. – Eu amava *Frozen*. Cantava as músicas o tempo todo, mesmo quando você não estava por perto! Enchi tanto o saco do Ronan no escritório que ele ameaçou colar uma fita adesiva na minha boca. Eu não cantava para provocar você, cantava porque não conseguia tirar as músicas da cabeça de tanto que eu gostava delas!

– Ah, claro, mas nunca mais vai acontecer. Porque tenho *orgulho* de quem eu sou. – Belle cutucou o próprio peito. – Eu sou eu, sou gay, e você não vai mais me fazer sentir inferior! Ah, e se está achando que, por causa disso, você pode ficar com o Sam, pode esquecer. Porque aposto que você estava pensando nisso, não? Estava esperando que eu dissesse que tudo bem, fique à vontade, ele é todo seu? Bom, não vou fazer isso! Por que deveria? Não mesmo, está ouvindo? Você fez uma promessa e vai ter que cumprir. *Você não vai ficar com ele.*

Vinte minutos tinham se passado depois que Belle bateu a porta e foi embora do apartamento. Vinte minutos, mas pareciam vinte horas. Deitada na cama, Clemency ouviu o celular vibrando e deslizando no modo silencioso no vidro da mesa de cabeceira.

Ao pegar o aparelho e ver quem era, Clemency se perguntou por que Belle acharia que alguém que ignorou sete ligações da irmã poderia de repente decidir atender a oitava.

Ela desligou o telefone, o largou na cama e cobriu os olhos. *Ai, que dor.* Na verdade, muita dor... Estavam inchados e vermelhos e tão frágeis quanto um lenço de papel.

A campainha começou a tocar de novo, e ela sussurrou "Para", porque era insuportável. Quando Belle desistiu, alguns minutos depois, Clemency liberou as lágrimas novamente, desprezando a própria fraqueza. Por curiosidade, pegou o celular e o ligou na câmera frontal, para ver sua imagem na tela.

Meu Deus, que visão horrível. Suas pálpebras estavam ainda piores do que ela imaginava, os brancos dos olhos, bastante vermelhos e o rosto, inchado e repuxado.

Então era isso que o choro de verdade fazia. Por esse motivo ela não gostava de chorar. Péssimo estado.

Ah, mas quando começava, como fazer para acabar com aquilo? De onde todas as lágrimas vinham? E quantas ela ainda tinha? Se continuasse, acabaria murchando, morreria de desidratação e...

Um barulho altíssimo veio do banheiro, e Clemency pulou da cama quando uma cacofonia de potes de vidro e frascos de plástico caiu do parapeito da janela na pia. Pelo visto ou uma gaivota tinha entrado voando pela janela aberta ou...

– *Ai* – resmungou Belle em meio a uma nova barulheira, e Clemency ouviu a porta do banheiro abrir. Logo em seguida, sua irmã apareceu na porta do quarto. – Tudo bem, posso só dizer uma coisa? Ninguém precisa de quarenta frascos de xampu e condicionador e sabonete líquido pela metade enchendo o parapeito da janela. É uma idiotice.

– Como você entrou no meu banheiro? – perguntou Clemency.

– Eu pulei bem alto em uma cama elástica... – Belle fez uma pausa. – Tem um limpador de janela no fim da rua. Pedi a escada dele emprestada.

– Você não gosta de subir em escadas.

– Eu sei, mas, às vezes, quando as pessoas se recusam a atender o telefone e a abrir a porta de casa, não sobra muita escolha. Aliás, você está com uma aparência péssima.

– Eu sei.

– Estou falando sério. Horrível. Eu até que fico bem bonita quando choro, mas você, não. Você está *horrenda*.

– Obrigada – disse Clemency.

Não fazia sentido tentar fechar a cara para levá-la a parar; suas pálpebras estavam inchadas demais para o ódio passar.

– Agora sei por que você não chora – comentou Belle.

Clemency deu de ombros. Não era o motivo, mas serviria como desculpa.

– Nunca pensei sobre esse assunto, mas não lembro qual foi a última vez – prosseguiu Belle.

– Não deixe isso tirar o seu sono.

– Não, sério. Você nunca chora. Quando foi? – Belle franziu a testa, tentando lembrar a ocasião. – Ah, já sei. Quando seu avô morreu, pouco depois que a gente se conheceu. Você ficou muito triste.

Clemency assentiu.

– Fiquei.

– E depois?

– Não rolou mais.

– Nenhuma vez?

– Não.

– Até hoje – disse Belle.

Ah, Deus, será que ela não podia dar uma trégua? Clemency encolheu os ombros.

– É o que parece.

Por vários segundos, nenhuma das duas falou. Finalmente, Belle observou:

– Você deve amá-lo de verdade.

Parecia que a parte de dentro das pálpebras estava recoberta por uma lixa; doía até piscar. Clemency disse:

– Está falando do Sam?

– Claro que estou falando do Sam. De quem mais poderia estar falando? Como Belle não percebia? Incrédula, Clemency balançou a cabeça.

– Você acha mesmo que é por isso que estou chateada? Não estou chorando por causa do Sam, estou chorando por *sua* causa.

– Por minha causa? Por quê?

– Porque não acredito que você achou que eu debocharia de você. Não acredito que você achou que eu fosse melhor do que você... ou mais popular... Sempre tivemos amigos e interesses diferentes, mas nenhuma de nós era melhor do que a outra. É verdade que às vezes eu ria de você quando as coisas davam errado, mas você também ria de mim... porque somos irmãs, e é isso que as irmãs fazem. – Mais lágrimas escorriam dos olhos dela agora, mas Clemency não tentou secá-las. – Eu tinha inveja porque você era tão magra, loura e cheia de estilo e falava francês fluente e sempre tinha tanta confiança...

– Eu? *Eu?*

– É! Todas essas coisas! – A voz de Clemency falhou pela emoção e pelo esforço de dizer o que ela estava lutando para pôr para fora. – Você também era irritante, mas juro pela minha vida que nunca fiz nenhuma provocação deliberada depois que o Hugo chamou você de frígida... Fora qualquer outra coisa, ele era um cretino cruel e perverso. Só cantei aquelas músicas porque amava *Frozen* e essa é a pura verdade. – Sua garganta estava tão apertada que parecia conter uma bola de golfe. Ela engoliu para se livrar do incômodo. – Lamento muito que você tivesse medo de me contar que era gay por achar que eu debocharia. Jamais teria feito isso, mas fico me sentindo péssima e envergonhada só de você ter pensado que eu faria.

Agora sua visão estava tão borrada por causa das lágrimas que ela só via um vago contorno da irmã se aproximando; só quando elas se abraçaram foi que ela percebeu que Belle também estava chorando.

Elas se abraçaram e choraram e Belle soluçou.

– Não a-acredito que fiz você chorar... Não a-acredito que você tinha inveja de mim. Sempre *quis* que você sentisse inveja, mas você nunca demonstrou.

– Isso porque eu sabia que era o que você queria. – Fungando e secando lágrimas do rosto, Clemency disse com um toque de diversão: – Se eu tivesse demonstrado, aí você teria vencido.

Belle conseguiu dar um sorriso.

– Nós duas éramos muito teimosas.

– Éramos mesmo.

– Claro, você era mais teimosa do que eu. *Évidemment, tu étais plus têtue que moi.*

– Como é? – Clemency balançou a cabeça e começou a rir. – Agora você só está se exibindo.

Elas se abraçaram de novo e Belle murmurou no ouvido dela:

– Mas você o ama de verdade? O Sam?

Clemency secou os olhos.

– Tudo bem, não vai acontecer nada. Fiz aquela promessa para você e vou cumpri-la.

– Sei que vai. Confio em você. – Belle fez uma pausa. – É como se eu tivesse os sapatos mais bonitos do mundo, mas eles fossem do tamanho errado, não acha? Nunca vou usá-los e eles caberiam perfeitamente em você, só que não deixo você usar porque são meus.

Clemency sentiu como se tivesse esquecido como se respira. Ouvia a barulheira descontrolada da própria pulsação nos ouvidos. Olhou para Belle, sem conseguir falar.

– Ou como ter um jato particular, mas nunca voar nele – disse Belle.

– Eu... acho que é.

– Ou poderíamos dizer que era como se eu tivesse o colar de diamantes mais maravilhoso de todos, mas não pudesse usar por ser alérgica a diamante. – Belle a segurava pelos ombros agora, encarando-a fixamente. – Seria um desperdício, não? O desperdício mais egoísta e terrível. Você ama mesmo o Sam, não ama?

Clemency assentiu. Ah, Deus, ela o amava. Muito.

– E Sam também ama você – disse Belle.

– Ama? – O que saiu foi um grunhido.

– Ele me contou a história toda. Você devia ter ouvido. E a expressão na cara dele enquanto falava de você... Pode acreditar em mim, é de verdade.

Era?

– E se o que o Sam sente por você for parecido com o que sinto pela Verity – disse Belle baixinho –, acho que um sentimento assim não deveria ser desperdiçado. – Ela fez uma pausa. – Acho que você e o Sam deviam ficar juntos.

Levou alguns segundos para que as palavras fossem absorvidas.

Finalmente, Clemency sussurrou:

– Acha? E para você está mesmo tudo bem?

Belle assentiu e abriu um sorriso.

– Eu sei, também é uma surpresa para mim. Mas, sim, está.

Elas se abraçaram outra vez, e Clemency sussurrou:

– Talvez você seja mais legal agora do que quando era hétero.

Belle riu.

– Só que eu nunca fui hétero.

– Olha – disse Clemency. – Você é minha irmã, e não me importa o que mais você é. Eu te amo.

– Ah, Clem... Eu também te amo.

– *Aham*.

O pigarro soou alto do outro lado do corredor. Quando elas olharam no banheiro, viram o rosto de um homem de meia-idade na janela aberta.

– Olha, estou feliz de vocês duas se amarem – falou o homem – e lamento interromper, mas você disse que só ia pegar emprestada por uns minutinhos. Então posso agora levar minha escada de volta?

Capítulo 43

DEMOROU UM TEMPO para Belle deixar Clemency sair de casa.

— Falando sério, sua aparência está péssima. Se ele vir você assim, vai mudar de ideia e dizer: "Na verdade, você se importa se formos só amigos?" Deite-se – instruiu Belle. – Vou fazer uma compressa de gelo para botar nos seus olhos. Você parece ter lutado dez rounds com Rocky Balboa.

Durante quinze minutos, Clemency foi obrigada a ficar deitada no sofá com meio saco de ervilhas congeladas cobrindo um olho e um pacote de arroz mediterrâneo cobrindo o outro.

— Você realmente precisa aprender a chorar mais bonito, sabe – repreendeu Belle. – Como eu.

Em seguida, veio a maquiagem, aplicada por Belle, porque, ao que parecia, ela fazia isso bem melhor.

— Não passo tudo correndo em dois minutos, que nem você.

Não muito, só o suficiente para cobrir o inchaço e distrair a atenção do tom rosado dos olhos.

Finalmente, Clemency teve permissão de se vestir. Quando se apresentou para a inspeção, Belle passou o olhar crítico pelo vestido vermelho solto e pelo chinelo prateado.

— Deixa a sua bunda grande.

— Minha bunda é grande.

— O que quero dizer é que não disfarça nem um pouco.

Sua irmã mais estilosa estava tentando ajudar. Ela não se ofenderia. Clemency sorriu e balançou as sobrancelhas de um jeito brincalhão.

– Que bom.

Só quando elas estavam saindo do apartamento de Clemency foi que Belle disse:

– Ah, hoje é dia 5? Acabei de lembrar, o Sam tem um evento beneficente em St. Austell. Você vai encontrar com ele agora mesmo?

Como se ela pudesse preferir parar na oficina primeiro para que seu carro fosse revisado e lavado, ou talvez desse uma parada no supermercado para comprar comida.

– Pensei em fazer isso.

– Bom, você tem que chegar à casa dele antes de ele sair. Quer que eu ligue e avise que você está indo lá?

Clemency balançou a cabeça.

– Não precisa, chego lá em cinco minutos. Ele ainda não vai ter saído.

Trinta minutos depois, ela estava desejando ter feito o trajeto a pé. Se tivesse, já estaria lá. *Com Sam.*

Mas estava parada em um engarrafamento, o trânsito congestionado em todas as direções graças ao turista infeliz que tinha entrado com o trailer em uma rua estreita demais e ficado frente a frente com um trator que estava indo na direção contrária.

Ninguém se mexia. Havia carros demais para trás agora, sem qualquer espaço para dar meia-volta. E, para completar, Clemency estava presa no pé da alameda Fox Hill, onde era tão difícil pegar sinal no celular quanto capturar os diabretes da Cornualha. Fora do carro e encostada nele, ela tentou novamente ligar para Sam, para Ronan e para Belle.

Nada, nadinha.

Bem, talvez não fosse uma situação de vida ou morte; ela não *morreria* se só visse Sam, digamos, no dia seguinte... Mas ela *queria* vê-lo, mais do que tudo no mundo. A quantidade de adrenalina percorrendo seu corpo a deixava enjoada e tonta pela expectativa. Toda a maquiagem cuidadosamente aplicada estava derretendo no calor, e seu coração gritava no peito. A uns vinte metros, o motorista do trator e o dono do trailer discutiam de quem era a culpa por tudo o que aconteceu. Duas crianças pequenas choravam, um carro cheio de surfistas tocava música alta e eles dançavam na rua para passar o tempo, e os turistas que saíam da praia e voltavam a pé para suas hospedagens olhavam a situação com diversão arrogante.

A música que saía agora do Renault roxo e caindo aos pedaços dos surfistas era "Don't Worry, Be Happy" e eles cantavam junto com entusiasmo enérgico e desconsideração total pela melodia. Tirando o motorista, todos estavam tomando cerveja gelada, balançando as garrafas no ar entre goles. Um dos garotos olhou para Clemency.

– Anime-se, moça bonita! Está um dia perfeito, não? Quer uma cerveja?

Ela sorriu para ele e balançou a cabeça.

– Não, obrigada.

– Viu? Você já está melhor. Não há necessidade de entrar em pânico, né? Não se preocupe, seja feliz!

Ela estava feliz, mas a frustração crescia sem parar, porque ver Sam de novo a deixaria *muito* mais feliz.

Só para fazer alguma coisa, Clemency sacudiu vigorosamente o celular antes de tentar o número de Sam mais uma vez e, por garantia, o balançou bem alto acima da cabeça.

Logo em seguida, por mais incrível que pareça, começou a chamar, ele atendeu e ela quase não conseguiu ouvir a voz dele dizendo seu nome.

Ah, essa voz linda...

– Sam! Espere! – Finalmente uma utilidade para toda a adrenalina na corrente sanguínea. Descalça, ela subiu no capô do carro. – Sam, você ainda está em casa? Estou indo até aí, mas fiquei presa no trânsito... Ah, Sam, sabe o que a Belle disse? Ela não se importa se ficarmos juntos, ela aceita numa boa! Isso está acabando comigo. Estou encurralada em um engarrafamento idiota e desesperada para ver você!

– ... o quê... não consigo... onde... picotada...

– Sam, está me ouvindo? Estou no pé da alameda Fox Hill, perto da entrada da baía Beachcomber... Estava indo me encontrar com você, mas não posso deixar meu carro... *Ah.*

A ligação tinha ficado muda e ela não conseguiu entender nada do que ele disse. Muito provavelmente, ele também não tinha conseguido ouvir nada. Ela tentou ligar de novo, mas as partículas instáveis de sinal tinham evaporado, vagado para o mar.

E o capô do carro, fervendo pelo sol da tarde, estava queimando as solas dos pés descalços dela. *Ai.*

Um dos garotinhos no carro atrás de Clemency choramingou em tom de súplica:

– Mãe, estou com fome.

– Bom, você vai ter que esperar – respondeu a mãe.

Você e eu, pensou Clemency.

Ah, bem, ela tinha conseguido passar os últimos três anos e pouco sem Sam. Mais um dia esperando não a mataria.

Só que, conhecendo sua sorte, Sam se sentaria ao lado de uma loura linda e deslumbrante no evento beneficente em St. Austell e se apaixonaria loucamente por ela à primeira vista e não haveria nada que Clemency pudesse fazer porque seria *tarde demais.*

O baile beneficente era com traje black-tie. Depois de tomar banho e trocar de roupa, Sam estava prestes a sair para St. Austell quando o celular tocou.

O nome de Clemency apareceu na tela e ele voltou para a vaga de onde estava saindo.

Dois minutos depois, ele continuava sem entender nada. A terrível qualidade da ligação fez com que ele só conseguisse ouvir: "Sam... indo... presa... Belle... encurralada... desesperada..." Quando ele tentou avisar que a ligação estava picotada, ela falou alguma coisa sobre Fox Hill, baía Beachcomber e ir se encontrar com ele, mas a ligação foi interrompida abruptamente.

Ele não conseguiu retornar a ligação – agora não tinha sinal nenhum – e as poucas palavras que ele tinha conseguido ouvir não eram boas. Ele achou que ela parecia animada, mas e se fosse a consternação que a tivesse feito gritar daquele jeito? Ela mencionou Belle e falou algo sobre estar encurralada. Será que Belle tinha ficado furiosa e feito alguma coisa com ela? Ah, Deus, não era possível...

Mas, quando ele tentou o número de Belle, o celular estava desligado.

Ele olhou o GPS e viu que a alameda Fox Hill estava inacessível, com o tráfego todo parado em volta.

Teria havido algum acidente horrível? Seu sangue gelou com a ideia. Meu Deus.

Ele desligou o motor e saiu do carro. Eram seis horas e ele tinha planejado chegar duas horas antes do evento em St. Austell, mas não podia ignorar aquela situação. Se alguma coisa tivesse acontecido a Clemency, ele precisava ir ao encontro dela depressa, e a pé era o melhor jeito para isso.

Por favor, que nada de ruim tenha acontecido a ela.

O sol estava mais baixo no céu agora, mas um calor forte e vibrante ainda pairava no ar; a temperatura devia estar em vinte e muitos graus. Sam logo encontrou o trânsito parado. Continuou andando com determinação pelas famílias queimadas de sol carregando cadeiras e coolers, bolas de praia e colchões infláveis. Como os turistas estavam todos de short e camiseta, roupa de banho e saída de praia de algodão, ele não se misturou exatamente com a multidão; não havia mais ninguém usando sapatos tão engraxados, gravata-borboleta preta e smoking.

Minutos depois, ele chegou a um grupo agitado reclamando do calor e recebeu assobios de duas vovós ousadas.

– Ah, olha só ele, Jean, uma gracinha, hein?

– Isso é que eu chamo de corpo bonito, Marj. Ei, meu amor, não precisa ir tão rápido. Pode ficar e bater um papinho. Se estiver indo para o mesmo lugar que a gente, pode me carregar nas costas!

Sam, ultrapassando-as rapidamente, se virou para as duas senhoras.

– Fica para a próxima, moças, prometo.

Elas riram de prazer e Jean disse:

– Ah, meu jovem, nós vamos cobrar.

Dez minutos depois, ele chegou ao cume da ladeira e parou para observar o vale com trânsito parado à frente. Enquanto descia pela fileira de carros, ele procurou o de Clemency, mas não conseguiu encontrar. A boa notícia, no entanto, era que não parecia ter havido nenhum tipo de acidente. Se ele não conseguisse encontrá-la ali na alameda Fox Hill, talvez significasse que ela queria que ele a encontrasse na baía Beachcomber.

Quando se aproximou do fim da ladeira, Sam ouviu música e cantoria. Uma curva na alameda fez com que ele conseguisse ver um grupo de pessoas que antes estava obscurecida por um trailer enorme, e seu coração deu um pulo no peito. Porque as pessoas estavam dançando com a música, a alegria delas era contagiante, e uma delas era uma garota de vestido vermelho e chinelos prateados. As pernas eram longas e bronzeadas, o cabelo escuro e ondulado voava em volta dos ombros quando ela girava, e mesmo dali Sam via que a cabeça dela estava inclinada para trás e que ela ria.

E isso era bom, porque pelo visto ela estava bem e nada de terrível tinha acontecido. Ela estava feliz, em segurança. Ele sentiu os ombros relaxarem e percebeu como estava preocupado.

Agora, só precisava descobrir por que ela tinha ligado para ele e o que tentara dizer.

Enquanto descia pelo restante da ladeira íngreme, Sam se perguntou se ela já tivera notícias de Annabelle.

Capítulo 44

CLEMENCY ESTAVA DE OLHOS FECHADOS, a cabeça inclinada para trás enquanto Ted, o surfista louro, a girava na rua e cantava junto, muito desafinado, a música "Happy", do Pharrell, que ecoava dos alto-falantes. O sol aquecia suas pálpebras e ela inspirava as fragrâncias misturadas de flores selvagens e grama das cercas vivas altas dos dois lados da alameda, assim como o odor de óleo do asfalto da rua.

E ela *estava* feliz, apesar de ter perdido a chance de ver Sam naquela noite, porque o veria no dia seguinte, e enquanto isso podia comemorar o que aconteceria se tudo desse certo, agora que...

– Feliz, feliz, feliz, feliz! – gritou Ted, balançando o braço dela com tanto vigor que quase a derrubou.

Clemency abriu os olhos para recuperar o equilíbrio e viu que eles estavam sendo observados. Um garotinho, apontando para ela, dizia para o pai:

– Papai, por que eles estão dançando? A gente pode dançar também?

Logo depois, a atenção de Clemency foi capturada por outra figura indo na direção dela. Destoando de todas as outras pessoas, essa estava de preto e, em contraste maior ainda, o traje era um smoking com corte perfeito.

Era como olhar para a frente e ver James Bond vindo na sua direção. Só que aquilo era ainda melhor do que James Bond, porque, de alguma forma, por incrível que pareça, era Sam.

– Ei – protestou Ted quando ela soltou a mão dele. – Agora que está ficando bom você vai parar?

Mas Clemency já tinha dado as costas para o pessoal que dançava; sua atenção estava voltada apenas para Sam. Ele sabia? Belle tinha falado com ele? Ah, seus joelhos ficaram bambos só de vê-lo... O que ele fazia ali?

– Oi. – Ele parou na frente dela. – Então você está bem.

Ela inspirou a fragrância da loção pós-barba.

– Nunca estive melhor. Não consegui ouvir você no telefone e achei que você também não conseguia me ouvir.

– Só consegui identificar "alameda Fox Hill" e "baía Beachcomber". E "encurralada". Não sabia se você tinha sofrido um acidente.

– Não. – Clemency absorveu com avidez os detalhes do rosto dele, o rosto que ela sonhava em beijar havia tanto tempo. – A Belle falou com você depois disso?

Sam balançou a cabeça.

– Eu tentei, mas também não consegui falar para ela. Por quê?

– Ela me contou sobre vocês dois e sobre a Verity. Tivemos uma briga enorme por sua causa e ela saiu batendo a porta. Aí ela voltou, entrou pela janela do meu banheiro e nós fizemos as pazes. – Clemency sabia que estava tagarelando; com sorte, ele estaria acompanhando o suficiente para entender o básico. – E foi quando aconteceu... A Belle me disse que, considerando as circunstâncias, com a Verity e tudo mais, não parecia justo que ela me obrigasse a cumprir a promessa que a gente fez.

A expressão de Sam estava indecifrável.

– Você quer dizer...?

– Basicamente, posso fazer o que eu quiser com você. Qualquer coisa. – Só de pensar, ela ficou sem ar. – Só se eu quiser, claro.

Os olhos escuros dele cintilaram com o sol do fim da tarde.

– E se eu quiser que você faça, claro.

– Se você não quiser, tudo bem. – Clemency descobriu que não conseguia afastar o olhar da boca de Sam; era hipnótico olhar para aquele sorrisinho fascinante. – De verdade. Não tem problema. Vamos esquecer tudo.

Sam fez uma pausa.

– Mas, só por curiosidade, o que você gostaria de fazer comigo? Sabe como é, já que você tem a opção.

Tudo bem que era legal flertar, fazer brincadeiras e provocar, mas às vezes você estava só desesperada para tirar isso do caminho.

– Eu faria isto – disse Clemency, passando os braços pelo pescoço dele e ficando na ponta dos pés para beijá-lo. Porque era o que ela queria fazer havia muito, *muito* tempo.

Ela sabia que tinha gente olhando, mas não importava. Foi o beijo mais perfeito da vida dela.

– Bem... – murmurou Sam quando eles finalmente pararam para respirar. – Valeu a pena esperar por isso.

Clemency tocou na manga do paletó dele.

– Isso é muito chique. Não precisava se arrumar assim para vir me ver.

– É que eu queria ficar bonito. – Ele segurou o rosto dela nas mãos. – Está mesmo tudo certo? Você tem certeza?

– Está, sim. Não é maravilhoso? – Clemency continuou olhando para ele. – Você está feliz?

– O que você acha? – Sam inclinou a cabeça e a beijou de novo, uma, duas, três vezes.

Não o suficiente.

Atrás deles, ela ouviu o mesmo garotinho dizer:

– Papai, por que aquela moça está beijando aquele homem? É aniversário dela?

– Acho que são todos os meus aniversários de uma vez só – sussurrou Clemency. – Você está com medo?

Sam passou o indicador pela maçã do rosto dela.

– Com medo de quê? De você? Eu aguento.

– Estou falando sério. – Aquilo vinha incomodando Clemency. – Você não tem medo de não dar certo depois de esperar tanto?

– Ei. – Ele deu mais um beijo nela, numa tentativa de tranquilizá-la. – Não estou nem um pouco preocupado com isso. Sei muito bem o que sinto por você. Sei o que sempre senti por você, desde o primeiro dia em que nos conhecemos naquele voo.

– Papai, será que aquela moça e aquele homem estão apaixonados?

O pai do garotinho disse com ironia:

– Pelo visto, devem estar...

– Papai, eles são casados?

Clemency estava se esforçando para ficar séria. No carro mais próximo deles havia um casal de meia-idade com aparência ressecada e as janelas abertas. A mulher no banco do passageiro, falando com o garotinho, disse em um tom direto:

– Ah, acho que eles parecem felizes demais para isso.

Cinco minutos depois, um fazendeiro chegou, atravessando um dos campos adjacentes em um quadriciclo azul-cobalto. Ele destrancou o portão que dava para o campo e começou a acenar para que entrassem ali os carros parados no congestionamento. Enquanto esperavam do lado de fora do carro dela que o acúmulo de veículos diminuísse, Clemency beijou Sam de novo.

Afinal, por que não?

– Ah, meu Deus, não acredito! – A voz feminina atrás dela pareceu ligeiramente familiar. – Olha quem a Clemency Price está beijando! Em plena luz do dia!

Clemency, engasgada com o riso, murmurou:

– Quem é?

– Uma garota loura – murmurou Sam no ouvido dela. – Trabalha na farmácia.

Ah, claro; ela sabia que tinha reconhecido a voz. Virando a cabeça discretamente, Clemency viu Laura e a amiga da farmácia na Esplanada voltando para o apartamento que dividiam na Derring Street depois de uma tarde na praia.

– Deus, e pensar que sentimos pena dela depois que o Ronan teve aquele bebê com a garota dos correios. Quer dizer, ela deve ter ficado chateada, claro – falou a amiga de Laura –, mas isso não é desculpa para agarrar o namorado da irmã, né? Isso que é falta de vergonha na cara!

– Isso que é procurar confusão – disse Laura, com um toque exagerado de satisfação na voz. – Você sabe como a Belle é. Não estou brincando; quando ela descobrir, vai ficar furiosa.

O resto da noite foi um exercício para recuperar tudo o que eles tinham perdido até então.

Clemency desejou que todos fossem mais rápido, mas demorou uma eternidade para o trânsito parado ser desfeito. Chegou uma hora em que todos os veículos puderam entrar no campo e ir embora. Quando ela e

Sam finalmente chegaram ao apartamento dele, não havia tempo a perder; como mestre de cerimônias do evento beneficente, ele não podia se atrasar. Eles entraram no carro e dirigiram até St. Austell e chegaram ao hotel minutos antes do início do evento.

No quarto, sem fôlego de tanto desejo, eles se olharam, depois consultaram a hora. *Se ao menos...*

– Não. – Sam balançou a cabeça com pesar. – Não podemos. Não agora.

O evento começaria no salão em menos de cinco minutos. Ele estava certo, eles não podiam. Seria um desperdício.

– Que horas termina? – perguntou Clemency.

– Uma hora.

Ela assentiu.

– Tudo bem. A gente pode esperar.

Sam deu um sorrisinho.

– Podemos?

– Claro. – Deus sabia que era a última coisa que ela queria, mas eles aguentariam. – Todo mundo está esperando por você lá embaixo. Pense só, daqui a cinco horas vamos ter todo o tempo do mundo...

Sam abriu um sorriso e foi até a porta.

– Você está certa. E vai valer a pena esperar. – Ele esticou a mão e Clemency sentiu uma corrente elétrica percorrer seu corpo quando a segurou. – Venha, vamos.

Pelo resto da noite, cada olhar que eles trocaram fazia crescer um pouco mais a expectativa, aumentando a tensão sexual até Clemency se perguntar se todo mundo também já estava percebendo. Ela sentia como se os dois tivessem letreiros enormes em néon acima da cabeça declarando: *Olhem para nós! Vai rolar hoje à noite! Dá para perceber?!*

Era frustrante, era emocionante e ela estava amando cada minuto torturante da noite. Melhor ainda: sabia que Sam estava sentindo exatamente a mesma coisa.

E quando o evento agitado e bem-sucedido finalmente terminou, à uma e vinte da madrugada e eles puderam subir pela escadaria com tapete vermelho para o quarto, foi ainda mais emocionante saber que o melhor estava por vir.

Capítulo 45

Quatorze meses depois

ESTAVAM EM MEADOS DE SETEMBRO, então o tempo era totalmente imprevisível. Se estivesse chovendo muito, o plano de contingência era que o casamento acontecesse no salão de festa do Hotel Mariscombe. E, na semana anterior, todo mundo achou que seria assim, com as tempestades e as ventanias que aconteceram em todo o sudoeste da Inglaterra e em St. Carys em particular.

Mas, naquela semana, o verão tinha voltado dançando e com um atrevido "Sentiram saudades? Volteeeeei!". Um sol forte brilhava no céu azul mediterrâneo sem nuvens. Basicamente, o tempo não tinha como estar mais perfeito e o plano de contingência não seria necessário. A cerimônia de casamento poderia acontecer ao ar livre.

Em menos de dez minutos, na verdade. É *emocionante*. Clemency olhou para o relógio. Todos estavam ali; todos os convidados e os personagens principais estavam reunidos no gramado nos fundos do hotel, onde a vista era do mar turquesa e da praia Mariscombe.

Um nó surgiu na garganta de Clemency, porque tudo ali no terreno do hotel estava lindo demais. Os jardins estavam incríveis, como sempre. As cadeiras brancas estavam enfileiradas na frente da pérgula de pedra, embaixo da qual aconteceria a troca de juramentos. E a pérgula em si tinha sido decorada com flores de verão, plantas e pedaços de tule branco enfeitado com laços.

Mas, pensando bem, quem poderia imaginar que aquele dia chegaria?

Por instinto, Clemency se virou para procurar Sam. Lá estava ele, conversando com os donos do hotel. E pensar que, quando eles ficaram juntos, ela tivera medo de que o relacionamento não sobrevivesse às expectativas. Ela sorriu para si mesma com a lembrança, que parecia loucura agora, porque nada poderia estar mais distante da verdade. Cada vez que olhava para Sam, seu coração disparava e seu cérebro dava um pulo de alegria, lembrando a ela todas as diferentes formas pelas quais ela realmente o amava.

Os últimos quatorze meses tinham sido mágicos, os mais felizes de toda a sua vida. Ela não tinha ideia do que fizera para merecê-lo, mas a vida era assim, não? Às vezes, coisas maravilhosas aconteciam, do nada e sem qualquer motivo aparente. E o que mais se podia fazer além de seguir em frente e ficar agradecida porque a pessoa que você amava mais do que a qualquer outra no mundo também amava você?

Em pouco tempo, ela não seria mais Clemency Price, se tornaria Clemency Adams, e...

– Que bom que eu não sou telepata. – Ronan se materializou ao lado dela e lhe entregou uma taça de champanhe gelado. – Eu odiaria saber que pensamentos sujos estão passando pela sua cabeça agora.

– Não tem nada de sujo.

– Besteira. Eu bem vi como você estava olhando para o seu homem. Luxúria pura, é assim que eu chamo.

– Só estava pensando na primeira vez que ficamos juntos. Digo, quando ficamos direito – comentou Clemency.

Foi, em todos os aspectos, uma noite memorável.

– Bem, isso explica – disse Ronan, com um sorriso – *Ai*.

– Papá! – gritou Izzy, puxando a orelha dele com dedos determinados.

– Opa, desculpe. – Kate, que estava segurando Izzy, falou para Clemency:
– É a novidade dela, puxar orelhas e cabelo. Principalmente do Ronan! Estamos pensando em colocar luvas de boxe de bebê nela.

– Ou uma camisa de força. – Depois de soltar o lóbulo da orelha da mão da filha, Ronan a pegou do colo de Kate. – Seja gentil comigo, combinado? Nós dois temos tarefas importantes hoje e precisamos ficar bonitos. Se você arrancar a minha orelha, vai voar sangue para tudo quanto é lado, e você não vai querer sujar seu vestido novo.

Em resposta, Izzy segurou o rosto dele com amor e lhe deu um beijo babado. Clemency e Kate se olharam. Ronan estava completamente apaixonado pela filha e o jeito como falava com ela sempre as fazia sorrir. Izzy tinha aparecido na vida dos dois e virado tudo de cabeça para baixo, mas também foi a melhor coisa que poderia ter acontecido a ele. Em personalidade, ele e Kate eram dois opostos que, juntos, se complementavam perfeitamente. A chegada de Izzy podia ter sido um choque enorme para todos os envolvidos, mas qualquer preocupação do início foi deixada de lado assim que ficou claro como eles eram felizes juntos.

E daí que Izzy era nova demais para ser dama de honra? Com o vestido branco de algodão, os olhos castanhos enormes e a boca delicada, ela estava linda. Além do mais, quem mais o casal feliz poderia escolher para o papel em uma ocasião daquelas?

– Vamos tentar de novo o enfeite de cabelo? – murmurou Kate. – Você pode tentar desta vez.

Ronan pegou o aro leve de flores brancas e cor-de-rosa que tinha comprado para Izzy usar.

– Olha isso, pessoal! Adorei! – Ele colocou na própria cabeça e fez uma pose. – Não estou lindo?

Izzy deu uma gargalhada e bateu as mãozinhas com prazer e Clemency tirou uma foto rápida de Ronan com o celular, porque nunca se sabia quando uma foto daquelas poderia ser útil para uma chantagem.

– Agora é a vez da Izzy. – Ronan colocou delicadamente o aro na cabeça da filha. – Ah, você está *linda*! – exclamou ele.

Izzy arrancou o enfeite de cabeça na mesma hora, jogou no chão e gritou:

– Nããããão!

– Mas que cabecinha dura! – Ronan sorriu, derrotado. – Parece que ela já decidiu.

– Não consigo nem imaginar de onde ela herdou isso – comentou Kate.

Mais e mais pessoas estavam chegando, saindo pelas portas de vidro do hotel e atravessando o pátio. Belle e Verity chegaram; Clemency viu as duas pararem para cumprimentar Sam com carinho antes de se juntarem a ela.

– Oi! Como está linda! – Belle lhe deu um abraço entusiasmado. – Essa cor fica deslumbrante em você.

– Obrigada. Você estava certa. – Clemency ajeitou o tecido de seda violeta do vestido que a irmã a aconselhara a comprar. – Esse é muito mais bonito do que o verde.

– Mas é claro que é. Estou sempre certa.

Mas Belle estava sorrindo, e Clemency ficou mais uma vez impressionada com a transformação da irmã desde que Verity entrara em sua vida. Belle era uma pessoa muito mais tranquila, delicada e feliz agora que podia ser ela mesma de verdade. As duas irmãs estavam se relacionando muito melhor, portanto ela podia admitir que o olho de Belle para roupas talvez fosse superior ao dela e que pedir conselhos nessa área talvez não fosse o fim do mundo, afinal.

E foi por isso que, na semana anterior, ela tirou fotos experimentando os dois vestidos na John Lewis e as enviou para Belle, para tomar uma decisão. Porque, às vezes, Belle sabia das coisas.

– Vocês duas também estão lindas – disse Clemency com sinceridade, porque estavam mesmo.

Belle usava um vestido justo de organza fosca em um tom pêssego-claro enquanto Verity estava bronzeada e elegante em um vestido verde-limão sob medida contrastando com saltos azul-marinho.

– E essa só pode ser a bebê mais linda do mundo. – Verity estava ocupada admirando Izzy, com seu vestidinho branco.

– Não chegue muito perto – avisou Ronan. – Se ela pegar seu cabelo, não vai soltar.

– Ah, querida! – Verity se inclinou para pegar o aro de flores e o ofereceu a Izzy. – Você deixou isto cair? É seu?

Ao mesmo tempo, Clemency, Ronan e Kate disseram:

– Ela não quer usar.

– Meu, meu! – Izzy pegou o aro, o colocou de lado na cabeça e abriu um sorriso triunfal para todos eles.

– Como você *fez* isso? – perguntou Ronan, impressionado.

– É um talento – disse Verity.

Belle passou o braço pela cintura de Verity.

– Foi como ela me convenceu a me inscrever em um triatlo. Eu não queria; aí ela simplesmente anunciou que nós íamos.

– É minha habilidade especial – declarou Verity com modéstia.

– Oi, pessoal! Posso tirar umas fotos? – Marina tinha se aproximado deles com a câmera. – Não se preocupem, não é nada formal. Só algumas imagens rápidas para eu trabalhar depois.

Marina, feliz e saudável (ainda bem), criaria um quadro do casamento e de seus convidados e estava fotografando todo mundo para ter o auxílio das imagens quando se sentasse para executar o trabalho. Ela tirou fotos enquanto as pessoas conversavam e ganhavam a companhia de novos e velhos amigos. Clemency ficou em dia com as fofocas do hotel com Josh Strachan, que era um dos donos e gerente do Mariscombe, e viu do outro lado do gramado que Sam tinha sido capturado por Marguerite Marshall, a romancista campeã de vendas, que morava na maior casa de St. Carys. Resplandecente de veludo cor de berinjela e um chapéu que parecia um ninho de corvos prateado, ela estava contando para ele sobre seu último livro, que, segundo ela, era o melhor até agora, porque a modéstia nunca foi o forte de Marguerite, e uma coisa que não lhe faltava era ousadia.

Pensando bem, Marguerite de fato tinha sido convidada para o casamento ou só decidiu que ia e apareceu por lá?

Ah, bem, e quem se importa? Seria a ocasião mais feliz do mundo, e quem poderia se ressentir porque um ou dois convidados inesperados compareceram dentre os muitos reunidos para celebrar o grande dia?

Enquanto Clemency observava, ela viu Sam chamar duas outras convidadas e as apresentar para Marguerite. Em questão de segundos, as três mulheres estavam conversando, e ele escapou rapidamente.

Clemency lhe deu um beijo quando ele chegou aonde ela estava.

– Mandou bem. Gostei dos movimentos ninja.

– Obrigado. – A boca de Sam se contraiu e ele colocou a mão no quadril dela. – Gostei dos seus também.

– São quase três horas. Está na hora de as pessoas começarem a se sentar.

– Ei, sem pressa. As pessoas vão se sentar em algum momento. – Ele a beijou de novo, a boca com um frescor mentolado e delicioso.

– Para! – reclamou Clemency.

Porque um deles tinha que parar.

Ele sorriu.

– Está ansiosa para se casar?

Ela já tinha ficado mais ansiosa para alguma outra coisa? De brincadeira, comentou:

– Se eu não receber uma proposta melhor.

Ela o levou para as fileiras de cadeiras.

Naquele momento, Josh Strachan bateu com uma faca em um copo e anunciou:

– Senhoras e senhores, peço que sigam para seus lugares agora, por gentileza, pois a cerimônia vai começar daqui a pouco.

Levou um tempo, mas todo mundo se acomodou. Kate se sentou ao lado de Clemency com Izzy no colo, pulando de empolgação e milagrosamente ainda usando o arco de flores na cabeça. Os convidados, uma variedade de cores como um bando de aves tropicais, ouviram a marcha nupcial começar e esperaram a noiva sair do hotel e seguir devagar na direção da pérgula decorada, onde o futuro marido a esperava, junto com o juiz.

Daqui a treze semanas, Clemency lembrou a si mesma, *seremos eu e Sam fazendo nossos votos.*

Só que já seria Natal, e eles não estariam a céu aberto, embaixo de uma pérgula; estariam na igreja de St. Carys, com sorte com o aquecimento central no máximo.

Mas o casamento do dia estava prestes a acontecer. Cabeças se viraram, e Clemency notou lágrimas de felicidade nos olhos de Kate quando as duas juntas viram a noiva se aproximando.

– Ah, olha para ela... – sussurrou Kate. – Não está a coisa mais linda?

Clemency só podia assentir, pois quem poderia discordar disso? Ela viu seu querido amigo Ronan levar a amada mãe Josephine pelo caminho entre as cadeiras até eles chegarem à frente, onde o juiz e Ellis Ramsay a esperavam.

O rosto de Josephine estava radiante. Depois de perder o marido Donald tantos anos antes, ela nunca imaginara encontrar outro homem para substituí-lo. Em vez disso, dedicou-se de corpo e alma ao trabalho, cuidando do restaurante que eles tinham aberto juntos havia tanto tempo.

E quando Ronan conheceu o pai biológico, Clemency não foi a única que se perguntou secretamente se Marina e Ellis, tão apaixonados na juventude, e agora solteiros, não reatariam o relacionamento.

Mas não foi o que aconteceu; a fagulha de atração entre eles foi substituída pelo brilho duradouro da afeição e da amizade genuínas. Só que, do nada, Josephine e Ellis sentiram uma conexão emocional que logo se transformou em amor. Ellis comprou o antigo apartamento de Ronan e começou a passar bem mais tempo em St. Carys, aprofundando um relacionamento que era lindo de se ver.

Agora, eles estavam dando o último passo, o maior de todos, e se casando.

Foi um momento emocionante. A filha médica de Ellis, a glamourosa Tia, que tinha vindo dos Estados Unidos para o casamento e estava sentada na primeira fileira, ao lado do meio-irmão, já estava secando os olhos. O rosto bonito de Ellis parecia uma pintura quando ele olhou para a noiva. E, quanto a Josephine, com seu deslumbrante vestido ametista e o simples casaquinho dourado... Bem, ela estava reluzente.

– Olha as tias e as primas – murmurou Kate, cutucando Clemency. – Está todo mundo chorando.

Estavam mesmo. Havia rímel escorrendo e lágrimas felizes eram derramadas aos montes.

– Acho que vamos precisar pedir mais lenços de papel – murmurou Clemency.

Izzy estava ocupada retirando os sapatos brancos. Agora, ao olhar para Josephine sob a pérgula cheia de flores, ela soltou um grito de prazer ao reconhecê-la.

– Vovó!

– Shh, querida – disse Kate. – A vovó está se casando.

– Vovó! – gritou Izzy, se contorcendo como uma arraia para tentar escapar.

– Fica quietinha. – Kate procurou distraí-la. – Olha só, o que você fez com seus sapatos? Cadê eles? Vamos botar de novo...

– VOVÓ VOVÓ VOVÓ! – berrou Izzy, descendo do colo da mãe e correndo pelo caminho, desviando aqui e ali das tentativas de segurá-la. Ela caiu duas vezes antes de chegar a Josephine, onde, com os bracinhos esticados, gritou: – Vovó, *colo*!

Ronan estava de pé agora, preparado para pegá-la.

– Tudo bem, eu fico um pouco com ela.

– Ah, não, pode deixar. Não podemos fazer isso sem a Izzy. – Josephine mandou Ronan voltar para o lugar dele e se inclinou para pegar a amada neta nos braços. – Não podemos deixar você de fora, né, menina linda?

Izzy sorriu, balançou as mãos e gritou sua palavra favorita:

– Não!

Quando todos pararam de rir, o juiz começou a cerimônia com Josephine ainda segurando a neta. E, dessa vez, Izzy ficou quieta e pareceu ouvir com atenção enquanto Josephine e Ellis, um de frente para o outro, declaravam seus votos sinceros.

Clemency sentiu Sam procurar e apertar sua mão e retribuiu com um sorriso secreto. *Seremos nós em breve.*

No fim da cerimônia, o juiz anunciou para Ellis:

– Pode beijar a noiva.

Izzy, reconhecendo outra de suas palavras favoritas, na mesma hora segurou o rosto de Josephine com suas mãozinhas e deu um beijo exuberante na bochecha da avó.

Em meio a mais gargalhadas e aplausos, Ellis deu um passo para mais perto da nova esposa e disse de brincadeira:

– Será que pode ser a minha vez agora?

Izzy, com o aro de flores torto na cabeça, se virou e deu um beijo nele também.

Capítulo 46

DOIS DIAS DEPOIS DO casamento de Ellis e Josephine, Clemency estava mais do que pronta para jogar seu querido amigo Ronan do penhasco mais próximo.

– Não acredito que você fez isso comigo – reclamou ela. – Eu *falei* que não tínhamos tempo de parar no banco e você não ouviu. E agora você deu uma volta *absurda* e eu vou perder meu voo... Você é o culpado, mas quem vai ser responsabilizada sou eu!

– Ei, não precisa subir pelas paredes. – Ronan tinha uma atitude tão relaxada em relação a viagens aéreas que chegava a irritar. – Não entre em pânico, a gente vai chegar. A maioria das pessoas é neurótica demais e sempre chega muito antes da hora.

– Isso porque elas querem ter certeza de que vão pegar o avião. Eu *gosto* de chegar cedo. – Os dedos de Clemency estavam se retorcendo com agitação; como ele podia não entender? – Assim eu consigo relaxar e não ficar estressada. Ai, meu Deus, são três horas! Vão começar a embarcar daqui a cinco minutos! Eu *sabia* que deveria ter vindo de táxi. Tenho certeza absoluta que seria mais rápido.

– Clem, quando foi que eu fiz você se atrasar para alguma coisa?

Ele estava sendo irritante de propósito?

– O tempo todo!

Ronan sorriu.

– É só o Marcel, de qualquer modo.

– Para de me irritar. Vai mais rápido!

Clemency fechou os olhos e tentou se acalmar. Marcel era um amigo excêntrico e extremamente rico de Gavin que morava em Paris e queria aumentar o portfólio de propriedades na Cornualha. Ele tinha marcado uma série de reuniões que exigiam a presença de um representante da Barton & Byrne. Mas Gavin tinha ido participar de um torneio de golfe em Portugal, e Ronan também não podia viajar, então a tarefa ficou para Clemency.

Só que, pelo desenrolar dos acontecimentos, agora havia uma boa chance de ela perder o voo.

Quinze minutos depois, eles chegaram ao aeroporto de Exeter. Ronan parou de repente, como se estivesse num filme de detetive, o mais perto possível da entrada, e Clemency se jogou para fora do carro.

– De nada – disse Ronan com alegria quando ela tirou a malinha do banco de trás. – Foi um prazer!

Clemency jogou um beijo para ele.

– Você é um pesadelo e nunca mais vou pegar uma carona sua.

Que Deus abençoe o check-in on-line. Felizmente, ela conseguiu passar pela segurança sem maiores complicações. Não havia tempo para o free shop, claro. Arrastando a mala de rodinhas, Clemency correu para o portão de embarque. Ufa, ele ainda estava aberto, e lá estava o avião, esperando na pista. Ela tinha conseguido.

Não graças a Ronan.

Certo. Agora ela podia parar de arquejar e começar a relaxar.

No avião, embora ainda sem fôlego, Clemency seguiu pelo corredor estreito. O número do seu assento era 23B. A aeronave estava cheia e já havia alguém sentado no 23A, é claro.

Seu vizinho de assento levantou a cabeça, e Clemency parou na mesma hora e olhou de novo. Olhou melhor mais uma vez, porque como poderia ser Sam?

É *sério*. Como *poderia* ser ele?

– O que está acontecendo?

Quando chegou a ele, seu coração disparava como um tamborim no peito. E Sam, que olhava distraidamente pela janela, agora virou a cabeça e olhou para ela.

Muito educado, ele pediu desculpas e tirou os fones do ouvido.

– Ah, oi! A gente já se conhece, né? Você parece familiar.

Mas seus olhos castanho-escuros estavam cintilando, e apesar de todos os esforços, ele não conseguiu ficar sério. Levantando-se e saindo do assento, ele disse:

– Deixa que eu te ajudo com essa mala. – Depois que estava guardada no compartimento superior, ele se virou e deu um beijo em Clemency. – É isso. Agora estou reconhecendo você. Eu me sentei ao seu lado em um voo voltando de Málaga alguns anos atrás. Nunca me esqueci de você, sabe?

Ela sorriu.

– Também nunca me esqueci de você.

– Fico feliz de saber.

Ele lhe deu outro beijo provocador.

– Mas ainda não sei como você fez isso.

Clemency balançava a cabeça sem acreditar. Quando saíra de casa, menos de duas horas antes, Sam estava de calça jeans e uma camisa polo desbotada, trabalhando na cozinha com o laptop.

Agora, estava usando uma camisa branca, uma calça cinza-escuro e o suéter azul-marinho macio que emprestou para ela naquele fatídico primeiro voo.

Além do mais, não estava mais na cozinha de casa. Estava no assento ao lado dela, em um avião a caminho de Paris.

– Dirigi bem rápido – explicou Sam. – Não parei para ir ao banco e não fiz o caminho mais longo. Vim direto para cá e fui o primeiro da fila quando abriram o portão de embarque.

Então Ronan estivera o tempo todo envolvido e o atraso fora meticulosamente calculado. Ela deveria saber. Os olhos de Clemency se encheram de lágrimas de alegria, porque Sam tinha planejado aquilo tudo e era mais um motivo para amá-lo. Mesmo que, só daquela vez, ele tivesse errado um pouco.

– É uma surpresa maravilhosa. – Ela hesitou, odiando ter que dar a notícia para ele. – Mas o problema é que não vamos ter muito tempo juntos em Paris. Sinto muito. Marcel tem reuniões agendadas para o dia todo, com os advogados, os contadores e os diretores da empresa. Ele disse que preciso estar lá, participando de todas, para que todos saibam o que está acontecendo.

A tripulação estava instruindo os passageiros a colocarem as bolsas embaixo dos assentos à frente e a prenderem os cintos de segurança. Quando todos terminassem, eles estariam prontos para a decolagem.

– Ah, meu bem, como dizer isso? – Sam a chamou para mais perto. – Marcel está no México. Não tem contrato nenhum. Não tem reunião. Me desculpe. Nos próximos dois dias, somos só você e eu e o Hôtel Plaza Athénée.

– Não tem trabalho? Somos só nós? Em Paris?

Quando o avião saía do embarque, Clemency pegou a mão quente de Sam. Como sempre, a sensação foi maravilhosa. Não havia garantias na vida, mas ela só podia esperar que eles continuassem de mãos dadas pelos próximos cinquenta anos. Porque, mesmo quando ela e Sam estivessem velhos e muito enrugados, ela sabia que ainda o amaria com cada fibra do seu corpo. Ela sorriu de novo.

– Agora estou ainda mais feliz de não ter perdido o voo.

– Só temos que esperar o avião subir para trazerem o carrinho de bebidas. Aí, vamos poder tomar umas taças de vinho para comemorar. – Depois de olhar para o vestido de algodão azul-claro, Sam disse: – Acho melhor tomarmos branco desta vez.

– Ou podemos viver perigosamente. – Clemency apertou os dedos dele. – E tomar tinto.

Para saber mais sobre os títulos e autores
da Editora Arqueiro, visite o nosso site.
Além de informações sobre os próximos lançamentos,
você terá acesso a conteúdos exclusivos
e poderá participar de promoções e sorteios.

editoraarqueiro.com.br